Star Wars
The High Republic

# Ascensão da Tempestade

Cavan Scott

São Paulo
2021

Disney · Lucasfilm

Grupo Editorial
Universo dos Livros

**Diretor editorial**
Luis Matos
**Gerente editorial**
Marcia Batista
**Assistentes editoriais**
Letícia Nakamura
Raquel F. Abranches
**Tradução**
Leonardo Alvarez

**Preparação**
Guilherme Summa
**Revisão**
Jonathan Busato
e Tássia Carvalho
**Adaptação de capa**
Barbara Garoli
**Diagramação**
Renato Klisman

Dados Internacionais de Catalogação na Publicação (CIP)
Angélica Ilacqua CRB-8/7057

S439s Scott, Cavan
Star Wars : ascensão da tempestade / Cavan Scott ;
tradução de Leonardo Alvarez.
-- São Paulo : Universo dos Livros, 2021.
464 p. (The High Republic)

ISBN 978-65-5609-136-5
Título original: *Star Wars – The rising storm*

1. Ficção norte-americana 2. Ficção científica
I. Título II. Alvarez, Leonardo III. Série

21-1204 CDD 813.6

Universo dos Livros Editora Ltda.
Avenida Ordem e Progresso, 157 – 8º andar – Conj. 803
CEP 01141-030 – Barra Funda – São Paulo/SP
Telefone/Fax: (11) 3392-3336
www.universodoslivros.com.br
e-mail: editor@universodoslivros.com.br
Siga-nos no Twitter: @univdoslivros

Para minha luz e vida, Clare.

A galáxia celebra. Com os sombrios dias do desastre hiperespacial no passado, a Chanceler Lina Soh prossegue com a última de suas GRANDES OBRAS. A Feira da República será seu momento mais belo, uma celebração de paz, união e esperança, no mundo fronteiriço de Valo.

Mas um terror insaciável surge no horizonte. Os planetas tombam, um a um, conforme DRENGIR carnívoros consomem toda a vida em seu caminho. Enquanto a Mestre Jedi AVAR KRISS lidera a batalha contra esse terror, as forças Nihil se reúnem em segredo para o próximo estágio do diabólico plano de MARCHION RO.

Apenas os nobres CAVALEIROS JEDI estão no caminho de Ro, mas mesmo os guardiões da luz e da vida não estão preparados para a terrível escuridão que os aguarda...

*Há muito tempo, em uma galáxia muito, muito distante...*

# PRÓLOGO

## ASHLA, LUA DE TYTHON

Os gritos nunca deixaram Elzar Mann. Muitos meses haviam se passado desde a cerimônia de inauguração do Farol da Luz Estelar, desde que estivera junto de seus companheiros Jedi. Desde que estivera junto de Avar Kriss.

Os olhos da galáxia estiveram voltados para os Jedi, trajados com as elegantes vestes do templo, com aquela droga de colarinho causando coceira enquanto ele escutava discursos e chavões, primeiro da Chanceler Lina Soh, líder da República Galáctica, depois de Avar. *Sua* Avar. A Heroína de Hetzal.

O Farol era a promessa deles para a galáxia, dissera Avar. Era um compromisso. Ele ainda conseguia ouvir as palavras dela.

*Sempre que se sentirem sozinhos... sempre que a escuridão se aproximar... saibam que a Força está com vocês. Saibam que* nós *estamos com vocês... Pela luz e pela vida.*

Pela luz e pela vida.

Mas aquilo não evitara que a escuridão se aproximasse, mais tarde, naquele dia. Uma onda de dor e sofrimento, uma visão do futuro, terrível demais para ser compreendida. Ele ficara chocado, agarrado a um corrimão, com sangue escorrendo de seu nariz enquanto a pressão em sua cabeça ameaçava partir seu crânio ao meio.

O que ele vira o assombrara desde então. O consumira.

Os Jedi morrendo um a um, apanhados por uma nuvem retorcida e incompreensível. Stellan. Avar. Todos que ele conhecera no passado e todos que encontraria nos dias que viriam. Tanto rostos familiares quanto rostos estranhos, dilacerados.

E os gritos.

Os gritos eram a pior coisa.

Elzar passara o restante da noite atordoado, totalmente alheio, não presente de fato. O eco daquilo que vira... daquilo que ouvira... queimando em sua mente. Alguns erros foram cometidos, um certo excesso de taças de Kattadan rosé na recepção, o convite de Avar para a dança que ela mencionara, Elzar aceitando um pouco ansioso demais, publicamente demais.

Ele ainda conseguia sentir a mão dela em seu peito, empurrando-o para trás.

– El, o que você está fazendo?

Eles discutiram, em particular, e sua cabeça ainda estava girando.

– Não somos mais Padawans.

Meses se passaram até que ele a visse novamente, e quando aquilo aconteceu, a atmosfera estava fria como uma manhã em Vandor. Avar mudara com ele. Estava mais distante. Preocupada com seus novos deveres como líder do Farol da Luz Estelar.

Ou talvez fosse ele que estivesse preocupado. Elzar meditara sobre a visão dia e noite desde a inauguração. Ele deveria ter procurado Avar, pedido desculpas e buscado orientação. Se não a dela, a de Stellan Gios, seu amigo mais antigo. Mas Stellan tinha seus próprios deveres. Ele se tornara um membro do Conselho, responsável por guiar a Ordem como um todo. Não teria tempo. Além disso, pedir ajuda dificilmente combinaria com o estilo de Elzar. Elzar Mann era alguém que resolvia problemas, não alguém que os apresentava. Ele encontrava soluções. Respostas. Novas formas de fazer o trabalho. Por isso, Elzar fez o que sempre fizera: tentou resolver o problema sozinho.

Primeiro, consultou os Arquivos no Grande Templo, lendo atentamente incontáveis textos e holocrons no acervo, aprofundando-se de tal maneira que até tentou decifrar os mistérios do Códex Ga'Garen, o antigo grimório cujo texto confundira linguistas durante milhares de anos.

Ainda assim, sentado nos Arquivos, sob o olhar atento das estátuas dos Perdidos, Elzar ouvira os gritos no fundo de sua mente, vira os rostos dos mortos em cada superfície refletora ou em cada Padawan que passava por ele.

O Códex o levara até lá, até Ashla, a principal lua de Tython. Os antigos chamavam aquela faixa de terra de Ilha do Isolamento, que era exatamente o que ele precisava se quisesse compreender completamente o que vira. Precisava estar sozinho, concentrar-se. A gota d'água fora receber uma mensagem do antigo Mestre de Stellan, o respeitável Rana Kant, parabenizando-o por sua elevação a Mestre Jedi. Além daquilo, o Conselho tinha um destacamento para ele; Elzar seria o líder do posto avançado Jedi em Valo, na orla do setor Rseik.

Ele? Um líder? Como eles poderiam ser tão cegos? Não conseguiam ver que ele ainda não estava pronto? Não conseguiam enxergar o quanto ele estava perturbado?

Elzar caminhou na direção do oceano, sentindo a areia quente sob seus pés, removendo suas vestes externas enquanto se aproximava da água. Sim, aquilo era melhor. Era lá que ele finalmente veria a verdade. Onde finalmente conseguiria compreender. Ele não parou na praia, mas caminhou propositalmente para as ondas. Até o joelho. Até a cintura. Logo, estava nadando em direção ao mar aberto, parando apenas quando não podia mais ver a terra. Girou lentamente, sem sair do lugar, rodeado apenas pelo mar e pela própria Força.

Era hora.

Elzar respirou fundo e mergulhou sob as ondas, de olhos fechados, com a água correndo por suas orelhas, bloqueando todos os outros sons.

*Mostre-me.*

Guie-*me.*

*Mostre as respostas que procuro.*

Não havia nada. Nenhuma revelação. Nenhuma resposta.

Ele emergiu, enchendo os pulmões de ar antes de voltar a mergulhar.

*Estou aqui.*

*Quero aprender.*

*Preciso entender.*

Nada mudou.

Onde estavam as respostas que lhe foram prometidas? Onde estava a compreensão?

Ele repetiu o ritual, subindo para respirar e mergulhando novamente, permitindo que o oceano o envolvesse completamente. De novo, e de novo, e...

Foi como atingir um bolsão de ar. De repente, não estava afundando, estava correndo ao lado de seus companheiros Jedi, enquanto os pesadelos estavam em sua cola. Não estavam na água, mas sim em um nevoeiro. Espesso. Acre. Impenetrável. Nada fazia sentido. Nem o caos, nem o pânico.

Nem o medo.

Ele abriu a boca para gritar, a água do mar entrando de muito distante, de um mundo diferente, de um tempo diferente.

*O que é isso?*

Onde *é isso?*

*Fale comigo!*

E a Força falou com tamanho ímpeto que Elzar foi arremessado em um rodopio, imagens passando diante de seus olhos ardentes como raios púrpura.

Avar.

Stellan.

Uma Tholothiana... Indeera Stokes? Não, um de seus tentáculos estava faltando, um rosto desconhecido contorcido em fúria.

Ossos se partindo.

Pele rachando.

Olhos nublados, incapazes de enxergar.

E os gritos. Os gritos estavam mais altos do que nunca. Mais desagradáveis do que nunca. E os gritos de Elzar eram os mais altos de todos.

*Onde?*

*Onde?*

*ONDE?*

Os ombros de Elzar se ergueram, a água do mar saindo de seus pulmões. Estava de volta à praia de Ashla, o sal secando em sua pele, queimada pelo sol escaldante. Ele olhou ao redor, com os olhos ainda embaçados, tentando se concentrar nas areias douradas que se estendiam de ambos os lados. Wingmaws circulavam no céu acima, prontos para tirar a carne de seus ossos. Mas ele ainda não estava morto. Nenhum deles estava.

Elzar levantou-se e voltou cambaleando para seu caça Vector, recolhendo suas vestes enquanto caminhava. Precisava sair de Ashla. Precisava sair do Núcleo. A Força se manifestara. Ela já respondera à sua pergunta, se ao menos ele tivesse escutado.

Um nome, um planeta, onde ele finalmente seria capaz de consertar as coisas.

Valo.

# CAPÍTULO UM

## OS ERMOS DE RYSTAN

Um cometa se chocou contra o campo de gelo, iniciando uma devastadora reação em cadeia. Asteroides e rochas espaciais ricocheteavam uns nos outros como bolas de bilhar. A única diferença é que a maioria daquelas bolas pesava milhares de toneladas e era capaz de esmagar uma nave como se fosse um ovo. Aquelas que não eram completamente obliteradas pelos impactos eram reduzidas a estilhaços afiados que tornavam a onda de destruição ainda pior.

Nenhum viajante entrava tranquilo nos Ermos de Rystan. O campo de gelo era repleto de destroços retorcidos de cruzadores que tentaram atravessar o corredor de planetoides errantes que se colidiam frequentemente e falharam. Em um dia bom, aquela era uma tarefa perigosa e tola. Em um dia ruim, era suicídio.

Aquele era um dia *muito* ruim.

A *Aranha Rajada* resistiu enquanto serpenteava entre as rochas giratórias. A nave era pequena, pouco maior que um módulo de transporte, mas rápida e tão manobrável quanto qualquer um dos famosos caças Vector dos Jedi. Na verdade, qualquer um que observasse a estranha nave semelhante a um aracnídeo poderia ser perdoado por pensar que um Jedi a pilotava. Quem mais conseguiria lidar com aquela paisagem estelar em constante mudança, costurando pela esquerda e então pela direita evitando ser pulverizado por gigantescas bolas de gelo? Mas a criatura no assento do piloto não poderia estar mais distante de ser um Jedi. Os Jedi eram guardiões da vida e da luz pela galáxia. Viviam em prol dos outros, nunca para eles próprios, mantendo a paz e a harmonia aonde quer que fossem. Resumindo, eram heróis.

Udi Dis, por outro lado, nascera como um Talortai, mas passara a se identificar apenas como um Nihil. Tão largo quanto alto, o aviano dedicara sua vida a saques e pirataria, tomando o que quisesse para si e destruindo o que restava. Não era uma vida nobre, mas era a única que ele conhecia, e a vida que tinha lhe dado um lugar em um universo que cuspia em sua cara repetidas vezes.

A única coisa que Dis tinha em comum com os Jedi era sua conexão com a Força. Muitos Talortai eram sensitivos ao campo energético que mantinha o universo unido, mas poucos de sua espécie faziam uso daquilo. Covardes. Diziam que não era direito deles, que fazer algo como aquilo era imoral. Dis nunca entendera o porquê. Se alguém fosse sortudo o bastante para possuir habilidades, por que não deveria usá-las, empregá-las para obter vantagem sobre aqueles que não as possuíssem? Era por causa daquilo que a maioria dos Talortai estava condenada a continuar como estava, vivendo uma existência miserável em Talor, enquanto ele estava ali em meio às estrelas. Claro, ele fora decepcionado várias vezes, algumas por outras pessoas, a maioria delas por ele mesmo, mas a Força nunca o traíra, nem uma única vez. A vida teria sido melhor se ele não tivesse se viciado em reedug, mas no momento ele estava sóbrio e nunca se sentira tão vivo.

Dis segurou os controles com suas garras, seus braços musculosos se contraindo enquanto ele lançava a *Aranha* bruscamente para estibordo, evitando habilmente os destroços que, com um piloto menos habilidoso no comando, teriam matados todos a bordo. Mas

Dis conhecia aqueles ermos como a palma de sua mão emplumada, embora nunca tivesse voado por eles antes. Todos os Talortai tinham um senso de direção inato e sentiam as vibrações do cosmos em seus ossos, mas as habilidades de navegação de Dis eram um ponto fora da curva. Graças a seus talentos, ele podia sentir a localização de cada um dos asteroides no campo. Não precisava de mapas ou mesmo de um navidroide. Tudo o que precisava era da Força.

Atrás dele, a porta da cabine da *Aranha* se abriu, permitindo que o ar viciado dos corredores apertados daquela nave saltadora de planetas entrasse. Ele não se virou para ver quem era. Não havia necessidade. Escutou o ruído das botas nas placas do convés, sentiu o farfalhar da capa no ar, e as penas de Dis se arrepiaram em resposta à presença do homem a quem ele prometera servir pelo resto de sua vida.

Marchion Ro.

O Olho dos Nihil.

Dis ficara surpreso quando Ro o abordou com aquela missão? Claro que sim. Ele não fazia ideia de que o Olho sabia seu nome, muito menos de que sabia o que ele era capaz de fazer no assento do piloto. Dis passara os últimos anos servindo na nave Nuvem de um Crocino de boca serrilhada que atendia pelo nome de Scarspike, um brutamontes que passava mais tempo maltratando sua tripulação do que planejando ataques. E aquilo apareceu. Dis matara Scarspike após um ataque fracassado na lua funerária de Serenno. Eles perderam três Nihil naquele dia, mas Scarspike perdera mais, quando Dis rasgara sua garganta esquelética com um golpe de uma lâmina rêmige. Ele não fazia ideia se a morte do Nuvem fora o que primeiro chamara a atenção do Olho. Talvez sim, talvez não. Tudo o que Dis sabia é que, de repente, ele se viu elevado acima dos Raios e Nuvens e de todas as fileiras dos Nihil para se juntar à comitiva pessoal de Ro. Sua exaltação não passou despercebida. Os Nihil tinham uma hierarquia rígida. Um membro começava como um humilde Raio, ascendendo até Nuvem e, eventualmente, até Tormenta. A horda Nihil era dividida em três Tempestades, cada uma comandada por um Executor. Havia Pan Eyta, um imponente Dowutino com ideias grandes demais para seu posto; a fria e eficiente Twi'lek Lourna Dee; e o nomeado mais recente, um ardiloso Talpini conhecido como Zeetar. Era justo dizer que a promoção de Talpini irritara bastante Pan Eyta. A repentina promoção de Dis só piorara a situação. Pan e Dis estavam quase partindo para a briga, o Dowutino afirmando que Ro estava minando a Regra de Três dos Nihil. Diferente dos Executores da Tempestade, o Olho supostamente não deveria ter uma tripulação própria. Sim, ele tinha o voto decisivo na hora de traçar os planos, e sim, ele fornecia as Trilhas que os Nihil usavam para evitar confusões com a República (bem, ao menos na maior parte das vezes). Dis suspeitava que, se não fossem as Trilhas, Pan teria arremessado Marchion Ro ao vácuo há muito tempo, mas as informações de navegação eram valiosas demais. Elas proporcionavam vantagem aos Nihil, por isso as preocupações de Eyta só encontravam ouvidos moucos. Dis fora recebido a bordo da nau-almirante de Ro, a *Olhar Elétrico*, que era majoritariamente operada por uma tripulação de droides silenciosos, suas muitas câmaras vazias, como uma palácio sem ocupantes. Foi ali, no santuário particular de Ro, que o Talortai descobrira que ambos partiriam em uma missão secreta em Rystan. Não que eles pudessem levar a *Olhar*, é claro. A nave raramente deixava a base dos Nihil em Grizal, e quando o fazia se dividia em uma nave secundária menor que deixava a maior parte da *Olhar Elétrico* para trás. Mesmo assim ela seria pesada demais para atravessar todo aquele campo de gelo e continuar inteira. Eles precisavam de algo menor. Precisavam da *Aranha Rajada*.

– Quanto tempo até atravessarmos os ermos? – perguntou Ro, repousando uma mão enluvada no encosto do assento de Dis.

– Só mais alguns minutos, meu...

Dis girou em sua cadeira para encarar seu líder.

– Ainda não sei como deveria chamá-lo. Meu Olho? *Senhor?*

Os lábios finos de Ro se curvaram com o óbvio desagrado na voz de Dis, seus olhos escuros brilhando na luz vermelha que entrava pela janela de observação.

– Pode me chamar de... Marchion.

Dis estufou o peito. Ele nunca integrara a cadeia de comando, o que provavelmente era a razão de ter sido um Raio por tanto tempo; além do fato de que passara a maior parte da última década num torpor de reedug. Mas olhem só para ele, tratando Ro pelo primeiro nome. Ninguém chamava o Olho de Marchion, nem mesmo Pan.

– Ainda acho que teria sido melhor usar uma Trilha – disse Dis, finalmente tirando a *Aranha Rajada* do campo de gelo para catapultar-se com ela ao redor da fraca estrela de Rystan.

Ro caminhou até o posto vago da artilharia para recuperar sua máscara, que ficara sobre o painel desde que deixaram o Grande Salão.

– Mas aí eu não teria visto um mestre trabalhando – respondeu o Olho, limpando o visor embaçado da máscara com a manga. – Você é tão impressionante quanto sua linhagem poderia sugerir, principalmente agora que está livre de sua... aflição.

Sim, ele estava completamente livre. Ro fizera Dis jogar o pouco que restava de sua reserva no compactador de lixo a bordo da *Olhar Elétrico*. Sua mente estava límpida pela primeira vez em anos, e sua conexão com a Força estava mais intensa do que nunca. Não havia a menor possibilidade de ele ter atravessado o campo de gelo se estivesse doidão de reedug. Ele devia muito a Marchion Ro.

– E pensar que tínhamos um usuário da Força em nossas fileiras durante todos esses anos... – continuou Ro, verificando os filtros de sua máscara. – Scarspike era um idiota. Fico feliz que ele esteja morto.

*Você não é o único*, pensou Dis, mas guardou para si enquanto a *Aranha* descia na atmosfera rarefeita de Rystan.

– Já esteve em um planeta de rotação sincronizada? – perguntou Ro.

Dis balançou a cabeça.

– São fascinantes – disse-lhe o Olho. – Uma face está sempre voltada para o sol, sua superfície sendo pouco além de um deserto chamuscado.

– Enquanto a outra é uma vastidão congelada – concluiu Dis, não muito inspirado pelo maldito terreno. – Então, onde devemos pousar?

Ro apontou para uma faixa de terra pouco habitável localizada entre os dois extremos.

– Ali.

– Tem algum espaçoporto?

– Não exatamente.

Ro os direcionou para um pedaço de solo estéril, onde tufos de vegetação ressecada rolavam sobre o deserto.

– Tem *certeza* de que é o lugar certo? – perguntou Dis enquanto o trem de pouso baixava. – Não tem nada aqui.

Ro apenas sorriu enquanto colocava a máscara sobre sua cabeça.

– Ah, você ficará surpreso...

# CAPÍTULO DOIS

## OS ESTALEIROS DE CYCLOR

Não muito tempo antes, o Padawan Bell Zettifar ficaria empolgado com a visão que se estendia abaixo dele. Ele estava em uma plataforma de observação no maior hangar que já visitara, apenas parte dos vastos estaleiros que orbitavam Cyclor, um planeta verde e marrom relativamente pequeno na Orla Média. Sob seus pés, brilhando com os holofotes do hangar, estava a visão em durasteel polido conhecida como *Innovator*. A nave, a algumas horas do lançamento, era uma maravilha tecnológica. Com mais de trezentos metros de comprimento e repleta de equipamentos médicos e científicos de última geração, a *Innovator* era simplesmente a nave de pesquisa mais sofisticada já construída, um fato que seu projetista, o famoso engenheiro Aqualish Vam Targes, dissera ao próprio Bell quando este chegara aos estaleiros.

– Ela opera em uma rede com nada menos do que quarenta e dois droides processadores grau Intellex, sabia? – contara Targes, enquanto eles caminhavam pelo grande centro de operações em uma excursão turbulenta, o vocodificador do engenheiro zumbindo animado enquanto traduzia o Aqualish nativo de Vam para o Básico.

– Isso é muito... impressionante – respondeu Bell, apenas para ser informado, em termos inequívocos, de que aquilo era muito mais do que impressionante. Aquilo era excepcional!

– Toda a rede é sustentada por uma estrutura multimovimento de minha própria concepção, comparável aos Arquivos Jedi em Coruscant, se me permite dizer.

Bell não sabia se aquilo era verdade, mas não queria contestar o engenheiro. Afinal, aquele era o momento de Vam. Ou melhor, seria, quando a *Innovator* chegasse a Valo dali a alguns dias. A nave seria uma atração na Feira da República, a mais recente das Grandes Obras da Chanceler Lina Soh. Em breve, milhões de participantes da feira ficariam maravilhados com a conquista de Targes e, se fossem como Bell, ficariam deslumbrados. A *Innovator* ostentava oficinas cibernéticas de última geração, ao lado de vários laboratórios de bioengenharia, estações de análise, instalações de pesquisa e uma biblioteca médica que perdia apenas para o Instituto Docha, em Dunnak.

Mas por mais extraordinária que a aeronave fosse, sem sombra de dúvidas, ainda não era nada comparada aos seres que a construíram rebite a rebite. Os Cyclorrianos eram uma maravilha, diferente de tudo que Bell já vira. De natureza insetoide, tinham cerca de um metro de altura com grandes cabeças bulbosas tomadas por um par de enormes olhos compostos, muito parecidos com as moscas do calor que zumbiam pelo posto avançado Jedi em Elphrona, onde Bell recebera grande parte de seu treinamento. Ele observava enquanto eles enxameavam pelo casco reluzente, realizando as últimas revisões, cada Cyclorriano trabalhando em uníssono com seus companheiros de equipe, sem parecer proferir uma única palavra. Era incrível. Cada um parecia saber exatamente o que precisava ser feito instintivamente, nenhum deles pegando um no pé do outro, cada qual complementando perfeitamente o próximo. E o entusiasmo deles pelo serviço era contagiante. Nas vinte e quatro horas desde sua chegada, Bell não vira nenhum deles reclamar, apesar da reputação de supervisor severo de

Targes. Os insetoides simplesmente continuavam operando, hora após hora, com as antenas se mexendo alegremente enquanto zumbiam de uma tarefa para outra. Era impossível não sorrir na presença deles. Exatamente o que Bell precisava, principalmente naquele momento.

Atrás dele, Brasa se mexeu. A charhound estivera sentada paciente a seus pés, fazendo companhia constante a Bell desde que deixaram Elphrona. Ela começara a vida como um ser abandonado que foi adotado pelos Jedi de Elphrona, tornando-se a princípio uma mascote, e uma amiga leal desde então. Quando Bell partira de Elphrona, Brasa simplesmente saltou para dentro de seu caça Vector, deixando claras suas intenções de continuar ao lado do jovem. E lá estava ela, a seus pés, olhando com expectativa para a porta da plataforma de observação que se abrira para permitir a entrada de Indeera Stokes. A Jedi mais velha deu risada quando Brasa saltou na direção dela, pulando nas pernas da Tholothiana, esperando ser recompensada com um afago no queixo mosqueado de laranja.

– Sim, sim – disse Indeera. – Também estou feliz em ver você. Agora desça. Isso mesmo. Boa menina, boa menina.

Brasa obedeceu, correndo de volta para Bell, que permanecera na beira da plataforma. Bell olhou para ela e sorriu, a cauda da charhound empolgada batendo em suas botas.

– Tenho certeza de que ela gosta mais de você do que de mim – comentou Bell, enquanto Indeera se aproximava.

– Acho que nós dois sabemos que isso é mentira – disse ela, juntando-se a ele para observar a magnífica nave abaixo. Ela se inclinou contra o corrimão, balançando a cabeça ao ver o espetáculo propiciado pelo trabalho duro dos Cyclorrianos. – Pelas estrelas, é de tirar o fôlego, não?

– Realmente, Mestra. A *Innovator* é tão impressionante quanto aqueles que a construíram.

Como sempre, Bell sentiu uma pontada de dor ao se dirigir a Indeera pelo título. Era verdade, a Tholothiana passara a ser sua professora, tendo concordado em assumir seu treinamento depois que seu antigo Mestre, Loden Greatstorm, fora perdido defendendo alguns colonos dos Nihil cerca de um ano antes. A última conversa entre eles sempre passava por sua mente, Loden nos controles de seu caça Vector.

*"Não sou mais seu mestre, Bell. Você é um Cavaleiro Jedi."*

*"Não até que o Conselho declare, e quero você lá quando isso acontecer."*

Aquilo nunca mais poderia acontecer. Loden dissera que veria Bell em breve, e nunca retornara do ataque. Ninguém sabia o que tinha acontecido quando Loden abandonara seu Vector... o Vector *deles*... para proteger a família Blythe dos Nihil. O caça Vector fora reduzido a átomos por um canhão Nihil, e Loden, bem, simplesmente se fora. Indeera sempre lembrava a Bell que o último desejo de Loden era ter seu Padawan elevado a Cavaleiro, mas Bell sabia que não estava pronto. Como poderia estar, quando se sentia tão vazio, como se algo estivesse faltando?

– Bell?

Ele engoliu em seco, com a súbita certeza de que Indeera o estava analisando. Ela era sua professora, apesar de quão estranho aquilo parecia. E não deveria ser assim. Ele a conhecia há anos, até lutara ao lado dela, e a respeitava mais do que a qualquer outro Jedi vivo, o que, é claro, era o problema. Loden Greatstorm não iria voltar, aquilo já estava manifestamente claro, mas não importava o quanto Bell admirasse Indeera, ela jamais poderia substituir o nobre Twi'lek.

Bell lançou um sorriso desanimado.

– Estava apenas pensando sobre como as pessoas ficarão empolgadas na Feira da República, ao ver a *Innovator* pela primeira vez.

– Elas vão mesmo. E quanto a você?

– O que tem eu?

– Está ansioso por Valo?

Ele mudou de posição no lugar, desconfortável, com cuidado para não chutar Brasa, que estava aconchegada entre suas pernas, com sua pele transmitindo calor através das botas de couro sintético de Bell.

– Vai ser bom encontrar Mikkel e Nib. E Burry também, é claro.

Aquilo era verdade. Ele passara a pensar naqueles três como amigos, principalmente no Wookie Burryaga, a quem ele conhecera melhor depois de servirem juntos em Hetzal.

– É claro – repetiu Indeera, ainda olhando para ele com seus olhos calorosos. – Haverá muito para vivenciarmos juntos. – Ela olhou de volta para a nave. – Loden teria amado. Ele teria amado isso.

Um caroço se formou na garganta de Bell enquanto Indeera continuava:

– Posso imaginá-lo aqui conosco, observando o trabalho dos Cyclorrianos, apreciando a habilidade deles.

– E o que você acha que ele diria? Se estivesse aqui? – A voz de Bell falhou enquanto ele tentava controlar suas emoções.

A Tholothiana apertou os lábios.

– Acho que ele iria cumprimentá-lo pelo brilho da fivela da sua bainha e ressaltar que, se *um dia* você quiser dominar o giro lateral, terá que se dedicar ao seu caça Vector ao menos mais duas horas por dia.

Um sorriso brotou no rosto de Bell, apesar de tudo. A última parte da frase era pura Indeera, que sempre parecia mais feliz no céu do que com os pés no chão.

– Ele também iria lembrá-lo sobre como um Jedi enfrenta a morte daqueles que ama – prosseguiu ela, e o sorriso de Bell sumiu no mesmo instante. – Porque os Jedi *podem* amar, Bell. Não somos droides, nem deveríamos ser. Somos criaturas vivas, ricas na Força, com tudo que ela traz. Alegria, afeto, e sim, tristeza. Experimentar essas emoções faz parte da vida. Isso é luz.

– Mas...

– Mas mesmo que experimentemos tais emoções, nunca devemos permitir que elas nos governem. Um Jedi é mestre de suas emoções, nunca um escravo. Você sente falta do que poderia compartilhar com Loden, se ele estivesse aqui. Isso é natural. Também sinto falta dele. E assim nós reconhecemos essa dor. Nós a compreendemos, até a aceitamos, mas no fim...

– A deixamos ir – concluiu Bell, voltando a olhar para a *Innovator* de forma que Indeera não pudesse testemunhar as lágrimas que ela certamente sabia que estavam em seus olhos.

A Tholothiana estendeu o braço, colocando uma mão de maneira reconfortante no antebraço dele.

– Eu não disse que seria fácil. Assim como um giro lateral.

Aquilo fez o jovem voltar a sorrir, bem como o leve aperto que ela lhe deu antes de se voltar mais uma vez para a nave.

– Além disso, ninguém nunca parte de fato. Não importa o que aconteça, Loden estará com você, agora e sempre. Ele é parte de todos nós agora.

Novamente, as lágrimas surgiram nos olhos de Bell.

– Através da Força.

– Através da Força, sim – concordou ela. – Você acredita nisso, não?

Ele assentiu, esperando enganá-la, mesmo que soubesse muito bem que era impossível fazê-lo.

– Sim. É claro que acredito.

– Fico feliz em ouvir isso – disse ela, sem parecer convencida. – Agora, a menos que exista alguma outra coisa...

– Nós deveríamos sair dessa plataforma e fazer alguma coisa de verdade com o dia – disse ele, ansioso para terminar aquela conversa.

O comunicador de Indeera apitou antes que ela pudesse responder.

– Talvez a Força concorde com você, meu não tão jovem Padawan. – Indeera pescou o comunicador de dentro de sua jaqueta cor de bronze e o ativou.

– Stokes falando.

– Aqui é Stellan Gios. – Uma voz crepitou no aparelho, o tom de voz geralmente nítido do Mestre Jedi enfraquecido pela grande distância entre eles. Ainda que o Farol da Luz Estelar tivesse melhorado as comunicações na fronteira, a rede de comunicações ainda estava estendida ao máximo, mesmo ali na Orla Média. A Chanceler Soh prometera uma série completa de faróis se ampliando do Núcleo até os confins da República, mas até que tal promessa se tornasse realidade, eles teriam que lidar com os períodos de estática que muitas vezes acometiam as comunicações.

– Desculpe, mas você pode repetir? – Indeera foi forçada a responder, enquanto o restante da saudação de Mestre Gios estava distorcida e ininteligível.

– Claro! – obedeceu. – Estava apenas verificando seu progresso para meu relatório ao Conselho. A *Innovator* estará pronta para ser lançada no prazo?

– Antes do previsto – interrompeu Bell, em tempo de corar ao perceber que respondera quando a pergunta era dirigida a sua Mestra. Indeera fingiu revirar os olhos, embora o sorriso em seus lábios lhe dissesse que ele não estava em apuros. Apesar de toda sua sabedoria, ela não era de fazer cerimônia.

– Fico feliz em ouvir isso... Padawan Zettifar, certo?

Bell assentiu com a cabeça, embora Stellan não pudesse vê-lo.

– Sim, Mestre Gios. Os Cyclorrianos são uma maravilha, assim como a *Innovator*.

– Estou ansioso para vê-la com meus próprios olhos, e para conhecê-lo finalmente, é claro. Nib Assek tem exaltado suas qualidades.

O rubor de Bell aumentou.

– Ela está com você?

– A caminho de Valo, sim. Está ansiosa para vê-lo novamente.

– Ela é muito gentil – gaguejou ele, sem saber o que fazer consigo mesmo.

– E meu Padawan é muito modesto, mesmo para um Jedi – interrompeu Indeera. – A Força o abençoou, como você poderá ver por si mesmo, meu velho amigo.

As sobrancelhas de Bell se ergueram. Ele não fazia ideia de que Indeera conhecia Gios, ainda mais que eram tão próximos quanto o tom da conversa sugeria.

– Não tenho dúvidas – disse Stellan. – Até Valo, então. Ouvi dizer que o picles de cushnip é de matar.

– Melhor do que aquele que comemos em Theros Major? Deixe que eu decida.

Stellan riu do outro lado da linha.

– Por que é que eu não estou surpreso? Agora, se me dão licença, tenho um encontro marcado com um droide câmera.

Foi a vez de Indeera rir.

– Bom, se você conseguir ser promovido ao Alto Conselho... As pessoas logo vão começar a pedir seu autógrafo.

– Vou enviá-las até você, em vez disso. Gios desligando.

– Como ele é? – perguntou Bell enquanto Stokes guardava o comunicador de volta em sua jaqueta de couro macio.

– Stellan? Um dos melhores Jedi que já conheci. Nos conhecemos em Caragon-Viner, muito antes de eu ir para Elphrona. Ele é mais jovem do que eu, claro, mas...

Indeera fez uma pausa, seus tentáculos brancos se mexendo ligeiramente em seus ombros. Bell não precisou perguntar por quê. Ele também sentiu um leve esfriamento na Força, sua chama diminuindo apenas por um instante, antes de inflamar-se com mais brilho do que antes.

– Tem alguma coisa errada – declarou ele, simplesmente. Brasa pulou quando a atmosfera entre os dois Jedi mudou, seus pelos se arrepiando.

– Isso é um eufemismo – concordou Indeera, já se dirigindo para as portas da plataforma. – Informe a *Innovator* que estamos a caminho.

# CAPÍTULO TRÊS

## SAFRIFA

– Você vai nos ajudar?

Ty Yorrick já tinha perdido a conta de quantas vezes ouvira aquelas palavras, geralmente acompanhadas de olhares suplicantes e, em grande parte das vezes, membros ausentes. Era preciso estar desesperado para se aproximar de alguém como Ty.

Os camponeses do pântano de Safrifa estavam desesperados.

Eles a encontraram consertando sua nave na orla dos campos pantanosos, preparando-se para partir depois de uma operação de extração bem-sucedida, onde libertara o filho de um senhor do pântano local de um clã rival. Houvera sangue e gritos. Sempre sangue e gritos. Parte desse sangue ainda cobria sua armadura, enquanto os gritos persistiriam quando ela finalmente caísse na cama naquela noite, mesmo depois de ter tomado raiz de keekon para ajudá-la a dormir. Falando honestamente, ela não se importava com os gritos. Eles foram seus companheiros durante a maior parte de uma década, a única constante em sua vida de frequente mudança.

O minério noviano que recebera como pagamento por resgatar a criança viria a calhar. Sua nave precisava de peças, e peças significavam dinheiro. Ela conhecia um armeiro em Keldooine que aceitaria o minério noviano e o fundiria em lâminas serrilhadas. Talvez ela mesma comprasse alguma. Menos dinheiro para a nave, mas seu arsenal se esgotara depois daquele trabalho malfeito em Alzoc III. Kriffing Hoopaloo, roubando metade do seu estoque. Qualquer outro mercenário teria rastreado o aviano traidor e arrancado aquele bico bajulador de seu rosto, mas Ty não era uma mercenária qualquer. Coisas ruins aconteciam e deveriam ser encaradas. Não fazia sentido empregar tempo ou esforço em batalhas desnecessárias, principalmente se ninguém pagaria por elas.

Ela percebeu a presença dos camponeses do pântano muito antes de ouvi-los atravessando o terreno de maneira ruidosa. Percebeu e avaliou. Eles não eram ameaça alguma para mercenários ou feras. Não eram ameaça para ninguém. A maioria dos Safrifanos eram criaturinhas magricelas com pele da cor da água estagnada e cabelos que pendiam como algas na frente de grandes olhos ovais. No entanto, eram diligentes. E engenhosos. Ty caminhara sobre um dos canteiros flutuantes deles, uma faixa longa e estreita de solo espesso erguido da água do pântano pela lama e vegetação em decomposição para evitar que as raízes das plantações de kru-kru ficassem encharcadas. A fazenda se estendia por quilômetros, cada lote emoldurado por cavaletes de salgueiro e cercado por uma rede de canais estreitos. À primeira vista, era possível imaginar que nada poderia ser cultivado ali, mas os Safrifanos provavam o contrário. Habilidosos e resilientes. Ty gostava daquilo. Até mesmo admirava. E lá estavam eles, esperando pacientemente para falar com ela. Aquilo só poderia significar uma coisa.

– Bela nave – gorjeou uma voz, num Básico truncado. – Qual é o nome dela?

– Não tem nome – respondeu Ty, na língua nativa dos Safrifanos, sem se afastar de seu trabalho. O maldito estabilizador estava aguentando por um fio.

– Você fala nossa língua? – perguntou o camponês, surpreso.

– Dá pro gasto. – Ela era sortuda. Sempre fora daquele jeito. Ty aprendia a maioria dos idiomas rapidamente, um talento útil em sua profissão. Às vezes, ela deixava as pessoas saberem, outras vezes ficava quieta e ouvia. Não tinha nada a temer daqueles dois, mesmo enquanto hesitavam atrás dela, sem saber o que dizer depois que sua conversa fiada falhara. Ela não estava mentindo, no entanto. Sua nave, um cargueiro YT-750 danificado, não tinha um nome, apenas um número de registro salvo nos arquivos da República. Vários números, na verdade, dependendo do trabalho ou do empregador. Ela não via sentido em dar nomes para as coisas, nave, arma e nem mesmo os dois droides que a ajudavam nas missões, uma unidade administrativa sarcástica e um astromecânico realmente útil. Assim como a nave, eles eram ferramentas e nada mais. Por que criaria vínculos com coisas que nunca poderiam se vincular a ela? Talvez fosse um retorno ao seu treinamento. Talvez não. Ty pensava naquilo apenas como bom senso.

– O que vocês querem? – Ela precisava que aquela conversa terminasse. Tinha lugares para ir, componentes para comprar.

– Nós temos minério noviano. Não muito. Mas o suficiente.

– Suficiente para o quê?

Em vez de responder, os camponeses fizeram uma simples declaração:

– Está matando nossos filhos.

Ty parou de trabalhar, seu kit completo de ferramentas caindo do núcleo exposto do estabilizador.

– O quê? – perguntou ela, a voz com um ar de resignação.

– Um monstro. Dos maus.

Existia algum outro tipo?

– Há quanto tempo está acontecendo?

– Três semanas. Colocamos armadilhas, mas ele destruiu todas. Arrasou nossos lotes, arruinou as plantações.

– Quantas?

– Plantações?

– Quantas crianças?

– Isso importa?

Resposta correta.

Ela finalmente se virou, avaliando as criaturas patéticas diante de si. Eram pouco mais do que esqueletos que andavam, com a pele esticada sobre ossos proeminentes. O mais alto dos dois, relativamente falando, ergueu uma algibeira de couro.

– Temos minério noviano – repetiu ele, e seu companheiro se curvou, recuado, apoiando-se pesadamente em um cajado.

Não era muito minério, a julgar pelo tamanho da algibeira. Dificilmente valeria o tempo dela.

*Está matando nossos filhos.*

– Onde?

– No Pântano Sorcan, a três dias de caminhada daqui. Um dia, se você tiver um skimmer.

– Vocês têm um skimmer?

– Não.

Ele olhou para ela, e ela olhou para ele. Seu companheiro olhou para o charco. Exausto. Sem esperança nem expectativa.

Antigamente, ela teria usado um conjunto de pedras Verazeen para tomar a decisão, dizendo a si mesma que quem decidiria seria o acaso. Que seria a vontade do universo. Um lado das pedras era gravado com símbolos da lua, o outro lado com símbolos do sol. O processo era bem simples. Ela jogava as pedras no chão, decidindo se apostava em mais sóis ou mais luas, e deixava que o destino guiasse o caminho. Ela estava assumindo um papel mais ativo recentemente, escolhendo seu próprio caminho em vez de depender das pedras, e sabia que aquele trabalho não valeria a pena. Ela deveria voltar para a nave e decolar para Keldooine. Era a coisa sensata a se fazer. A mais lógica, até.

Ele precisava dizer as palavras.

– Você vai nos ajudar?

E lá estavam elas.

# CAPÍTULO QUATRO

## RYSTAN

O frio nunca preocupara Udi Dis. Ele nunca o experimentara enquanto crescia, mas aquilo fora há muito tempo, e os trópicos de Talor eram pouco mais do que lembranças distantes. Houve tantos mundos desde então, tantas rotas traçadas e vendidas. Seu pai teria vergonha da vida que o filho levara, mas qual era a novidade? Nada daquilo impediu que Dis prendesse a respiração quando a rampa da *Aranha* baixou sobre o chão empoeirado. O frio era intenso mesmo ali na faixa habitável de Rystan, mas Dis não poderia deixar transparecer. Não iria. Desceu a rampa vestindo uma capa forrada de peles e uma máscara para proteger os olhos do vento, o metal rangendo sob as garras de seus pés, ignorando o calafrio que atravessava suas penas como uma vibrolâmina.

– Aí está ele – resmungou uma voz enquanto o próprio Ro saía da embarcação. Dis assumiu uma postura defensiva, segurando firme o cabo de suas lâminas rêmiges, as armas curvas que eram a única posse que ele ainda preservava de seu lar. Um amontoado de peles corria na direção deles, liderando um trio de criaturas grandes que pareciam saídas do pesadelo de um engenheiro genético, horríveis cruzamentos que eram parte blurrg, parte bantha. Dis desejou, não pela primeira vez, que sua afinidade com a Força, a cinestesia que lhe permitia navegar pelas estrelas com tamanha precisão, também se estendesse à lendária premonição dos Jedi, a capacidade de sentir o perigo antes que ele acontecesse. Pelo que sabia, aquelas peles grossas escondiam um desintegrador ou uma arma laser.

Ele recuou quando sentiu a mão de Ro pousar em seu ombro.

– Descansar, soldado. É o nosso contato.

Soldado. Havia muito tempo desde que Dis fora um soldado. Um longo tempo desde que Dis fora qualquer coisa. Muito antes de ele encontrar os Nihil.

Ro passou por ele, descendo a rampa enquanto a recém-chegada abria os braços.

– Marchion, Marchion, Marchion – disse ela, ofegante, com uma alegria que sugeria intimidade familiar. – Você voltou para nós. Finalmente. Você retornou para a Trilha.

– Kufa – respondeu Ro, sem tentar retribuir o abraço que a velha mulher claramente desejava. Em vez disso, ela deixou os braços caírem ao longo da lateral do corpo enrolado mais uma vez, contentando-se em sorrir para o homem que desencadeara um reinado de horror na Orla Exterior. – É bom ver você, Primo.

Outra surpresa. Aquela velha bruxa, com sua pele coriácea e seu sorriso banguela, era parente do Olho? Dis conhecia pouco sobre o passado de Ro, exceto pelo fato de que ele herdara o título de Olho de seu pai, Asgar. Além daquilo, ninguém sabia muito sobre a linhagem de Ro, ou mesmo sobre sua espécie de pele cinza ardósia e olhos pretos como breu. E ainda assim havia algo no rosto daquela mulher, com estranhas tatuagens tão parecidas com os raios dos Nihil, que era familiar – ainda que Ro parecesse capaz de parti-la ao meio como a um filamento de bário.

– Sentimos sua falta – disse a mulher, encarando o Olho. – Quando recebemos sua mensagem, o Ancião mal pôde acreditar... – Ela foi parando de falar, e ergueu um dedo trêmulo na direção da máscara do Olho. Ro permitiu que ela a tocasse, outra novidade até onde Dis sabia. – Embora eu prefira ver seu rosto. Faz tanto tempo.

Ro guiou a mão dela para baixo, segurando-a calorosamente entre as dele.

– Mais tarde. Quando estivermos no Santuário.

Aquilo pareceu o bastante para ela, naquele momento.

– Sim. Sim, o Santuário. Mas a temperatura estará pior, não melhor.

– Consigo acreditar.

– Mas valerá a pena... olhar para o Igualador. Sentir sua paz nulificadora.

– Como nossos ancestrais fizeram, há muito tempo.

– Como fomos ensinados. Todos nós.

Lágrimas escorreram dos olhos escuros da mulher. Dis imaginou se elas congelariam.

– Você realmente voltou da escuridão.

Ro soltou a mão dela.

– Então, você nos levará?

O olhar de Kufa se voltou para Dis, como se ela o estivesse vendo pela primeira vez.

– E quem você levaria para os campos de Golamaran? Quem você levaria para o Santuário?

– Este é Udi Dis – disse Ro para a velha, apontando em direção a Dis. – Um... um amigo.

Dis gostou daquilo. Não um guarda-costas. Nem mesmo um piloto. Um amigo.

Os olhos da velha bruxa o encararam.

– Ele é... o quê?

Dis queria gritar que estava congelando.

– Ele é Talortai – respondeu Ro em seu lugar. – Uma espécie poderosa na Força.

Os olhos dela voltaram-se atentos para o rosto mascarado do primo.

– A Força?

Daquela vez, Dis falou:

– Sou um navegador. Um desbravador.

Ela gargalhou, claramente entretida com a escolha das palavras.

– Ah, é? Bem, o que quer que seja e o que quer que possa fazer, você é bem-vindo. – Ela voltou a encarar Ro. – Assim como os créditos que chegaram antes de você. Quanta generosidade.

– Eu sabia que a jornada até aqui seria difícil para você – disse Ro. – Você ainda tem aquela lata-velha?

– A *Mão Aberta*? Sim, sim eu tenho. Meio devorada por gorgulhos de ferrugem, mas ainda voa, embora não para o Santuário. – Ela deu um tapinha no couro de uma das criaturas desgrenhadas que aguardavam pacientemente a seu lado. – Os slarga vão nos levar onde nenhum transporte voará. Eles são fortes. – Ela olhou para Ro. – Precisam ser, onde estamos indo.

O caminho até a entrada da caverna foi longo e árduo. Felizmente, a primeira parte da jornada fora feita em um trenó flutuante, os slarga bufando na traseira do deslizador, que se engasgava e cuspia enquanto cruzava as planícies congeladas de Golamaran. A paisagem era estéril, um deserto gélido que se estendia na escuridão em todas as direções. Ali, na tundra, Dis estava grato pelas peles grossas que Kufa fornecera. O fedor rançoso de suor estava impregnado nas fibras emaranhadas, mas elas impediam que o vento congelasse seus ossos enquanto Ro se empoleirava na frente com sua prima.

Em pouco tempo, Kufa anunciou que deveriam fazer o restante do caminho montados nos slarga. Cambalearam na escuridão, a luz do deslizador diminuindo enquanto seu piloto droide se afastava o mais rápido que seu repulsor permitia. A escuridão era quase absoluta, e ainda assim a pesada caravana continuava em silêncio, qualquer som sendo engolido pela ventania uivante que ameaçava arrancar a todos de suas montarias. Os slarga, de alguma forma, sabiam para onde estavam indo, suas grandes cabeças abaixadas contra o vento, seus pés largos esmagando a neve.

Dis estendeu seus sentidos, satisfeito que Ro ainda estivesse à sua frente e confiando que a velha mulher conhecia o caminho. Ele precisava ficar alerta. Não havia como saber que terrores caçavam nas planícies de gelo, se é que alguma forma de vida poderia sobreviver a tais temperaturas, para começo de conversa. Mas se pudesse, estaria com fome e os slarga dariam uma boa refeição, assim como eles, mesmo a velha Kufa, que Dis imaginava mal passar de pele e osso por baixo de todas aquelas peles.

Depois de uma hora que mais pareceu um dia, a montaria de Dis parou de forma abrupta, e por um segundo ele imaginou que ela sucumbira ao frio e estava prestes a desabar sobre sua grande cara achatada. Ele ouviu botas rangendo na neve à frente. Ro desmontara e estava ajudando a velha mulher a descer do slarga. Dis seguiu o exemplo, grato pelo bastão de luz que Kufa acendera, acenando com ele para nordeste da posição em que eles se encontravam. Eles lutaram contra o vento, a luz do bastão de Kufa oscilando enquanto a neve caía sobre o trio. Em pouco tempo, Dis não conseguia mais sentir os slarga que deixaram amontoados, e nem conseguia enxergá-los. Não havia nada além de neve, gelo, vento e barulho. Seu corpo doía, as lâminas rêmiges pesavam em suas costas onde ele as havia prendido, e cada passo era uma provação. O tempo perdeu o significado, e Dis temeu em mais de uma ocasião que seus sentidos o tivessem abandonado. Para onde ficava o norte? E o sul? Ro ainda estava à sua frente? Ele chamou, mas não conseguia ouvir nem sua própria voz, muito menos saber se o Olho respondera.

Então, ele parou de súbito, e seus sentidos retornaram a ele. Kufa e Ro estavam fazendo uma pausa, e Dis forçou sua visão normalmente aguçada para conseguir distinguir através da fuligem grudada em seus óculos de proteção.

A velha os conduzira até um afloramento rochoso no gelo, seu bastão iluminando uma fenda na rocha, larga apenas o bastante para que um lagarto-macaco passasse, e ainda assim era exatamente aquilo o que ela fazia, suas peles agarrando-se às pedras. Dis pensou que ela ficaria presa, mas Kufa se espremeu pela passagem como um rato scree, deslizando através de uma abertura com metade de seu tamanho. Ela desapareceu em um segundo, e Dis sentiu uma repentina pontada de pânico por ela ter levado o bastão de luz, até que percebeu que o iluminador estava nas mãos de Ro. O Olho lhe ofereceu o bastão, com a intenção de seguir a prima, mas Dis balançou a cabeça. A velha parecia saber para onde ia, mas não havia como saber o que os aguardava do outro lado daquela fenda. Dis não deixaria que Ro se jogasse nas patas de uma aranha-gélida. Sacando suas lâminas rêmiges, o Talortai seguiu a velha rumo ao desconhecido.

# CAPÍTULO CINCO

## OS ESTALEIROS DE CYCLOR

A cabeça eriçada de Vam Targes apareceu em um terminal enquanto Indeera e Bell corriam para a impecável cabine de comando da *Innovator*.

– Jedi?

– Temos um problema. – Bell deixou escapar, antes que Indeera pudesse impedi-lo.

Targes rangeu a mandíbula, preocupado.

– Que tipo de problema?

Bell praguejou internamente.

– Nós... não sabemos.

– Sentimos um distúrbio na Força – interrompeu Indeera, poupando o jovem Jedi de constrangimentos.

– E vocês não podem ser mais específicos? – perguntou o Aqualish por meio de seu vocodificador, antes de se corrigir. – Não, é claro que não podem. A Força dificilmente é empírica, porque isso seria, vocês sabem, útil.

Ambos os Jedi já estavam acostumados com a natureza de Vam. O Aqualish não queria ser desrespeitoso. Ele estava acostumado com absolutos. Componentes. Equações. As leis da física. Enquanto muito da galáxia confiava na Força, para aqueles de pensamento científico seus caprichos deveriam ser intoleráveis.

O engenheiro virou-se para um Cyclorriano próximo diante de um painel de análise.

– Execute uma varredura de diagnóstico.

O insetoide chiou uma pergunta em um idioma que Bell tentava, sem sucesso, compreender desde que voltara à Orla Média.

– Todos os sistemas – respondeu Vam rispidamente. – Se os Jedi dizem que alguma coisa está errada, alguma coisa está errada, e precisamos descobrir o que é imediatamente.

A pele do Cyclorriano mudou para um tom púrpura enquanto ele retornava ao trabalho. Ainda que Bell não conseguisse dominar seu idioma, aprendera o suficiente sobre os insetoides para saber que mudanças súbitas de cor indicavam profundo estresse. Ele detestava causar desconforto a quem quer que fosse, mas o abalo na Força fora muito evidente. Ele voltou a alcançá-la, visualizando a Força como uma chama intensa, pedindo silenciosamente que o Loden o guiasse. Como sempre, não obteve resposta de seu antigo Mestre, mas não havia dúvidas da repentina brisa que abafava as chamas que via em sua mente.

– Não está na nave – murmurou Bell, baixinho.

– O que foi? – perguntou Vam.

– A ameaça não vem de dentro...

– Mas de fora – confirmou Indeera, quando uma buzina soou.

Brasa correu junto aos pés de Bell enquanto eles avançaram para a mesa de controle central no convés de voo.

– O que é isso? – perguntou Bell.

– O alarme de proximidade do hiperespaço – respondeu Vam, suas mãos pressionando botões e ajustando controles. – É um sistema experimental que venho aperfeiçoando que monitora vibrações no espaço real para prever a chegada de naves vindas do hiperespaço. Esperava dar de presente para a Chanceler Soh durante a feira.

– E? – perguntou Bell. – Existem vibrações?

– O alarme tocou, não?

– Mas de onde elas estão vindo? – perguntou Indeera, ignorando o tom exasperado do Aqualish.

– Como disse, estou trabalhando para *aperfeiçoar* o sistema. Ele ainda está num estágio experimental.

– Então, não sabemos – constatou Bell, categórico, tentando controlar sua frustração.

Vam dirigiu-lhe um olhar astuto.

– Irritante, não?

– Entendido.

– Talvez possamos ajudar – disse Indeera. – Você tem um intervalo de coordenadas?

– É claro – disse Vam, ativando um controle. Uma série de números rolou por um monitor acoplado à mesa.

O Aqualish franziu a testa.

– O que houve? – perguntou Bell.

Targes bateu em um botão, e eles se voltaram para ver o espaço ao redor dos estaleiros, exibido na tela de visualização principal.

– Os dados indicam que a abertura vai surgir em uma dessas localizações, mas ninguém em sã consciência saltaria tão perto de um corpo gravitacional. Deve haver algo de errado com os cálculos.

Como se para provar que ele estava errado, ou melhor, que os cálculos estavam corretos, uma nave surgiu na tela, saltando para o espaço real. Era uma banheira velha, feita com partes de várias embarcações diferentes, embora Bell chutasse que tinha começado a vida como um cruzador de espaço profundo corelliano, mas nenhuma nave civil teria tantos armamentos. Turbolasers. Canhões de blaster. Torpedos. E mesmo tal demonstração de força bruta se tornava insignificante perto dos três raios gravados próximos ao bico cônico achatado da nave. Aquilo significava apenas uma coisa.

Os Nihil.

Indeera já estava correndo, Bell e Brasa a acompanhando.

– Lance todos os skywings – ordenou ela. – E me diga que esse laboratório voador tem armas.

– É uma embarcação *científica* – gritou Vam, em resposta. – Além do mais, é apenas uma nave.

– Os Nihil nunca vem sozinhos – respondeu Bell, gritando enquanto saltava para dentro do turboelevador à espera.

– Eles sabem que estamos aqui?

Na nave Nuvem Nihil, o poço de ódio fervente Gloovan conhecido como Sarn Rompestrela olhava com avidez para os estaleiros.

– E então, sabem? – exigiu ele, quando ninguém respondeu sua pergunta.

Uma Fluggriana no terminal de comunicações inclinou sua cabeça bulbosa, escutando o dispositivo enfiado em suas orelhas minúsculas.

– Estou captando uma conversa frenética em todas as frequências. Eles sabem, com certeza.

*Ótimo*, pensou Rompestrela. Aquilo significava que estavam apavorados. Ele gostava quando estavam apavorados. Era naquele estado que cometiam erros.

– Algum pedido de socorro?

– Nenhum que consiga atravessar nossos bloqueadores de sinal.

– Perfeito. Mirem no estaleiro e atirem. – Rompestrela sorria, seu rosto limoso brilhando de expectativa.

A tripulação não precisou nem questionar quais armas. Conheciam seu Nuvem muito bem. Quando Sarn Rompestrela mandava atirar, falava de *todas* as armas. Cada uma delas.

Feixes escarlate foram disparados dos canhões da nave Nuvem, seguidos de uma torrente de torpedos de plasma. Explosões brotavam em todas as defesas do hangar, cada uma causando um gargarejo excitado do Nuvem. Os estaleiros de Cyclor estavam repletos de itens lucrativos, mas Rompestrela só tinha seus pequenos olhos para um único prêmio, o tesouro que aguardava dentro do Hangar Vinte e Dois: o orgulho das unidades científicas da República, a *Innovator*. Ele se divertira torturando o oficial de segurança que finalmente entregara o número do hangar, mas se divertiria ainda mais rompendo o casco da *Innovator*. Não tinha ideia de que tesouros poderiam ser encontrados quando seu grupo de incursão invadisse os corredores daquela nave. Na verdade, ele mal se importava. Sabia apenas que seriam valiosos, não para ele, mas para sua Tempestade. Aquele seria o sucesso que finalmente faria Pan Eyta promovê-lo a Tormenta, com toda a glória – e *riquezas* – que acompanhavam o posto. Sarn lambeu os lábios, saboreando o gosto forte e amargo de seu próprio muco. Sim, aquilo seria *glorioso*.

– Temos uma brecha – avisou a Fluggriana. Rompestrela não sabia seu nome, mas ela atendia por *você*, o que bastava para o Nuvem.

– Então, liberem os caças – rugiu ele, ativando um controle em sua poltrona de comando que fazia sua voz ressoar por toda sua nave Nuvem. – Alimentem a Tempestade, meus amigos. Nós nos banquetearemos esta noite.

A doca de pouso da *Innovator* chacoalhou enquanto outra saraivada atingia o hangar. Os Nihil não estavam perdendo tempo. Bell correu em direção a seu caça Vector, abrindo a cabine com um empurrão da Força, assim como Indeera lhe ensinara. Brasa disparou sobre uma das asas finas como lâminas do caça, pulando para o assento de trás enquanto Bell saltava para pousar perfeitamente diante dos controles de voo.

Ele olhou de relance para ver que Stokes já estava a bordo de seu próprio caça, executando a sequência de pré-lançamento. Não que aquelas naves minúsculas precisassem de muita coisa em se tratando de checagens de voo. Cada Vector era uma ode à simplicidade, com pouca necessidade de equipamentos computadorizados ou sensores, não quando um Jedi estava atrás do manche.

A voz de Targes crepitou pelo comunicador enquanto a redoma da cabine se fechava sobre Bell:

– Eles romperam o hangar. Caças a caminho.

Bell estava impressionado. O Aqualish estava se mantendo calmo de maneira notável, considerando a situação.

– Alguma mensagem do Núcleo?

– Não conseguimos contato. Todos os sinais de comunicação estão embaralhados.

– Entendido. No aguardo.

Bell não precisou olhar para ver se Indeera já estava pronta. Ele podia sentir. Acionou os propulsores, o caça avançando como um borrão em direção às portas da doca. Quando assumiu seu treinamento, Stokes insistira que Bell pilotasse um caça próprio em vez de apenas como copiloto, uma decisão que foi bastante apropriada. Diferente de como foi com a *Nova*, no entanto, ele resistira a dar ao pequeno caça um nome. Não parecia correto. Não depois de Loden. Os ensinamentos Jedi estava corretos. Nada de vínculos. Eles só atrapalhavam.

Atrás dele, Brasa latiu tão logo eles atravessaram as portas e se atiraram no espaço.

– Tudo certo aí atrás, garota? – gritou Bell por cima do ombro. – Pronta para assumir os canhões?

Brasa latiu novamente, colocando um sorriso no rosto do Jedi.

– Bom saber que posso contar com você.

Ele girou, ajustando o caça para a esquerda, evitando os destroços arrancados dos estaleiros. Rajadas de laser varriam o hangar, lançando uma nova onda de estilhaços em todas as direções. O casco não duraria muito tempo, e não haveria nada para impedir que os Nihil alcançassem a *Innovator*.

Não. Não era verdade. Ele estava lá.

Caças menores enxamearam para fora da nave Nihil principal, avançando na direção do estaleiro. Bell escolheu uma das pequenas naves saltadoras de aparência irregular, pouco maior que uma Vector, de asas atarracadas e cheias de canhões laser. Ele não precisava de um sistema de mira ou de visão holográfica. Precisava apenas da Força. Seu dedão pressionou o gatilho nos controles de voo, e os emissores dispararam. Feixes mortíferos encontraram seu alvo e penetraram fundo no casco da nave Nihil, rompendo a tubulação de combustível. A saltadora irrompeu em chamas, como uma estrela.

Brasa latiu atrás dele, e Bell sorriu, satisfeito com o ataque.

– O próximo é seu, garota.

A voz de Indeera Stokes soou pelo seu comunicador, o caça Vector mudando automaticamente para o canal exclusivo dos Jedi:

– Cuidado, Padawan. Não se vanglorie da morte de um inimigo. Este caminho leva ao lado sombrio.

Bell sentiu uma pontada súbita de ressentimento, que lutou para suprimir no mesmo instante. Indeera estava certa. Ele se *sentira* satisfeito com a morte do Nihil, uma satisfação alimentada pelos sentimentos que tentava ignorar com tanta força. Raiva. Pesar. Ainda tinha muito o que aprender.

– Obrigado, Mestra – disse ele, fazendo a Vector girar para evitar os disparos de outro caça. – Que a Força esteja conosco.

– Pela luz e pela vida – respondeu Indeera, enquanto travava combate com um adversário.

O caça estava na cola de Bell, seu piloto atirando sem critério, apostando que cedo ou tarde simplesmente teria sorte. Bell continuou rodopiando, tornando a si mesmo um alvo móvel que era dez vezes mais difícil de acertar. Em qualquer outra ocasião, ele faria seu caça subir e girar, transformando o caçador em caça. Mas naquele momento, não era preciso.

O caça Nihil explodiu em uma chama silenciosa, e Bell girou para longe, usando a Força para mudar o canal de comunicação e agradecer o piloto da defesa local que sentira se aproximando da cauda do Nihil.

– Não há de quê. – Veio uma voz sintetizada através do comunicador. – Querem nos deixar lidar com os caças enquanto vocês vão atrás daquele monstro ali?

Bell olhou para a esquerda enquanto o dono da voz emparelhava seu caça Z-29 Skyhawk com a Vector. O piloto era um Cyclorriano, com dedos enluvados agarrados aos controles. Bell agradeceu à Força pela unidade tradutora que dava sentido aos trilos e estalos do insetoide, sem mencionar o caça estelar sob seu controle. Os Z-29 eram os mais novos de uma frota de Skyhawks produzidos no estaleiro. A Corporação Incom já assinara vários acordos lucrativos para fornecer Skyhawks para os mundos da República e além. Não era preciso ser sensitivo à Força para perceber o orgulho na voz do piloto. Ele sabia que aquela batalha, apesar de perigosa, seria uma oportunidade de exibir a velocidade e manobrabilidade do Z-29. Os Nihil cometeram um equívoco ao atacar uma das melhores construtoras de naves da Orla Média, principalmente com dois Jedi presentes.

Brasa latiu, e Bell deu risada.

– Corrigindo. Dois Jedi e uma charhound.

Ele tinha certeza de que, às vezes, Brasa conseguia ler sua mente.

– Jedi Zettifar?

Bell desculpou-se com o piloto que aguardava, dizendo para que procedesse como havia sugerido. O Cyclorriano retirou-se com um aceno de sua antena, reunindo-se aos seus companheiros de enxame na batalha de suas vidas.

Bell olhou ao redor, vasculhando o espaço em torno do hangar.

– Mestra?

– Estou com você, Padawan – respondeu Indeera, seu caça Vector surgindo à estibordo.

– E a Força está com todos nós.

Bell virou a bombordo, afastando-se do hangar atingido. Indeera acompanhou o movimento com perfeição, virando-se com ele enquanto aceleravam na direção de seu novo alvo: a nave Nuvem Nihil.

# CAPÍTULO SEIS

## SAFRIFA

À medida que o monstro a arrastava para perto da ferida malcheirosa em sua boca, o único pensamento de Ty era que aquela coisa absurda tinha mais dentes do que era estritamente necessário.

Ela devia ter adivinhado que encontraria um Drengir. Há um ano, ela nunca ouvira aquele nome antes, e nem ninguém. Mas agora aqueles malditos horrores estavam em toda parte, surgindo do chão em quase todos os planetas da fronteira galáctica. A primeira vez que ouviu falar sobre um deles, Ty precisou conter o riso. Plantas sencientes? Sério? Como, em nome do vácuo, uma planta poderia ser uma ameaça? Aquilo foi antes de ela ter se encontrado cara a cara com uma delas, um horrível monte de galhos retorcidos com esporas de madeira nodosa. Os relatos de infestação se espalharam quase tão rapidamente quanto os próprios monstros, sussurrados ao redor de centenas de poços de água ou fogueiras. Dizia-se que mundos inteiros haviam sido perdidos para a praga de Drengir, assentamentos estrangulados por suas vinhas farpadas e suas populações consumidas. Nada parecia ser capaz de impedi-los uma vez que a infestação se fixasse. Diziam que até mesmo os Hutts estavam sofrendo, com as fervilhantes metrópoles de Nal Hutta se transformando em selvas agitadas. Histórias exageradas? Algumas pessoas encaravam tais relatos como tolice, mas no que dizia respeito a Ty, a ameaça era tão real quanto as trepadeiras que a arrastavam cada vez mais para perto daquela bocarra emaranhada.

Ty estabelecera para si mesma algumas regras básicas quando começou a trilhar aquele caminho. Fora uma das primeiras coisas que lhe ensinara Caratoo, o velho mercenário transmitindo sabedoria para a mais nova recruta de seu bando. "Saiba onde estão seus limites. Saiba onde traçar a linha." Claro, Caratoo estava falando sobre trair qualquer um que confiasse nele, mas a lição continuou com ela, muito depois de Kerk ter cometido o erro de lhe virar as costas. As regras de Ty eram claras. Sem vínculos. Sem complicações. Ela caçava apenas animais, nada de formas de vida sencientes, a menos, é claro, que a vida senciente estivesse tentando matá-la.

O Drengir definitivamente estava tentando matá-la.

Ela o empurrou, enviando uma onda telecinética contra a criatura, forte o bastante para quebrar o pescoço de um acklay, talvez até mesmo de um roggwart, mas não de um Drengir. Nunca um Drengir. Será que eles ao menos tinham pescoços?

Aquele não era seu primeiro encontro com o monstro. O primeiro quase a matara. Fora em Galidraan, durante uma caçada a um batarikan. Ela encontrara a serpente, raízes de Drengir amontoadas sobre os olhos e cavidades nasais do réptil, seu corpo sem nutriente algum. Infelizmente, a maioria dos habitantes locais tinha sofrido um semelhante e medonho destino, com a infestação descontrolada. Ty mal escapara com vida, embora KL-03 estivesse mais preocupado com o fato de terem perdido outro pagamento. Maldito droide. Da próxima vez, ele mesmo poderia ir atrás dos monstros.

Se houvesse uma próxima vez.

Uma raiz de Drengir subiu pela lateral de seu rosto, deslizando em direção à boca, os espinhos arranhando seus lábios. Ah, não. Ela não terminaria daquele jeito.

Ty empurrou de novo. Se não pudesse quebrar um pescoço não existente do Drengir, pelo menos quebraria aquelas malditas antenas. O Drengir rugiu, suas gavinhas se alongando além do que era possível. Por fim, elas se partiram, o corpo do Drengir, semelhante a uma pilha de galhos, chocando-se contra uma árvore. Ty arrancou a raiz de sua boca, estremecendo enquanto os espinhos arranhavam seu lábio inferior. Mais uma cicatriz para a coleção. Outra chance de morrer devido a um choque tóxico. Quem poderia dizer que tipo de bactéria vivia naquelas coisas, ou nas águas daquele pântano?

– Não há escapatória. A colheita é nossa.

A voz penetrou em sua cabeça mais afiada do que qualquer espinho. O Drengir estava irritado, mas ela também. Eles tentaram fazer aquilo em Galidraan, dominá-la com seus pensamentos venenosos, inundando sua mente com imagens de desespero ou mundos inteiros ceifados para sustento deles. Aquilo era tudo o que ela representava para eles, tudo o que qualquer um representava. Alimento. Carne. Sustento. Sobrevivência.

O Drengir avançou, lançando suas trepadeiras para agarrar galhos e árvores, qualquer coisa que pudesse usar para se arrastar mais para perto. Ótimo. Aquilo significava que ele lutava para se mover por conta própria. Ty não sabia muito sobre os Drengir, e nem ninguém, mas sabia que aquilo significava que ele era jovem, e os Drengir jovens ainda eram vulneráveis. Pelo menos, aquela era a teoria.

Ty saltou alto, mais alto do que deveria ser possível para ela ou qualquer Tholothiana. Não conseguiu alcançar a copa das árvores karenga, mas pôde agarrar um galho baixo que se estendia de uma árvore a outra. O galho se curvou, deixando-a perigosamente perto do monstro, que berrava de fome.

– A colheita é nossa. A colheita é nossa.

Não naquele dia.

Enganchando as botas em torno do galho, Ty escalou exatamente acima da criatura. Seu corpo estava dolorido, e os tentáculos prateados que pendiam de sua cabeça estavam coçando, mesmo o fantasma. *Principalmente* o fantasma, cortado há tantos anos por uma faca

Weequay. Se a ponta que faltava estava coçando, ela realmente estava em apuros.

O galho abaixou.

Ty virou a cabeça para ver que o Drengir conseguira agarrar a ponta do galho e o puxava com força para baixo. Ela fora pega no meio, longe demais da trepadeira para tentar soltá-la, e não perto o bastante do tronco para subir mais. O galho gemia, sua casca úmida começando a se partir. Se quebrasse, não haveria nada que a impedisse de cair e ser envolvida pelo monstro.

*Alimento. Carne. Sustento. Sobrevivência.*

Ela tinha uma chance. Dobrando ambos os joelhos ao redor do galho, ela se pendurou de cabeça para baixo para encarar o monstro. Ele rugiu e espumou, agarrando-se na direção dela. Ty fechou os olhos e se estendeu para baixo, não com as mãos, mas com seus sentimentos, com seu próprio espírito. Ela alcançou além da criatura que buscava consumi-la, e além da água que se acumulava sobre seu corpo voraz. Ela buscava por entre o lodo e as raízes, procurando a única coisa que poderia salvá-la, a arma que derrubara logo no primeiro ataque do monstro.

Lá. Lá estava ela, presa entre uma raiz, bem debaixo do peso do Drengir. Droga. Maldição.

Uma vinha farpada se enrolou em seu pulso esquerdo.

Ty estendeu-se novamente, daquela vez não procurando, mas chamando.

Algo se moveu debaixo do monstro, algo que Ty possuíra por muito, muito tempo. Bem antes de Galidraan. Antes até de Caratoo. Ela aumentou a pressão, retesando os músculos de seu braço. Ainda não viria, chacoalhando-se na lama, incapaz de se libertar.

Outra vinha encontrou seu pulso direito. O Drengir a puxava mais para perto.

Ty visualizou a arma em sua mente. Seu longo cabo, os perigosos espetos que decepcionaram o velho Azumel que a ensinara a construí-la. A lente de foco, o emissor, o botão de ativação.

Uma luz violeta se acendeu abaixo do Drengir, e Ty a puxou com toda sua força.

A lâmina cortou a raiz. Ela estava livre. Depois, atravessou o próprio Drengir, dividindo aquela horrível boca bicuda em duas. O monstro uivou em lamento enquanto as duas metades de seu corpo se desfaziam como frutas apodrecidas, caindo no pântano.

O sabre de luz de Ty alcançou a mão dela, e o galho quebrou.

Ela desceu com uma cambalhota, pousando no meio dos restos do Drengir. Desativou a lâmina, sacudindo a lama do cabo antes de colocá-lo de volta na bainha. Afrouxou lentamente as vinhas ao redor de seus pulsos, com cuidado para não se arranhar. Não havia terminado, e disso ela sabia por causa dos relatos que interceptara indo e vindo do Farol da Luz Estelar. Corte um Drengir e ele irá se regenerar. Tudo o que precisava era de um pedacinho de seu antigo corpo. Mas Ty prometera aos Safrifanos que os livraria da coisa, e cumpriria sua palavra, outra lição que aprendera com Caratoo, mesmo que ele mesmo não acreditasse muito naquilo.

Agora vinha o trabalho duro, cortar o Drengir dormente em pedaços, pendurá-los nos galhos da árvore mais próxima e esperar que secassem o bastante para que pudessem se acender. Ela provavelmente teria combustível o bastante no microacendedor em seu cinto para iniciar uma pequena fogueira. Aquilo bastaria, até que cada pedaço estivesse queimado.

A colheita era dela.

A caminhada de volta para a fazenda do pântano demorou mais do que Ty gostaria, principalmente com ela fedendo a Drengir queimado. Ela registrara a combustão em um holovídeo, como evidência de que o corpo se fora. Os camponeses aguardavam por ela, com alívio em seus rostos e a oferta escassa ainda em sua bolsa de malligátor. Mas aquilo não era tudo que a esperava. A mão de Ty foi direto para seu sabre de luz quando ela avistou a espaçonave parada ao lado da sua. Uma figura desceu a rampa, tão alta quanto os Safrifanos eram baixos. Ty reconheceu a espécie: uma Kuranu de pele roxo-clara e grandes olhos sem pupila. A recém-chegada vestia um imaculado traje de voo, com um pequeno droide esférico pairando na altura de seu cotovelo. A unidade tinha apenas um propósito, entregar uma solução anti-bac na palma da mão da Kuranu sempre que necessário. A espécie tinha um medo quase patológico de germes, o que explicava a expressão de repulsa que ela tentava conter ao ver a roupa de Ty, incrustrada pelo lodo do pântano.

– Você é Ty Yorric – declarou ela, por fim. – A chamada Sabre de Aluguel. – Seu tom era franco e direto, tão funcional quanto o sorriso tenso que deu em saudação.

– Depende de quem está perguntando.

– Meu nome é Mantessa Chekkat.

Ty olhou para a pequena nave.

– Parece que você percorreu um longo caminho.

– Sim – admitiu Chekkat. – Procurando por você. Esperava que pudesse me ajudar.

E o ciclo recomeçava.

# CAPÍTULO SETE

## ABAIXO DAS PLANÍCIES GELADAS DE GOLAMARAN

Se a jornada desde a *Aranha Rajada* parecera uma eternidade aprisionada dentro de um campo de força, a marcha pelos túneis abaixo das planícies de gelo era insuportável. Cada fibra do corpo de Dis doía, o que era uma experiência relativamente nova para o piloto. Os músculos de seus pés reclamavam devido ao esforço de caminhar sem escorregar no chão congelado, enquanto seu pescoço estava rígido de andar abaixado para evitar as estalactites. Dis passara por situações desconfortáveis em sua longa vida, é claro, mas os Talortai eram duros na queda, por assim dizer. Eles se curavam rapidamente, as razões para suas capacidades regenerativas elevadas amplamente desconhecidas. Talvez fosse um fator genético, talvez fosse graças à Força. Os anciãos se mantinham ignorantes propositadamente, receosos em admitir suas habilidades para eles mesmos. Dis não fazia ideia do motivo, mas ouvira lendas sobre o grande abate, um exército descendo com asas de dragão para eliminar a população com suas lâminas carmesim ardentes. Em outra época e lugar, aquilo teria sido chamado de eliminar a concorrência, mas, naqueles tempos, depois de quatro mil estações, não era nada menos do que genocídio. Os Talortai, outrora numerosos, se tornaram uma espécie em extinção e assim permaneceram por causa das regras impostas pelos anciãos. As punições pela não conformidade eram severas, como ele descobrira por conta própria.

Dis baniu as lembranças de casa chacoalhando a cabeça. Por que estava pensando em Talor e em seu conselho de covardes? Talvez fosse a monotonia da descida. É, deveria ser aquilo, afirmava ele para si mesmo enquanto se apoiava nas paredes para evitar tropeçar em Ro e Kufa.

A mulher idosa os surpreendera quando se espremeram pela passagem estreita, abrindo as peles que vestia e liberando um trio de pequenos drones voadores, com o tamanho aproximado de detonadores térmicos. Dis erguera as lâminas rêmiges para cortar os drones ao meio antes que atacassem, mas em vez disso as esferas flutuantes se acenderam com uma luz brilhante, deixando o túnel iluminado como se fosse dia. Pelo menos eles conseguiriam enxergar enquanto estivessem escorregando no gelo.

Agora suas lâminas rêmiges repousavam de volta entre seus ombros, sacrificadas pela necessidade de Dis de manter as mãos livres para se equilibrar. Sua respiração formava cristais de gelo em seu bico, sua pele causava coceiras intoleráveis, mas pelo menos a mulher finalmente ficara em silêncio enquanto os guiava cada vez mais para baixo. Durante a primeira hora da descida, o túnel ecoava com as perguntas que ela fazia: os rumores eram verdadeiros? Ro realmente se tornara um pirata? Ele ainda praticava os rituais deles? Ouvira sobre outros membros da família? O Olho não oferecia nada em resposta, respondendo com a menor quantidade possível de palavras, mesmo quando a velha bruxa o chamou por um nome que Dis nunca escutara antes.

Os rumores eram verdadeiros? Bem, dependia de que rumores.

Sim, ele se tornara um pirata, entre muitas outras coisas.

Não, mas os rituais nunca o abandonaram.

Quanto à família? Ele duvidava que o recebessem de braços abertos. Talvez com uma vibrolâmina entre suas costelas?

Aquilo Dis entendia.

Ro também tinha suas próprias perguntas. Quantos deles restavam?

– Dos fiéis? – Kufa deu uma risada amarga. – Não o bastante. Você viu lá fora. Você *os* viu, com suas vestes douradas e suas lâminas brilhantes. Tão *resplandecentes*. Tão *gloriosos*. A luz guia da galáxia. – Ela bufou mais uma vez. – Estão nos guiando para a destruição. Os fiéis sabem disso, assim como sabíamos em Jedha. Como sabíamos em Dalna. Mas os desertores estão em ascensão e a maré não pode mais ser virada.

Aquilo parecia perturbar Ro, que agarrava as peles firmemente ao seu redor.

– Mas se você realmente acredita que a guerra está perdida...

– Por que viemos para cá? Por que retornamos ao Santuário? – Ela cuspiu, a bola espessa de catarro escorrendo por uma estalagmite pontiaguda, como uma lesma de gosma. – Não retornamos. As cavernas de gelo estão vazias, o Igualador, esquecido. Duvido que os servos ainda funcionem. Vamos ver.

– Mas você...

– Eu não piso nesses túneis há mais de uma década. – A vergonha na voz dela era evidente, e sem nenhum aviso a mulher girou, tão certeira e com os pés tão firmes quanto Dis estava desequilibrado.

– É por isso que você está aqui, Primo? Você nos traz esperança? Vai reabrir a Mão? Vai entregar a mensagem?

Ro balançou a cabeça.

– Este não é o meu lugar. Eu não sou um profeta.

Kufa observou a máscara dele, estreitando os olhos como se fosse capaz de enxergar através do vidro fosco.

– Talvez sim. Talvez não. Todos os melhores profetas se perderam em um ponto ou outro. É assim que encontram a Trilha.

E eles continuaram, a descida tornando-se mais traiçoeira. A discussão cessou, mas o desconforto continuou. Não, cresceu. Ficou mais intenso. Algo que Dis nunca vivenciara, nem mesmo quando fora expulso de seu ninho.

Ele estendeu seus sentidos com a Força, suas penas se eriçando sob a pele que vestia. Ro parou, voltando-se para ele enquanto o Talortai sacava as lâminas rêmiges dos ombros, segurando-as de prontidão, nas laterais de seu corpo.

– Udi?

– Precisamos continuar – insistiu Kufa, os droides luminosos a acompanhando enquanto se afastava, deixando Ro e Dis na escuridão crescente.

O Olho se aproximou.

– O que foi?

Dis ficou parado, pronto para agir. Pronto para proteger.

– Não sei – respondeu ele, por fim. – Tem alguma coisa faltando.

Ro se inclinou.

– Diga-me o que está sentindo.

– Não sinto nada – reconheceu Dis, com franqueza. – Nossos dons não são como os dos Jedi.

– Vocês não recebem avisos?

Dis balançou a cabeça.

– Não, mas sentimos vibrações.

– É assim que você consegue pilotar entre tempestades de meteoros e campos de cometas.

– Nós conseguimos dizer o movimento das coisas. Em voo, em batalha. Mas aqui embaixo, nos túneis...

Ele voltou a estender seus sentidos.

– Não tem nada.

Aquilo não era verdade. A vibração baixa que ecoava pela passagem ocultava o fato de que definitivamente havia alguma coisa nas sombras, um rosnado, crescendo em um rugido.

A luz das esferas cresceu enquanto Kufa voltava, apressada.

– Precisamos correr.

Ro encarou a escuridão novamente. O rugido tornou a soar.

– O que é isso?

– Uma coisa que pensei que ainda estivesse adormecida.

Ela passou por eles, seus pés lutando enquanto começava a subir pelo caminho que tinham vindo.

– Espere – disse Ro, agarrando as peles dela. – Estamos indo embora?

– O quanto antes, se quisermos viver. – A mulher idosa fez um esforço e se soltou.

– Mas o Igualador...

– Ainda estará lá quando o dono desse rugido tiver passado, mas nós não. Ou estaremos na superfície, ou descendo goela abaixo do bicho.

– E quanto aos fiéis? – argumentou Ro. – E quanto a encontrar a Trilha?

Dis achou que ela fosse bater no primo.

– Que uso terá a Trilha se você estiver morto? Estou tentando protegê-lo. Nós podemos voltar, mas só depois que o cobonica tiver passado.

– E essa é a fonte do som? Um cobonica?

– O que você acha? – Ela tentou continuar um caminho, mas Ro não a deixou seguir. – Deixe-me ir!

– Não.

Aquela era a voz que Dis ouvira no Grande Salão, no dia que se juntara aos Nihil. Aquela era a voz que comandava a Tempestade.

Ro removeu as peles que vestia, jogou-as de lado e puxou um cilindro de seu cinto. Por um segundo, Dis pensou que era o artefato que vira Ro estudando na *Aranha*, até que o Olho pressionou seu polegar contra um controle na lateral do dispositivo e uma lâmina amarela surgiu elegante de sua extremidade.

Um sabre de luz. O Olho dos Nihil tinha um sabre de luz.

Ro se ergueu, com as pernas posicionadas e o sabre ardendo, e olhou para a escuridão. O rugido se transformou em um berro e foi acompanhado pelos ruídos de coisas deslizando e arranhando, a pedra sob os pés de Dis tremendo enquanto ele assumia sua posição ao lado de seu Olho, fragmentos de gelo caindo do teto como neve.

– Pronto? – perguntou Ro, olhando para a frente.

– Pronto – confirmou Dis.

Mas ele não estava pronto. Nem para o tamanho da criatura, e nem para a velocidade com que ela atacou. Não havia como entender completamente o que se lançava sobre eles, nenhuma maneira de diferenciar os tentáculos cobertos de pelos que se estendiam para a frente como serpentes, cada um espesso como a cintura de um Gamorreano e repleto de ventosas serrilhadas. Um daqueles tentáculos o envolveu, os dentes farpados cortando as peles e as penas. Dis usou uma lâmina rêmige para atacar com selvageria, sua ponta afiada cortando a carne sob a pele incrustada de limo. O cobonica uivou furioso, chicoteando com outro tentáculo, mas daquela vez Dis estava pronto. Ele conseguia sentir cada contração dos músculos da criatura, até mesmo o fluxo do sangue escuro e espesso que corria por suas veias. Podia sentir cada golpe do sabre de luz de Ro no corredor estreito, sabendo exatamente onde eles iriam atingir e quais membros cairiam.

Qual deles envolveria a perna do Olho.

Dis deu um grito de aviso quando as ventosas ossudas se afundavam na perna de Ro. Mas o Olho não gritou. Em vez disso, ele se virou, cravando a ponta de sua espada laser em um dos olhos brancos e leitosos da besta. A lente estourou e um icor fedorento fluiu, acompanhado por um urro de dor e um frenesi de membros se debatendo, que ameaçava derrubar o teto. Dis continuou atacando, golpeando com suas lâminas vez após vez, mesmo depois que o monstro destruiu um dos droides esféricos esmagando-o contra a parede. O clarão repentino o cegou, e ele tentou se esquivar quando seus sentidos o alertaram de um tentáculo que balançava como uma clava. Nada bom. Ele era rápido, mas não tanto. O tentáculo o golpeou contra a parede de gelo e seu pulso se partiu com o impacto, a lâmina caindo de seus dedos dormentes. Um segundo depois, o tentáculo estava ao redor dele, jogando-o repetidas vezes contra a parede lateral do túnel. Ele viu outro lampejo e sentiu o cheiro de carne queimada. Alguém estava disparando um blaster contra a criatura. Ro? Não. Era Kufa, segurando um rifle em suas mãos enluvadas. O que mais ela escondia sob aquelas malditas peles?

A atitude desafiadora da velha não durou muito tempo. Um tentáculo se esticou, derrubando Kufa e tirando o rifle de sua mão. Ele disparou ao cair no cão, o raio deixando uma mancha enegrecida no gelo próximo da cabeça de Dis. Logo depois, um tentáculo agarrou a velha pela perna e começou a arrastá-la em direção à bocarra da criatura. Ela agarrou uma estalagmite numa tentativa inútil de se fixar, mas a pedra quebrou em sua mão, tornando-se uma adaga que ela cravou na carne do monstro. Não era nada bom. Dis estava preso entre o corpo da criatura e a parede do túnel, incapaz de respirar. Ro desaparecera, esmagado sob o corpo ondulante da criatura, e Kufa logo sentiria o abraço dos dentes farpados do cobonica. Não havia escapatória para nenhum deles. Nenhuma regeneração. Nenhuma renovação.

Dis fechou os olhos e aceitou a morte.

# CAPÍTULO OITO

## A ALVORADA DE CORUSCANT

O sabre de luz de Stellan Gios ganhou vida, sua guarda cruzada se encaixando no lugar. Ele mal levantara a lâmina de um azul brilhante para uma saudação antes da luta começar e sua oponente atacou, o feixe verde de plasma ardente. Stellan recuou um passo, calculando o movimento do ataque de sua rival. Aconteceu como esperava, e ele bloqueou o golpe com facilidade, fintando para trás antes de avançar mais uma vez, fazendo a mulher de cabelos brancos se apoiar no pé de trás. Ela se defendeu, segurando o punho da arma com ambas as mãos e mantendo o peso para a frente. Stellan deu outro passo para trás, usando o embalo da oponente contra ela mesma. Ela tropeçou, mas não o bastante para que Stellan a desarmasse. Bom. Ele gostava de desafios. A mulher se lançou em um giro, sua lâmina esmeralda em um arco. A própria luz teria bastado para ofuscar qualquer outro oponente, mas Stellan não era qualquer um. Era um Jedi.

Stellan recuou, calculando o ponto exato onde a lâmina o alcançaria. Empunhou diante de si seu próprio sabre de luz, girando o pulso para que as lâminas se chocassem, a azul empurrando a verde para o lado. Novamente, o embalo de sua oponente trabalhou contra ela, assim como ele previra, mas sua adversária usou a Força para manter o equilíbrio, deslizando a lâmina verde sob a dele com um estalo de energia. Ela recuou bruscamente, forçando Stellan a ceder mais terreno. Ele precisaria tomar cuidado. A parede da câmara estava logo atrás. Mais alguns passos e estaria encurralado. Até poderia saltar por cima e girar, forçando-a a se virar, mas aquilo quebraria a pureza de sua posição. Em vez de saltar, ele permitiu que ela investisse, bloqueando o ataque e fazendo sua lâmina deslizar para baixo da dela, o plasma carregado gritando como uma fera hroth. Agora Stellan a tinha onde queria. Ele esperou que o campo de contenção da rival atingisse a energia de sua guarda cruzada e girou bruscamente, prendendo a formação em T ao redor da ponta da lâmina verde e forçando-a para baixo. O plasma verde queimou o convés de mármore diante dela, e a luta já estava perdida. Stellan puxou seu cotovelo para trás de forma brusca, pronto para partir o sabre de luz dela ao meio.

– Solah! – bufou a Jedi Nib Assek, cedendo antes que Stellan a desarmasse.

– Tem certeza? – perguntou ele, os olhos travessos.

Ela soltou uma risadinha. Um som baixo e rouco que sempre fazia Stellan sorrir. Nib parecia fumar vinte cigarros por dia, embora ele tivesse certeza de que ela nunca tocara em nenhuma daquelas coisas imundas na vida.

– Acho que já lhes demos um show o suficiente, não? – disse Nib, esperando que ele desfizesse sua postura.

Stellan o fez com um floreio, erguendo a lâmina na saudação tradicional. Nib fez o mesmo, sua lâmina quase escondendo o sorriso assimétrico que Stellan conhecia tão bem. Eles mantiveram a posição por um segundo, e então retraíram suas lâminas.

Com um aceno de cabeça, ele se virou e deu um passo em direção ao pequeno público reunido do outro lado da câmara.

– Aquela foi uma antiga forma de combate com sabres de luz, desenvolvida durante um momento de nossa história em que essas batalhas eram comuns. Claro, hoje em dia esses duelos são puramente cerimoniais ou usados no treinamento de Padawans.

– Isso é ótimo. Obrigado, Mestre Gios. Podemos encerrar aqui.

O droide câmera que flutuava nas proximidades apitou e retraiu suas lentes.

Uma jovem deu um passo à frente, guardando um elegante datapad na jaqueta que usava sobre uma camisa lisa de cor creme.

– Tem certeza, Srta. Dairo? As diferenças entre as formas são fascinantes...

– E provavelmente mais informações do que a holonet precisa, Stellan – lembrou Nib, gentilmente, depositando o sabre de luz de volta na bainha. – Você terá que perdoar o Mestre Gios – disse ela à repórter. – Ele está acostumado aos bandos de jovens alunos fascinados que aguardam cada uma de suas palavras.

Stellan aceitou a brincadeira com o humor que lhe era característico, sorrindo para a jovem que pedira para gravar o duelo.

– Quem me dera isso fosse verdade. Sei de pelo menos dois antigos alunos que escolhiam meditar sempre que eu discorria sobre as complexidades da história dos sabres de luz. Uma paixão particular minha.

Rhil Dairo ergueu uma sobrancelha.

– *Isso* sim é interessante. Eu pensava que o Código Jedi declarasse que não há paixão.

Stellan sentiu uma onda de desconforto percorrer o Wookie de pelagem dourada que estava de pé a uma distância respeitosa atrás da repórter e de seu droide câmera, o mesmo desconforto que sentiu no Padawan durante o duelo com sua Mestra. Burryaga era um dos Jedi mais empáticos que Stellan já conhecera, um dom que salvara centenas de vidas durante o Grande Desastre. Porém, naquela ocasião, a preocupação do jovem era equivocada. Stellan não estava constrangido com a pergunta de Rhil. Ela estava apenas fazendo o trabalho dela, afinal de contas.

– De fato, declara – respondeu Stellan. – Paixões fortes são algo que tentamos controlar dentro de nós mesmos, pois as emoções podem atrapalhar nosso julgamento, principalmente em situações estressantes.

Podem nos cegar para a verdade e para a liderança da Força. Dito isso, seria tolice sugerir que um Jedi não tem desejos ou interesses. Na verdade, eu chegaria a ponto de dizer que isso seria perigoso, levando apenas à complacência. Sim, tenho paixão por aprender e ensinar. Faz parte de quem eu sou. Mas também estou preparado para deixar essas coisas de lado a qualquer momento. Minhas "paixões" nunca devem ser maiores do que minha missão. Faz sentido?

– Agora eu queria ter mantido o T-9 gravando – disse Rhil, olhando para o droide câmera flutuando. – Isso foi *lindo*.

– Não o incentive – advertiu Nib, brincando. – Duvido que seu droide tenha capacidade de armazenamento suficiente.

Rhil deu risada, sacudindo a franja para fora do implante cibernético preso sobre seu olho direito, com a lente da mesma cor que seu droide.

– Bem, temos o suficiente por enquanto. Obrigada.

– Por nada – disse Stellan, percebendo que estivera usando o cabo de seu sabre de luz desligado para pontuar seu discurso improvisado. Ele o guardou de volta na bainha, verificando se o sabre de luz de Mestre Kant ainda estava no lugar habitual em seu cinto. Estava, não se soltara na apresentação. Ele lhe deu um tapinha, notando que Rhil percebera a arma pendurada sob seu manto. Pelas estrelas, ela *era* boa. Talvez explicasse por que o carregava em outra ocasião. Por enquanto já tinha se deixado levar por tempo o suficiente.

– Devíamos nos encontrar com a chanceler – disse ele, virando-se para Nib.

– Excelente – concordou Rhil, indicando para que T-9 começasse a gravar imediatamente. A luz do droide flutuante voltou a se acender.

– Talvez você não devesse vir conosco – disse Nib, olhando para o droide com suspeita. – A chanceler pode estar em sessão com o Senado.

– Nesse caso, pararemos de gravar na mesma hora – garantiu Rhil. – Ou pelo menos eliminaremos o som, escolhendo um ângulo onde o que está sendo dito não possa ser captado. A GoNet recebeu acesso total enquanto estamos a bordo da *Alvorada de Coruscant*. A própria chanceler...

– A chanceler disse que deseja que a cobertura da Feira da República seja o mais transparente possível – concordou Stellan. Ela estava certa, é claro. A presença de Dairo na *Alvorada de Coruscant* fora ideia de Lina Soh. Stellan aplaudiu tal decisão, embora tivesse sugerido que a repórter ficasse com o contingente Jedi enquanto estivesse a bordo da nave da chanceler. Com boas intenções ou não, Soh ainda precisava trabalhar!

Rhil mordeu a língua quando Stellan Gios interveio por ela. Ela não gostava que outras pessoas a defendessem, mas às vezes não valia a pena discutir. Em vez disso, deixou o Jedi guiá-la para fora da câmara de treinamento, T-9 seguindo atrás deles.

Ela ainda precisava se beliscar para acreditar que estava ali. Rhil Dairo, caminhando pelos corredores da nau-almirante pessoal da chanceler. Certamente percorrera um longo caminho desde a reportagem sobre a tecelagem de cestos em microgravidade como repórter novata em Cordota, ou qualquer outra história que seu produtor escolhera para ela naquele dia. Naquele momento, estava andando lado a lado com um Jedi. E não um Jedi qualquer. Nada menos do que um membro do Alto Conselho.

Rhil gostava de Stellan. Ele estava um tanto formal, com certeza... Um pouco sério e, nos dias em que Rhil não se sentia muito generosa, um pouco entusiasmado demais com o som da própria voz, mas ela seria capaz de afirmar que definitivamente era uma boa pessoa. Claro, o fato de ser um filho da mãe bonitão não fazia mal algum. Não, não, de forma alguma. Aquele maxilar esculpido sob a barba vistosa, aqueles olhos azuis. E o sorriso. Aquele sorriso! Aquele sorriso era matador. Não era de se admirar que o Conselho tivesse decidido torná-lo seu garoto propaganda.

Nib Assek não poderia ser mais diferente. Enquanto Stellan era todo charmoso e cheio de bons modos, a Cavaleiro Jedi de cabelos prateados mantinha-se distante. Stellan explicou *tudo*, mas por mais que Rhil tentasse, não conseguia fazer Assek se abrir. Não que não gostasse da mulher mais velha. Quando falava, Assek demonstrava um senso de humor ácido, que se dirigia principalmente a Stellan. Rhil tinha a impressão de que os dois Jedi não se conheciam há muito tempo, mas que já haviam formado uma relação natural de trabalho. Até o duelo de sabres de luz fora interessante. Rhil não conseguia se livrar da sensação de que Nib estivera se contendo, não exatamente cometendo erros de propósito, mas obedecendo ao membro do Conselho. Provavelmente por causa da câmera, mas com certeza era interessante.

E havia Burryaga, o Padawan de Nib e provavelmente a alma mais doce e gentil que já conhecera. O Wookie irradiava sensibilidade como a luz de uma lâmpada incandescente. Mesmo naquele momento, quando entravam no escritório da chanceler, no coração da *Alvorada de Coruscant*, Burryaga deu um passo para o lado para deixar Rhil e T-9 passarem, um ato de gentileza que não passou despercebido por sua Mestra.

– Burry – disse Nib suavemente, mantendo sua voz baixa para não perturbar a chanceler que, como ela presumira, estava em sessão. – A Srta. Dairo está aqui nos observando, o que inclui você. Devemos agir como se ela não estivesse aqui.

A cabeça do Wookie baixou ligeiramente, e o coração duro de repórter de Rhil se partiu novamente.

– Está tudo bem, garotão – disse ela, resistindo ao impulso de estender a mão e dar um tapinha no braço comprido e peludo dele. – Agradeço a cortesia. A galáxia estaria melhor com mais alguns Burryagas, se eu pudesse sugerir.

– Não é verdade? – comentou Nib, compartilhando um sorriso com Rhil. Talvez aquela fosse a maneira de chegar até a Cavaleiro Jedi. Através de seu Padawan.

Um olhar de Gios os advertiu que deveriam permanecer em silêncio. Rhil fez sinal para que continuassem, e deu um comando via ligação neural para que T-9 cortasse o som até que soubessem quão sensível realmente era a conversa da chanceler. Lina Soh estava diante de uma parede de projeção dividida em uma grade de imagens que exibiam vários senadores de toda a República. Rhil reconheceu de imediato a sobrancelha nobre do senador Noor, de Serenno, o principal representante de todos os assuntos relativos à Orla Exterior. Também havia um homem que era muito consciente da própria importância, eternamente afundado nas espessas peles Carannianas que insistia em usar, não importando o tempo. O próximo quadrado mostrava o Senador Vaadu, de Phindar, seus olhos amarelados transformados em um verde doentio na luz bruxuleante. O restante da parede era ocupado por uma mulher de pele escura com longos cabelos ruivos – Samera Ra-oon, a Valon encarregada de organizar a Feira da República em seu planeta natal – e um rosto que ninguém na fronteira poderia deixar de reconhecer, a própria Heroína de Hetzal, Avar Kriss. A Mestra Kriss era a marechal do Farol da Luz Estelar, a famosa estação espacial que atuava como centro de atividades da República na Orla Exterior. De todas as imagens, a de Kriss estava piscando, e Rhil podia ver as estrelas por trás da cabeça da mulher, ligeiramente distorcidas como se estivessem atrás de transparisteel. Kriss estaria transmitindo a bordo de um caça?

Quando se aproximaram, Norel Quo, o principal assistente da Chanceler Soh, se virou para encará-los. Seus olhos Koorivarn se arregalaram ao avistar T-9. Ele avançou contra eles, erguendo um dedo escamoso, e Rhil se preparou para ser expulsa da câmara naquele exato instante. A decisão foi tirada deles quando a chanceler se desculpou com seu holocomitê e indicou que seu assistente parasse.

– Norel, está tudo bem. Eles podem ficar.

O assistente voltou-se para ela, com a testa franzida.

– Mas Madame Chanceler, a conferência...

– Vai seguir conforme os planos – insistiu Soh, tornando a olhar para as telas. – Como todos sabem, a administração concedeu acesso total à GoNet. Claro, todas as filmagens coletadas serão examinadas para fins de segurança antes da transmissão, por isso podemos falar livremente. – Ela se voltou para Rhil. – Esse material *é* gravado com antecedência, acredito.

Rhil assentiu.

– Sim, chanceler. Não entraremos ao vivo até a noite da cerimônia de abertura.

– Excelente. Então, juntem-se a nós. Você também, Mestre Jedi.

Quo recuou para permitir que Stellan e os outros se juntassem à chanceler, embora fosse claro que estivesse segurando seu datapad com mais força. Stellan e Nib trocaram acenos cumprimentando outra pessoa presente na sala, o Kallerano vice de Lina Soh, Larep Reza, outra estrela em ascensão no Senado e o oficial com maior probabilidade de substituir Soh quando o mandato da chanceler terminasse. Ele certamente se encaixava no personagem, com barbatanas marcantes emoldurando um rosto liso sem nariz, listras escuras se espalhando a partir de um par de olhos que já pareciam mais velhos do que realmente eram. Era amado pelas câmeras, assim como pelos comentaristas políticos, sem mencionar os fofoqueiros da holonet que eram tão obcecados por sua vida amorosa quanto por seus ombros largos e musculosos.

Rhil enviou um comando silencioso a T-9, reativando os microfones condensadores do droide. Soh já retornara à conversa em questão.

– E tudo está correndo de acordo com o cronograma? – perguntou ela a Samera.

– Com certeza. Houve um *pequeno* problema com os holoprojetores na exibição de *Unidos na Canção*, mas...

– Não tenho certeza se a chanceler precisa se preocupar com todos os detalhes, administradora – interrompeu Quo.

– Pelo contrário – disse Soh. – Quero saber *tudo*. – Ela voltou sua atenção para Samera. – Vi as artes conceituais para a atração *Unidos na Canção*. Pareciam muito encantadoras.

– Espere até ouvir a melodia... – assegurou Samera com o mais tênue dos sorrisos. – Está... inesquecível, para dizer o mínimo.

– E quanto à *Innovator*? – perguntou o Senador Noor, claramente ansioso para manter a reunião nos trilhos.

– Quase pronta para o lançamento – informou Stellan. – A Jedi Indeera Stokes e seu Padawan viajarão com ela, prontos para sua chegada durante a cerimônia de abertura.

Soh mostrou-se radiante com a notícia.

– Excelente. Será um espetáculo de se ver.

Assim como o vestido da chanceler, pensou Rhil. Ali, na ponte de sua nave estatal, Soh vestia um terno elegante, mas modesto, o único sinal para sua famosa extravagância um broche feito de lucryte cintilante. No entanto, os mesmos fofoqueiros que passavam tanto tempo juntando Larep Reza com cada socialite possível nos mil sistemas estavam trabalhando freneticamente para descobrir qual roupa Lina Soh usaria durante a abertura da feira. Soh não apenas presidia a República no período que facilmente poderia ser descrito como a idade de ouro da galáxia, como também fora um presente da Força para a indústria da moda. Seus vestidos elaborados acabavam sendo copiados por todas as redes de compras e lojas famosas. Em qualquer outra pessoa, tamanho *glamour* pareceria apenas extravagância, mas Soh tinha o coração da galáxia. Era amada desde o Núcleo Profundo até os confins mais selvagens da fronteira. Nenhuma outra pessoa desde o Chanceler Digrenara fizera mais pela República. Rhil tinha que admitir que estava um pouco impressionada na presença dela, de maneira pouco profissional, mas esperava que aquilo fosse compreensível. Por kriff, a mulher tinha um par de targons – Matari e Voru, nomeados em homenagem aos deuses da antiga Coruscanti. O que poderia ser *aquilo*, se não uma declaração de suas intenções?

– Haverá um destacamento de segurança? – perguntou o Senador Vaadu.

Stellan franziu a testa.

– Como eu disse, os Jedi Stokes e Zettifar...

– Sim, sim, sim – interrompeu Vaadu. – Mas e as Proas-longas e os interceptores Skyhawk?

– Isso não será necessário. – Soh tentou tranquilizar o senador.

Não funcionou.

– Não será necessário? No clima atual?

– Você se refere aos Nihil – disse Soh, sua voz perdendo uma pequena fração de sua intensidade normal.

– É claro que me refiro aos Nihil. Todos vimos os relatórios. Os ataques não cessaram, chanceler.

– Mas estão diminuindo – apontou Stellan. – Vimos uma queda na atividade Nihil nos últimos meses, principalmente nos sistemas ao redor de Valo. Acreditamos que aqueles grupos de ataque ainda operantes sejam meros remanescentes da frota principal que enfrentamos na Nebulosa Kur, quase um ano atrás.

– Mas e quanto aos ataques em Quantxi e Salissia? – pressionou Vaadu. – Remanescentes ou não, ainda representam ameaças.

– Não para a feira – disse Samera. – Teremos um contingente de segurança completo, incluindo Proas-longas de prontidão nas principais zonas de acesso do sistema...

– Mais um esquadrão de caças Vector Jedi em Valo – acrescentou Avar Kriss, falando pela primeira vez desde que Rhil e os outros entraram na câmara.

– E você estará lá, marechal? – perguntou Noor.

Houve uma pausa. Apenas leve, mas ao mesmo tempo perceptível, antes de Stellan se apressar para salvar a situação, o sempre galante Cavaleiro Jedi. Aquilo foi um lampejo de aborrecimento nas feições normalmente plácidas de Kriss?

– Estamos revendo a situação diariamente.

Noor pigarreou.

– Mas os Nihil pensariam duas vezes se a Heroína de Hetzal estivesse em Valo...

Stellan abriu a boca, mas daquela vez Kriss falou primeiro.

– Certamente estou planejando comparecer, senador. No entanto, se a ameaça Drengir deve ser contida...

A menção da última crise que se arraigava na fronteira apenas aumentou a tensão na sala. Rhil vira os relatórios, a maioria deles ainda confidenciais. Planetas inteiros estavam sendo invadidos por aquelas coisas. Havia inúmeras teorias sobre como se espalhavam, desde as mal concebíveis ("Eles estão adormecidos há milênios sob a superfície de todos os planetas") até as francamente aterrorizantes ("Seus esporos crescem dentro dos corpos de vítimas de forma imperceptível"). De qualquer forma, parecia não haver um fim à vista, embora relatos recentes sugerissem que os Jedi haviam encontrado uma maneira de conter a onda; relatos de que o senador phindiano obviamente começava a duvidar.

– Você assegurou ao Senado que os Drengir estavam sendo combatidos, chanceler – disse Vaadu, com a voz cheia de preocupação.

– E estão – garantiu-lhe Lina Soh. – Pela Marechal Kriss e pelos bravos Jedi da Luz Estelar.

– Entre outros – murmurou Noor enigmaticamente.

Na tela, a expressão de Kriss ficou sombria.

– Senador? Há algo que deseja dizer?

– Só me perguntava se os relatórios são verdadeiros.

– E que relatórios seriam são esses?

– Que os Jedi da Luz Estelar formaram uma aliança com o Cartel Hutt.

Rhil fez o possível para esconder sua surpresa. Havia rumores de uma aliança com os Hutt, conhecidos em toda a galáxia como déspotas, na melhor das hipóteses, e como gângsteres, na pior delas, mas ela ainda não conseguira uma confirmação.

A expressão de Avar Kriss não se abalou.

– Estamos trabalhando com certas facções do Conselho Hutt, sim.

– E você acha isso sábio?

– Achamos prudente, sim, considerando a ameaça representada pelos Drengir.

– Uma ameaça que, até agora, *não* atingiu Valo – interrompeu Soh, rapidamente.

– E esperamos que isso nem aconteça, especialmente com a vantagem que nos é proporcionada por nossos... novos aliados – acrescentou Kriss.

Noor estava tudo, menos tranquilizado.

– Os Hutts não são confiáveis.

– Nisso, acreditamos que possam ser – insistiu Kriss. – Eles têm tanto a perder quanto a República, se os Drengir não forem erradicados. Além disso, assim que a crise atual estiver contida, acredito que poderíamos fazer uma petição para um novo tratado com Nal Hutta...

– Com criminosos e gângsteres, você quer dizer!

– Com *vizinhos poderosos* que eu realmente acredito que poderiam ser influenciados a fazer um bom uso de seus consideráveis recursos. Este pode ser um novo começo para os territórios ao redor do espaço Hutt, uma nova era de paz entre nossos povos.

– Este é o objetivo de todos os nossos esforços – lembrou Soh a todos, reassumindo o controle da conversa. – Mas sinto que estamos nos permitindo distrair do assunto em questão. Este encontro diz respeito à Feira da República, um evento que está distante dos outros problemas que discutimos, problemas que *estão* sendo enfrentados.

– Eu ainda acredito... – começou a dizer o Senador Noor, embora a chanceler tenha sido rápida em evitar uma reformulação de seus tópicos anteriores.

– Tudo ficará bem, Noor. Isso eu posso lhe prometer. Temos trabalhado com os Jedi em cada etapa do processo. Um Mestre Jedi foi designado para Valo antes da conclusão de seu Templo para garantir a segurança do planeta.

Aquilo, ao menos, pareceu deixar Noor à vontade.

– Sim, conheço o Mestre em questão. Elzar Mann.

– Um bom Jedi e um amigo de confiança deste governo – disse Soh.

– Mestre Mann tem estado em contato constante tanto com o Farol quanto com o Templo de Coruscant – assegurou Kriss.

– Ele também está trabalhando em estreita colaboração com meu escritório – acrescentou Samera. – Ele é muito impressionante.

Houve um leve rubor nas bochechas da administradora? Rhil fez uma nota mental para verificar aquilo quando chegassem em Valo. Poderia ser um ângulo interessante de se seguir.

– Elzar saberia imediatamente se houvesse uma perturbação na Força – assegurou Stellan a todos.

O Senador Vaadu ergueu a mão na parede de projeção.

– Minhas desculpas, Membros do Conselho. Não quis dar a entender que vocês não tomaram as providências necessárias. Estou preocupado apenas porque qualquer incidente, não importa quão pequeno seja, cairá nas mãos de... certos agitadores no Senado.

– Tia Toon – afirmou Reza, categórico.

– Vocês sabem que ele está apenas procurando uma oportunidade de impulsionar seu precioso Programa da Força de Defesa.

– Um programa que o Senado rejeitou a cada oportunidade – disse Noor. – Só as implicações financeiras...

A chanceler ergueu a mão, silenciando o senador.

– Sim, sim. Conhecemos os argumentos e você conhece minha posição. O programa não se encaixa com a filosofia deste governo e da República como um todo. Mas também entendo as preocupações do Senador Vaadu. O Senador Toon estará na feira...

– Junto com representantes da Corporação SoroSuub – acrescentou Vaadu, incisivo.

– Como é certo e apropriado – continuou a chanceler. – Mas não permitiremos que ele o use para seu próprio ganho político ou financeiro. Todos nós trabalhamos muito para isso. – A postura de Soh mudou, sua cabeça se erguendo ligeiramente. – E ainda há muito trabalho a ser feito. A feira segue em frente, meus amigos. É preciso fazê-la. Não pelo espetáculo e nem pela glória, mas pela mensagem que envia para a galáxia como um todo. Os Nihil querem que voltemos para o Núcleo e fiquemos encolhidos em nossas camas. Querem que desistamos de nossos sonhos e ambições. Isso não vai durar. Eles cometeram crimes terríveis, mas não passam de ralé. Fiquem tranquilos, estudei relatórios de inteligência e avaliações de risco. Assisti a vários *briefings* e inúmeras simulações. Cada decisão que tomei é baseada em fatos, não em conjecturas ou instigação de medo. Quanto aos Nihil, vimos esse tipinho repetidas vezes, piratas e agitadores, e sim, veremos mais de seus semelhantes nos anos vindouros. A diferença entre nós e eles é que estamos unidos e eles são díspares; somos muitos e eles, por sua própria natureza, são poucos. E conforme discutido, *aumentamos* as medidas de segurança ao redor de Valo e continuaremos a fazê-lo se os ataques, por mais esporádicos que sejam, persistirem. Mas saibam disso: a única coisa que *não* faremos, que *nunca* faremos, é viver com medo de algo que *possa* acontecer sem nenhuma evidência perceptível de que *acontecerá*. Se o fizermos, se interrompermos nossos planos mesmo que por um segundo, então os Nihil, os Drengir ou qualquer outra pessoa que conspire para perturbar nosso modo de vida venceria sem nem ao menos disparar um único tiro.

Soh fez uma pausa, não para aplausos, mas como um sinal de que a conversa chegara ao fim. Aquilo não impediu Reza de adicionar um "bem falado" sincero, ou de Noor assentir sabiamente em sua holotela.

– Não temos dúvidas de que tudo correrá exatamente como planejado – disse o senador, tentando manter a dignidade depois do discurso improvisado de Soh. – No entanto, estaríamos negligenciando nossas responsabilidades...

– Se ao menos não questionassem nossas ações – concedeu Soh, com seu sorriso mais diplomático. – Eu entendo, Noor. Realmente entendo. Mas ainda há muito a fazer... Se isso for tudo, agradeço o seu tempo e estou ansiosa para ver todos vocês em Valo.

Um a um, os oficiais se despediram, seus quadrados se apagando na parede de projeção.

– Bom, tudo correu bem, imagino – disse Soh, caminhando de volta para sua mesa, que estava diante de um brilhante mapa do espaço da República.

– Exceto pela menção de Toon e seus esquemas – acrescentou Reza, caminhando com ela. – Aquele maldito Sullustano é uma pedra em nossos sapatos.

– Ele é apenas um senador – argumentou Soh com seu vice, sentando-se graciosamente atrás de sua mesa antes de se abaixar. O ronronar profundo disse a Rhil que ao menos um dos grandes felinos da chanceler estava ali atrás, certamente enrolado aos pés de Soh. – Um senador com pouco apoio.

– Mas por quanto tempo? Com o clima político como está...

– O clima está ótimo – disparou Soh, transparecendo cansaço pela primeira vez. – Existem preocupações, é claro que existem. A Orla Exterior pode ser perigosa. Todos nós sabemos disso. É por isso que temos o Farol da Luz Estelar. E é por isso que estamos realizando a feira. Sim, levará pessoas para a fronteira, e levará investimentos. Será uma vitrine de tudo o que a Orla Exterior tem a oferecer, mas também uma chance de construir novas pontes com nossos vizinhos galácticos. Os Duinuogwuin. Os Togrutas.

– E os Nihil? – perguntou Reza. – O que quer que Noor diga, ele ainda está preocupado.

– O que é natural, mas não precisamos do PFD. Noor sabe disso e, bem no fundo, Tia Toon também sabe. – Ela se permitiu uma risada curta. – Você consegue imaginar Noor deixando uma força de segurança unificada ser estabelecida em Serenno? O Conde Kresto romperia uma artéria.

Rhil fez uma anotação para examinar este Toon e sua proposta de iniciativa, fosse ela o que fosse. Ela nunca ouvira falar dele ou daquele programa, embora estivesse claro que todos na sala tinham experiência com as controvérsias ao redor dele. Ela poderia perguntar, mas aquele não era seu lugar, especialmente quando Norel Quo estava se movimentando pela câmara, com um olhar de preocupação gravado em suas feições pálidas.

Soh ergueu os olhos, notando a preocupação de seu assistente.

– O que foi, Quo?

– Recebemos notícias de Cyclor, madame – disse ele.

– Da *Innovator*? – perguntou Stellan, ficando tenso no mesmo instante.

– Receio que sim – respondeu o Koorivar. – Houve um ataque.

Soh se levantou, seus targons saltando ao lado dela.

– O quê?

Gios já tinha um comunicador na mão.

– Jedi Stokes. Padawan Zettifar. Por favor, respondam.

Não houve resposta.

# CAPÍTULO NOVE

## ESTALEIROS DE CYCLOR

– Caças Vector Jedi em rota de interceptação – gaguejou a Fluggriana enquanto o computador tático da nave Nuvem rastreava os sinais que se aproximavam.

Rompestrela ficou satisfeito ao notar que não havia medo na voz estridente do Raio, apenas empolgação. Ele também sentia aquilo. Esfregou a mão na cicatriz de sua bochecha. Um Jedi a causara em Mandrine, seu maldito sabre de luz queimando através da espessa camada de muco que geralmente protegia os Gloovanos do calor extremo. Fora apenas um arranhão, mas bastou para deixá-lo marcado pelo resto da vida. Pan Eyta dissera que ele teve sorte de o Jedi não ter arrancado sua cabeça, mas Rompestrela não se sentia sortudo. Aquela cicatriz era um lembrete constante de como sua invasão ao posto comercial em Kiapene fora malsucedida. Perdera muitos Raios naquele dia, e mal escapou com sua nave Nuvem inteira. Aquela era uma chance de empatar o placar.

Manuseando um controle de câmera no braço de sua poltrona, ampliou a imagem dos caças Vector no visor. Ao menos duas mortes em potencial. Rompestrela perdera oito Raios em Mandrine, mas mesmo ele precisava admitir que a maioria deles era uma ralé incompetente. Na verdade, o Jedi lhe fizera um favor. Ele passara a tomar mais cuidado ao escolher seus novos recrutas, e dois crânios Jedi valeriam mais do que os vermes que perdera. Aqueles três Raios eram tão bons quanto ele.

– Quantos droides sucateiros nós temos? – rosnou Rompestrela.

– Um conjunto completo – respondeu a Fluggriana.

Cinco dúzias. Excelente. O suficiente para limpar a *Innovator* assim que os grupos de incursão estivessem a bordo, e mais do que o bastante para destruir os dois caças Jedi.

– Lance-os – vociferou.

– Quantos?

– Todos. Até o último deles.

Há muito tempo, Loden Greatstorm conduzira seu recém-nomeado Padawan em direção à principal galeria de treinamento do Posto Avançado de Elphrona.

– Hoje vamos praticar com droides remotos de treinamento – disse ele, e o ânimo de Bell murchou. Ele era aprendiz de Loden há apenas dois dias, e passara a maior parte do tempo meditando a pedido de seu Mestre, preparando sua mente para aprender. Ele finalmente estava pronto... e para quê? Encarar um droide remoto de treinamento? Ele vinha treinando com aqueles droides desde que construíra seu sabre de luz pela primeira vez a bordo da *Crucible*, com Professor Huyang observando por cima de seu ombro. Bell imaginara que se tornar um Padawan traria novos desafios, não que seria apenas uma repetição das mesmas velhas lições.

Sua frustração só aumentou, quando sentiu que Loden se divertia com a óbvia decepção de seu Padawan. Loden estava rindo dele? Bem, ele mostraria ao Twi'lek exatamente do que era feito. Cortaria aquele maldito droide remoto de treinamento ao meio. Não, faria ainda melhor. Ele o esmagaria com a Força como se fosse um ovo. O pensamento o fez sorrir, imaginando o rosto de seu novo Mestre enquanto ele liberasse a Força e soltasse os componentes do droide tilintando no chão.

Depois, eles dobraram uma esquina, passando pelo arco de pedra cinzenta ornamentada que levava à galeria.

O queixo de Bell caiu, e a expressão de divertimento do Mestre se intensificou.

O droide remoto de treinamento estava esperando por eles, pronto para o duelo, assim como mais de uma centena de droides idênticos pairando diante do garoto de quinze anos.

– Você precisa escutar – dissera Loden. – Não apenas ouvir.

– Você disse droides *remotos* – lembrou Bell, resistindo ao impulso de sacar o sabre de luz. – No plural.

– Isso mesmo.

Bell conseguia sentir outra bomba a caminho.

– Vai me fazer usar uma venda, não vai?

Em resposta, Loden puxou uma longa faixa vermelha de suas vestes, que usou para envolver e cobrir não apenas os olhos de Bell, mas também suas orelhas, privando-o tanto da vista quanto dos sons.

– Os Jedi nunca devem confiar apenas em seus sentidos – disse ele, sua voz abafada pelo pano. – A Força mostrará o caminho.

Bell tentava se lembrar das palavras de Loden enquanto fazia seu caça entrar em uma manobra giratória, o fogo laser passando pela redoma da cabine. A nave Nuvem estava longe demais para responder ao fogo, mas aquilo logo mudaria. Indeera lhe dissera para que não se vangloriasse da morte de seus inimigos, mas não havia como ignorar a sensação de expectativa que queimava em seu estômago, o desejo de vingar Loden lá em cima, onde seu Mestre fora perdido. Nas estrelas.

Bell forçou-se a respirar.

– Não há emoção – murmurou ele, ainda concentrado na nave Nihil. – Há paz.

O Código Jedi lhe trouxe conforto, mantendo seu foco naquele lugar e instante, em vez de na dor do passado ou na perigosa tentação de um futuro repleto de vingança.

– Não há paixão, há...

Sua voz sumiu quando um enxame de minúsculos pontos de bronze irrompeu do cruzador Nihil. Eram pequenos demais para serem naves, cada um de tamanho próximo ao de Brasa, mas simplesmente mortais.

– Droides sucateiros – murmurou, enquanto os pontos fluíam em sua direção, as explosões da batalha próxima refletidas em seus corpos cor de ferrugem. Bell vira os resultados de um enxame de droides como aquele em Rekelos. Eram armas relativamente novas no arsenal dos Nihil, enviadas para cercar naves ou assentamentos, desmontando maquinários com seus braços de manipulação, armazenando o saque resultante em grandes conchas parecidas com caranguejos, prontas para a coleta. Ele nunca esperara que se movessem tão rapidamente ou em número tão grande.

– Espere aí – disse Bell para Brasa, acionando o motor enquanto procurava por brechas na aglomeração adiante. – O que você acha, garota? Algum modo de passar?

Brasa ganiu uma resposta.

– É, também não consigo ver nenhum, mas não significa que não exista algum. A Força mostrará o caminho.

Bell fechou os olhos. Estendeu a mão, sentindo a vibração de cada propulsor de droide, assim como sentira o latejar dos droides remotos há todos aqueles anos. De repente, conseguia sentir lacunas na formação e traçar um caminho através deles para chegar até a nave Nuvem.

De volta à galeria de treinamento, o jovem Bell assumira uma postura defensiva, seu sabre de luz brilhando intensamente. Os droides remotos avançaram e ele começou a girar, sua lâmina cortando cada uma das máquinas antes mesmo que elas pudessem disparar. Ele não planejara as ações, mas seguia a sugestão da Força.

Até aquele dia ele não sabia dizer quem ficara mais surpreso com a tática, se ele mesmo ou Loden.

– Nunca vi nada parecido – admitiu seu Mestre. – Uma lição para nós dois.

E agora os Nihil aprenderiam a mesma lição.

Bell lançou seu caça Vector em um rodopio, perfurando a formação dos droides sucateiros. Ele avançou, suas asas girando e batendo nos droides de lado antes que eles conseguissem se prender a elas.

Brasa não choramingou, mesmo enquanto Bell usava a Força para impedi-la de sacudir pela cabine. Ele estava feliz por tê-la levado junto. Outro Jedi poderia tê-la deixado para trás, na *Innovator*, mas Bell precisava dela por perto. Ele se concentrou na respiração de Brasa enquanto avançavam, e a mantinha calma, impedindo que se sentisse tonta ou entrasse em pânico enquanto giravam continuamente.

Sem caos, apenas harmonia. Sem caos, apenas harmonia.

Uma das últimas lições que Loden ensinara a Bell era que o verdadeiro domínio da Força não vinha de proteger a si mesmo, mas sim de proteger aos outros. Enquanto Brasa estivesse ali, ele a manteria segura.

Bell atravessou o enxame e, finalmente nivelando sua nave, abriu os olhos.

Foi quando o arpão perfurou a frente de seu caça e se alojou em sua barriga.

# CAPÍTULO DEZ

## O SANTUÁRIO SOB GOLAMARAN

A morte nunca veio. Não para Dis. Ainda não.

O cobonica estremeceu, uma ondulação percorrendo todo seu enorme corpo. O tentáculo que batia Dis contra o gelo rochoso caiu, espatifando-se no chão. Por puro instinto, o Talortai o atacou, usando sua lâmina rêmige restante para cortar profundamente a carne já imóvel. Todos os outros tentáculos estavam caídos. Ele podia contar sete... oito... nove deles empilhados em um emaranhado. O ar fedia a adrenalina, suor e a um sangue escuro e espesso, os membros retorcidos do monstro iluminados pelas duas esferas luminosas restantes, bem como a visão de Kufa ainda o apunhalando sem misericórdia, com sua adaga de cálcio.

*Sluk. Sluk. Sluk.*

Dis cambaleou até ela, dizendo-lhe para parar, mesmo com o sangue preto espirrando em seu rosto. Chamou o nome dela num tom brusco, e os olhos da velha se ergueram para focarem nele, a estalagmite girando para se enterrar em sua carne.

Ele deu um passo abrupto para trás, a ponta errando o alvo por um fio.

– Ei!

Os olhos dela se arregalaram quando percebeu o que quase fizera. Ela olhou para ele e depois de volta para o horror intumescido e peludo caído imóvel diante deles. Kufa perdera suas luvas durante a luta, revelando dedos finos e ossudos, com articulações marcadas com inscrições ritualísticas que há muito estavam gastas.

– Onde está ele? – perguntou ela. Dis olhou para trás, para a criatura, seu corpo no centro da rede emaranhada de tentáculos, curvado como um bolsão vazio. Seus olhos jaziam sem vida por baixo de uma juba grossa de pelos espessos e retorcidos. Dis viu-se procurando pelo olho que fora perfurado por Ro e sentiu uma absurda onda de respeito quando encontrou o ferimento, que mesmo na morte ainda vazava fluido.

Mas do próprio Ro não havia sinal algum. A criatura o devorara, ou o Olho estava esmagado sob o corpo dela? Se sim, o que matara o monstro? Certamente não teria sido a pobre arma improvisada de Kufa.

O cobonica se ergueu, seu corpo estremecendo. Kufa recuou, subindo nas rochas; Dis assumiu uma posição defensiva instintivamente, enquanto se preparava para a segunda rodada. O monstro não estava morto.

Estava?

Uma longa lâmina de luz dourada explodiu do corpo da criatura como um foguete, rasgando o monstro por dentro. Pele e gordura caíram quando Marchion Ro irrompeu da barriga da fera, com o sabre de luz na mão e a máscara manchada de sangue.

– Graças à Trilha – gargalhou Kufa, jogando a estalagmite de lado. – Eu sabia que você iria sobreviver.

Dis, por outro lado, mal conseguia respirar, tamanha a admiração.

– Você é... incrível.

– Eu sou um idiota – respondeu Ro, desativando o sabre. – Eu não deveria ter nos deixado cair em uma emboscada, não tão perto do prêmio.

– Prêmio? – perguntou Kufa, estreitando os olhos.

– O Igualador – disse ele, encontrando o olhar dela antes de observar o cadáver do monstro. – Aquela coisa...

– O cobonica.

– Sim. Eles caçam sozinhos?

Ela deu uma risadinha.

– Você viu o tamanho dessa coisa?

Ele resmungou, removendo a máscara para limpar os filtros.

– Mais de perto do que eu gostaria.

– Pelas Trilhas. – Kufa suspirou, observando o rosto cinzento de Ro. – Essa tatuagem...

O rosto de Ro se suavizou, a pele cinzenta se escurecendo ao redor das marcas prateadas que foram gravadas nela, parecendo para todos os mundos como parte de um mapa estelar.

– Não é nada.

– Nós dois sabemos que isso não é verdade.

– Kufa... a criatura.

– Eles são muito territoriais. – Ela balançou a cabeça. – Não vamos ver outro em quilômetros.

– Então, devemos continuar. – Ele limpou o visor com a ponta de seu manto. – Quanto ainda falta?

– Para o Santuário? No máximo uns vinte minutos. Não consegue sentir?

Ro não respondeu, em vez disso se virou para Dis, seus olhos escuros olhando o pulso do Talortai.

– Você está ferido.

– Não foi nada.

– Tem certeza?

Dis provou seu argumento flexionando o braço que estava quebrado.

– Os ossos já estão se restaurando.

– Incrível.

– Não para os Talortai. Nós nos curamos bem rápido.

– Estou vendo. Mas e sua outra lâmina?

– Aqui está ela – disse Kufa, recuperando a arma curva com a luz dos drones brilhantes. Ela a devolveu para ele, olhando uma rachadura que quase partira a arma ao meio. – Uma pena que ela não pode ser reparada tão rapidamente quanto seu pulso.

Dis testou o peso da lâmina, balançando-a pelo ar. Resmungou desgostoso.

– Desbalanceada? – perguntou Ro.

– Infelizmente, sim. – Dis lutou contra o impulso de jogar a arma no chão. Ele a forjara há uma vida, e agora ela estava arruinada.

– Então, é bom que ainda tenhamos isso – disse Kufa, recolhendo seu blaster do chão do túnel.

– Vamos precisar disso? – perguntou Dis, virando-se de volta para o Olho. – Pensei que estávamos indo para um Santuário.

Ro passou por cima de um tentáculo e caminhou rumo à escuridão, sem dizer nenhuma outra palavra.

Dis não sabia o que sentia quando finalmente chegaram ao seu destino, mas certamente não era surpresa. Seu estômago revirou, sua cabeça girava como se tivesse sido atingida. Ele tropeçou, derrubando a lâmina rêmige quebrada e se chocou contra a parede. Em um instante, Ro estava a seu lado, segurando-o. Dis sentia suas pernas fracas como as de um bebê.

– Você está bem? – perguntou o Olho.

– Acho que sim. – Dis abriu os olhos e respirou fundo. Eles emergiram em uma vasta caverna, os drones luminosos se elevando acima deles. Adiante estava um lago congelado que Kufa já estava atravessando, com os braços abertos para manter o equilíbrio.

Dis se firmou, com a respiração difícil. O que, em nome de Talor, havia de errado com ele?

– Você consegue continuar?

– Claro – respondeu ele, com a voz pesada. Ele olhou para seus pés. A lâmina rêmige se partira em duas. Ele a abandonou, caminhando atrás de Ro, que ainda estava com o elmo debaixo do braço. Cada passo era um esforço, mesmo antes de alcançarem o gelo. Dis não conseguia entender o que havia de errado com ele. Com certeza não era um choque causado pelo combate. Ele sobrevivera a coisas piores em sua longa vida. Muito piores.

À frente deles, Kufa se pôs de joelhos e rastejou por uma fenda incrivelmente baixa na parede oposta. Dis e Ro a seguiram, Dis lutando contra o pânico quando suas peles se prenderam à rocha. Ele se debateu por um momento, incapaz de respirar, até que Ro voltou pelo caminho e o puxou para dentro.

– Consegue se levantar? – perguntou o Olho.

– Consigo. – Dis usou a parede para se levantar, seu corpo tão pesado quanto sua cabeça estava leve. O que era aquilo? Falta de oxigênio? Certamente era possível no subsolo, mas parecia algo mais. Sua visão estava turva, luzes dançavam na frente de seus olhos. Ele fazia o que podia para não se enrolar como uma bola.

Ro, por outro lado, avançava, olhando ao redor com admiração.

– É isso – suspirou ele, com a voz maravilhada. – O Santuário sob Golamaran.

Eles estavam em outra câmara, maior do que a anterior. Kufa estava correndo pela caverna, indo em direção a um terminal de computador embutido na própria rocha. Ela pressionou uma série de controles e painéis luminosos foram acionados no alto, entre as estalactites, banhando todos eles com uma luz forte. O ar estava parado, quase em reverência, e Dis tinha certeza de que podia sentir um leve aroma de incenso.

De repente Ro estava diante dele, aparecendo tão subitamente que Dis por pouco não sacou sua lâmina rêmige remanescente. Ele deu um passo para trás, quase escorregando. Por que não sentira a chegada de Ro?

– Este é um lugar sagrado – disse Ro, mas Dis lutava para se concentrar nas palavras. Nada parecia real. O zumbido das luzes. O rangido das vestes de couro de Ro. O sol brilhando no céu infinito de Talor.

Dis chacoalhou a cabeça, tentando clarear os pensamentos. Ele não estava em Talor. Estava sob o gelo, em um planeta muito longe de casa, onde monstros com tentáculos, dentes e pelos...

– Você não é digno.

Ele ergueu a cabeça e se descobriu olhando para seu pai. Mas aquilo era impossível. Seu pai estava morto.

– Você deve deixar este lugar – disse o Talortai, com o rosto distorcido pelo ódio –, e nunca mais retornar.

As pernas de Dis tremeram, seus joelhos batendo na rocha coberta de gelo.

– Dis?

Não era a voz de seu pai. Era a voz de Ro. Depois outra. Aguda. Feminina.

– Ele está sendo purificado. – Ouviu Kufa dizer. – Este é o poder do Igualador.

O mundo inteiro pulsava em sua visão, como um holograma defeituoso, oscilando entre a caverna e a casa de seu pai, de volta ao dia em que ele fora exilado de Talor, tanto tempo antes.

– Você trouxe vergonha para a família. – Mais uma vez, palavras de seu pai, seguidas pelas de Ro.

– Você gostaria de vê-lo?

– Ver o quê? – resmungou Dis.

Ro deu uma risadinha.

– O motivo de termos vindo até aqui, é claro.

Dis não queria ver nada. Queria apertar os olhos com força e impedir que Ro se transformasse na figura de seu pai. Ele tinha sido drogado? E se houvesse uma toxina na rocha contra a qual de alguma forma ele pudesse ter se arranhado, algo que tivesse entrado no seu sangue?

– Levante-se, bruxo! – gritou seu pai com ele. – Saia!

– Bem – disse Ro novamente, segurando o braço de Dis e o puxando para cima. – Você quer ver ou não?

Dis não conseguia responder. Não conseguia evitar ser guiado... empurrado... guiado através da câmara. Ele não tinha mais nenhuma de suas lâminas rêmiges. O que acontecera a elas? Ele imaginou uma delas, quebrada e caída na entrada da outra caverna, e a outra cortando a garganta de seu pai. Não, aquilo não acontecera, não é? Ele cortara a garganta de Scarspike. A garganta do cobonica. A garganta de alguém.

Havia outro arco, outra passagem. Caverna após caverna. Ossos no chão. Ossos humanoides. Seus ossos. Não, aquilo era estupidez. Ele não estava morto. Estava?

– Bruxo!

A voz do pai ecoava em seu crânio. Crânios no chão. Esqueletos. Braceletes ao redor de ossos expostos, costelas envoltas em trapos congelados.

Dis sentia o frio. Ele sentia o calor do sol de Talor. Sentia a ira de seu pai, o sangue de seu pai, jorrando do ferimento em sua garganta, o ferimento que Dis abrira. Ele ouvia os anciãos o expulsando do ninho, o chamando de bruxo de novo e de novo, os gritos que ele tentara abafar em uma centena de covis de reedug em uma centena de planetas. Aquele era o passado, mas também o presente. Ele estava em Talor e estava na caverna, mantido em pé por Ro e Kufa.

Sua barriga se contorcia de medo, e ele não sabia por quê. Um Talortai deveria ser corajoso, mas ele não era um Talortai... não mais. Era um Nihil. Os Nihil não temiam ninguém. Os Nihil *eram* temidos.

– Não consigo continuar – ofegou ele, querendo vomitar, querendo afundar no chão.

– Você precisa – insistiu Kufa. – Precisa ver. Tudo vai ficar claro. Olhe.

Ele fez como lhe disseram. Foi levado a uma câmara menor, suas paredes enegrecidas por séculos de fuligem de velas. Quatro figuras estavam diante deles, de costas para a entrada, imóveis e silenciosas. Cada uma estava coberta por uma espessa camada de gelo, com longas lâminas curvas nas mãos.

Não, estava errado. As lâminas *eram* as mãos deles. Eram droides, desativados há muito tempo, com as juntas congeladas e as cabeças inclinadas em respeito, como suplicantes.

– Olhe mais de perto – insistiu Ro.

Dis deu um passo à frente, libertando-se de seus companheiros. Havia alguma coisa na frente dos droides, uma sombra na parede.

Ele escorregou deslizando em um trecho de gelo preto, gritando alarmado enquanto tentava se equilibrar. As cabeças dos droides se levantaram, as quatro ao mesmo tempo, o gelo caindo de seus servomecanismos como neve. Eles se viraram em conjunto, e falaram em uníssono:

– Vocês profanam o Santuário.

Ro aproximou-se de Dis, pegando seu braço novamente, apoiando-o.

– Não. Viemos aqui prestar nossos respeitos.

*Saia daí.*

Ele se encolheu ao ouvir mais uma vez a voz de seu pai, mas daquela vez não havia reprovação, apenas medo.

– Vocês não são bem-vindos – responderam os droides. – Vocês vão morrer.

– Direto ao ponto – comentou Ro, enquanto os droides davam um passo à frente com as lâminas erguidas. O Olho flexionou o braço e ativou seu sabre de luz, como se tivesse nascido para manejá-lo. – Eu agradeço por isso. Você está pronto?

A última pergunta fora dirigida a Dis.

– Eu achei que vocês... tinham vindo aqui para cultuar? – resmungou ele.

– O Igualador não é um deus.

– Então, o que é?

– Equilíbrio – respondeu Kufa, com o rifle blaster nas mãos.

– Você disse que seus ancestrais o trouxeram aqui...

Os droides deram outro passo. Seu pai implorou para que ele fosse embora, com sangue escorrendo do corte na garganta.

– Eles não deveriam saber quem você é? – perguntou Dis.

– Estão prestes a descobrir.

Os droides atacaram com as armas erguidas. Ro bloqueou o primeiro ataque com seu sabre de luz, dividindo ao meio a lâmina do droide. Ele cambaleou para a frente com o próprio impulso, apenas para ser reduzido a sucata com um disparo da arma de fogo de Kufa. O restante dos droides não eram tão fáceis. Eles se moviam com uma fluidez que raramente era vista em autômatos, defendendo-se com a habilidade de um Jedi. Dis não tinha mais suas próprias lâminas. Em vez disso, agarrou o braço do droide mais próximo, arrancando-o da articulação do ombro. O outro braço fez a volta e Dis se abaixou, quase tendo a cabeça decepada pela lâmina que restava ao oponente. Ele retribuiu o favor, enfiando a lâmina roubada no queixo do droide e atravessando seu processador. O inimigo caiu para trás. Bom. Aquilo era bom. Parecia melhor. Ele estava lutando na caverna, não em Talor. Estava no controle. A Força o guiaria. Ele seria forte.

A dor irrompeu de seu peito, junto com a ponta de uma lâmina. Dis se engasgou, a arma roubada escorregando de seus dedos. Seus joelhos dobraram, apenas a lâmina o manteve de pé. O ataque viera por trás. Ele não percebera. Por que não percebera? O droide se dissolveu em outra explosão do rifle de Kufa. Ele desabou no chão, ainda preso como um animal. Algo caiu ao seu lado. O último droide, derrubado por Ro, com o pescoço decepado.

Dis tossiu, respingando sangue no gelo abaixo de sua cabeça.

Um rosto apareceu diante dele. Seu pai? Ro? Ele não sabia dizer.

– Udi? – perguntou Ro. – Ainda está com a gente?

Dis assentiu, embora soubesse que não duraria muito. Ro agarrou a lâmina do droide, pronto para puxá-la. Dis quis gritar para que ele não o fizesse, mas era tarde demais. A lâmina se soltou e o sangue correu. Daquela vez não haveria cura. Daquela vez, o ferimento não fecharia.

Ele sentiu a respiração de Ro em seu rosto enquanto o Olho se aproximava de seu ouvido.

– O que você sentiu? Conte-me. O que aconteceu com você?

A garganta de Dis estava cheia de sangue.

– Eu não... – balbuciou ele. – Não consegui...

As palavras não saíram.

Ro se levantou, deixando Dis deitado onde estava. As sombras começavam a se fechar enquanto o Olho caminhava até Kufa, seu sabre de luz ainda ardendo. A velha estava de joelhos, olhando para a coisa na parede.

– Então – disse ele, de pé atrás dela, as duas figuras borradas na visão de Dis. – As lendas são verdadeiras...

– Você realmente achava que não eram?

A voz de Ro estava cheia de admiração.

– Tanto poder... mesmo dentro do gelo.

– O equilíbrio virá – respondeu ela, recitando um antigo mantra.

– O equilíbrio virá – concordou Ro.

Dis mal ouviu a lâmina do Olho cortar o ar ou o corpo de Kufa cair no chão. Ro levou um comunicador aos lábios.

– Encontrei. Sigam meu sinal.

Então, houve um bipe, que repetia sem parar. Dis não conseguia se mover. Não conseguia pensar. O Olho dos Nihil se voltou para ele, prendendo o comunicador no cinto.

– Obrigado – disse Ro, de pé acima dele. – Você me serviu bem. Serviu seu Olho. Você, com seus dons especiais, foi a prova de que eu precisava. Seu trabalho aqui está concluído.

Sem dizer outra palavra, Ro desceu o pé sobre a cabeça de Dis.

# CAPÍTULO ONZE

## OS ESTALEIROS DE CYCLOR

*Não há dor. Não há dor. Não há dor. Não há...*

Quem ele estava tentando enganar? A dor tomava conta de tudo, superando cada pensamento, cada instinto. Tudo o que ele conseguia escutar era barulho: Brasa latindo, Indeera gritando através do comunicador, o sangue latejando em seus ouvidos.

Mas Bell não estava morto. Por que não estava morto?

O arpão atravessara a proa do caça, empalando-o no assento. A pequena nave deveria ter despressurizado, mas ele não estava sendo puxado ao longo da haste manchada de sangue em direção à brecha. Bell esforçou-se para se concentrar no projétil. Grossas farpas o seguravam no lugar, primos maiores dos ganchos que agora estavam alojados em suas entranhas, mas a brecha não fora completamente selada pela arma. A visão de Bell ficou turva, mas ele podia ver as rachaduras no casco, expondo a cabine ao vácuo.

Ainda assim, Brasa latia. Ainda assim, Indeera o chamava.

*Não há dor. Não há dor.*

Eles estavam se movendo. Os propulsores do caça Vector estavam desativados, mas o *momentum* da nave os lançava para a frente, com nada no vácuo para que desacelerassem. Ele olhou para cima, através da redoma de durasteel. Estavam em rota de colisão com a nave Nuvem dos Nihil, o cruzador se aproximando mais a cada segundo. O impacto detonaria o núcleo de energia do caça Vector, mas Bell duvidava que a explosão causaria dano o bastante para levar o inimigo com ele, não com aquela blindagem.

*Não há dor. Não há dor.*

Bell não conseguia mover os braços. Ele usou a Força, da maneira que Indeera lhe ensinara, acionando os botões que ativariam os retropropulsores do caça. Sim, funcionou. Estavam desacelerando.

Desacelerando.

Desacelerando.

A nave chegou a parar, a respiração de Bell estava pesada. Ele tentou se concentrar nos controles. Acionar os retropropulsores era uma coisa, mas pilotar a nave usando a Força? Aquilo era impossível. Indeera conseguira uma vez, lutando contra os Nihil em Elphrona, mas ficara exausta. Bell sentia muita dor para sequer tentar algo como aquilo.

Ele mal conseguia falar.

O Vector sacudiu. Bell gritou, a dor mais uma vez atravessando sua barriga. Eles estavam se movendo de novo. Por que estavam se movendo?

– Bell?

A voz de Indeera soou novamente. Ela parecia cansada, como se estivesse tentando se concentrar, algo difícil no meio de uma batalha.

– Estou aqui. – Ele conseguiu falar entre os dentes cerrados.

– Graças à Força. Quando você não respondeu... Bem, esqueça isso agora. Eles estão rebocando você, Bell.

Sim, era aquilo. Ele conseguia sentir a vibração através do arpão. Ele captara alguma coisa. Um fragmento de conversa, de dentro da nave Nuvem, por meio da Força. Uma visão do convés de voo, uma figura atarracada em uma poltrona de comando se gabando do que eles tinham feito... pegar um Jedi com um anzol...

*Puxem eles, rapazes. Puxem eles.*

Aquilo poderia ser real? Provavelmente não, principalmente na condição em que ele estava. A Força era misteriosa, mas sempre havia uma chance de ele estar imaginando coisas.

Mas ele não estava imaginando o ar na cabine ou o som dos uivos preocupados de Brasa. Havia oxigênio. Havia pressão. Havia a Força.

– Indeera. – Ele resfolegou. – Você está vedando a brecha.

– Não... – Veio a resposta. – A lasca que eu usei para fechar o buraco é que está vedando a brecha.

Ele tentou se concentrar, vendo as lascas de metal retorcido tapando o buraco ao redor da corrente. Ela fizera aquilo, alcançando a cabine dele com a Força, empurrando as lascas de metal no lugar certo para que o vácuo do espaço fizesse o restante.

– Isso é... incrível.

– Você pode agradecer à Força mais tarde – disse Indeera, embora Bell conseguisse notar o cansaço em sua voz. Um feito como aquele cobrara seu preço, ainda mais durante uma batalha. Mas, como sempre, Indeera pensava mais nos outros e não nela mesma. – Está muito mal?

Bell olhou para baixo, para o metal que varava seu estômago.

– Muito.

– Você ainda não está acabado.

– Onde você está?

– Não muito longe, mas ainda estou lidando com os droides sucateiros. Você consegue romper o cabo?

Ele tentou se concentrar no longo cabo que o prendia à nave Nuvem, o cabo que o puxava.

– Vou tentar.

Sem chance. Cada movimento levava a uma nova agonia. Os controles poderiam muito bem estar em outra nave, considerando o tanto que ele conseguia se mexer para alcançá-los.

– Bell?

Ele se afundou na cadeira, a voz de Indeera sumindo. Ele só precisava dormir.

Brasa latiu, e os olhos de Bell se abriram.

– Isso, garota – disse ele, sem olhar para o animal apavorado. – Continue latindo. Mantenha-me acordado.

– Padawan!

– Estou aqui.

Ele atraiu a Força, tentando amortecer a dor, tentando se mover. Suas mãos encontraram os controles de voo, seus dedos dormentes encontraram o gatilho. Ele apertou o botão. Uma rajada laser foi disparada pelos canhões do caça, errando o cabo na primeira tentativa, mas acertando o alvo na segunda.

Mas eles ainda estavam se movendo. O cabo continuava intacto. Um metal resistente a laser. Os Nihil não eram tão primitivos quanto suas naves levariam alguém a imaginar, mas Bell duvidava que o cabo pudesse resistir aos disparos de dois caças Vector no mesmo ponto.

– Indeera – resmungou ele, sua voz mais fraca do que nunca. Não houve resposta, ou pelo menos ele não acreditava ter obtido alguma. Seus ouvidos estavam zumbindo, o barulho bloqueando todo o restante. – Mestra... você está aí? Preciso que você dispare comigo, temos que atingir o cabo juntos.

Ainda sem resposta. Sua cabeça tombou para a frente e ele a ergueu de volta, estremecendo de dor. Os latidos de Brasa encheram a cabine, cortando o zumbido em seus ouvidos.

– Isso, garota – arquejou ele. – Continue latindo. Lata para os Nihil.

Brasa fazia como ele pedia, saltando sobre o encosto da cadeira de Bell, encostando uma pata em um de seus ombros, o calor atravessando suas vestes. Ótimo. Ele precisava do calor. Nunca sentira tanto frio.

– Indeera?

Não houve resposta. Ele estendeu seus sentidos, buscando pela presença dela. Sim, ela estava lá, em seu caça Vector, incapaz de responder. Não estava ferida, mas era apenas questão de tempo. Os droides sucateiros rastejavam sobre o casco de sua nave, cortando o revestimento. Bell conseguia senti-los, conseguia sentir Indeera rodopiando e mergulhando, tentando se livrar deles, mantendo a concentração nas rachaduras da nave de Bell durante todo o tempo. Mais droides sucateiros se juntaram ao ataque, fatiando, cortando, arranhando. Indeera estava usando a Força para manter as naves inteiras, mas aquela era uma luta que ela estava fadada a perder.

Ela não podia salvá-los. Ela não podia salvá-los e era tudo culpa dele. Ele estava tão certo quando perfurou o enxame de droides sucateiros, tão satisfeito consigo mesmo. Bell Zettifar, Padawan. Bell Zettifar, aluno do lendário Loden Greatstorm. Bell Zettifar... idiota. Ele não era nada diferente do aprendiz imaturo que se achava capaz de ensinar uma lição ao seu Mestre esmagando um droide remoto de treinamento usando apenas a Força. Arrogante. Ingênuo... e potencialmente brilhante.

Não poderia funcionar. Poderia? Não havia nenhum jeito... a menos que ele usasse a linha que os Nihil literalmente haviam jogado para ele.

Bell agarrou o arpão, concentrando-se nas vibrações que ressoavam através do metal trançado enquanto seu caça era rebocado. Ele seguiu as vibrações com sua mente, para fora de seu caça, através do cabo, até o cruzador Nihil.

– É isso – disse Bell para si mesmo, imaginando o cabo se enrolando ao redor de um grande fuso lubrificado, ouvindo o rangido repetido do mecanismo. O Vector estava quase ao alcance, mas ele só teria um tiro. Precisava saber onde atingir, quando atingir. Ele invocou uma imagem das paredes do cruzador, dos tetos. Dos cabos. Dos retransmissores de energia. Capacitores. Tudo vindo de uma mesma fonte, na popa daquela nave bruta e feia. O núcleo de energia, pulsando, vibrando, transformando combustível em energia bruta, energizando cada arma roubada, cada canhão laser, cada emissor de íons. Uma bomba esperando para ser detonada.

Um Jedi não matava a não ser que não houvesse outra opção. Um Jedi protegia. Um Jedi defendia. Mas não importava quão bem os Cyclorrianos estivessem enfrentando os invasores, aquela nave estaria lá aguardando, pronta para lançar o próximo ataque, e o próximo, e o próximo. Quantas naves ela já atacara? Quantos assentamentos já devastara?

Chega.

Ele se concentrou em disparar contra o núcleo de energia. Sentiu o calor dele contra seu rosto. A ilusão de uma mente moribunda ou a orientação da Força? Ele sabia no que acreditar.

Brasa latia, Indeera lutava, e Bell pressionava o gatilho com força. Ele não viu as rajadas de laser serem disparadas, mas viu o resultado. A nave Nihil explodiu em uma bola de luz, silenciosamente no vácuo, mas Bell sentia como se pudesse escutar os gritos de cada um a bordo. As vidas que ele tirara para salvar outras. Como um jovem aluno, Bell ouvira que aquele era o fardo de cada Jedi que tomasse uma vida, não importa o quanto o ato fosse justificado: que cada voz silenciada estaria com ele até o fim de seus dias. Ele nunca acreditara naquilo, até aquele momento, mas recebeu bem a verdade. As vozes seriam um lembrete para que sempre buscasse outra maneira.

É claro, *sempre* era um termo relativo, principalmente com um arpão em suas entranhas. Destroços superaquecidos se chocaram contra o caça Vector, que rodopiou para longe. Daquela vez, ele não poderia proteger Brasa. Ele mal poderia proteger a si mesmo. Ele viu a nave de Indeera, tomada por droides sucateiros. Havia mais alguma coisa brilhando diante dele. Era o cabo do arpão, rompido na explosão. Bell sorriu, com os dentes manchados de sangue. Indeera o salvara. Aquela era a hora de retribuir o favor, uma última tarefa antes de ser levado pela Força.

Bell estendeu seus sentidos, empurrando o cabo enquanto ele rompia o espaço. Ele atravessou os droides sucateiros, lançando-os para longe do casco de Indeera. Eles seriam substituídos por outros, mas ele dera tempo para que Indeera se concentrasse. Ela finalmente poderia se preocupar consigo mesma.

Seus olhos se fecharam enquanto seu caça rodopiava na direção do hangar da *Innovator*.

– Isso, garota – arquejou ele para Brasa, que ainda lutava atrás dele. – Continue latindo... Continue...

E Bell Zettifar ficou em silêncio.

# CAPÍTULO DOZE

## A ALVORADA DE CORUSCANT

O painel de comunicações da *Alvorada de Coruscant* se acendeu como uma árvore de Solstício no instante em que as notícias do ataque ao estaleiro alcançaram o Núcleo.

Norel Quo se empenhara em atender pedidos e organizar reuniões para Lina Soh, que estava tão calma quanto uma Mestra Jedi enquanto a tempestade se alastrava ao seu redor. Se Stellan já ficara impressionado com a mulher antes, sua admiração aumentava a cada segundo em meio a tal crise. A tensão na sala atingiu o ápice em segundos, mas ela continuou serena e controlada, ao menos na superfície. Ele podia sentir as verdadeiras emoções dela, a preocupação que embrulhava o estômago, mas elas nem remotamente se aproximavam de pânico. Ela se sentou atrás de sua mesa de madeira wroshyr e acariciou a cabeça amarela de um de seus targons com gentileza, ouvindo relatórios e conselhos, um de cada vez.

– Temos notícias de Cyclor?

Stellan olhou para Nib, que ergueu os olhos do terminal de computador que confiscara no momento em que a situação se tornou clara, com Burry a seu lado, monitorando as fontes de notícia.

A Jedi de cabelos prateados balançou a cabeça.

– Nada de Stokes ou de Zettifar.

Burryaga grunhiu. Soh olhou para Stella, esperando uma tradução.

– Existem gravações amadoras do ataque sendo transmitidas a partir dos estaleiros.

A chanceler já estava de pé e caminhando de volta à parede de projeção.

– Mostre-me.

Com um aceno de Stellan, o jovem Wookie transmitiu as imagens para o droide projetor mais próximo. Imagens tomadas por estática do ataque se estendiam pela parede, aparentando serem gravadas pela própria *Innovator*. Atrás dele, Rhil se engasgou quando os droides sucateiros passaram por uma fissura no teto do hangar, apenas para serem recebidos por bravos Cyclorrianos armados com blasters e disparando de cima do casco da *Innovator*.

– Eles romperam as defesas – lamentou Larep.

– E estão sendo contidos nas docas pelos Cyclorrianos.

– Mas onde estão seus Jedi? – perguntou Quo.

Stellan virou-se para Nib e Burry.

– Conseguimos ver o que está acontecendo fora do hangar?

Nib verificou os controles.

– Os sinais oficiais estão sendo embaralhados. Não temos como acessar as transmissões.

– Então, como estamos vendo aquilo? – perguntou Soh, apontando para as imagens embaralhadas.

Nib encolheu os ombros.

– Os Cyclorrianos são alguns dos engenheiros mais inventivos de toda a galáxia conhecida. Devem ter encontrado alguma forma de contornar o bloqueio dos Nihil.

– Então, eles precisam transmitir esse conhecimento para os canais oficiais – comentou Reza.

Stellan observou as gravações mais de perto, tentando ver o que acontecia além da fissura. Havia lampejos de luzes oscilantes, pouco mais do que um aglomerado de pixels. Onde estavam Indeera e Bell? Os Cyclorrianos estavam se saindo bem na defesa, os insetoides em trajes espaciais até mesmo derrubando os droides sucateiros na superfície da *Innovator*, envolvidos em combate próximo contra as máquinas para proteger o orgulho da frota de Soh, mas eles eram construtores, não soldados.

– Qual é o Posto Avançado do Templo mais próximo de Cyclor? – perguntou ele em voz alta.

Burryaga respondeu em Shyriiwook.

– Derra? Certo. Então, está sob responsabilidade de...

– Tera Sinube – completou Nib.

Stellan tocou o comunicador costurado na manga de suas vestes.

– Aqui é o Membro do Conselho Stellan Gios. Conecte-me com Mestre Sinube, em Derra.

Houve um clique, e depois uma voz jovem respondeu.

– Aqui é Mestre Sinube.

Stellan conhecera Sinube em sua nomeação, e ficara impressionado com o Cosiano, que subira rapidamente na hierarquia nos anos recentes.

– Mestre Sinube, houve um incidente em Cyclor. Ou melhor, acima dele.

– Nos estaleiros, sim, nós sabemos.

– Perdemos contato com os Jedi destacados para a *Innovator*...

Ele nem precisou terminar a frase.

– Já enviei uma equipe para prestar assistência. Um esquadrão de caças Vector liderados pelo Jedi Engle.

Stellan ergueu as sobrancelhas. Porter Engle, conhecido como Lâmina de Bardotta. O Ikkrukki era uma lenda, com pouco mais de trezentos anos de idade. Ele servira a Ordem por séculos, mas em seus anos de aposentadoria assumira a função de cozinheiro no posto de Elphrona. Engle obviamente fora transferido de Elphrona, desde o ataque Nihil em que Bell perdera seu Mestre. Dois Jedi do mesmo posto avançado, reunidos sobre os céus de Cyclor, se Bell estivesse vivo, é claro. Mesmo assim, se Engle já estava a caminho, as chances de sobrevivência do Padawan tinham aumentado.

– As comunicações parecem ter sido derrubadas, embora alguns dos Cyclorrianos tenham conseguido contornar o bloqueio.

– Meus Jedi vão se encarregar disso.

– Mantenha-me informado.

– É claro – respondeu o Cosiano. – Que a Força esteja conosco.

Stellan interrompeu a transmissão e se virou para ver a chanceler conversando com vários oficiais na parede de projeção, incluindo Pra-Tre Veter, um dos três Grão-Mestres do Alto Conselho Jedi.

O Tarnab reconheceu a chegada de Stellan.

– Mestre Gios.

– Grão-Mestre – respondeu Stellan. – Mestre Sinube, do Posto Avançado de Derra, enviou reforços, um esquadrão de caças Vector liderado por Porter Engle.

– A Força estará com eles – disse o Grão-Mestre. – E quanto a Stokes e o garoto?

Stellan deu uma olhada para as imagens dos estaleiros.

– Nenhuma notícia, ainda.

O focinho de Veter se dilatou com a resposta.

– Que a Força os proteja do perigo.

– Com toda a sinceridade, Grão-Mestre, estou mais preocupado com os estaleiros.

Stellan olhou para o dono daquela voz carregada com forte sotaque. Ela pertencia a um Sullustano de pele castanha a quem Stellan conhecia bem demais, assim como cada membro do Conselho Jedi: Tia Toon, o senador que causara tamanha consternação na reunião de Lina Soh que ocorrera mais cedo, e que parecia pronto para causar problemas agora que entrara na conversa.

– Tia... – começou a chanceler, apenas para ser interrompida.

– Sim, sim. Eu sei o que você vai dizer. Nossos pensamentos estão com aqueles pegos no meio do ataque, mas precisamos levar em consideração as implicações financeiras deste ato.

– Senador!

– Só estou dizendo o que todos estão pensando. Sullus tem investido pesadamente em Cyclor.

– Assim como a maioria da galáxia – apontou a Chanceler Soh. – Aqueles estaleiros só perdem para Corellia.

– E mesmo assim estão sendo protegidos pelo quê? Dois Jedi?

Soh falou antes que Stellan pudesse responder.

– E como você acabou de escutar, reforços já foram enviados.

– Sim – cuspiu o Sullustano. – Reforços *Jedi*. Mais uma vez, estamos dependendo dos Jedi para nos protegerem.

Daquela vez, Stellan *precisava* responder:

– Assim como manda nosso dever, senador. Os Jedi juraram...

– Conhecemos o comprometimento dos Jedi, Membro do Conselho – respondeu o Sullustano, ríspido, suas papadas balançando furiosamente. – A promessa da Marechal Kriss tem sido repetida há meses em cada canal da holonet, de Muunilinst a Tarabba. Mas por mais poderosos que os Jedi sejam, é tolice colocar todas as nossas vidas nas mãos deles. Até injusto, eu diria. A PFD propõe que...

Aquela foi a vez de Soh interromper.

– Sim, Senador Toon, estou bem informada sobre a sua proposta, mas não é nem a hora e nem o lugar de discutirmos o Programa da Força de Defesa.

Os olhos de Toon se arregalaram.

– Não é a hora? Chanceler Soh, eu preciso lembrá-la que Cyclor não é um mundo de fronteira. Os Nihil atacaram no coração da Orla Média. Qual vai ser o próximo alvo? Ubrikkia? Gizer? *Coruscant?* Os Jedi são muitos, mas também são finitos. Esta crise nos mostra...

– Esta crise vai passar. – A voz de Lina Soh estava dura como durasteel. – Assim como Hetzal passou.

Aquilo foi um erro.

– Passou? Diga isso para as vítimas das Emergências. Ou para os bilhões que se descobriram à mercê desses piratas.

– Bilhões que nós ajudamos. Bilhões que foram realocados. Mesmo Hetzal está mais forte do que antes, a Lua Enraizada...

– Cultivada com sementes especialmente criadas para crescerem no dobro da velocidade do kavam tradicional – interrompeu Toon, completando a frase. – Sim, sim, eu vi os holovídeos. O legado dos Jedi protegido acima de tudo.

– Nossa produção de *bacta* protegida.

– Seja como for, o Grande Desastre deveria ter nos acordado, e o que aconteceu? Créditos valiosos que poderiam ter sido usados para estabelecer uma defesa adequada contra os Nihil aplicados em uma bobagem como a Feira da República.

Soh levantou a voz:

– A Feira da República será um sinal de solidariedade. De força.

Toon bufou.

– O Espírito da União. Sim, eu vi os pôsteres, Chanceler, mas nem toda a propaganda da galáxia pode desviar o fato de que esta feira é uma extravagância perigosa que deveria ter sido cancelada no momento em que a *Legacy Run* foi destruída. Todo esse tempo... todo esse dinheiro... jogados fora, em enfeites e ostentação! A Feira da República é um projeto vaidoso e perigoso que coloca as vidas de nossos cidadãos em risco. O Senado sabe disso, e você também, Madame Chanceler.

– Já chega – gritou Larep Reza, interrompendo a argumentação do Sullustano, que ficou chocado em silêncio. – A chanceler está certa. Como ousa politizar esse ataque para seu ganho pessoal?

Soh levantou uma mão, mas o estrago já estava feito.

– Meu ganho pessoal? – balbuciou Toon. – Eu penso apenas nas pessoas, por toda a República, que vivem com o medo de uma nuvem no horizonte a cada dia que passa. E quanto àqueles que acreditam na política da *chanceler*, que acreditam na retórica, nas promessas. Pessoas que pensam que estão seguras, quando este ataque prova totalmente o contrário, assim como os outros ataques que destruíram a fronteira nos últimos meses. É com essas pessoas que sua administração está falhando, Madame Chanceler, e são essas pessoas que verão por si mesmas. Guarde minhas palavras. – Com aquilo, o Sullustano olhou incisivo para trás de Soh, bufando com escárnio óbvio. – Afinal, você já tem as câmeras com você.

Stellan se virou, sabendo muito bem a quem o senador se referia. Rhil Dairo estava a uma distância respeitosa, com seu droide câmera sempre presente, observando tudo.

– O Senado aprovou a presença da GoNet – argumentou Soh, provocando outro bufo de escárnio do Sullustano.

– Eu sei. Eu fui um dos que votaram a favor, na vã esperança de que a galáxia visse a verdade, mas eu duvido que essa filmagem vá para a edição final. Ela dificilmente se encaixa na sua narrativa, mas quero deixar bem claro que estou mais do que satisfeito em falar com a Srta. Dairo oficialmente.

– Mestre Gios. – A urgência na voz de Nib interrompeu a discussão. – Recebemos notícias de Cyclor.

*Finalmente*, pensou Stellan, voltando-se para o terminal de Nib.

– Stokes ou Zettifar?

Nib balançou a cabeça, duramente.

– Não. É Porter Engle e seu esquadrão de Derra.

– Coloque-o no comunicador – ordenou Soh, olhando para Tia Toon. – Assim *todos* poderemos ouvir.

O pressionar de um botão fez com que a voz rouca do Ikkrukki ecoasse pelo escritório da chanceler.

– As comunicações foram restauradas – disse ele, suas palavras com interferência de estática. – Os Nihil enviaram droides embaralhadores para as extremidades do sistema.

– E a batalha? – perguntou o Grão-Mestre.

Se o Jedi veterano reconhecera a voz do Grão-Mestre, ela não pareceu perturbá-lo.

– Os locais lutaram bravamente. A maioria dos invasores Nihil foi derrubada, junto com os droides sucateiros.

O som de disparos laser soaram pelos autofalantes, seguidos por um grunhido de Engle.

– Porter? – perguntou Stellan.

– Perdão, Mestre Gios. Os retardatários são teimosos.

– E a nave líder?

Houve outra pausa, seguida por um chiado de estática.

– Jedi Engle!

– Estou aqui. – A voz do Ikkrukki estava mais distorcida do que nunca. – Embora não haja sinal da nave Nuvem. Os Cyclorrianos disseram que ela foi destruída.

– E quanto a Stokes e... – Soh fez uma pausa, buscando o nome de Bell.

– Zettifar – Stellan completou para ela.

– Bell? Bell está aqui? – O Ikkrukki pareceu surpreso com a revelação. – Eu não vi... – Sua voz rouca ficou distante.

– Porter? – disse Stellan.

– Eu o encontrei. – A resposta veio em um tom que gelou o sangue de Stellan. – E não é nada bom.

# CAPÍTULO TREZE

## ALÉM

Bell não fazia ideia de onde estava, mas sabia que não queria morrer.

– Isso é egoísmo, Mestre? – perguntou ele, sua voz soando estranha, suas palavras indistintas. – Eu falhei?

Não houve nenhuma resposta além do som de Brasa latindo em algum lugar próximo a ele. Boa garota. Estava fazendo o que ele pedira. Estava sendo uma âncora.

Mas uma âncora para quê? Para sobreviver? Para seguir adiante?

Havia mais. Mais barulho. Mais caos. Mesmo no silêncio do espaço. Bell podia sentir, a Força queimando com mais intensidade do que nunca, pronta para consumi-lo, pronta para transformá-lo... em quê? O que os ensinamentos diziam? Ele lutava para recordar. Sentado no chão frio do Posto Avançado de Elphrona. Ouvindo os Mestres. Nem mesmo um Padawan, ainda. Apenas um jovem aprendiz sendo guiado a um mundo maior.

*"Transformá-lo a Força vai, desta crua matéria para luz. Tornar-se luminoso você vai. Tornar-se energia. A energia de todas as coisas viventes, dos falcões de*

*cinzas voando nos céus, sim, aos charhounds uivando noite adentro. Da Força você veio. Para a Força retornará."*

Era aquilo que estava acontecendo? Ele estava retornando para a Força? Certamente conseguia ouvi-los, os falcões de cinzas chamando nos céus acima, e os charhounds... uma charhound latindo...

Brasa.

Sua âncora.

Boa garota.

Ele estava de volta em seu caça, incapaz de se mover. Pessoas morriam ao seu redor, no espaço. Amigos. Inimigos. Pessoas que ele nunca conhecera. Que nunca conheceria. Porque, gostasse ou não, as chamas se aproximavam a cada minuto.

*"Transformá-lo a Força vai."*

– Não...

A palavra escapou de seus lábios secos. Ele não queria ir. Ainda não. Tinha mais a oferecer. Aos Jedi. À luz. Ele apenas começara.

Houve explosões em meio às chamas. Gritos. Angústia. Vitória. Os latidos de uma charhound. Boa garota. Boa garota.

Mas ele não conseguia ver nada. As chamas eram brilhantes demais. Elas o lambiam. O purificavam. O limpavam. Era tarde demais? Era sua morte? Tantos pensamentos, tantas lembranças, passado e presente se partindo, unidos.

Sentado no chão do posto avançado, escutando o Mestre visitante. Procurando um cristal na caverna. Sentindo seu calor. Sabendo que era dele. Sabendo que chamara por ele.

Loden o escolhendo como Padawan. Entrando na galeria de treinamento, repleta de droides remotos flutuantes.

Caindo. Caindo de muito alto. Da *Nova*. De um penhasco. Na direção do planeta. Uma criança em seus braços. Tão assustada. Tão frágil. "Vai ficar tudo bem. Vai ficar tudo bem."

Ouvindo que Loden não voltaria. De pé no Farol da Luz Estelar, seu sabre de luz erguido acima de sua cabeça, com os outros, Indeera Stokes no lugar de Loden, ao seu lado. Alguém estava falando. Outro Mestre. Outro discurso.

*"Sempre que se sentir sozinho... sempre que a escuridão se aproximar... olhe para cima e saiba que a Força está com você... saiba que nós estamos com você. Esta é nossa promessa. É nosso juramento. Pela luz e pela vida."*

Pela luz e pela vida.

As chamas estavam em toda parte. Consumindo tudo. Bloqueando tudo.

E ainda assim ele não a alcançava. Não conseguia. E se não gostasse do que via?

– Bell?

– Mestra?

– Peguei você, Bell.

Era a voz de uma mulher. Uma voz que deveria reconhecer, mas ele não conseguia pensar, não conseguia mais, não com as chamas, com as lembranças e com o medo. Ele deveria ter medo?

O caça estava se movendo. Bell tossia e gemia, mas aquilo era bom, não era? Significava que estava vivo. Brasa estava latindo, latindo tão alto, mais alto do que as chamas enquanto eles eram carregados por entre os destroços, por entre os restos dos caças Nihil, para a *Innovator*, para a segurança.

Mãos o agarraram. Mãos Cyclorrianas com três dedos. Mãos humanas. As mãos de Indeera. Sim, aquele era o nome dela. E as mãos de mais alguém. Pele cinzenta. Barba comprida. Um olho faltando. Porter? Porter Engle. O que *ele* estava fazendo ali?

– Para trás.

Era Engle, de fato, a luz emanando de seu sabre de luz enquanto cortava o arpão e libertava Bell.

E eles estavam correndo, correndo... Bell deitado em uma maca, sendo levado às pressas por um corredor depois do outro, guiado por Indeera, por Porter, por pessoas que ele não conhecia, que nunca conheceria.

– Brasa?

– Ela está aqui, garoto. Ela precisa de você. Fique com ela.

Sim. Boa garota. Sempre ao seu lado. Seguindo os corredores. Para a enfermaria. Tanques à frente, cheios de... como era o nome?

Ele não conseguia se lembrar. Não importava. As chamas estavam chamando. A Força estava chamando.

– Isso. Levantem-no. Com cuidado... *Com cuidado!*

Muitas vozes. Algumas gritando. Algumas calmas. Algumas angustiadas. Tanta angústia. Ele só queria que a dor parasse.

E estava caindo, não no fogo, mas em um tanque, o líquido fresco contra sua pele, as chamas se retraindo, as vozes abafadas...

Brasa abafada, mas ainda estava lá, do outro lado do vidro, esperando por ele, abanando a cauda, a língua esticada para fora da boca.

Sua âncora.

Bell precisava de uma âncora, mais do que nunca. Ele não conseguia falar, um respirador estava preso apertado em seu rosto, drogas sendo injetadas em suas veias. Ele não conseguia falar nenhuma palavra, mas não importava, porque ele não tinha nada para falar.

Ele vira as chamas. Vira a Força. E ela o deixara mais frio do que nunca.

# CAPÍTULO CATORZE

## CIDADE LONISA, VALO

– Elzar, temos um problema...

Samera Ra-oon entrou na sala de operações, seus olhos verdes se arregalando enquanto percebia a forma holográfica de Stellan Gios projetada na parede oposta por um droide câmera flutuante. Ergueu uma mão, fazendo um gesto silencioso e se desculpando com o Jedi de vestes escuras que atendia a chamada.

Elzar Mann sinalizou que estava tudo bem antes de se voltar novamente para a imagem tremeluzente do membro do Conselho. Elzar fora amigo de Stellan Gios durante sua vida inteira. Stellan, Avar e Elzar. Três Padawans, três Mestres, três espíritos afins. Sempre buscando uns aos outros na hora em que voltavam de missões; tão diferentes e ainda assim tão parecidos. Um comprometido com as tradições, uma com o dever, e o outro... bem... Elzar conhecia seus defeitos. Sempre fora levado a testar os limites e tentar coisas novas... coisas que normalmente terminavam com os três enrascados. Juntos. Sempre juntos.

*– Não foi ele, fui eu.*

– *Não, fui eu*

– *Fomos* todos *nós.*

Agora Stellan parecia cansado. Mais velho. Parecia carregar o peso da galáxia em seus ombros. Provavelmente era apenas por causa da transição de líder de posto avançado para membro do Conselho. Se algum deles pudesse lidar com tamanha ação, era ele. Ele *merecia* aquilo. Sim. Sim, é claro que merecia.

– E a *Innovator*? – perguntou Elzar, arrastando-se de volta para as atualizações de Cyclor que Stellan trazia.

– Segura – confirmou Stellan. – Os Cyclorrianos combateram os Nihil remanescentes, com apoio do esquadrão de Engle. Os grupos de abordagem nem pisaram a bordo.

– E o Padawan ferido no ataque? Qual o nome dele?

– Bell Zettifar. Ele está sendo tratado na nave. Foi por bem pouco, pelo que me consta. Um arpão no estômago.

Elzar puxou o ar por entre os dentes.

– Sorte que a *Innovator* estava lá. As melhores instalações médicas da República.

– Sorte não teve nada a ver com isso. A Força garantiu isso.

*O orçamento de Soh garantiu isso*, pensou Elzar, mas não falou. Equipamentos de última geração. Mais bacta do que em qualquer outra nave da Orla Média. Bell provavelmente estava flutuando em um tanque cheio daquela novíssima gosma, sendo remendado enquanto a *Innovator* era preparada para sua viagem inaugural.

– Ainda estão no prazo?

– Para o lançamento? Quase. Vam Targes está conduzindo pequenos reparos no casco, mas isso não deve atrasar as coisas. A chanceler está ansiosa para que a *Innovator* chegue a tempo.

Elzar trocou um olhar de cumplicidade com Samera, que esperava pacientemente ao lado, segurando um datapad com ambas as mãos. É claro que Soh estava ansiosa. Nada deveria perturbar a feira. Samera desviou o olhar, tentando segurar um sorriso brincalhão e altamente contagioso que Elzar sentia se espalhar por seu próprio rosto.

Stellan franziu sua sobrancelha holográfica.

– Tem alguém aí?

– Hmm, sim. – Elzar forçou sua atenção de volta ao seu velho amigo. – A Coordenadora Ra-oon. – Ele fez um gesto para que Samera desse um passo à frente, reparando em como a coluna dela se endireitou enquanto ela entrava instantaneamente no modo de negócios ao aparecer na chamada.

– Membro do Conselho Gios – saudou ela. – Não quis interromper.

– Não há necessidade de se desculpar. – Stellan afastou a preocupação. Elzar sentiu Samera se arrepiar levemente. Ela não estava se desculpando, apenas anunciando um fato. Afinal de contas, aquela era a sala de operações *dela*, na feira *dela*. Típico de Stellan. – Você ouviu sobre o ataque aos estaleiros, é claro.

– É claro – repetiu Samera. – Por isso já ampliamos nossas medidas de segurança.

– Não que alguém espere que os Nihil ataquem aqui – disse Elzar.

Stellan ergueu as sobrancelhas.

– Até hoje, ninguém esperava que os Nihil atacassem tão profundamente na Orla Média. O Senado obviamente está preocupado.

– E o Conselho?

– Cauteloso. O Grão-Mestre Veter destacou mais Jedi. O esquadrão de Porter Engle acompanhará a *Innovator* até Valo e ficará até a cerimônia de abertura.

– E teremos prazer em recebê-los – interrompeu Samera. – O Jedi Engle é um Mestre?

Os olhos de Stellan brilharam.

– Repetidas vezes.

Samera parecia confusa, olhando para Elzar e de volta para Stellan.

– Isso significa alguma coisa?

Aquela foi a vez de Stellan fazer um pedido de desculpas.

– Eu estava brincando.

– Vamos apenas dizer que Engle está por aí há *bastante* tempo – disse Elzar.

– Não que você deva se lembrar dele – acrescentou Stellan. – Ele é um dos mais respeitados Jedi na Ordem, seu nome é mencionado junto aos dos Mestres Brisbane, Maota e Yoda.

– Excelente. – Samera olhou para seu datapad, deslizando uma lista de nomes. – Então, talvez possamos destacá-lo para o grupo da chanceler? Um contato especial para a Regasa Yovet?

– A chefe de estado Togruta?

Samera olhou de volta para Stellan.

– O ataque em Cyclor assustou o embaixador Togruta. Ele ameaçou aconselhar a regasa para que não fosse mais a Valo.

– Isso... não seria ideal.

Elzar se segurou para não balançar a cabeça. Desde quando Stellan passara a usar palavras como *ideal*? Elzar esperava que ele se tornasse uma boa influência no Conselho, não o contrário. Stellan estava começando a soar como a Membro do Conselho Rosason. Pior que isso. Estava começando a soar como um político.

– Engle pode não ser a melhor escolha – continuou Stellan, sua sobrancelha franzida. – Ele tem a tendência de ser... rude.

– É uma forma de se dizer – murmurou Elzar, torcendo para que Stellan não escutasse. Engle era muitas coisas, mas diplomata não era uma delas.

– Deixe-me pensar sobre isso – disse Stellan. – Vou conversar com a chanceler. Ver o que ela gostaria de fazer.

– E quanto a Avar? – Elzar interveio, talvez um pouco rápido demais. Podia sentir os olhos de Samera sobre ele e realizou várias pequenas meditações para impedir que ficasse ruborizado. A sugestão era válida. Desde Hetzal, Avar Kriss era uma das Jedi mais conhecidas na fronteira, talvez em toda a Ordem. E, pelas estrelas, era a marechal do Farol da Luz Estelar. Com certeza os Togruta enxergariam o fato de ela ser destacada para sua regasa como uma honraria da mais alta classe.

– É uma boa sugestão. – Stellan acariciou sua barba bem cuidada, outro novo hábito que adquirira nos últimos meses. – Pode deixar isso comigo, coordenadora?

– É claro – respondeu Samera, educadamente.

– Retorno a você o mais rápido possível, para que possa tranquilizar o embaixador.

*Boa sorte com isso*, pensou Elzar, enquanto Stellan voltava sua atenção a ele.

– Vejo você em breve, Elzar.

Elzar não conseguiu evitar um sorriso ao pensar naquilo. Já fazia muito tempo desde que os três não se reuniam. Ao menos desde a cerimônia de inauguração do Farol. Desde que... o humor de Elzar ficou sombrio quando se lembrou da visão que o acometeu depois que Avar soltara a bomba de que permaneceria na estação.

– Elzar?

Seu sorriso se tornou forçado, mas Elzar manteve a postura. Além disso, sua reação inicial fora genuína. Ele *estava* ansioso para reunir os três ali. Mann, Kriss e Gios. Os três encrenqueiros. Era como Quarry os chamava antes de serem elevados a Cavaleiros. Seu velho Mestre não estava muito longe da verdade.

– Estou ansioso por isso, Stellan. Valo desligando.

Ele encerrou a chamada e o zumbido da holotransmissão desapareceu, junto com o rosto de Stellan.

Samera soltou o fôlego.

– Eu conheci vários Jedi, mas rapaz, esse é intenso.

Elzar dispensou o droide.

– Ele só gosta que as coisas sejam feitas de uma determinada maneira. Sei que Stellan pode parecer...

– Arrogante? – sugeriu Samera.

– Reservado – sugeriu Elzar. – Mas ele não é, quando você o conhece melhor. Ele só quer que tudo seja perfeito. Para Stellan, as coisas são ou não são.

Samera ergueu uma sobrancelha travessa.

– Eu achava que esse era o caso de todos os Jedi do universo.

Ele riu.

– Você sabe o que eu quero dizer.

– Talvez eu saiba. – Seus olhares se fixaram por um momento, provavelmente mais longo do que seria razoável, antes de ela desviar os olhos e observar um mapa da feira na parede oposta a eles. – Ainda assim – continuou ela –, dá para ver por que ele está por toda a holonet. Quaisquer que sejam os seus defeitos, ele definitivamente ainda é um colírio para os olhos.

Ela voltou a olhar para seu datapad, tentando esconder um sorriso malicioso.

Elzar colocou as mãos na cintura, sentindo o couro do cinto entre seus dedos.

– Devo ficar com ciúme?

Ela se virou, sem tirar os olhos das anotações que deslizavam por sua tela.

– É claro que não. O ciúme não leva ao lado sombrio?

Samera o estava provocando, e ele não podia fazer nada a não ser gostar daquilo.

– Entre outras coisas. Qual é o problema?

– Hmm?

– Quando você entrou. Disse que tínhamos um problema.

– Ah. Mais do mesmo, receio. O Embaixador Tiss está...

– Contorcendo seus montrais?

– De um jeito que você não iria acreditar. Ele pediu uma varredura de segurança em três etapas na suíte da regasa: manual, droide e Jedi.

– Jedi?

– A presença da Ordem é a única razão pela qual eles concordaram em permitir que a Rainha Yovet visitasse a feira. – Mais uma vez, ela dirigiu-lhe um sorriso travesso. – Não deixe que isso lhe suba à cabeça.

Elzar fez sua melhor voz de Stellan:

– Isso, minha querida coordenadora, não seria o caminho Jedi.

O sorriso dela ampliou-se ainda mais, revelando uma fileira perfeita de dentes brancos.

– Fico feliz em ouvir isso, Mestre Jedi. Qualquer coisa diferente não seria apropriada.

O sol brilhava forte quando eles saíram para a Praça Administrativa. Elzar olhou para cima, apreciando o calor em seu rosto, e observou as nuvens ralas que cruzavam ligeiras o céu tão azul quanto uma safira de Ankarres. O que diziam era verdade: Valo era um paraíso, sua capital, Lonisa, localizada próxima de um lago interno tão grande que poderia ser um oceano. Água cristalina de um lado, montanhas margeadas por florestas do outro, e o ar tão puro quanto Elzar jamais sentira, mesmo em Naboo, onde servira pela primeira vez como Cavaleiro Jedi assumindo uma posição bastante valiosa no Templo Gallo.

Não era de se admirar o motivo de o Senado ter escolhido Lonisa para a primeira Feira da República em gerações, um pedaço do paraíso na Orla Exterior, agora o ponto central das festividades, celebrando a República em toda sua infinita glória. Ciência. Inovação. As artes. A culinária. As ruas estavam fervilhando enquanto se dirigiam para o suntuoso hotel onde a delegação Togruta estava hospedada. Eles poderiam ter ido em um deslizador, mas Samera gostava de caminhar sempre que possível, apenas uma das qualidades que Elzar passara a apreciar. Ela era excepcionalmente boa no que fazia, sempre conseguindo se manter tranquila quando todos os demais estavam correndo de um lado para o outro como lemocks desmiolados. Ele sentira a conexão desde o momento em que chegara a Valo. Os sorrisos brincalhões. As piadinhas gentis. Aquilo o fazia se sentir bem, era o que Elzar precisava desde a cerimônia.

Desde a visão.

Na verdade, sua nova amizade apenas confirmou que ele estava certo em seguir a orientação da Força na lua de Ashla. Tudo aquilo parecia correto. Ele passara as últimas semanas caminhando pelas ruas e visitando o parque da feira, estendendo-se para a Força, procurando por qualquer sinal de perigo. A visão estava o tempo todo no fundo de sua mente, mas diminuía ligeiramente a cada dia que passava, como se sua presença em Valo estivesse neutralizando o mal que previra. Não entendia o porquê, mas não precisava. A Força não era como um manual técnico que descrevia cada etapa de um plano. Era algo que se interpretava, que se sentia, e fazia anos que Elzar não se sentia tão em paz. Mesmo a possibilidade de se tornar o líder Jedi em Valo não o enchia mais de pavor. Pouco tempo antes, a simples ideia de estar preso a um planeta teria feito sua cabeça latejar, mas depois de passar um tempo lá, tudo mudara. Quanto daquilo teria a ver com Samera? Havia entre eles uma afinidade que rivalizava com a amizade que tinha com Stellan ou mesmo com Avar, uma sensação leve de conforto que ele gostava quase tanto quanto o riso de Samera. Ela ria alto e com frequência, principalmente na presença de Elzar, e ele também. Mais do que rira em anos.

Ele olhou para ela, admirando os longos cabelos ruivos, presos em uma trança alta. Samera falava sobre sua última conversa com o embaixador Togruta, mas ele não estava ouvindo, na verdade. Em vez disso, seus olhos desciam para a longa linha do pescoço dela, antes de voltarem a subir. Ela reparou e ele desviou o olhar, fingindo observar as gigantescas ilhas celestes que flutuavam acima do lago. Cada uma fora projetada para reproduzir o ambiente e a paisagem de um planeta-chave da República. Era uma das principais atrações da feira, uma forma de os visitantes explorarem um pouco da rica diversidade da República em um só lugar.

– Você já foi para Onderon? – perguntou Samera, de repente.

– O planeta?

– Não, a ilha. – Ela acenou com a cabeça na direção da plataforma flutuante.

Ele balançou a cabeça.

– Ainda não. Visitei as encostas na ilha Rhinnal, no entanto.

– Você esquiou?

– Não. Queria ver os controles ambientais. Para manter tanta neve nesse calor...

– Sim, sim, é uma maravilha da engenharia ambiental, mas você *precisa* experimentar a pista de turbo-esqui. Talvez eu possa lhe mostrar depois da cerimônia de abertura.

– Você vai ter tempo, com a feira a todo vapor?

– Vou arranjar tempo.

Ela o encarou, e daquela vez ele não desviou o olhar.

– Então, o que há em Onderon? – disse ele, finalmente, interrompendo o momento.

– Safáris na selva.

– Sem a vida selvagem, espero.

Ela deu outra risada tilintante que fez seu coração saltar.

– Não queremos que nossos visitantes sejam devorados. No entanto, existem aves nos topos das árvores e alguns macacos izizianos, mas nada que possa matar alguém. Mas se é vida selvagem que você quer, ouvi dizer que há um hragscythe no zoológico da cidade.

– Talvez possamos vê-lo depois de nosso passeio de esqui.

Os lábios de Samera recuaram.

– Talvez possamos. – Ela olhou para a série de plataformas repulsoras. – Ainda não acredito que conseguimos. Quarenta e duas ilhas, todas prontas para serem abertas ao mesmo tempo. E disseram que seria impossível.

– *Eles* ainda não conheciam *você* – disse ele, se aproximando. – Não deixe que isso lhe suba à cabeça.

– Ah, eu vou, com certeza – respondeu ela. – É o caminho de Valo.

Seus olhares se encontraram por um momento e de repente não havia qualquer outra pessoa na rua. Outra visão passou pela mente de Elzar, infinitamente preferível à escuridão que experimentara no Farol. Ele se viu, alguns anos no futuro, com o cabelo escuro que estava deixando crescer já salpicado de cinza, o líder de um posto avançado de sucesso, jantando com uma respeitada oficial local dona de olhos esmeralda e de um pescoço gracioso.

– Cuidado. – Uma voz quebrou o encanto. Samera engasgou-se quando Elzar agarrou seu braço, puxando-a para longe do módulo flutuante que quase os derrubara, com a carreta repleta de contêineres.

– Obrigada – disse Samera, colocando a mão sobre o coração acelerado. – Eu nem vi aquilo se aproximando.

– Nem eu – admitiu ele, sentindo uma sensação de alívio por ela estar bem, e uma pontada de culpa. No que ele estava pensando? Era por isso que nunca permanecia em um planeta por muito tempo. A tentação de ficar era muito grande. Por essa e outras coisas. Em breve, chegariam Jedi de todas as partes da galáxia, sem falar no Farol da Luz Estelar. O que Avar diria se tivesse uma vaga ideia do que ele estivera pensando? Ficaria surpresa? Provavelmente não, mas ficaria decepcionada. Ele precisava se concentrar no trabalho em questão. Estava ali porque era ali que a Força queria que estivesse. Todo o restante era apenas distração.

– Devemos entrar – disse ele de forma abrupta, subitamente ciente de quão perto estavam um do outro. Deu um passo para trás, voltando o olhar para a imponente fachada do Hotel República, extravagantemente remodelado graças a um auxílio do comitê da feira. Todos os dignitários visitantes ficariam ali, desde a chanceler até a própria Regasa Yovet. *Lembre-se de quem você é*, Elzar dizia a si mesmo enquanto atravessavam a via, evitando o constante fluxo de deslizadores. Samera, por sua vez, caminhava ligeiramente à frente, subindo as escadas de mármore do hotel adiante. Ela não era boba. Notou o desconforto dele, o viu se enrijecer e se afastar depressa, mudando de assunto. Não, a boba não era ela. Quando ele iria aprender?

Elzar a acompanhou em direção ao turboelevador, cujas portas se abriam para salvá-los de uma espera desconfortável no saguão.

– O embaixador está nos aguardando no décimo sétimo andar. – A voz dela estava mais dura do que antes. Mais profissional, talvez até fria.

Bom, pensou Elzar. Assim era melhor. Era como deveria ser. Samera era uma coordenadora, ele era um Jedi e ponto final.

# CAPÍTULO QUINZE

## GRIZAL

Grizal não era o que Lourna Dee esperara quando se juntou aos Nihil. Ela não esperava luxo. Afinal de contas, fugira daquilo. Mas um complexo prisional esquecido na parte mais extrema do mapa estelar que alguém poderia ir sem se aventurar nas Regiões Desconhecidas? Aquilo era outra coisa.

Cercada por uma densa floresta, a instalação era segura e estruturalmente sólida, embora a pintura já tivesse descascado das paredes de blocos de pedra e quase todas as janelas gradeadas do local estivessem rachadas. A maioria das alas da instalação ainda estava fechada, e nas poucas que estavam ocupadas, os membros das Tempestades tinham enchido ou deixado as vidraças presas para impedir a entrada de correntes de ar. A maioria dos Nihil estabelecera casas nos dois blocos principais, quartos minúsculos que revestiam três níveis do átrio, onde pórticos enferrujados levavam a escadas robustas. Para alguns, aquela acomodação apenas trazia de volta lembranças de períodos de encarceramento que tentavam esquecer tão arduamente, mesmo que as grossas portas de durasteel pudessem ser abertas a qualquer momento. Acampamentos surgiram nos locais que Lourna presumia terem sido pátios de exercícios, enquanto outros permaneciam em suas naves, principalmente aqueles que vinham de outras células da galáxia. Ro fora insistente. Os Nihil precisavam fazer duas coisas. Primeiro, e mais importante, precisavam ficar quietos. O caos após o Grande Desastre chamara atenção demais para eles, o que em grande parte fora o principal objetivo. Fora como traçar um limite, um alerta para a República, mas a resposta dos Jedi, bem, fora completamente diferente. Ro apostava que os guardiões da lei e da ordem na galáxia seriam pegos de surpresa pelas táticas dos Nihil, que não estariam prontos para o combate, com habilidades enfraquecidas por passarem anos no topo da cadeia alimentar. A realidade se revelou um tanto distinta. Os Jedi provaram ser mais do que páreos para os Nihil, e o povo, as pessoas que deveriam temer os Nihil, em vez disso voltaram seus olhos para os Jedi mais do que nunca, ainda escutando aquele maldito sinal transmitido pelo novo farol da República. Ainda tinham esperança. Por isso, Ro sugeriu um período de inatividade, para envolver a galáxia em uma falsa sensação de segurança. Alguns poderiam dizer até que ele ordenara aquilo. A influência dele definitivamente crescera desde a Batalha de Kur. Portanto, os Nihil não exatamente recuaram, mas ficaram à espreita. Ainda havia alguns ataques, não muito expressivos, e a maioria dos negócios escusos que financiavam a Tempestade ainda estava em operação, na surdina, estocando recursos. Uma pequena chantagem aqui. Dinheiro em troca de proteção ali. Um dos ataques de Pan até mesmo conseguira roubar uma remessa de reedug do Cartel Reekrider antes que este alcançasse seu destino em Athiss, mas nada que chamasse muita atenção.

Naquele meio-tempo, eles precisavam de uma base principal, uma cidadela que pudesse ser um santuário e uma fortaleza se as coisas dessem errado. Pan Eyta sugerira o Grande Salão, construído pelo pai de Ro no coração do Não Espaço, mas aquilo dificilmente seria prático. Era pouco mais do que uma plataforma flutuante, o vácuo do espaço retido por um campo de força, de forma que alguém ali poderia pensar que estaria jantando diretamente sob as estrelas. Era impressionante, mas dificilmente defensável, um lugar para inspirar admiração, mas não para resistir ao ataque Jedi que, certamente, era apenas questão de tempo.

O complexo prisional fora localizado por Zeetar, o Talpini que Ro elevara após a Tempestade de Kassav ter caído e queimado de forma tão espetacular em Kur, levando Kassav com ela. Zeet viera da Tempestade de Lourna, e era um engenheiro brilhante, responsável por muitas das mais recentes inovações dos Nihil, desde os motores de Trilha aprimorados até os droides sucateiros que tornaram o desmanche de naves muito mais simples. Sim, o lugar era uma pilha de lixo, mas era seguro, e aquilo era tudo com o que Lourna se importava. Como o Grande Salão, ninguém seria capaz de encontrar o planetoide sem as Trilhas.

Claro, havia desvantagens. Lourna nunca vira tanta chuva antes, açoitando as paredes castigadas pelo tempo do complexo dia e noite. Pan Eyta odiava, e passava o mínimo de tempo possível ali. Ela achava apropriado. Embora quisesse ser capaz de manter o controle sobre seu comparsa, especialmente depois que se juntara a Zeetar para realocar sua Tempestade para o acampamento. Lourna não confiava em Zeetar, mas já não confiava mesmo em ninguém, então aquilo não era nada incomum. No entanto, ela gostou de ver o rosto de Pan quando, em uma rara visita a Grizal, o Dowutino entrou pesadamente no escritório que ela convertera em seus aposentos. Lourna deu uma olhada em Zeetar e contraiu os lábios em um grunhido.

– Isso é uma piada?

– Você está vendo algo engraçado? – Zeetar respondeu, ríspido.

Lourna via, embora nunca fosse deixar nenhum dos dois saber, continuando impassível e com o olhar mais severo possível.

Pan aproximou-se de Zeetar, com a intenção de encarar o Talpini diretamente nos olhos. Normalmente, ele estaria pairando ameaçadoramente sobre Zeetar, mas as coisas haviam mudado.

– Vejo um nanico tentando provar alguma coisa – rosnou Pan. – Um tampinha com ideias maiores do que lhe cabem.

Lourna sorrira quando viu o que Zeetar fizera antes da chegada de Pan. O minúsculo Talpini construíra uma enorme armadura completa com pernas pneumáticas, que o colocavam acima da linha dos olhos de qualquer outro indivíduo em Grizal. O próprio Zeet estava suspenso pela gaiola de proteção que formava o largo peito do mecha, o imponente conjunto completado por rifles de fogo acoplados nos braços de droide de carga da armadura, e lançadores de granada sobre sua cabeça. Pela primeira vez, Zeetar olhava para Pan Eyta de *cima*.

– Estranho – zombou Zeet, com a voz tão fina e fraca quanto a armadura era imponente. – Pensava que éramos todos iguais. Três Executores da Tempestade juntos. Iguais em todos os termos.

– Ah é? – respondeu Pan, mantendo a posição enquanto Zeetar avançava em uma tentativa de fazer com que o Dowutino desse um passo para trás. – Por que não desce dessa plataforma para vermos o quanto somos iguais?

Zeetar franziu os lábios e inclinou sua grande cabeça.

– Oun, você está se sentindo ameaçado? Pobre Do-Do.

Pan golpeou com força pelo lado direito, apenas para que seu enorme punho fosse facilmente agarrado pela mão de aço do braço da armadura. Zeetar apertou sua própria mão, seu traje refletindo a ação graças a sensores que serpenteavam das luvas de controle que usava sobre suas mãos atarracadas. Houve um estalo nauseante de osso e um grunhido de Pan. O Dowutino levou sua mão livre em direção ao blaster que carregava pendurado no cinto.

– Chega!

Nenhum dos Executores da Tempestade olhou para Lourna, mas o efeito de sua voz foi instantâneo. A dupla congelou, encarando-se.

– Zeetar, solte-o. Pan, afaste-se.

Pan virou a cabeça para olhá-la nos olhos.

– Quem morreu e fez de você o Olho?

– Quem fez de você um estúpido? – Ela voltou o olhar para Zeetar. – Vocês dois. Brigando como novos recrutas. Devemos comandar a Tempestade, principalmente na ausência de Ro.

Zeetar foi o primeiro a recuar, soltando o punho de Pan.

– Você está certa, é claro. Foi tolice da minha parte. Peço desculpas.

– Com certeza foi tolice – respondeu Pan, esfregando os nós dos dedos machucados. – E não pense que não podemos ver através do seu estúpido pedido de desculpas.

Zeetar abriu os braços de seu mecha, com um sorriso malicioso estampado em seu rosto redondo.

– Só estou tentando ser o maior homem.

Pan rosnou, dando um passo à frente, mas Lourna entrou em seu caminho antes que a luta recomeçasse.

– Eu mesma tenho que impedi-lo?

Ele a encarou furioso, e Lourna sentiu o hálito quente do Dowutino contra seu rosto. Ela não falou coisa alguma, deixando o silêncio trabalhar. Lourna considerava suas opções o tempo todo: uma cabeçada para quebrar aquele nariz grosso; uma faca nas entranhas, deslizando entre as placas da armadura oculta sob a camisa de seda Saava de Pan; talvez até mesmo uma joelhada bem direcionada na virilha, se quisesse realmente humilhar o idiota grandalhão. No fim das contas, tudo o que teve de fazer foi manter-se firme. Os olhos de Pan alternaram entre ela e Zeetar antes que ele finalmente cedesse, com uma bufada, virando suas costas largas para ela, como prova de confiança. Um idiota ignorante. Quão fácil seria fazer um buraco entre aqueles ombros largos?

– O que está rolando? – grunhiu ele, tentando assumir o controle de uma situação que logo acelerou de volta para fora de seu controle. – Por que me chamaram de volta para esse muquifo fedorento?

– O que é que você acha? – perguntou Zeetar. – Você estragou tudo, Pan. Você estragou tudo.

Pan se voltou, furioso.

– O que você disse?

– Ele está falando sobre Cyclor, Pan – acrescentou Lourna, e o rosto do Dowutino ficou sombrio ao ouvir o nome do planeta.

– O que é que tem?

Zeetar brincou de coçar o pescoço, o traje mecânico copiando o movimento como uma marionete ensandecida.

– Oh, deixe-me ver. Uma Nuvem inteira perdida. O setor colocado em alerta. Mensagens entre os Jedi e o Senado. Diga-me, Pan, devemos chamar o responsável pelo ataque. Qual era o nome dele? Sarn Fraudestrela?

– Rompestrela.

Zeetar estalou os dedos.

– Claro, é isso. Oh, mas não podemos, né? Porque agora ele é *poeira* de estrela. Foi por isso que chamamos você aqui. Porque se o idiota em questão está morto, por que não ir direto até o idiota no topo?

Pan fez menção de avançar, mas Lourna colocou uma mão firme em seu peito. Ele parou, com as narinas dilatadas.

– Não foi culpa de Rompestrela. Havia Jedi nos estaleiros.

– *Sempre* há Jedi – rebateu Zeetar. – No que você estava pensando, Pan? Ro disse especificamente...

Pan jogou as mãos grossas para o alto.

– "Ro disse... Ro disse." Você já se escutou? Cinco minutos como um Executor da Tempestade e já acha que sabe o que é melhor. – Daquela vez, Lourna não o impediu quando ele deu um passo à frente, cutucando o rosto de Zeetar com um dedo grosso. – Lourna e eu estamos aqui desde o começo, mais ou menos. Você? Você não é nada mais do que um mecânico espertinho. Talvez eu deva pegar leve contigo, porque *obviamente* você não sabe como as coisas funcionam por aqui, mas para ser sincero eu estou farto dessas porcarias que saem dessa sua boca. Não somos a República, Zeetar, e certamente não somos os Jedi. Fazemos o que queremos, quando queremos, não importa o que digam. Ro incluso. Ele pilota a tempestade que nós criamos. Nossas Tempestades. Nossos Raios. Sim, devemos as Trilhas a Ro, mas isso agora é maior do que ele. E se ele não gosta, deveria se afastar, independentemente do que seus lacaios covardes digam. Lacaios covardes como você.

– Ah, é mesmo?

As palavras de Lourna interromperam a briga, mas não acalmaram a situação. Aquelas três palavras, ditas do outro lado da câmara, encerraram tudo. Todos os três Executores da Tempestade se viraram para ver a figura parada na porta, assimilando a longa capa, a pesada máscara.

A fúria dormente.

– Ro – grunhiu Pan, uma breve saudação, não houve qualquer tentativa de disfarçar o que estava dizendo, nada de tentar retirar o que dissera.

– Pan – devolveu Ro, entrando friamente na sala, a porta se fechando atrás de si. – Bom ver você em Grizal.

O Olho ergueu a máscara enquanto caminhava, as travas sibilando ao serem liberadas. Ele a puxou de sua cabeça com um movimento fácil, revelando sua pele lisa e cinzenta, e aqueles olhos enervantes que pareciam capazes de perfurar a alma. Lourna reparou que ele deixara uma barba rala crescer em suas bochechas. Aquilo era novo, embora a expressão em seus olhos fosse antiga. Desapontamento. Raiva.

Ro parou na frente de Pan e estendeu seu elmo, não em desafio, mas com expectativa. Pan tentou manter a cabeça erguida enquanto o pegava, reduzido a pouco mais do que um servo em um piscar de olhos. O Dowutino recuou, intimidado, deixando Ro passar. O Olho observou Lourna e Zeetar, pronunciando seus nomes em saudação antes de parar para avaliar a armadura do Talpini.

– Fez melhorias. Muito impressionante, não acha, Pan? – Ele não se virou para encarar o Dowutino enquanto falava.

– É – resmungou Pan. – Incrível.

– E a sua missão? – perguntou Lourna, não para mudar de assunto, mas para prolongar a humilhação de Pan. – Foi bem-sucedida?

– Além de tudo o que eu poderia desejar.

– E Udi Dis? Ele lhe serviu bem?

Ro não respondeu, analisando o rosto dela por um momento antes de se afastar dos três Executores, sua capa de couro ondulando.

– Como as coisas têm estado por aqui? O trabalho nos cabos de Trilha?

– Seguindo conforme planejado – respondeu Zeetar, ansioso. – Precisamos de um teste de campo, mas...

– Vai acontecer – prometeu Ro, virando-se para Lourna. – E as outras células?

– Na surdina, conforme suas instruções.

Ele parou, parecendo estudar o mapa estelar que Lourna montara na parede mais distante.

– Ah, sim, minhas instruções. Diga-me, Pan. Você tem seguido as minhas instruções? Porque temos uma estratégia sólida, não temos? Um plano em que todos contribuíram. Zeetar. Lourna. *Você*. Sem grandes golpes no futuro próximo, nada que possa chamar a atenção para nossa organização. Nada que cause uma reação. Você cumpriu isso, certo, Pan? Manteve sua parte do acordo?

Pan se aproximou, encarando as costas do Olho.

– Ro, escute... temos que conversar. Algumas coisas precisam...

Lourna não sabia o que Ro tinha feito, se acionou um controle em sua manopla ou se puxou um dispositivo de seu cinto. Tudo o que sabia era que houve um clique e uma energia estalou do elmo nas mãos de Pan, percorrendo os braços grossos do Dowutino. Ele tombou como um grande carvalho, seu corpo convulsionando.

Ro simplesmente se virou e caminhou quase indiferente ao sofrimento de seu tenente.

– Algumas coisas precisam mudar? Era isso o que você ia dizer, Pan? – O Dowutino não conseguia responder, com a mandíbula travada enquanto a energia percorria seu corpo. Ro estava de pé diante dele, segurando uma unidade de controle. – Você está certo, é claro. Algumas coisas precisam mudar. Como as mentiras que saem dessa sua boca.

Pan o encarava, seus olhos arregalados de dor. De alguma maneira surpreendente, o Dowutino conseguiu sibilar por entre os dentes travados:

– Pare... com... isso...

– Parar? Assim como você parou os ataques? – Ro não gritava. Não precisava gritar. Sua voz soava baixa e ameaçadora acima dos estalos da energia causticante. – Você achou que eu não saberia? Que eu não ouviria? Você atacou um grande estaleiro na Orla Média. E a troco de quê? Uma nave Nuvem destruída e mais de sessenta Nihil mortos. Ninguém do seu grupo de ataque escapou. Ninguém. Ele não serviu de nada, exceto para colocar a República em alerta. Depois de tudo pelo que viemos trabalhando. Tudo que *eu* venho trabalhando. Você colocou tudo em risco com essa sua impaciência, porque não consegue enxergar além da sua própria ganância. – Ele se abaixou, encarando os olhos de Pan, repletos de dor. – Eu sabia que poupar você era um erro. Kassav teria obedecido às ordens. Kassav teria feito as coisas do jeito certo. Você deveria ter sido sacrificado, não ele.

Lourna meio que esperava que Ro cuspisse no Dowutino, esperava ouvir a saliva chiando enquanto escorria pelo rosto eletrificado de Pan. Ela conseguia sentir o cheiro da carne do Executor da Tempestade queimando enquanto a energia percorria furiosamente seu corpo, através de cada músculo protegido abaixo de sua armadura. Mas Ro saiu da sala, sem ao menos olhar para trás, deixando Pan para que literalmente fritasse em seus próprios fluidos. Lourna e Zeetar se entreolharam confusos. Eles deveriam seguir o Olho ou ajudar seu comparsa que chacoalhava indefeso diante de seus pés? Pela primeira vez em meses, Lourna não sabia o que fazer. Ela jurara seguir Ro sem questionar, obedecer a seus comandos à risca, mas isto? Kassav fora uma decisão estratégica, mas isto não passava de um acesso de raiva, uma punição maior do que o crime. Os Executores da Tempestade deveriam ter autonomia. Pan se colocara contra a vontade de Ro, sim, mas não merecia morrer. Ainda não.

Ela se abaixou, mantendo uma distância segura da energia fulgurante. Não havia maneira de remover o elmo de Ro das mãos de Pan sem que ela se queimasse.

– Tire isso das mãos dele – disse ela, olhando para Zeetar. O Talpini não se mexeu. – A energia não vai afetar sua armadura.

– Não tem como saber.

– Ele pode acabar morrendo.

– Parecia que Ro queria que isso acontecesse.

– É – respondeu uma voz exausta. – E quanto tempo mais até chegar sua vez?

Os dois olharam para baixo. Foi Pan quem falou, com o rosto retesado, os olhos injetados de sangue e parecendo prestes a fumegar.

Mas ele ainda não estava morto.

Pan deu um rugido bestial, as garras de seus dedos afundando no elmo. O metal cedeu e soltou faíscas. Lourna afastou-se enquanto Pan, de modo impossível... inacreditável... esmagava o elmo de Ro como se fosse uma simples lata.

Não tão indefeso, afinal de contas.

Com um último e gigantesco esforço, o Dowutino partiu o elmo ao meio. A eletricidade cessou, liberando Pan de seu tormento. O Executor da Tempestade suspirou, seus músculos convulsionando uma última vez. Lourna aproximou-se para ajudá-lo a se levantar, mas o maciço brutamontes virou sua cabeça tão rápido que ela pensou que ele iria cravar os dentes em sua mão.

– Não me toque.

– Eu queria ajudar você.

– Duvido que fosse para o meu próprio bem.

Ela recuou, permitindo que ele se levantasse dolorosamente, ainda segurando as duas metades do elmo. Vapor exalava de sua pele ressecada, queimaduras em carne viva em sua testa e nas suas bochechas. Ele cambaleou e, para a surpresa de Lourna, daquela vez foi Zeetar quem se adiantou, esticando um de seus braços mecânicos para segurar o ombro de Pan e evitando que ele tombasse no chão.

Pan não o afastou, mas tampouco agradeceu. Apenas ficou ali parado, respirando com dificuldade, com os ombros caídos e as costas arqueadas.

Foi o Talpini quem quebrou o silêncio, fazendo uma pergunta simples que Lourna deveria ter adivinhado que estava vindo:

– O que ele quis dizer com... sacrifício?

– O que você acha? – retrucou Pan, lambendo os lábios rachados.

Zeetar olhou para Lourna. Ela suspirou.

– A morte de Kassav foi uma escolha estratégica.

– Da parte de Ro?

O silêncio respondeu.

Zeetar olhou para ambos.

– Mas a Tempestade de Kassav inteira... todo mundo morreu, Lourna.

– Para proteger os Nihil.

– Para proteger Ro.

– E você *sabia*?

O Dowutino deu um passo na direção de Zeetar, mas daquela vez não havia desafio, não havia bravata. Pela primeira vez desde que Zeetar fora elevado, Pan estava olhando o Talpini de igual para igual.

– Você não pode culpá-la. – Ele olhou de volta para Lourna. – Eu não a culpo, porque isso tudo não nos diz respeito. Diz respeito a *ele*. Nós fazemos o trabalho. Arriscamos nossas vidas e as vidas de nossas Tempestades e ele recebe as recompensas.

– A Tempestade inteira recebe as recompensas – respondeu Zeetar, embora suas palavras não tivessem tanta convicção.

– É mesmo? Você sabe como as coisas funcionam. Sim, os espólios são divididos, mas a maioria deles vai para o topo.

– Para a gente – lembrou Lourna.

– E para Ro. E pelo quê? O que ele faz de verdade?

– Ele fornece as Trilhas.

– Ah é?

Largando os restos do elmo de Ro, Pan colocou a mão no interior de sua jaqueta reforçada, puxando um holoprojetor.

– Espero que isso ainda funcione – grunhiu ele, operando os controles com dificuldade, seus dedos ainda rígidos por causa de seu suplício.

– Deixe que eu faça – disse Lourna, estendendo a mão.

Pan entregou-lhe o dispositivo, encarando-a nos olhos.

– Tem certeza de que quer ver?

Lourna respondeu pegando o objeto e ativando o projetor. Um holograma de Udi Dis apareceu, o rosto do Talortai congelado no meio de uma conversa. Seus olhos estavam arregalados, desvairados, as pupilas reduzidas a pontos minúsculos.

– Ele parece... – disse Lourna, olhando para seu comparsa.

– Doidão como um gavião – disse Pan.

– Achei que ele estava limpo.

– Estava – admitiu Pan. – Mas uma vez viciado, para sempre um viciado, principalmente quando uma amostra grátis vai parar em suas mãos.

– Deixe-me adivinhar... – Os olhos de Zeetar se estreitaram. – Um dos seus Raios roubou um carregamento de reedug?

Lourna balançou a cabeça enquanto tudo se encaixava.

– Os Reekriders.

– Apenas assista – resmungou Pan.

Ela pressionou um botão e a imagem ganhou vida, o projetor emitindo um som metalizado, mas claro.

– Você só está com inveja – gralhou Udi Dis, com a voz aguda, um conhecido efeito colateral da mercadoria que ele fora ludibriado a experimentar. – Você odeia o fato de Ro ter escolhido a mim.

– E por que eu teria inveja disso? – soou a voz de Pan. Lourna olhou mais de perto e pôde ver sinais do reflexo do Dowutino nos olhos vidrados de Dis.

– Porque eu fui onde você não pode ir. – Dis gesticulou freneticamente, seu braço emplumado apontando para algum lugar fora da câmera. – A *Olhar Elétrico*. Eu vi coisas que você jamais verá. Conheço os segredos de Ro, sei tudo sobre ele.

Pan deu uma risada debochada na gravação.

– Besteira. Por que Ro compartilharia qualquer coisa com um lixo como você?

– Porque ele confia em mim.

– Ele tem é pena de você.

– É mesmo? Então como eu sei de onde vêm as Trilhas e você não? Eu a vi.

– A viu? – A pergunta que Lourna se fazia ecoava a própria resposta de Pan na gravação.

Dis lambeu o bico, satisfeito consigo mesmo.

– Sim, a vi. Uma mulher. Ela é velha. Mais velha do que eu. Talvez até mais velha do que você. E está tudo aqui. – Dis deu várias leves batidas em sua têmpora. – Na cabeça dela. Ela apenas pensa nelas. Vê o universo como ele é. Ela é brilhante. E pertence a ele.

Pan esticou o braço e tomou o projetor da mão de Lourna, interrompendo a imagem. Lourna permitiu, encarando o espaço onde a holografia de Dis estivera.

– Uma mulher? – perguntou Zeetar, tirando as palavras da boca de Lourna. – Que tipo de mulher?

Pan guardou o dispositivo de volta em sua jaqueta.

– Uma mulher velha. Você mesmo ouviu.

– Podemos confiar nele? – perguntou Lourna. – Ele estava completamente chapado...

– E não voltou da missão de Ro – acrescentou Zeetar.

– Sim – disse Pan. – Engraçado. A questão é, por que ele mentiria? Ro não permite que vejamos seu precioso banco de dados. Talvez seja por isso. Talvez ele não queira que saibamos que todo seu império foi construído no cérebro de uma anciã. – Ele olhou para os dois, examinando seus rostos. – Mas pensem nisso. Esta mulher, seja quem for, fornece as Trilhas. Ro joga para nós apenas os restos de sua mesa. Mas e se tivéssemos a refeição completa, e pudéssemos nos empanturrar?

A boca de Lourna estava seca. Aquele momento vinha se aproximando há muito tempo. Pan vinha se exibindo como um pavão de Alderaan há meses, e agora ela sabia o porquê. Que outras informações ele reunira? Mas uma coisa era certa: o que quer que Pan estivesse planejando, eles ainda não estavam prontos, não para isso.

O Dowutino agarrou os restos do elmo de Ro e caminhou em direção à porta.

– Onde você está indo? – perguntou ela, embora a resposta fosse óbvia.

Pan parou na porta e olhou por cima do ombro.

– Terminar o que Ro começou. O que você acha, Lourna? Dividir os espólios em três partes, em vez de quatro? Faz todo sentido para mim.

# CAPÍTULO DEZESSEIS

## ZOOLÓGICO DE LONISA, VALO

Elzar encarou o hragscythe, e o hragscythe o encarou de volta. Três pares de olhos contra um par de Elzar Mann. A criatura queria matá-lo, não havia dúvidas. Não havia nada de maligno naquele desejo. Hragscythes matavam, era o que eles faziam, caçando pelas selvas de Onderon, prontos para retalhar suas presas em vários pedaços sanguinolentos. Um dos predadores mais mortais do sistema Japreal. Um dos predadores mais letais da galáxia. Seis olhos, dezoito garras, três cabeças e mais dentes que um bando de nexus. Um assassino nato a ser tratado com respeito. E ainda assim, em apenas um dia, essa fera seria observada por milhares de participantes da feira boquiabertos. Crianças fariam caretas e turistas gravariam imagens, pais fariam poses com seus filhos diante do monstro, seguros por saberem que a voraz criatura estava atrás de campos de contenção modulados.

Não era de se espantar que o hragscythe estivesse irritado. Ele também estaria, se estivesse enclausurado, não importava quão "rica" a jaula pudesse ser. Pelos Dentes do Vazio, ele estaria se debatendo e tentando explodir o viveiro por pura força de vontade.

Elzar correu um dedo ao longo de seu colarinho, os olhos penetrantes do hragscythe seguindo o movimento. Já fazia um calor insuportável naquela manhã. O sol estava forte, fora dos padrões até mesmo para um verão Valon, até onde sabia. Ele pretendia caminhar até o lago antes que o transporte da chanceler pousasse, para que a presença de tanta água fresca pudesse revigorá-lo. Talvez até ficasse por perto das fontes antigravitacionais que haviam sido ativadas dois dias antes na zona de Artes e Cultura, obra de um famoso escultor de água cujo nome lhe fugia no momento.

Em vez disso, Mann se via ali, no Zoológico de Lonisa, passeando entre as exposições. Elzar se corrigiu. Exposições não. Criaturas vivas, retiradas de seus habitats e despejadas ali. Estava sendo pouco bondoso, é claro. O zoológico faria um valioso trabalho de conservação e reprodução durante muito tempo depois que a Feira da República terminasse, possibilitado por uma generosa doação do comitê da feira que renovara completamente a coleção antes desgastada que ali estava por gerações. Para onde quer que olhasse, Elzar via novos recintos e cabines educacionais, prontas para informar e entreter, enquanto também indicavam para os convidados as barracas de bebidas mais próximas. A rapidez com que o trabalho fora concluído era incrível, os droides de construção e Bonbraks ainda dando alguns retoques finais nos vários cercados. Um dos Bonbraks, a outra forma de vida senciente de Valo, minúscula, com orelhas de morcego e mais do que ligeiramente desbocada, tentou impedir que ele entrasse no jardim do zoológico, gritando que ainda não estavam abertos e que voltasse mais tarde. Um rápido empurrão na direção certa garantiu que o Bonbrak fosse cuidar de seus próprios assuntos, esquecendo no mesmo instante que acabara de ver um Jedi. Elzar podia imaginar qual seria a reação de Stellan. O inexperiente Membro do Conselho sempre fora melindroso quando se tratava de influenciar os padrões de pensamento de outros seres, mas Mann não via aquilo como um problema, especialmente se mantivesse todos felizes. O pequeno

Bonbrak continuaria sua vida, sabendo que fizera seu trabalho da melhor maneira possível, mantendo pessoas não autorizadas fora do zoológico até o momento da abertura. Além disso, Elzar tinha autorização para ir a qualquer lugar, mais ou menos. Se alguém questionasse sua presença, ele simplesmente diria que estava vasculhando a área em busca de ameaças. Ele fechava os olhos e alcançava a Força, para que aquilo deixasse de ser uma mentira. Tudo estava bem. O zoológico estava seguro, se fosse ignorado o fato de que seus ocupantes eram capazes de cortar, chifrar ou mastigar alguém até a morte se tivessem a oportunidade.

Quando ele abriu os olhos, o hragscythe havia se embrenhado na folhagem que o ocultava da vista.

*Sim, fique aí*, pensou Elzar. *Isso seria adequado para todos aqueles espectadores. Deixe-os olhar através das lentes de visualização e reclamar com os droides tratadores sobre não conseguirem enxergar você. Cuide-se.*

O comunicador costurado em sua manga apitou. Elzar suspirou enquanto aproximava o pulso de sua boca, observando o horário no mostrador próximo do dispositivo de comunicação. Ele já estava atrasado.

– Jedi Mann? – A voz de Samera era contida e profissional e não houve erro no uso do título. Talvez ela estivesse acompanhada. Talvez não.

Elzar já tinha virado e começado a caminhar para a saída mais próxima.

– Estou a caminho.

– Entendido.

O comunicador desligou. Sim, Elzar também tinha entendido. A mensagem fora passada, alta e clara.

O transporte da chanceler já estava pousando quando Elzar entrou na área de atracagem com o deslizador que pegou no Templo. Ele saltou do assento e resistiu ao impulso de correr para se juntar a

Samera e ao comitê de boas-vindas. A coordenadora se virou para reconhecer sua presença sem sequer uma palavra de saudação enquanto ele se apressava para ocupar seu lugar. Em qualquer outro momento, Elzar teria dito que ela estava deslumbrante em seu elegante terninho, com o cabelo preso no alto. Mas se sua recepção fria não lhe dera motivo o bastante para fazer uma pausa, a presença dos membros do comitê certamente o fizera, principalmente o irritante Capitão Idrax Snat. O Neimoidiano sem senso de humor chefiava a Força de Segurança de Valo e, na opinião não tão humilde de Elzar, nunca deveria ter alcançado tão elevado cargo. Elzar passara a maior parte do tempo em que precisava lidar com Snat lutando com o desejo de enterrar o sabre de luz nas próprias mãos. Nunca conhecera alguém tão convencido da própria importância e ainda assim tão incapaz de realizar seu trabalho. O Jedi não fazia ideia de como o capitão chegara ao seu posto ridiculamente elevado, mas ao menos ele parecia ter o bom senso de se cercar de agentes da FSV que realmente sabiam o que estavam fazendo. Elzar sabia que Samera pensava o mesmo quanto a Snat... Samera, cujo pescoço comprido ainda era distrativo demais. Felizmente, o ruído da rampa de embarque da chanceler baniu a maioria, senão todos os pensamentos que seriam indignos de um Jedi. Ele aproveitou que todos os olhares eram dirigidos para a escotilha aberta e ajustou suas vestes. A Chanceler Lina Soh não decepcionava ao sair da nave, usando um vestido de prata cintilante, acompanhada por seus sempre presentes targons, que desciam a rampa ao lado dela.

– Chanceler, bem-vinda a Valo. – A saudação foi feita pelo prefeito de Lonisa, um agradável Valon chamado Nas Lariin. – Há muitos ciclos aguardamos esta visita.

– Eu também – disse Soh, curvando-se à maneira tradicional dos Valon. – Deixe-me apresentar meu filho, Kitrep.

Ela se virou para apresentar um garoto de aparência desajeitada, a quem Elzar daria uma idade de cerca de dezessete anos padrão. Alto e magro como um ancinho, o rapaz vestia um casaco leve e folgado com capuz e baixou a cabeça rigidamente em saudação, com longas mechas de cabelo preto pendendo diante de seu rosto, cobrindo-o. Elzar notou que os olhos verdes do rapaz se voltavam com frequência para o Prefeito Lariin. Não. Era outra coisa. Ele não estava olhando para Lariin, mas para o filho do prefeito, um garoto de bela aparência chamado Jom.

Soh foi apresentada a todos, um de cada vez. A chanceler teve o cuidado especial em saudar Samera e o próprio Elzar antes de apresentar o restante de sua comitiva; seu vice, seu assistente e, é claro, sua escolta Jedi. Stellan imediatamente chamou a atenção de Elzar, e Mann permitiu-se oferecer um esboço de sorriso antes de cumprimentar Nib Assek e seu imponente Padawan. A última figura, parada atrás do grupo, era uma mulher humana que Elzar reconheceu como a repórter que fora designada para documentar a feira para a posteridade. Elzar desviou o olhar enquanto o droide câmera dela focava nele, solidarizando-se com o hragscythe no zoológico. Felizmente, o droide esférico logo avançou pela fila de pessoas, deixando-o em paz.

Concluídas as formalidades, Samera guiou a chanceler até a fileira de carros aéreos reluzentes que aguardavam a uma distância discreta, com droides motoristas prontos para levar Soh à embaixada da República para a primeira de muitas reuniões que tinham sido programadas antes da cerimônia de abertura. Elzar se conteve enquanto o comitê seguia a chanceler, ficando ao lado de Stellan e dos outros Jedi. Stellan, é claro, parecia resplandecente nos trajes completos do Templo, a estola sobre seus ombros o identificando como um membro recentemente elevado ao Alto Conselho, um acréscimo temporário às suas vestes que Stellan ficaria feliz em deixar de usar assim que o período apropriado tivesse se passado. Stellan viu Elzar olhando para o bordado do tecido, com um sorriso zombeteiro no rosto.

– Não.

– Eu não disse nada.

– Nem precisa.

– É muito... impressionante – disse Elzar, com os lábios franzidos. – Ficam bem em você.

Stellan olhou para as vestes de Elzar.

– E as suas vestes do Templo?

– Estão onde deveriam estar. No Templo.

– Fico surpreso que as tenha trazido – disse Stellan, balançando a cabeça.

– Eu tentei esquecer – admitiu Elzar. – Mas meu assistente droide fez o favor de colocá-las em meu Vector.

– Você gritou muito com o pobrezinho?

– O suficiente para fritar seus receptores de áudio.

Stellan riu, sabendo bem o quanto Elzar detestava as vestes brancas e douradas e que encontraria qualquer desculpa para não usá-las se tivesse escolha, da mesma forma que Elzar sabia que Stellan não suportava frutos do mar ou dançar em eventos públicos. Aquele último detalhe sempre surpreendera Elzar. Afinal, Stellan nunca parecia se importar em estar no centro das atenções, pelo bem da Ordem, é claro.

Era bom vê-lo, no entanto. Elzar já podia sentir seu humor melhorando, mesmo que os olhos azuis de Stellan estivessem fixos e atentos nele.

– O que foi?

– Você parece bem.

– E você parece surpreso.

– Eu só estava preocupado com você. A última vez que conversamos...

A última vez que conversaram, Elzar ainda estava perturbado com sua visão do futuro, uma visão que ele estava convencido de que sua presença em Valo evitara.

Elzar deu de ombros, tentando fazer pouco das coisas, como sempre.

– O que eu posso dizer? Valo combina comigo. Quem poderia imaginar?

– A Força?

Elzar lutou contra o impulso de revirar os olhos. Aquele era Stellan em sua plena forma.

– Bem, sim... naturalmente.

– Bem, fico feliz em vê-lo tão tranquilo. Como tem sido?

– Os preparativos? Notavelmente descomplicados, em grande parte graças a Samera.

– A Coordenadora Ra-oon?

Elzar praguejou pelo deslize. A última coisa que queria era que Stellan pensasse que ele estava ficando próximo demais dela.

– Ela é extraordinária – disse ele, rapidamente. – Nada parece perturbá-la. Ela mantém tudo sob suas rédeas e enxerga soluções onde os outros veem problemas.

– Parece que você acha que deveríamos recrutá-la.

Elzar riu.

– Acho que ela é um pouco velha demais para começar o treinamento. Além disso, não acho que seja particularmente sensitiva à Força, apenas talentosa.

– Não tem nada de *apenas* nisso.

Mais do que ouvir, Elzar sentiu a tristeza nas palavras do amigo.

– Stell?

Stellan sorriu, um pouco envergonhado.

– Você me lembrou de algo que Rana costumava dizer.

– Você sente falta dela, não?

– Ela está comigo o tempo todo.

– Na Força.

Stellan assentiu.

– Para não falar no seu cinto.

A mão de Stellan se moveu direto para o longo sabre de luz que ele obviamente pensava que Elzar não notaria, escondido abaixo de suas vestes.

– Isso não deveria estar no repositório? – perguntou Elzar.

– Estará – disse Stellan, inconscientemente puxando seu manto ao redor do objeto, para que a luz não reluzisse no sabre de luz de sua última Mestra. – Quando eu tiver aprendido tudo o que ela tinha para me ensinar.

As sobrancelhas de Elzar se ergueram em uma falsa surpresa.

– Quer dizer que o grande Stellan Gios ainda não sabe tudo?

Ele sentiu um pequeno empurrão da Força, equivalente a um cutucão nas costelas, um lembrete leve de que deveria se comportar, que Stellan aplicava desde que eram jovens alunos. Elzar ergueu as mãos, em rendição.

– Só estava falando.

– Você sempre está só falando alguma coisa.

Stellan ficou quieto, e eles caminharam em silêncio por um momento antes de Elzar perguntar:

– Você sentiu?

– Quando ela se foi?

Stellan parou por um momento antes de terminar de responder.

– Eu sabia muito antes da chamada de Coruscant chegar.

– Seguida logo depois pela sua convocação à Câmara do Conselho. Queria ter estado lá, sabe, na sua elevação...

– Você tinha seus afazeres.

Aquilo era verdadeiro o bastante, pensou Elzar, lembrando-se das ondas de Ashla.

– Além disso – continuou Stellan –, Avar estava lá.

– Ela transmitiu meus parabéns?

– Sim. Ela estava lá quando encontrei o sabre de luz de Rana esperando por mim nos meus aposentos, no Templo. Uma última lição de minha Mestra, os Jedi vêm e vão, mas a Ordem permanece. Somos todos apenas parte de sua história, eu, Rana...

– Vern.

Stellan sorriu ante a menção de sua antiga Padawan.

– Vernestra Rwoh, Cavaleiro Jedi. Vai realizar grandes feitos.

– Vai puxar seu velho Mestre.

– Tirando a parte do velho.

– Bem, se você se recusa a tingir essa sua barba...

Eles alcançaram os transportes, e o grupo parou. Elzar se mexeu desconfortável no lugar quando percebeu que os olhos de Stellan estavam em Samera. Talvez ele não tivesse guardado seus sentimentos por ela tão bem quanto pensava. Não, não sentimentos. Aquilo era exagerar as coisas. Amizade. Carinho. De qualquer modo, precisaria ter cuidado agora que Stellan estava ali.

– Então, o que Rana costumava lhe dizer? – perguntou ele, tentando distrair seu velho amigo.

– O quê?

– Sobre talento.

Aquilo funcionou. Stellan estava de volta a seu modo de professor, fazendo o que gostava.

– Ah, apenas que os talentos de outras pessoas são um lembrete de nosso lugar no universo. Cá estamos nós com nossos dons e habilidades, e existem pessoas como a sua coordenadora ali...

– Ela não é nada minha – interrompeu Elzar, um pouco ríspido demais.

– Você sabe o que eu quis dizer.

Elzar teve a horrível sensação de que sabia.

– Samera Ra-oon, sem nenhuma ligação particular com a Força e ainda assim tão capaz quanto qualquer Jedi, tudo sem uma mãozinha da galáxia para ajudar. Isso nos torna mais humildes.

Sem mencionar um tanto condescendentes, pensou Elzar, deixando passar. Além do mais, a comitiva estava subindo nos transportes aéreos.

– Vamos? – perguntou Stellan, dando um passo para o lado para que Nib e Burryaga pudessem tomar seus lugares em um dos veículos antes de se sentar. – Elzar?

A atenção de Elzar fora atraída por uma segunda nave que descia do céu, daquela vez pintada em branco e vermelho reluzentes, as cores de uma nave Jedi.

– Aquela nave veio do Farol – disse ele, sem se preocupar em disfarçar a emoção em sua voz, enquanto voltava para a plataforma de pouso.

– Elzar, espere!

– Eu alcanço vocês – disse Elzar, por cima do ombro, enquanto os transportes aéreos começavam a deslizar para longe. Stellan lhe daria um baita sermão mais tarde, mas ele não poderia deixar o momento passar. O Farol da Luz Estelar significava Avar, e Elzar precisaria garantir que ela seria recebida com estilo. Era um pouco estranho que a comitiva da chanceler já estivesse partindo sem a Heroína de Hetzal, mas o tempo e a programação de Samera não esperavam por ninguém, nem mesmo a marechal do Farol.

Ainda assim, quando o veículo pousou, não foi Avar Kriss quem saiu graciosamente pela escotilha, mas uma figura baixa usando um capacete bulboso acima de suas vestes de missão. Elzar apenas conhecera o arquivista do Farol da Luz Estelar na cerimônia de inauguração, mas o Ugor causara uma impressão distinta: a de ser capaz de fazer um Drethi arrancar as próprias asas de tédio. Elzar só conseguiu terminar a conversa imaginando como OrbaLin se pareceria por baixo de seu traje de contenção. Poucas pessoas já viram os Ugors em sua forma natural, que Elzar acreditava se assemelhar a uma bolha citoplasmática, que manipulava seu traje através de pseudópodes flexíveis que também facilitavam os sentidos da criatura. OrbaLin fora o único Ugor aceito na Ordem, fato que o arquivista mencionou pelo menos sete vezes durante seu breve encontro.

– Mestre Mann – disse o Ugor quando Elzar parou diante da rampa, o sotaque carregado do arquivista crepitando pelo alto-falante de seu capacete. – Que surpresa agradável. Você veio ajudar com os artefatos?

– Artefatos? – Elzar olhava com expectativa para o alto da rampa, mas ainda não havia sinal de Avar, apenas droides empurrando uma longa fileira de carrinhos repulsores carregados com caixotes.

– Para o Pavilhão da Luz Estelar?

– Não, bem, claro que ajudo, mas... onde está a marechal?

– Marechal Kriss? Oras, ela está no Farol.

Elzar franziu o cenho.

– Ela está bem em cima da hora, não? A cerimônia de abertura é amanhã.

OrbaLin balançou seu capacete.

– Ela não vem.

– Perdão?

– Ela não pode vir. A ameaça Drengir. Eu vim no lugar dela.

O humor de Elzar piorou e, pela primeira vez em meses, ele sentiu as sombras de sua visão retornando. Avar não estava vindo. Ele ansiava por passar um tempo com ela novamente, por ouvir sua voz, a risada, sem o chiado de um holoprojetor. Não admirava que Stellan não lhe dissera para esperar. Ele sabia que ela não estava na nave, o beato almofadinha.

– Vamos? – perguntou OrbaLin. – Temos muito o que transportar para o pavilhão se quisermos nos preparar a tempo.

Elzar não tentou disfarçar seu suspiro.

– Certo. Mostre-me o que precisa ser feito.

OrbaLin mostrou um datapad, percorrendo entusiasmado um itinerário enquanto Elzar ficava aflito. Aquilo era típico. Por mais que estivesse intensamente decepcionado, a ausência de Avar também destacava quão distantes eles se tornaram. Ele olhou para o céu, avistando uma única estrela na imensidão azul. Ela estaria lá, naquele momento, mantendo a fronteira segura enquanto ele permanecia ali em Valo, movendo bugigangas antigas na traseira de um transporte. Até onde ele sabia, ela em breve poderia liderar os Jedi para a batalha, enquanto ele estaria sendo admirado por diplomatas e turistas.

Como um hragscythe em uma jaula.

# CAPÍTULO DEZESSETE

## AVENIDA REPÚBLICA, VALO

Stellan estava preocupado. Seu amigo Elzar sempre fora um homem de sentimentos profundos, mas como todos os Jedi, sempre lutara para mantê-los sob controle. Sim, às vezes era pouco convencional, mas nunca instável. Naquele momento, porém, a frustração dele era palpável. Stellan sentira o surto de emoção no momento em que Elzar entrara pisando duro no salão de recepção depois de ajudar OrbaLin. Não era difícil adivinhar o motivo.

Avar não estava vindo.

Talvez ele devesse ter avisado o amigo no momento em que Avar decidira permanecer no Farol, mas ele não fazia ideia de que Elzar responderia tão intensamente. O olhar que dirigira a Stellan quando seus olhos se encontraram pelo salão... Graças à Força Elzar conseguira se controlar quando o embaixador Togruta se aproximara, ansioso para falar com ele.

Agora a dupla estava conversando animadamente enquanto a comitiva da chanceler dava o primeiro passeio pelo parque. Os representantes caminhavam pela Avenida República, a longa via principal que ia desde os portões do parque até a margem do Lago Lonisa, onde os visitantes teriam acesso às ilhas repulsoras que flutuavam acima da água. Árvores cercavam o caminho, cuidadosamente importadas de vários mundos da República, e Stellan podia ver de relance algumas das atrações à frente, os vários pavilhões organizados em quatro zonas distintas: Ciência e Tecnologia, Esportes e Aventura, Artes e Cultura e, por fim, Fé e Vida, onde o Pavilhão da Luz Estelar estaria localizado. Enquanto caminhavam, a Coordenadora Samera Ra-oon apontava os destaques, como o impressionante estádio de hoverball ou a torre de vigia, mas Stellan não conseguia se concentrar. Em vez disso, estava focado em Elzar, imaginando o que se passava por trás do sorriso forçado do amigo. Talvez devesse se juntar a ele e ao Embaixador Tiss. A última coisa de que precisava era um incidente diplomático entre os Jedi e os Togrutas. Algumas vezes parecia que o respeito que os Togrutas tinham para com a Ordem era a única coisa que os impedia de declarar abertamente hostilidades contra a República. O fato de estarem ali já era um milagre, uma prova da diplomacia da Chanceler Soh. Se Elzar dissesse a coisa errada...

– Mestre Gios, você está bem? Parece... distraído.

Era Nib, interrompendo uma conversa com OrbaLin para falar com ele.

– Desculpe, Jedi Assek – começou ele. – Eu só preciso...

Ele estava prestes a inventar uma desculpa quando a voz confiante de Samera Ra-oon o interrompeu. O grupo finalmente chegara ao porto, o majestoso Lago Lonisa estendendo-se até o horizonte.

– Meus amigos – disse ela, sorrindo orgulhosa. – Cá estamos sob a glória culminante da experiência da Feira da República, as ilhas celestes. – Ela olhou para cima, dirigindo as vistas de todos para as magníficas plataformas repulsoras. Algumas não eram maiores do que um campo de shock-ball, mas a maioria era gigantesca. O zumbido das plataformas era perceptível, embora aquilo mudaria quando o sistema de som da feira começasse a emitir música ambiente.

– Magnífico – disse Soh alegremente, com seu filho adolescente amuado ao lado dela.

– Fico feliz que pense assim, chanceler – respondeu Samera antes de retornar ao seu discurso preparado. – Quarenta e duas ilhas individuais, cada uma representando um membro-chave da República. Aqui os visitantes serão capazes de experimentar tudo o que a República tem a oferecer, desde as praias douradas de Spira e pináculos das ilhas de Bestine até os mercados movimentados de Jaresh e empórios de moda de Alderaan.

– Como os visitantes viajarão entre elas? – perguntou Larep Reza.

– Uma excelente pergunta. Os convidados serão transportados em módulos flutuantes com designs únicos, apropriados ao estilo nativo de cada um dos próprios planetas representados. Módulos que, a propósito, terão réplicas em miniatura sendo vendidas em cada barraca de presentes e loja de brinquedos dentro do parque.

Stellan sorriu educado enquanto a comitiva dava risadas, aproveitando a oportunidade para dar uma espiada em Elzar. Seu amigo estava compartilhando alguma piada interna com Tiss, e o embaixador claramente estava curtindo o momento. Elzar parecia ter relaxado. Talvez Stellan devesse fazer o mesmo.

*Você se preocupa demais*, uma voz pareceu dizer no fundo de sua mente. A voz de Avar, um eco dos anos passados, quando ele tivera que lidar pela primeira vez com o mau humor de Elzar. *Elzar sabe o que está fazendo. Ele é um bom Jedi, Stellan. Além disso, mesmo que ele não seja, sempre terá você para olhar por ele.*

Avar estava certa. Avar *sempre* estava certa. Ninguém nunca estaria livre de frustrações, nem mesmo lendas como o Grão-Mestre Veter. Stellan percebera aquilo logo em suas primeiras sessões do Conselho, mas, assim como Veter, Elzar poderia controlar suas reclamações. Tudo ficaria bem.

– Esperávamos poder dar uma olhadinha em alguns dos pavilhões, começando com o almoço na plataforma de Hetzal. O fruto vando grelhado é particularmente soberbo, principalmente depois de uma longa viagem.

– Excelente ideia – disse uma voz com um sotaque carregado. – Cheguei tarde demais para almoçar com vocês?

Todos se viraram para ver um Sullustano com papadas no rosto avançando apressado na direção deles, com um enorme Orzrelanso em um terno que pouco fazia para disfarçar seu físico caminhando atrás dele.

Norel Quo e Larep Reza reagiram juntos, dando um passo à frente de Soh como se o recém-chegado estivesse prestes a sacar um blaster contra a chanceler.

– Senador Toon – disse Reza em um tom que poderia congelar lava. – Como é maravilhoso vê-lo novamente.

– Digo o mesmo, meus amigos – respondeu Toon, cumprimentando o restante do grupo, inclinando a cabeça particularmente em direção a Stellan. – Membro do Conselho.

Stellan retribuiu o gesto, exibindo seu sorriso mais diplomático, enquanto o Sullustano se voltava para a chanceler, fazendo uma reverência extravagante.

– Madame Chanceler.

Quo e Reza foram forçados a se afastar enquanto Soh se aproximava do recém-chegado, seus targons acompanhando-a. Ela estendeu a mão, que o senador aceitou com boa vontade.

– Senador, não o esperávamos tão cedo.

– Cheguei hoje mais cedo. Tenho uma série de reuniões para participar antes do início das festividades. Um dos benefícios da feira. Muitos dignitários visitantes. Perfeito para negócios.

– Negócios do Senado ou da Corporação SoroSuub? – perguntou Reza, mal disfarçando o veneno.

Toon não pareceu se irritar com o tom do vice-chanceler.

– Ambos – admitiu ele, agradável. – Estou aqui para representar meu povo *e* a República.

– E este é...? – perguntou Quo, lançando ao Orzrelanso um dos mais contundentes olhares de esguelha.

– Meu secretário pessoal, Ratko.

– Seu *secretário*? Ele não é um pouco... grande? – Quo não tentou esconder sua incredulidade.

O Sullustano pareceu chocado.

– Grande? O que você está insinuando, Norel?

Aquilo estava óbvio para todos. Ratko praticamente tinha a palavra "segurança" estampada em sua testa.

Felizmente, Samera se intrometeu, dando o melhor de si para evitar as faíscas, ao mesmo tempo que conduzia os eventos de volta à sua programação.

– Ficaríamos felizes caso você se juntasse a nós, senador. Você e seu, hmm, assistente. Na verdade, temos módulos flutuantes nos aguardando. – A coordenadora se virou, indicando vários carrinhos flutuantes, parecidos com os módulos usados pelos representantes na câmara do Senado em Coruscant, embora cada um deles fosse controlado por um droide piloto acoplado discretamente no chassi. – Aqueles enroladinhos de vando não vão se comer sozinhos.

Reza fez o possível para afastar Lina Soh de Tia Toon, mas o Sullustano não captou a insinuação, colando-se à chanceler como um mynock em uma tubulação de combustível. Reza olhou de canto de olho para Stellan. A mensagem era clara: fique por perto. Reza certamente não considerava Toon uma ameaça, nem física nem de qualquer outro tipo. Havia o Orzrelanso, é claro, com seus longos lobos preenseis e sua testa rígida, mas Stellan não sentia más intenções no gigante, por mais intimidador que fosse. Ainda assim, Stellan ajeitou-se para que pudesse se juntar à chanceler no módulo flutuante. Atrás dele, Elzar já estava conduzindo o embaixador Togruta para o segundo carrinho, junto com Nib e os outros Jedi, todos perfeitamente conscientes da situação. Rhil Dairo juntou-se aos dignitários e oficiais restantes no terceiro e último módulo, embora seu droide câmera ainda flutuasse acima de todos, capturando imagens de todos os ângulos. Stellan vasculhou o ambiente com a Força, percebendo que Elzar fazia o mesmo, certificando-se de que não havia nenhuma ameaça real. Seus olhares se encontraram e Elzar assentiu de forma sutil, obviamente tendo chegado à mesma conclusão. Toon era irritante e nada mais, e a ansiedade elevada do grupo se devia à preocupação de que o que deveria ser um almoço agradável pudesse se transformar em outra oportunidade de ele empurrar seus planos para o Programa da Força de Defesa.

Os temores apenas cresceram quando Lina Soh se virou e convidou o Embaixador Tiss para se juntar a ela na dianteira. Elzar foi forçado a permanecer no segundo módulo quando o Togruta aceitou o convite, o Senador Toon sorrindo de uma papada à outra.

– Excelente – disse Samera, dando o seu melhor para ignorar os olhares preocupados de seus colegas. – Estão todos prontos?

– Certamente, coordenadora – disse a chanceler, dirigindo-se ao droide câmera de Rhil. – Vamos experimentar as delícias da República.

O módulo decolou com o ronronar gentil de um felinx, o falatório dos representantes mudando de cordialidades para palavras de admiração enquanto a beleza completa do parque se tornava visível do ar. Assim como fizera no chão, Samera apontava edifícios importantes enquanto eles se elevavam, desde o inspirador Pavilhão da Luz Estelar, que abrigava os tesouros dos Arquivos de Coruscant, Devaron e do próprio Farol, até os espetaculares portões principais da feira. Assim como as ilhas celestes, o que fora apelidado de Arco da Unidade era uma maravilha da tecnologia dos repulsores: vinte e duas esferas flutuantes, uma para cada um dos Fundadores da República, formando um majestoso arco.

Mas os olhos de Stellan foram atraídos para a cidade além dos portões. Lonisa já fervilhava com os milhares de visitantes que chegaram cedo para a cerimônia de abertura do dia seguinte. Ele nunca estivera ali antes, mas conhecia o trabalho feito para a cidade, desde a construção do novo espaçoporto a leste até o próprio Templo Jedi de Valo, atualmente em fase final de reconstrução a partir de seu predecessor mais modesto, assim como muitos outros postos avançados na fronteira. Toda a vida estava ali, no limite do espaço da República, testemunho da rápida expansão dos últimos séculos. Enquanto Rana Kant teria sido a primeira a lembrá-lo de que um Jedi pensava apenas no presente, Stellan não via nada de errado em reconhecer a promessa de um futuro brilhante. Aquilo dava esperança, e esperança nutria a Força.

À frente dele, Larep Reza balançava a cabeça, maravilhado.

– Você disse que faríamos – disse ele à chanceler. – E você estava certa.

– A República pode fazer qualquer coisa – disse Soh, com orgulho, despenteando distraída a cabeça carmesim de Matari. – Juntos somos fortes, como espero que os Togrutas venham a acreditar, Embaixador Tiss.

Tiss reconheceu o comentário com uma ligeira reverência.

– A feira é uma conquista incrível, Madame Chanceler. Tenho certeza de que a regasa ficará muito impressionada.

Reza e Quo trocaram olhares significativos, aproveitando as palavras do embaixador. Se a aposta de Soh em convidar Elarec Yovet desse certo, seu sonho de os Togrutas se unirem à República estaria um passo mais próximo de se realizar. E ainda assim, os sorrisos cautelosos de ambos desapareceram quando Tia Toon abriu a boca larga.

– Sim, uma fortuna em créditos galácticos pode fazer qualquer coisa. O local é realmente impressionante, Madame Chanceler, como sempre soube que seria. Afinal, quando se gasta tanto dinheiro, qualquer coisa menos que isso seria, digamos, decepcionante.

– A feira vai trazer muito investimento para Valo e para os sistemas ao redor – interrompeu Samera. – Na verdade, já está trazendo. Transporte, turismo...

– Maior segurança, inúmeras concessões... – disse Toon, continuando o discurso.

– Você não acha que os créditos foram bem gastos? – perguntou o Embaixador Tiss, olhando o Sullustano com olhos da cor de um pôr do sol escuro.

– Ah, eles trarão muitos prazeres aos poucos sortudos que chegarem aqui. – Toon olhava para a ilha que se aproximava.

– Mais do que alguns – disse Soh, calmamente, embora Stellan pudesse sentir a frustração em seu âmago. – Esperamos que milhares de pessoas passem por esses portões todos os dias.

– Milhares, em comparação aos trilhões que constituem o todo da República.

– Enquanto outros, que não puderem fazer a viagem, serão capazes de assistir de suas casas – continuou Soh, apontando para o droide câmera que pairava logo acima deles, gravando cada momento da conversa, embora Stellan duvidasse que qualquer conteúdo daquele iria para a transmissão oficial.

– Sim – concordou Toon. – Ficarão sentados, amontoados em habitações pequenas demais para eles, assistindo a uma imagem tremeluzente em uma holotela, seguros de que seus impostos financiaram tudo isso, enquanto poderiam ter pagado por muito mais.

O rosto de Reza se fechou, o rubor cobrindo suas bochechas.

– Senador, acho que agora dificilmente é a hora...

– E quando teria sido a hora, vice-chanceler? Nas ocasiões em que solicitei reuniões com você e a chanceler, ou quando minhas preocupações foram rejeitadas no plenário do Senado?

– Nada foi dispensado – disse Soh, com firmeza. – Ouvimos todos os argumentos sobre o Programa da Força de Defesa...

– E continuaram sem pausas ou considerações.

– Porque já temos a Coalizão de Defesa da República.

– Que é eventual, na melhor das hipóteses, e ausente na pior. – Toon ergueu as mãos para sinalizar uma pausa na conversa e se virou para o embaixador Togruta com uma simpatia ensaiada estampada no rosto. – Peço desculpas por quaisquer constrangimentos que essa conversa possa trazer, Excelência, mas admito ter minhas dúvidas quanto a este empreendimento. Dúvidas que, espero e rezo, se provem erradas. Tenho certeza de que a feira será um estrondoso sucesso. – Depois, ele olhou para Samera, que fazia um esforço óbvio para não quebrar o datapad que segurava com força em suas mãos. – Também tenho certeza de que Valo se beneficiará com a fama e o investimento, mas não posso deixar de me perguntar se, considerando o clima atual na fronteira, esse dinheiro não teria sido melhor usado fortalecendo nossas defesas contra a crescente ameaça Nihil.

Uma leve irritação surgiu na voz de Soh quando ela respondeu.

– Conforme o Senado foi informado... e aceitou em diversas ocasiões... nosso orçamento de segurança não foi afetado pela feira...

– E não foi *ampliado*.

– Nem precisa ser. O problema com os Nihil está sendo contido.

– E os Drengir?

– Novamente, a situação está sob controle. Os Jedi já estão trabalhando com as autoridades da República para impedir a disseminação de Drengir no setor.

– Isso não é *tudo* com o que eles estão trabalhando, é claro – disse Toon, não deixando a chanceler responder antes de voltar a conversa para o embaixador. – Os Togrutas sofreram muito nas mãos dos Nihil, Vossa Excelência?

– Senador Toon... – Soh tentou intervir, apenas para ser interrompida pela resposta de Tiss.

– Tem ocorrido ataques, é claro, assim como acontece há muitos anos. Infelizmente, os Nihil são um estilo de vida na, como vocês chamam... – O Togruta procurava as palavras, olhando para Reza e Soh.

– Na Orla Exterior – respondeu Toon rapidamente, ansioso para manter o controle da conversa. – Embora, é claro, para vocês sempre foi seu próprio território. O...

– O *Caramendary* – disse Tiss. – O Centro.

– O Caramendary, sim – repetiu Toon, saboreando a palavra. – Seu idioma é tão bonito. E espero aprender mais enquanto nossas grandes culturas trabalharem juntas. Estou ansioso para conhecer Sua Majestade... se eu tiver permissão para participar da recepção.

– Claro – interrompeu a chanceler. – Como um valioso membro do Senado, você é sempre bem-vindo, tanto na recepção quanto aqui, agora. – Ela olhou para cima quando o módulo atracou em seu destino, as portas deslizando e se abrindo silenciosamente para permitir o desembarque. – Ah, chegamos.

– Sim, sim, Madame Chanceler – disse Samera, elevando a voz para que os outros grupos pudessem escutar. – Bem-vindos a Hetzal. Senador, queira me acompanhar?

Toon permitiu-se ser conduzido para fora do transporte, dando a Stellan um sorriso de satisfação. Stellan os observou partir, Samera apontando para alguns dos exóticos frutos-carne que pendiam de árvores de cores vivas, a Chanceler Soh acompanhando o Embaixador Tiss, tentando salvar a situação.

– Aquilo pareceu divertido – disse Elzar, surgindo atrás de Stellan. – Como lutar para escapar de um fosso de doashim.

– Deveríamos fazer isso de novo um dia desses. E aquela piada sobre nossos aliados?

Stellan franziu o cenho.

– Como você conseguiu ouvir isso?

– Leitura labial. Não é tão fácil assim com um Sullustano, posso lhe dizer.

Stellan cruzou os braços.

– Achei que ele fosse começar a reclamar dos Hutts naquele momento.

Elzar imitou o gesto, embora Stellan duvidasse que fosse subconsciente. Elzar nunca fazia nada sem consciência.

– Não é nenhum segredo que Avar está trabalhando com as lesmas.

Stellan ergueu uma sobrancelha de censura.

– Desculpe, desculpe. Toda vida é sagrada, eu sei. Mas você não pode culpar Toon. Quem sabe o que os Hutts estão planejando?

– Avar confia neles e, portanto, eu também.

– Eu me sentiria melhor se pudesse perguntar isso a ela pessoalmente – disse Elzar, acenando com a cabeça em direção a Toon, que se servia no vasto bufê que fora preparado para a chegada deles. – Você acha que ele vai ser um problema?

Não sinto malevolência nele. Astúcia talvez, mas não maldade.

– Ele gostou de fazer a chanceler se retorcer, isso é certo.

– Os dois são antigos rivais, mas ele é sincero. Sejam quais forem seus objetivos, Toon ama a República. Ele é uma complicação, mas não uma crise iminente.

– Tem certeza?

– Sim. O que quer que aconteça, creio que podemos deixar o Senador Toon para a chanceler. Ela sabe o que está fazendo.

Elzar deu um tapinha no braço de Stellan.

– Falou como um verdadeiro diplomata. Devemos nos juntar a eles? Parece que Burryaga está de olho nos melões de chifre. Não quero ficar sem.

Stellan permitiu-se ser guiado até o bufê, feliz que a tensão entre ele e Elzar parecia ter evaporado, pelo menos por enquanto.

# CAPÍTULO DEZOITO

## GRIZAL

Ro caminhou de volta para a *Aranha Rajada*, seus pensamentos tão sombrios quanto as nuvens acima dele. Pan Eyta estava se tornando um problema. Aquilo era esperado, é claro, mas Ro não pensou que aconteceria tão rápido, e manobras como aquela que acabara de realizar com o elmo funcionariam poucas vezes. Dowutinos valorizavam a força acima de todas as coisas. Expulsos dos ninhos de suas famílias em tenra idade, os brutos eram obrigados a se defender ou morrer tentando. Para aquela espécie, maior sempre significava melhor, e Pan era um dos maiores Dowutinos que Ro já conhecera, com quase duzentos quilos de músculos sólidos, um para cada ano de vida. Não havia como Ro derrotar o Executor da Tempestade em uma luta, então ele era forçado a demonstrar sua superioridade de outras formas, daí o truque com o elmo. Se sobrevivesse, Pan ficaria envergonhado e obedeceria, pelo menos por mais algum tempo. Se não sobrevivesse, bem… talvez já fosse a hora de dissolver as Tempestades por completo e combinar os Nihil em uma força única, liderada apenas por Ro. Lourna e Zeetar receberiam novas posições de poder, é claro, relacionadas à sua própria, mas uma nova estrutura resolveria qualquer insubordinação futura. O pai de Ro deveria ter reestruturado os Nihil anos antes, mas apesar de todas as suas ditas qualidades, Asgar nunca fora um homem de visão, e provavelmente era por isso que estava morto. Até onde Ro sabia, Pan fora quem girara a faca nas costas de seu pai, e não Kassav, como ele acreditava originalmente. Os olhos de Ro se voltaram para a *Olhar Elétrico*, pairando alto sobre a floresta, um lembrete constante de sua soberania, mesmo quando ele estava fora. Asgar adorava aquela nave e tudo o que ela representava; uma relíquia de uma era passada. Mas agora Ro possuía uma relíquia ainda mais antiga e que seria mais eficaz do que qualquer canhão a laser ou lançador de torpedos.

– Ro? Ro, espere!

Ro meio que esperava que a voz de Pan ecoasse no pátio encharcado pela chuva, e ainda assim foi um guincho mais agudo que o fez parar. Ele se virou para ver Kisma Uttersond mancando em sua direção o mais rápido que a perna mecânica do rotundo médico era capaz de carregá-lo. Mesmo que tivessem trabalhado juntos por meses, o Chadra-Fan ainda era um mistério para ele. Ele vira Uttersond conduzir os experimentos mais brilhantes, construindo dispositivos de tortura tão requintados que fariam um Galderiano salivar, e mesmo assim o diminuto cirurgião cambaleava sobre uma velha prótese enferrujada criada por um droide médico 1-1A. Era de se imaginar que o doutor com cara de morcego teria construído para si algo um pouco mais eficiente, mas Uttersond pouco se importava com a elegância, como seu jaleco imundo e sua pele sebosa demonstravam habilmente. Apenas o trabalho importava. Ro gostava daquilo, até admirava, quaisquer que tenham sido suas primeiras impressões do Chadra-Fan. Além do mais, aquele foco absoluto significava que havia pouca chance de Uttersond traí-lo, ao contrário dos outros.

– E então? – perguntou o médico. – Você conseguiu? O Grande Igualador?

Muitas pessoas não se atreveriam a dirigir-se assim a Ro, mas ele deixou passar. Uttersond estava animado, seus olhos desemparelhados espiavam através dos óculos manchados, uma das pupilas perdidas para sempre como resultado de um experimento fracassado anos antes de Ro se dar conta dos talentos especiais do cientista.

Ro afastou o cabelo molhado dos olhos.

– Ainda envolto no gelo, pronto para ser transportado até seu laboratório na *Olhar*.

– A unidade de refrigeração funcionou?

– Sim.

Aquilo pareceu agradar ao Chadra-Fan, que gorjeou alegremente.

– E o Talortai?

– Ficou completamente perplexo com a experiência.

Uttersond lambeu os lábios já úmidos.

– Excelente. Ele sobreviveu?

– Infelizmente não.

O cientista assentiu como se aquilo fosse a coisa mais natural do mundo.

– Uma pena, mas a cobaia está pronta para ser testada.

Ro colocou a mão no ombro do Chadra-Fan.

– Paciência, meu amigo. Precisamos ir com calma. Não há como dizer quais danos o processo de descongelamento pode causar.

Uttersond removeu os óculos, limpando as lentes de forma distraída com um polegar calejado.

– É claro, é claro. Assim que tiver as dimensões do bloco de gelo, posso fabricar uma plataforma de aquecimento.

– Uma plataforma de aquecimento para quê?

Ro recolheu a mão ao som da voz. Ele se virou para ver Pan marchando pelo pátio de exercícios, flanqueado em ambos os lados por seus companheiros Executores da Tempestade, o sistema hidráulico de Zeetar fumegando na chuva fria. O Talpini carregava um martelo de batalha cravejado de espinhos. Interessante. Talvez Ro tenha julgado mal o antagonismo entre os dois Executores. Uma pena. Pelo menos nenhum Nihil de Zeetar parecia estar por perto. Pelo menos ainda não. A nave de Pan, a *Elegencia*, estava parada nas proximidades, membros da tripulação de Eyta jogando sabacc sob seu casco maciço.

Eles também ergueram os olhos das cartas ao ouvir a irritação na voz de seu Executor.

O Dowutino olhou além de Ro e Uttersond, para a *Aranha Rajada*.

– Para onde você levou aquela lata velha, Ro?

– Tudo será revelado – disse Ro, cerrando a mandíbula quando baixou os olhos e viu os restos retorcidos de seu elmo nas enormes mãos do Dowutino.

– Por que esperar? – disse Pan, abrindo os braços para que todos pudessem ver o elmo destruído em suas mãos. – Estamos todos aqui. Nos diga. Por que você fugiu para o Espaço Selvagem? Por que deixou a *Olhar Elétrico* pairando no céu como a enorme peça de museu que ela é? – Seus braços finalmente abaixaram para os lados, mas o desafio em sua voz continuou. – Por que não disse para ninguém aonde estava indo?

– Ele disse para mim. – Ro tentou não estremecer quando Uttersond se manifestou, aparentemente alheio à agressividade no tom de Pan. Para um médico brilhante, para não falar um sádico talentoso, o Chadra-Fan podia ser incrivelmente obtuso quando se tratava de avaliar o contexto das situações.

– Bem, então está tudo bem – disse Pan, bufando de forma sarcástica. – Se o morcego sabe, você pode contar a todos. – A tripulação de Pan agora estava de pé, e outros Nihil estavam se reunindo na porta do bloco mais próximo, atraídos pela tensão no ar, como moscas sobre carne fresca. – *Todos* nós queremos saber, não é?

Ro olhou para os outros Executores da Tempestade, observando suas expressões, um de cada vez. Zeetar estava mordendo o lábio, uma pista que o fizera perder muitas mãos de digotto ao longo dos anos, mas Lourna estava tão inescrutável quanto sempre estivera. Ro não tinha ideia do que se passava por trás daquele rosto impassível, com ou sem a máscara. Ou a Twi'lek estava com Pan ou estava com Ro, porque aquela era a linha que estava sendo traçada ali, na chuva. Todos sabiam daquilo. Os Executores da Tempestade. A multidão reunida. O próprio Ro.

– Você sabe como funciona, Pan – disse Ro, antes de erguer o queixo ligeiramente para se dirigir a todos no pátio. – Todos nós sabemos como funciona. Quando chegar a hora, eu o informarei, e você informará sua Tempestade.

– A hora é agora – rugiu Pan, jogando as duas metades do elmo no chão. Elas quicaram e rolaram, um tubo de oxigênio se soltando e indo parar na bota de Ro. Ele resistiu ao impulso de chutá-lo para longe, esperando para ver quem seria o primeiro a puxar um blaster, se era assim que as coisas iriam acontecer. Uma coisa era certa: Pan queria uma plateia, um circo e, pelas Trilhas, ele conseguira.

A mão de Ro fez menção de puxar seu sabre de luz roubado.

Pan ficou tenso, preparando-se para atacar primeiro.

– Não faça isso – soou a voz de Lourna. A Twi'lek estava de pé, a mão apoiada em seu disruptor que, felizmente, ainda estava no coldre.

Ela estava ameaçando a ele ou a Pan? Ro não sabia ao certo. Mas não havia como Lourna errar, não àquela distância, não com sua mira. Se ela estivesse do lado de Pan, Ro estaria morto muito antes de poder sacar a arma do Jedi. *Não reaja*, disse ele a si mesmo. *Não grite. Apenas a encare. Encare o cano da arma. Não deixe que ninguém perceba seu medo.*

– O que você está fazendo? – perguntou Ro, focando novamente no Dowutino, mantendo a voz firme.

– O que deveríamos ter feito há muito tempo – respondeu Pan.

– Interessante. – Ro virou-se para Zeetar. – E você está com ele? As Tempestades unidas?

– Eu estou com a Tempestade – respondeu o Talpini, com o martelo de batalha firme nas mãos de seu traje.

– Eu *sou* a Tempestade. – Ro o lembrou.

– Você costumava ser – zombou Pan. – As coisas vão mudar, Ro. As coisas *precisam* mudar. – Ele avançou, chutando o elmo partido de Ro para o lado. – Você tem feito muito por nós, isso eu garanto. Você nos reuniu, nos deu as Trilhas.

– *Minhas* Trilhas – lembrou-o Ro.

Pan o encarou.

– Tem certeza disso?

Ro sentiu o sangue esfriar em suas veias. Ele não perguntou a Pan o que ele queria dizer. Nem precisava, porque o Dowutino não havia terminado, nem de longe.

– Nós sabemos, Ro. Sabemos sobre a velha escondida em sua nave. Sabemos que ela lhe fornece as Trilhas. E vai nos fornecer com a mesma facilidade.

– Não sem a minha autoridade.

Aquilo foi um erro. Ro percebeu pelo sorriso triunfante de Pan assim que terminou de pronunciar as palavras. Ele acabara de confirmar a existência de Mari San Tekka diante de todos.

Pan aguardou, sem dizer uma palavra. Ro deveria ter acabado com ele quando teve a chance.

– E o que você vai fazer? Vai me matar? Invadir a *Olhar*?

O Dowutino fingiu estar considerando aquilo.

– É uma ideia, ou você pode se afastar. Agora sabemos o seu segredo, e o segredo de seu pai. Ouvi dizer que a mulher não está muito presa a esse mundo. O que vai ser então, Ro? O que você ofereceria? – Seus olhos se direcionaram para a caixa. – O que tem em sua pequena caixa?

– Você não faz ideia do que eu posso oferecer.

– Então nos conte – rugiu Pan, abrindo os braços. – Explique por que a Tempestade precisa de um Olho. Por que não deveríamos tomar tudo de você? – Daquela vez, Pan não lhe deu tempo de responder, virando-se para a horda de Nihil que parecia cada vez mais interessada. – Porque nós podemos, não podemos, meus amigos? Podemos tomar a *Olhar Elétrico*, podemos tomar a velha com as Trilhas na cabeça e, depois, o que teríamos? Com certeza não alguém nos dizendo que precisamos nos esconder atrás do além. Deveríamos estar lá fora! Escrevendo nossos nomes nas estrelas! Vocês estão comigo? – Alguns membros da multidão gritaram de volta, principalmente da Tempestade de Pan e Zeetar, mas o suficiente do bando de guerreiros de Lourna para que fosse preocupante. – Vocês estão comigo?

Ro precisava agir.

– E depois, o que acontece?

Pan ficou tenso com a voz de Ro, elevada apenas o suficiente para ecoar no antigo pátio de exercícios.

– Que lugar exatamente vocês vão atacar primeiro?

Pan voltou-se para ele, um sorriso de escárnio estampado naquele rosto feio e presunçoso.

– O lugar que quisermos, *Olho*.

O título era um insulto, não uma homenagem.

*O que você vai fazer agora?*, sibilou uma voz lá no fundo da mente de Ro, uma voz que precisava ser silenciada junto com as outras.

*Agora eu venço*, pensou Ro de volta. *Talvez você tenha esquecido como se faz isso.*

Marchion Ro deu um passo à frente, dirigindo-se não ao Executor da Tempestade, mas a todos os Nihil.

– Pan está certo. Claro que está. Vocês poderiam empreender ataques, assim como ele ordenou a Cyclor. Onde Rompestrela e todos os membros de sua Nuvem morreram nas mãos dos Jedi.

O sorriso de escárnio do Dowutino transformou-se em uma carranca, mas Ro não deu a ele uma chance de responder.

– Vocês também podem me matar agora. – Ele abriu os braços, exibindo o peito, oferecendo-lhes um alvo. – Seria muito fácil. E poderiam tomar a *Olhar Elétrico*, extraindo até a última Trilha do Oráculo, a mulher que foi leal à minha família durante séculos.

Não havia como voltar atrás agora. Os Nihil sabiam da existência de Mari San Tekka, mas ele estaria condenado se soubessem seu nome verdadeiro ou o que ela era capaz de fazer.

*Porque então você não teria nada*, disse a voz, mas Ro sabia que era mentira. Ele tinha tudo o que precisava.

– O Oráculo me serviu bem – prosseguiu ele. – Ela serviu aos Nihil, através de mim e da minha visão.

– Visão? – zombou Pan. – Que visão é essa?

Mas ninguém olhava para o Dowutino. Todos os olhares dos Nihil estavam direcionados para Ro. Pan ainda não percebera seu erro ao tentar usurpar Ro com uma audiência, ou ao menos em esperar antes de dar um disparo. A única maneira pela qual ele poderia ter vencido era atirando nas costas de Ro antes que sua presença fosse percebida, mas, como sempre, o Dowutino estava mais preocupado com o espetáculo do que com realmente tomar o controle. Aquela seria sua ruína, talvez não naquele momento, mas em breve. Uma coisa era certa: Ro estava com os Nihil e não estava disposto a deixá-los ir. Não com Pan. Nem com ninguém.

– Você me pergunta onde eu estive? Eu estive lá – continuou Ro, apontando para as nuvens que se acumulavam acima de suas cabeças. – Nas próprias estrelas que Pan quer queimar, as estrelas que todos nós queremos queimar. E sabe o que eu vi? A República... Os Jedi... *Ela*.

Pan bufou, pronto para calar Ro, mas, em vez disso, Lourna se pronunciou, fazendo a pergunta que ele plantara na cabeça de todos.

– Quem, Ro? Quem está lá?

A Twi'lek não havia sacado seu blaster. Sua mão ainda repousava sobre ele, mas Ro sabia onde residia sua lealdade. Com quem era mais forte, e Ro estava prestes a provar que era o mais forte de todos. Com a cabeça erguida, o Olho do Nihil proferiu três palavras poderosas.

– Chanceler Lina Soh. Tudo o que essa mulher faz é uma afronta ao nosso estilo de vida. Ela entra em nossos sistemas – disse ele, batendo no peito para pontuar as palavras –, em nossos territórios, no nosso espaço, nos diz como viver e como pensar. Então nós contra-atacamos. Atacamos repetidamente. Destruímos suas hipervias. Assolamos seus mundos. Matamos seus Jedi. E o que Lina Soh faz? Ela ri de nós. Nos *provoca*. Nós a atacamos, e ainda assim sua República cresce dia após dia. – Mais uma vez, ele apontou para o céu. – Eu mesmo vi. Agora mesmo, Lina Soh está planejando um espetáculo para acabar com todos os espetáculos: a Feira da República. Milhões de seus defensores, seus seguidores... seu rebanho, chegando de todos os sistemas para marchar sob sua bandeira. E não apenas a República. Seus aliados, até mesmo seus *inimigos* são convidados. Os Mon Calamari... os Togrutas... E por quê? Para que suas fileiras continuem engrossando. Para que sua influência cresça. Mas eu digo não! Chega!

Ro fez uma pausa, deixando que seu grito ecoasse pelo pátio, antes de fazer uma promessa solene.

– Eles não convidaram os Nihil, mas as estrelas estarão lá. E nós esmagaremos o verdadeiro inimigo, o símbolo de sua esperança e resiliência. Morte à chanceler – bradou ele em conclusão, erguendo um punho no ar. – Morte a Soh.

O canto se espalhou, o bando de guerreiros aproveitando suas palavras em um instante, Zeetar liderando o coro como o bom soldadinho que era.

*Morte à chanceler,*

*Morte a Soh.*

Lourna finalmente sacou seu blaster, erguendo-o, não para atirar em Pan ou em Ro, mas para disparar rajadas escarlates contra o céu, uma atrás da outra, enquanto também se juntava à multidão.

*Morte à chanceler,*

*Morte a Soh.*

*Morte à chanceler,*

*Morte a Soh.*

Ao redor, os Nihil reunidos seguiram o exemplo, com armas erguidas e blasters disparando.

Apenas um ser não foi tomado pelo fervor, com os punhos cerrados e os ombros tensos. Pan Eyta dirigiu a Ro um olhar assassino. Ro o encarou de volta, calmamente, desafiando o Dowutino a cumprir sua ameaça. Mas Ro sabia que ele não o faria. Não podia, não com os Nihil seguindo firmes seu Olho.

Em vez disso, tudo o que Eyta pôde fazer foi se juntar ao restante do grupo, seus lábios exangues mal se movendo enquanto o acampamento reverberava pela causa de Ro.

*Morte à chanceler.*

*Morte a Soh.*

*Morte à chanceler.*

*Morte a Soh.*

*Morte à chanceler.*

*Morte a Soh.*

# CAPÍTULO DEZENOVE

## ESPAÇOPORTO DA CIDADE LONISA, VALO

Depois de anos de planejamento, o dia finalmente chegou. A abertura da Feira da República. Stellan permanecia imóvel, com os olhos fechados, pensando em usar a Força para, literalmente, tirar o peso de seus pés. Ele não tinha parado desde a meditação matinal, acompanhando a chanceler aqui e ali, em todos os lugares, enquanto os preparativos finais eram realizados.

– Está sentindo, também, hein?

Stellan abriu os olhos ao som da voz. Elzar Mann parou diante dele.

– O que eu não faria por um mergulho naquele lago.

– Ou por um momento de paz e sossego – concordou Stellan.

Eles estavam de volta ao espaçoporto junto com todos os outros oficiais do planeta, Stellan em suas vestes do Templo, Elzar ainda, notavelmente, em suas roupas do dia a dia. Mas o rosto de Mann estava radiante, uma melhoria nítida em relação ao dia anterior.

– Você tem passado muito tempo em templos – disse Elzar, respirando como se saboreasse o cheiro do combustível no ar. – Fiquei preocupado quando me destacaram para cá...

– Isso é um eufemismo.

– Preocupado que eu ficasse *entediado* – prosseguiu Elzar, ignorando a interrupção. – Mas agora... consegue sentir, Stellan? A empolgação no ar. A expectativa. Tanta vida. Tanta energia. A Força é poderosa aqui.

Ele estava certo, é claro. Mesmo ali, longe da cidade, a atmosfera estava elétrica, e Elzar, mais do que qualquer outro Jedi que Stellan já conhecera, era afetado por seus arredores. Outros poderiam ver aquilo como um defeito, mas Stellan sabia que aquela era a maneira como Mann se conectava à Força, como ele interpretava da maneira que fazia. Eles não eram tão diferentes assim, embora Elzar parecesse ter menos problemas com os droides câmera que enxameavam ao redor deles como balões de gás. Stellan lidara com a câmera de Rhil Dairo na *Alvorada de Coruscant*, até se acostumara com ele, mas um exército daquelas coisas era outra questão. Stellan olhou para o grupo de repórteres que se amontoavam atrás de barreiras ao lado da comitiva da chanceler. Rhil estava entre eles. Ela tinha autorização para estar com o comitê oficial de boas-vindas, mas optou por se juntar aos outros colegas. Uma manobra diplomática? Talvez, embora Stellan suspeitasse que a jovem estivesse sempre atenta ao ambiente, em busca de novas pistas. Ela era uma pessoa perspicaz e combinava com aquele lugar, enquanto Stellan se sentia surpreendentemente perdido. Todos acreditavam que ele encarava aquilo com tranquilidade. Ele sabia o que os outros pensavam dele, a maioria de seus amigos próximos o provocava com bastante frequência. *Stellan Gios gosta do som de sua própria voz. Stellan não se cansa de ser o centro das atenções*. Tudo aquilo não poderia estar mais longe da verdade. Elzar estava certo. Stellan passara a maior parte de sua carreira em templos. Ensinando. Aconselhando. Persuadindo. Elzar e Avar, eles eram os desbravadores, os *exploradores*. Ele era um mentor, não estava acostumado com o olhar do público, não importava o quanto a Ordem o colocasse como o jovem brilhante do Conselho, um exemplo para todos. Ele particularmente não gostava daquilo, mas se aquela era a vontade da Força, quem era ele para reclamar? Os Jedi deveriam ser um exemplo, uma luz guia. Ele deveria aproveitar aquilo como a oportunidade que era. Uma bênção.

Como se para testar sua determinação renovada, um droide câmera parou diante de seu rosto, focando suas lentes para um close. O droide T-9 de Rhil. Stellan forçou um sorriso, esperando que parecesse natural, e soltou o ar com alívio quando o droide voou para longe, atraído para o súbito ruído de um transporte se aproximando.

– Não se preocupe – sussurrou Elzar, enquanto o grupo desmanchava as filas que Samera havia predeterminado. – Logo você estará fora do foco. – Mann cobriu os olhos enquanto observava a nave que pousava. – Todos os olhares estarão voltados para ela.

A nave era realmente bela, com casco longo e afunilado, longas asas que dobravam para cima enquanto o trem de pouso era discretamente posicionado. O casco brilhava como bronzium polido, os motores silenciosos enquanto pousava com suavidade.

– Estava tudo bem no hotel? – perguntou Stellan, ajustando a capa.

– Tudo conferido... de novo. – Elzar nem tentou disfarçar a irritação no tom de voz. – Sabe quantas vezes Tiss me pediu para vasculhar a suíte real? E isso *depois* que a Força de Segurança de Valo deu sinal positivo para o local.

– Ele só está sendo minucioso.

– É uma forma de dizer. As outras não são adequadas para um Jedi.

Stellan tentou suprimir o sorriso que se formou em seus lábios.

– Fico feliz que perceba. O importante é que a regasa se sinta segura.

– Sim, Mestre. Obrigado, Mestre.

– Ah, cale a boca.

Ambos ficaram quietos enquanto a rampa começava a descer. A Chanceler Soh deu um passo à frente, seus targons permanecendo obedientes onde estavam ao lado de seu filho. Kitrep Soh parecia tão desconfortável quanto Stellan sob as lentes dos droides câmera, mas, como Elzar previra, todos eles se voltaram imediatamente para as figuras que saíam do transporte.

Primeiro desceram os guardas carregando armas shilianas tradicionais, as longas lanças farpadas conhecidas como kiavene. Os soldados vestiam túnicas compridas, seus rostos escondidos sob máscaras quase inexpressivas emolduradas por seus montrais, os característicos chifres cobertos com placas de prata. Movendo-se em harmonia, marcharam para a frente, apenas para virar bruscamente para trás, ficando alinhados com as laterais da rampa. Depois de terem capturado as atenções, uma figura em mantos esvoaçantes começou sua descida. Elarec Yovet era simplesmente deslumbrante, sua pele cor de laranja impecável e seus montrais adornados com delicados trabalhos em metal dourado que brilhavam à luz do sol, semelhantes, mas muito mais decorados do que os largos brincos utilizados pelos Valons. As longas caudas que pendiam de sua cabeça caíam diante de seus ombros, passando pela gola alta com detalhes em pele e a corrente pesada que marcava sua posição elevada. Regasa de Shili, Suprema Caçadora das Tribos Unidas, Governante dos Togrutas em toda parte. O tempo parecia ter parado enquanto ela se aproximava da chanceler, com a guarda ao seu lado. As duas mulheres trocaram elogios, como era tradição dos Togrutas, antes que Soh finalmente falasse:

– Altíssima Regasa, dou-lhe as boas-vindas a Valo, um orgulhoso membro da República Galáctica. *Tara macane vara numara narak.*

Stellan ficou impressionado. O domínio de Soh do Togruti era perfeito, sem dúvida resultado de muitas horas de prática com vários droides de protocolo. E não havia como confundir o olhar de respeito no rosto de Elarec quando ela respondia a saudação tradicional.

– *Tara sootan koora manera narak.*

Que a Força guie seu caminho.

Que a Força a guie para seu lar.

O lar, especificamente o mundo natal dos Togruta, Shili, fora o maior obstáculo quando a República se aventurou pela primeira vez no espaço dos Togrutas, quase 150 anos antes. Os membros da espécie protegiam ferozmente seu mundo e as luas ao redor, considerando sagrado o solo sob seus pés descalços. Stellan olhou para baixo. A regasa certamente não usava sapatos. A maioria dos Togrutas usava botas quando estava fora de seu planeta, mas a Alta Caçadora sempre andava descalça onde quer que estivesse. Ele nunca a conhecera, é claro. Poucos na República a conheciam. Aqueles primeiros encontros não acabaram muito bem. Os Togrutas sabiam sobre a República há séculos, assim como o contrário também era verdadeiro. Havia um respeito mútuo, e muitos como Jora Malli até mesmo deixavam seu planeta natal para se tornarem Jedi, mas ter a República às portas de Shili era uma questão diferente. Houve confrontos, alguns exploradores inescrupulosos interpretando mal o aparente pacifismo dos Togruta. Os limites que foram traçados ainda permaneciam, quase dois séculos depois. Mas ali estava a regasa, com os pés sobre um planeta da República, convidada oficial da chanceler. Stellan sabia como aquele encontro era importante para os planos de Soh. A adesão dos Togrutas à República era o ápice do que a mídia se deleitava em chamar de Grandes Obras, a ambição de uma vida que ela faria de tudo para concretizar antes que seu mandato chegasse ao fim em quatro anos.

– E lá vamos nós – murmurou Elzar, baixinho, enquanto a monarca era conduzida ao longo da longa fileira de dignitários, curvando-se a cada um conforme eram apresentados. Stellan sentiu uma pontada de irritação. Elzar não conseguia levar nada a sério? Estava tudo bem quando eram Padawans, até mesmo jovens Cavaleiros Jedi, mas naquele momento os olhos da galáxia estavam sobre eles. Quase literalmente. Stellan sentiu uma gota de suor escorrer por suas costas e, por um breve momento, pensou que Elzar estava certo em não usar suas pesadas vestes do Templo.

Não muito depois, Elarec estava diante dele, sendo apresentada pela chanceler.

– Lorde Jedi – disse a regasa, usando um título que os próprios Jedi não empregavam havia milênios, mas que os Togrutas se recusavam a deixar que caísse em esquecimento. – Vejo por suas vestes que você é um membro do Conselho em Coruscant.

– Eu sou, Sua Majestade.

– Então conheceu minha grande amiga Jora Malli. Sinto muito a falta dela.

– Ela era uma Jedi sábia e honrada, que agora reside na Força.

A Regasa Elarec assentiu com a cabeça, sabiamente.

– Claro. Eu esperava visitar a estação dela.

– O Farol da Luz Estelar.

Outro movimento de cabeça, as joias nos adornos de Yovet refletindo a luz do sol.

– Talvez você devesse – interrompeu Elzar, sem esperar ser apresentado. – Tenho certeza de que a Marechal Kriss ficaria feliz em recebê-la, e à sua comitiva.

– Isto seria muito gratificante – disse a regasa, voltando-se para Soh. – Com a permissão da chanceler, é claro.

– Seria um prazer absoluto – respondeu Lina Soh, aparentemente impassível perante o desrespeito de Elzar pelo protocolo.

Stellan esperou que a chanceler conduzisse Elarec para mais longe na fileira antes de se virar e erguer as sobrancelhas para Elzar, que sussurrou um *que foi?* característico.

Algumas coisas nunca mudavam.

# CAPÍTULO VINTE

## A *DÍNAMO*

A nave de Mantessa Chekkat era impecável. Ty Yorrick podia apreciar aquilo. Sua própria nave, agora atracada em segurança em Porto Haileap, era velha, mas nunca bagunçada. Ty acreditava firmemente que todas as coisas deveriam estar em seus lugares. Era uma das poucas coisas que ela e seu droide administrador concordavam. A *Dínamo*, porém, era outra história. Um exército de minúsculos droides estava constantemente deslizando de convés em convés, polindo e higienizando até que cada painel brilhasse e o ar filtrado cheirasse a um centro médico.

Considerando sua clara predileção por limpeza, não foi surpresa alguma quando Mantessa deu uma olhada na nave de Ty e insistiu que elas viajassem na *Dínamo*, para grande desgosto de KL-03 e R0-VR, que gemeu como filhotinho pidão com o qual o astromecânico tantas vezes se assemelhava. Para ser honesta, Ty apreciava o tempo longe de ambos os droides, embora estivesse começando a ficar preocupada com a possibilidade de ser descontaminada caso ficasse parada muito tempo no mesmo lugar.

O trabalho era simples. Mantessa queria uma guarda-costas. Aquilo era bom. Ty já fizera muitos trabalhos de babá. Quase não houve incidentes e, se algo desse errado, ela podia cuidar de si mesma, o que imaginava ser o motivo. Até ali, estava tudo bem... e então Ty soube para onde estavam indo e recusou categoricamente.

Valo não. Não mesmo. Não a Feira da República. Ela não ligava para as multidões e certamente não estava preocupada com o clima, mas de maneira alguma, nesta vida ou na próxima, Ty iria para um planeta infestado de Jedi.

K-L, é claro, tinha outras ideias, e apontou como o estabilizador ainda precisava ser consertado. E os misturadores de combustível. E o conjunto de sensores. E quase todo o restante que importava.

Ty se permitiu ser influenciada pela lógica do droide (conhecido em outras partes da galáxia como "insistente e irritante"), e logo se viu estudando mapas da Cidade Lonisa, seus olhos pousando repetidas vezes sobre o posto avançado Jedi parcialmente concluído próximo ao local da Feira da República. Sim, a falta de créditos era a única razão de ela se aproximar daquela coisa, a vozinha no fundo de sua mente que dizia que aquele era o caminho que deveria trilhar não tinha nada a ver com isso. Por que ela tinha a sensação de que K-L não seria a única força no universo que não aceitaria um não como resposta?

– Gostaria de algo para beber?

Ty cerrou os dentes. Já havia respondido a mesma pergunta pelo menos quatro vezes desde que a nave decolara. Tentando não suspirar, ela olhou para a garota que estava do outro lado da holomesa. A filha de Mantessa, Klerin, parecia ter cerca de vinte anos e era tão amável quanto sua mãe era mandona. Também havia outras diferenças. Ao contrário de Mantessa, Klerin tinha uma faixa de cabelo cortado rente que ia da testa até um pescoço notavelmente elegante. Ty se perguntou o que a mãe pensava daquilo, ou como Klerin evitava que um dos droides de limpeza raspasse seu cabelo enquanto dormia. Como um ato de desafio, aquele não era o mais rebelde possível, mas exibia ao menos um vislumbre de individualidade no que, de outra forma, era uma criatura bastante tímida. Klerin passava a maior parte do tempo brincando com o enorme bracelete que usava no pulso. Claro, havia também os olhares que ela lançava sobre Ty entre as perguntas sobre bebidas quentes. Ty conseguia reconhecer a paixão quando via uma e, com toda franqueza, não se oporia a explorar uma opção como aquela em outro lugar ou ocasião, mas aquele não era o momento, principalmente com a filha de uma cliente que ainda era imprevisível.

Apesar que...

Ty desligou o mapa e se sentou sobre a mesa. Um droide de limpeza próximo soltou um bipe de preocupação, mas ela o ignorou. Trocara de calça antes de subir a bordo, por insistência de Mantessa.

– Então – disse ela, usando um charme raramente necessário. – Vocês fazem isso com frequência?

Klerin enrubesceu, girando o bracelete no pulso.

– Isso o quê?

– Contratar guarda-costas.

Klerin suspirou, obviamente um pouco aliviada.

– De vez em quando – disse ela. – Principalmente quando vamos a algum lugar... perigoso?

Aquela era nova.

– Um lugar perigoso? Como a Feira da República?

Klerin parecia aflita.

– Eu só acompanho a minha mãe.

– E sua mãe é uma... mulher de negócios?

– Uma inventora.

– Uma inventora – repetiu Ty, como se Klerin fosse a garota mais fascinante do mundo. – É por isso que vamos para Valo? Para demonstrar as invenções dela em um pavilhão?

Klerin deu um passo hesitante à frente, animando-se com a conversa.

– Não, nós temos uma reunião importante. Com um investidor em potencial.

– Um investidor em quê, exatamente? – Ty ergueu a mão. – Você não precisa contar, mas sua mãe foi, digamos, um tanto vaga nos detalhes. Acho que só tenho que ficar parada parecendo impressionante.

– Não deve ser muito difícil. – Klerin deixou escapar, arregalando os olhos ao perceber o que acabara de falar. – Desculpe, eu...

Ty deixou a garota corar.

– Não há com o que se desculpar.

Klerin mordeu o lábio e olhou na direção da cabine de comando antes de olhar para trás, para Ty.

– Você quer ver?

*Peguei você*, pensou Ty. K-L ficaria orgulhoso. Ty Yorrick se conectando a outro ser vivo, mesmo que fosse com segundas intenções. Mas ei, uma guarda precisava saber o que estava guardando.

Não que ela tenha descoberto muita coisa quando Klerin a levou para o compartimento de carga da *Dínamo*.

– É isso? – perguntou Ty, francamente um tanto desapontada.

– É o orgulho da minha mãe – admitiu Klerin, parecendo um pouco triste.

Ty não conseguia entender o porquê. A grande caixa azul era bem desinteressante, claramente polida até brilhar, mas ainda assim sem grandes atrativos, como inúmeras outras caixas em incontáveis outros compartimentos de carga. Era alta, chegando até o peito, mas não tinha nenhuma marca que indicasse o que continha em seu interior.

– Posso dar uma espiada? – perguntou Ty, abusando da sorte.

– Provavelmente não deveríamos – disse Klerin. – Na verdade, a gente devia voltar.

Ty inclinou a cabeça.

– Você não vai me oferecer outra bebida, vai?

O bracelete girou mais uma vez ao redor do pulso da garota.

– É que a minha mãe não gosta que ninguém chegue perto disso.

Algo no modo como ela falou fez o tentáculo fantasma de Ty formigar.

– Por quê? – O calor sumiu de sua voz. – Não é perigoso, é?

– Definitivamente, não.

Klerin girou ao som da voz de Mantessa. A inventora estava parada na porta do compartimento de carga, sua sempre presente esfera de desinfetante pairando ao seu lado, mesmo no interior da nave,

– Mãe, eu só estava...

Mantessa não deixou a filha terminar, mal dirigindo a ela um olhar enquanto caminhava com a atenção fixa em Ty.

– Acabei de enviar um adiantamento para seu droide administrador – disse ela, seu tom de voz baixo. – Metade do valor, conforme combinado, para que ele possa iniciar os reparos em seu... veículo.

– Fico muito grata – disse Ty, ficando de costas para a caixa.

– Posso, é claro, cancelar a transferência.

– Não será necessário.

– Espero que não. Achei que tivesse sido clara quando a contratei. Preciso de uma guarda-costas, não de uma confidente. Quero alguém que faça seu trabalho sem fazer perguntas.

– Só perguntei se nossa carga era perigosa.

– Esta é uma pergunta.

– Uma que certamente é aceitável, considerando a situação.

– E que situação é essa?

– A situação em que estamos indo para um local onde haverá uma enorme quantidade de pessoas.

– E isso a preocupa?

– Prefiro saber no que estou me metendo.

Mantessa ponderou sobre aquilo, e por um segundo Ty se perguntou se estaria prestes a ser largada no espaçoporto mais próximo.

Em vez disso, Mantessa riu sem humor.

– Eu gosto de você, Ty.

Ty não sabia ao certo se podia retribuir o sentimento.

– Você terá de me perdoar – prosseguiu Mantessa, apontando uma unha perfeitamente aparada para a caixa. – Coloquei tudo o que tenho nessa caixa. Fiquei um tanto cautelosa com relação a ela.

Ty ergueu as sobrancelhas.

– Bom, agora eu estou aqui para protegê-la.

– Sim, sim, e apesar disso eu espero que você me perdoe se eu mantiver alguns segredos guardados. Você provavelmente deve saber o que lhe será exigido quando encontrarmos nosso potencial investidor. – Ela fez uma pausa, seus olhos parando sobre a cintura de Ty, especialmente sobre sua bainha.

O tentáculo perdido de Ty estava começando a coçar de verdade.

– Gostaria de algo para beber? – perguntou Mantessa, indicando a porta. – Tenho uma série de perguntas sobre esse seu sabre de luz.

# CAPÍTULO VINTE E UM

## O ARCO DA UNIDADE

A multidão arquejou quando uma flutuação de caças Vector cruzou o céu, voando em formação perfeita. Stellan teve que admitir que era o final perfeito para uma tarde perfeita. A chegada da regasa fora pontual como um relógio Muun, para o claro deleite de Lina Soh, e agora toda a comitiva da chanceler estava em uma plataforma diante de literalmente milhares de pessoas que se reuniram em frente aos portões da feira para a cerimônia oficial de abertura. Também havia os bilhões assistindo pela holonet. Era realmente uma maravilha de se testemunhar, embora isso não tenha impedido Stellan de desejar estar lá com seus companheiros Jedi, juntos na flutuação enquanto caíam em uma perfeita cascata Sunburris, uma das manobras favoritas de Nib Assek. Nib estava liderando os caças Vector, Burryaga pilotando sua própria nave, um avanço recente depois de anos voando com sua Mestre. O Ithoriano Jedi Mikkel Sutmani juntou-se a eles no ar, ao lado do Mestre Kunpar, do templo local. A Regasa Elarec explodiu em aplausos quando os caças fizeram uma última curva e aceleraram para o horizonte, a multidão seguindo o exemplo da rainha.

Stellan examinou o público que esperava para passar sob o Arco da Unidade, identificando uns poucos rostos familiares. Lá estava Cherff Maota, o antigo Mestre de Avar que agora vasculhava a galáxia como um Perscrutador, em busca de jovens adeptos da Força para serem treinados pela Ordem, e Nooranbakarakana, um Jedi Froziano que Stellan conhecia apenas pela reputação. Então, havia Torban Buck, um corpulento médico Chagriano que era famoso pela bizarra insistência em ser chamado por todos de Banco de Sangue, devido à sua perícia médica. Buck viu Stellan olhando em sua direção e lhe dirigiu uma saudação alegre, deixando o membro do Conselho se perguntando se deveria retribuir o gesto.

Por sorte, a decisão foi tirada das mãos de Stellan quando Soh deu um passo em direção ao estrado onde Matari e Voru estiveram deitados, pacientes, durante a exibição.

– Agradecemos aos Jedi – disse a chanceler, resplandecente em um longo vestido de nanosseda, sua voz amplificada ecoando pelas construções da praça do porto. Ela sorriu olhando para a multidão, um gesto habilmente planejado para alcançar o máximo de câmeras possível. – É bom ver tantos de vocês aqui hoje. Cidadãos do Núcleo, das Orlas Interior e Média e, é claro, os daqui da fronteira, os membros mais recentes da nossa família galáctica. – Ela ergueu os braços em um gesto amplo, como se pudesse ver a República inteira diante dela.

Talvez pudesse.

– Porque é isso o que nós somos. *Quem* nós somos. Uma família, muitos, mas conectados. Irmãos, irmãs, guardiões, companheiros de clã, entes queridos, amigos... – Neste ponto, Soh virou-se para Elarec, sentada ao lado do Embaixador Tiss, nunca distante de sua guarda, que estava alinhada na retaguarda da plataforma. A regasa inclinou a cabeça, em reconhecimento ao sentimento. – Alguns vieram de longe, outros estão perto de casa – prosseguiu Soh. – Mas somos todos um. Somos todos a República, e esta feira é para todos nós. *Este dia* é para todos nós. Juntos vamos experimentar coisas novas. Juntos vamos testemunhar as maravilhas de todos os setores. Arte. Música. Drama. Inovação. Essas coisas nos pertencem e nos unem.

Esta é uma chance de nos entendermos; de perceber mais uma vez o que todos nós trazemos para a República, cada um de nós. Este é o nosso momento. E é apenas o começo.

Um rugido de motores soou do outro lado do lago. A multidão esticou o pescoço, olhando para além da chanceler, para além dos portões da feira. Os dignitários na plataforma se viraram, Stellan incluído, para ver um esquadrão de Skyhawks Cyclorrianos avançando, suas luzes piscando contra o pôr do sol. E eles não estavam sozinhos. Stellan conseguiu distinguir pelo menos três caças Vector ao lado deles, não como parte da exibição, mas como naves que vinham dos estaleiros. Ele esperava que uma delas estivesse sendo pilotada por Bell Zettifar, já recuperado. Daquela vez, no entanto, ninguém estava olhando para os Vectors. Todos haviam sido cativados pela visão de tirar o fôlego que era a *Innovator* se aproximando. Os holos que Stellan vira em Coruscant já eram impressionantes, mas a nave em si era simplesmente deslumbrante. Era longa e delgada, como uma ponta de flecha imaculada, seu casco tão branco quanto uma presa de javali-tubarão. Seus sensores se alinhavam em uma área elevada perto da popa da embarcação, onde Stellan sabia, pelos diagramas, que o centro de operações estava situado, com uma vasta janela de observação brilhando branca à luz do sol. Era simplesmente a maior nave que Stellan já vira, superando tanto a *Alvorada de Coruscant* quanto a própria nau-almirante dos Jedi, a *Ataraxia*. O melhor de tudo: a nave classe Elite não era uma embarcação de guerra ou um destroier, mas uma exploradora. Depois de sua exibição na feira, ela partiria em uma viagem para explorar e mapear áreas do espaço até então desconhecidas, a primeira de uma nova frota de naves científicas. Enquanto o Farol da Luz Estelar e outras estações da rede planejada por Soh estariam lá para fornecer apoio e proteção, a *Innovator* e sua linha ampliariam todos os horizontes.

Os caças da República dispararam sobre suas cabeças, seguidos pelos caças Vector. Stellan alcançou a Força enquanto eles passavam, captando sinais da presença de Indeera Stokes e do lendário Porter Engle. Havia outra pessoa, alguém que ele nunca conhecera, um Jedi mais jovem que só poderia ser Bell Zettifar. Então, o jovem Cavaleiro Jedi estava fora do tanque de bacta e de volta aos controles de uma nave, acompanhado, presumiu Stellan, da charhound de que tanto ouvira falar. Stellan sorriu. Aquele era um bom dia. Não apenas para a República, mas também para os Jedi. Ainda mais naquele momento, depois de todo o medo causado pelo ataque a Cyclor, não poderia haver dúvidas de que a República estava segura. Os Nihil haviam tentado pegar a *Innovator* e, no entanto, lá estava ela manobrando e baixando sobre repulsores perfeitamente sincronizados na doca flutuante que fora construída para abrigar a nave durante a feira. Os Jedi tinham provado, uma vez mais, que eram poderosos na Força. Juntos, eles e a República podiam realizar qualquer coisa, não importava quem se opusesse a eles. A luz estaria ao lado deles, naquele e em todos os momentos.

Uma ovação irrompeu quando a *Innovator* pousou, a multidão gritando e aplaudindo, abafando o som das Skyhawks e dos caças Vector que estavam prestes a se lançar de volta acima deles.

Mas a voz de Soh foi ouvida, estrondosa nos alto-falantes e transmitida para todos os planetas da República e além:

– Nada me dá maior prazer – exaltou, abrindo os braços – do que declarar aberta a Feira da República de Valo. Esta é a nossa República, meus amigos, nossa família. O espírito do progresso. O espírito da democracia. O espírito da unidade.

Com incrível sincronia, os caças estelares combinados dispararam sobre suas cabeças enquanto Soh concluía seu discurso, e os pilotos acionaram um botão em suas cabines. Fumaça colorida desprendeu-se dos cilindros ocultos, pintando o céu de dourado e branco enquanto um hino especialmente composto soava nos alto-falantes da praça. A música aumentou, e a plataforma da chanceler começou a subir continuamente para o céu, finalmente permitindo acesso aos portões, decorados com um conjunto de caracteres holográficos que compunham as palavras finais da chanceler, e o lema da feira como um todo, em bom tamanho para que todos pudessem ler: O ESPÍRITO DA UNIDADE.

Stellan olhou para a tribuna e viu Lina Soh observando as pessoas... seu povo... entrando no parque com lágrimas nos olhos. Apesar de tudo, apesar dos dias sombrios depois do Grande Desastre, apesar de ser informada que a Feira da República nunca aconteceria, ela provou que todos estavam errados. Naquele momento, Stellan acreditou que a chanceler poderia fazer qualquer coisa. Séculos à frente, o povo da galáxia olharia para trás e veria aquele dia como um divisor de águas, o dia que determinava o curso da República para sempre, e estava feliz que os Jedi estivessem no centro dela, onde era seu lugar.

# CAPÍTULO VINTE E DOIS

## O LABORATÓRIO

Loden Greatstorm sonhou que estava no passado. Por um momento, ele estava em Elphrona, cruzando as planícies de ferrugem montado em um steelee, Bell o acompanhando em sua própria montaria. O jovem Padawan estava rindo, suas tranças balançando para cima e para baixo, e Brasa correndo ao lado do steelee.

Loden inspirou o ar quente de Elphrona, imaginando o aroma do famoso Cozido de Nove Ovos de Porter Engle já borbulhando na cozinha, e sentiu uma espetada em seu pescoço.

Ele despertou para se encontrar em sofrimento.

Aquilo, é claro, não era novidade. Na verdade, tinha se tornado habitual, a vida que ele enfrentava desde que fora capturado por Marchion Ro. Sua perna quebrada estava curada, mas a dor permanecia, tornando impossível para ele se concentrar ou escapar. Impossível entrar em contato com Bell.

*Eu estou aqui, meu aprendiz. Ainda estou vivo.*

Aquilo em si era discutível. Será que estava mesmo vivo? De verdade? Havia dias em que duvidava disso. Outras vezes, pensava estar louco. Ele tinha todo o direito de estar. O doutor, aquele Chadra-Fan rabugento, manco e sádico, matara os outros prisioneiros um a um, alguns ainda em suas celas, outros diante de Loden para que ele pudesse ver a luz se extinguir em seus olhos, para que pudesse sentir o cheiro do sangue no ar. Loden os assistira morrer, e não havia *nada* que pudesse fazer.

Loden Greatstorm era um Jedi, e ainda assim estava indefeso como um recém-nascido.

A humilhação o consumia noite e dia.

Ele passara incontáveis dias desde sua captura em um laboratório, amarrado a uma mesa de metal. Uma estrita dieta de drogas o privara tanto de sua força quanto da capacidade de dormir. Sempre que começava a adormecer, como fizera instantes antes, uma seringa hipodérmica era pressionada contra seu pescoço. O mesmo clique. O mesmo chiado. A mesma descarga em suas veias, mantendo-o desperto. Não que ele pudesse fechar os olhos. Eles haviam sido abertos permanentemente, sua cabeça presa em um torno imóvel. Ele não conseguia mexer o pescoço, não conseguia sequer desviar o olhar enquanto as luzes piscavam à sua frente, um caleidoscópio de cores, algumas das quais ele reconhecia, enquanto outras pareciam novas, como se ele tivesse se esquecido de suas tonalidades. E o tempo todo uma cacofonia de gritos e estática saía dos alto-falantes flutuantes, sons discordantes tanto orgânicos quanto sintetizados. Durante um dos primeiros dias do confinamento, Loden pegara um dos alto-falantes com a Força, em um momento glorioso e vertiginoso em que ele conseguiu se concentrar. Ele o esmagou, quebrando a unidade, e cacos de plástico afiados cortaram sua bochecha. Ele não se importou com aquela dor. Ela significava que ele mudara seu ambiente, fizera a diferença. Provou que ele ainda possuía um mínimo de controle.

A punição veio mais tarde naquela noite. Ele sabia que viria, embora esperasse mais do que a simples serra cirúrgica que vira nas mãos do doutor. Sério? Seria aquilo? Depois de tudo que seus captores lhe fizeram? Depois das luzes, dos sons e da loucura. O que ele tinha a temer de uma serra?

A resposta se revelou como: nada. A porta se abriu e o homem que ele descobrira se chamar Ro entrou no laboratório. O Chadra-Fan ofereceu-lhe a serra, mas o líder dos Nihil balançou a cabeça, negando. Em vez disso, sacou uma arma familiar de seu cinto. O sabre de Loden. O sabre de Loden nas mãos de seu torturador. Seu sangue ferveu de indignação até que Ro ativou o sabre de luz e se aproximou dos lekku de Loden.

O Jedi cativo não fazia ideia de quanto tempo se passara desde então. Todos os dias eram iguais.

Luzes.

Gritos.

Injeções.

Sangue.

Luzes.

Gritos.

Injeções.

Sangue.

E durante todo o tempo, Ro ficava parado do outro lado da janela de observação, assistindo, seus olhos escuros frios e indecifráveis. Ele nunca mais entrou no laboratório, nem conversou com seu prisioneiro. Os resmungos roucos do Chadra-Fan eram a única voz que ele escutava.

Até que um dia, outra surgiu.

*Quem é você?*

*Eu não o conheço.*

Loden pensou que tinha imaginado a voz. Sonhado com ela, talvez. Perguntou-se se os estimulantes tinham parado de funcionar ou se ele estaria um passo mais próximo do fim.

*Você é real?*

Loden podia perguntar o mesmo para ela.

– Eu não sei.

O Chadra-Fan ergueu os olhos de seu datapad quando Loden balbuciou, suas orelhas irregulares tampadas com plugues para protegê-las dos barulhos.

A voz riu. Loden gostou do som. Era agradável. Musical. Um bálsamo em meio ao terror.

*Eu tinha a mesma dúvida. Sei que eu* costumava *ser real. Certa vez. Há muito tempo.*

O médico desgrenhado saiu mancando do laboratório. Ele estava parado do outro lado do vidro, conversando com Ro. Loden tentou olhar além do brilho das luzes para estudar os rostos de seus captores.

*Você consegue.*

– Não consigo.

*Não parece ser você falando.*

– Como você sabe como sou eu falando? Nem eu tenho certeza se ainda sei.

*Eu sei de muito mais coisas hoje em dia. Vejo muito mais. Olhe mais intensamente.*

– Sim, Mestre.

As luzes diminuíram. Loden conseguia ver seus carcereiros, Uttersond mostrava algo para Ro. Resultados? Talvez.

*Eles o estão ferindo.*

– Ferindo a quem? A mim?

*Não. Ao antigo. Ele já foi ferido antes, mas não dessa forma. O gelo está derretendo.*

– Eu não sei do que você está falando.

*Então somos dois.*

Outra risada.

*Continue olhando.*

Loden não conseguia se concentrar. Ele não sabia como. Conseguia enxergar os lábios deles se movendo, mas não podia distinguir as palavras. O teste final. Um último passo pela Trilha. Eles estavam falando sobre algo que encontraram... que *Ro* encontrara. O Grande... o quê? Aprimorador? Redutor? O que era aquilo?

*Você saberá em breve.*

– Você pode me ajudar? Pode me libertar?

*É claro que não, bobinho. Só você pode fazer isso. Mas a hora vai chegar. Logo. Quando ele estiver próximo.*

A voz ficou em silêncio por um dia, talvez dois. Quando retornou... quando *ela* retornou, estava falando coisas sem sentido, uma mistura de números e palavras que não significavam coisa alguma, mas Loden escutava mesmo assim.

Talvez ele estivesse louco, talvez *ela* estivesse louca. Mas, pelo menos daquele jeito, eles poderiam estar loucos juntos.

# CAPÍTULO VINTE E TRÊS

## PAVILHÃO DA LUZ ESTELAR, VALO

Stellan avistou Bell Zettifar no momento em que entrou no Pavilhão da Luz Estelar. O espaço parecera amplo quando o vira pela primeira vez em seu tour pela feira no dia anterior, mas naquele momento estava lotado com dignitários de todos os cantos da República e além. Eles estavam parados em pequenos grupos, mordiscando lanches entregues por atendentes droides ou assistindo com admiração o holograma do espetacular Farol da Luz Estelar que girava lentamente no centro da câmara, a exibição holográfica tridimensional mais detalhada que a maioria das pessoas já vira, incluindo Stellan. Ela projetava uma luz dourada no rosto de seus admiradores, o que parecia apropriado para um farol elaborado para iluminar o canto mais escuro do espaço.

Bell entrou ao lado de Indeera e Engle, e foi imediatamente cercado pelos outros veteranos do desastre de Hetzal – Nib, Burryaga e Mikkel, que conversavam animadamente com o jovem. Burry parecia querer acolher Bell em um abraço bem-intencionado, mas potencialmente esmagador. A charhound de Bell ficava sentada obediente aos pés do jovem o tempo todo, observando os recém-chegados e olhando para seu mestre de vez em quando, como se para checar que ele estava bem. Mas ele estava? O garoto sorria, mas sua expressão parecia cansada, até forçada. Stellan conhecia aquele sentimento. Durante a última meia hora, ele estivera envolvido em uma fascinante conversa sobre os meandros da remoção de marcas de carbono com um membro da Guilda Ardenniana de Técnicos. Claro, envolvido era um termo relativo. Stellan apenas sorria e fazia ruídos encorajadores nos momentos apropriados da conversa. Aquela era sua chance de escapar e de verificar se o Padawan estava recuperado de sua provação acima de Cyclor.

– Você já visitou a exposição, Representante Retar?

O Ardenniano balançou a cabeça, ansioso para conduzir a conversa de volta para detalhes de manutenção de naves.

– Ah, você deveria – disse Stellan rapidamente, atraindo o olhar, ou pelo menos o capacete pressurizado, do arquivista OrbaLin. – Ela reúne tesouros de todas as principais coleções Jedi. É absolutamente fascinante. – Felizmente, OrbaLin entendeu a deixa e se aproximou, com movimentos tão fluidos quanto se poderia esperar de uma bolha de muco em constante mudança operando um traje espacial humanoide. – Arquivista – disse Stellan. – Gostaria de saber se você pode acompanhar o Representante Retar por entre os *Segredos dos Jedi*. Creio que ele ficaria particularmente interessado na Matriz Cassadiana.

– Claro, Mestre Gios – gorgolejou OrbaLin, os movimentos da gosma no interior do traje sendo traduzidos em palavras por um vocodificador. – Seria um prazer.

Livre da conversa, Stellan esperou pacientemente que OrbaLin guiasse seu fardo em direção às portas duplas ornamentadas que levavam à exposição. Quando a barra estava limpa, Stellan dirigiu-se até Bell e os outros, seu progresso interrompido a cada poucos passos por representantes que queriam conhecer um membro do Conselho Jedi. Stellan sempre oferecia uma desculpa, tentando ao máximo não ser ofensivo, mas determinado a alcançar o grupo de Jedi antes que ele desaparecesse na multidão.

– Mestre Gios – exclamou Indeera quando ele finalmente se aproximou. – É bom vê-lo.

– Digo o mesmo, Jedi Stokes. Fico satisfeito com o fato de a Força tê-la guiado em segurança durante o ataque.

– A alguns mais do que outros – resmungou Porter Engle. – Achei que o jovem Zettifar seguiria o mesmo caminho que Loden.

A franqueza do comentário de Engle extraiu um ruído assustado de Burryaga, além dos olhares atônitos dos outros Jedi.

– É por isso que você nunca deveria se tornar um conselheiro, Engle – repreendeu Nib Assek. – Espero que sua sopa de peixe-garra seja melhor do que seus modos.

Engle franziu o cenho para a mulher, seu rosto expressando um "que foi?" silencioso.

Felizmente, Bell levantou a mão, afastando qualquer preocupação.

– Mestre Engle tem razão. Eu mal consegui sair vivo – disse Bell. Stellan permitiu-se respirar novamente. Não havia animosidade na falta de tato de Engle, tão lendária quanto seu sabre de luz. Bell, no entanto, parecia levar tudo na brincadeira embora a dor que apunhalasse o coração do garoto fosse palpável. – Eu não estaria aqui se não fosse por Indeera e a chegada do esquadrão de Mestre Engle.

Gracioso e diplomático. Stellan soube naquele instante que iria gostar do jovem Zettifar.

– Gostaria de ver a exposição? – perguntou Stellan, e as sobrancelhas de Bell se ergueram com o convite repentino.

– Hm... sim... sim, é claro. – O Padawan voltou-se para seus companheiros Jedi. – Gostariam de vir?

Engle parecia prestes a dizer que sim quando Indeera interveio:

– Não, precisamos discutir a apresentação de amanhã. Vá em frente.

Stellan agradeceu à Mestra de Bell e guiou o jovem por entre a multidão.

– Estará um pouco menos movimentado ali – disse ele.

– Seria uma mudança bem-vinda. – Bell olhou para baixo, conferindo se Brasa ainda estava a seus pés. – Nunca vi tantas pessoas, ao menos não tão próximas.

– Pode ser opressivo, principalmente depois de um período em um tanque de bacta. Estou intrigado para ouvir sobre a experiência. Quando eu era um Padawan, Mestre Kant nos fazia meditar em um campo de privação sensorial para que pudéssemos nos unir verdadeiramente à Força. Presumo que seja uma sensação semelhante.

O rosto de Bell ficou sombrio.

– Acho que prefiro o campo.

Lá estava ela novamente, a tristeza que Stellan sentira na chegada de Bell. Ele não era nem de longe tão empático quanto Burryaga, mas não pôde deixar de reconhecer a emoção.

Ele recuou para que Bell pudesse subir os degraus das portas da exposição. Separaram-se obedientemente, o mediador que gerenciava a entrada provavelmente não recusaria a entrada de um membro do Conselho. Por dentro, Stellan sentiu Bell relaxar, os ombros do Padawan caindo ligeiramente. Bell respirou fundo, avistando uma espiral de flores rosa girando graciosamente em um campo repulsor.

– Aquelas são...?

– Flores de Uneti – confirmou Stellan. – Da Grande Árvore em Coruscant. Mestre Wishan fabricou incenso com suas pétalas. Posso providenciar para que uma caixa seja enviada para você, se desejar.

– Seria incrivelmente gentil.

– Não por isso. Trouxe algumas comigo na *Alvorada de Coruscant*. Achei-as inestimáveis durante a prática da meditação.

Ele conduziu o jovem Padawan até uma vitrine que continha uma coleção de pequenos medalhões dispostos sobre almofadas de veludo.

– O que é isso? – perguntou Bell, fascinado pelos pequenos discos, cada um marcado com uma runa Coremaica.

– Insígnias de Maestria Tythonianas – respondeu Stellan, feliz por estar mais uma vez no papel de professor. – Uma prática comum nos primeiros dias da Ordem. Eram dadas como prêmios quando um Cavaleiro Jedi era elevado ao posto de Mestre, tanto para o Cavaleiro quanto para o Mestre que o treinou.

– Fascinante. – Bell estava olhando para a vitrine, mas Stellan não estava convencido de que ele de fato contemplava os medalhões.

– Como anda sua meditação? – A franqueza da pergunta quebrou o transe de Bell. Ele ergueu os olhos, um lampejo de pânico em seu rosto, a emoção aguda refletida por um repentino grunhido da charhound. Bell disfarçou seu constrangimento repreendendo a cadela.

– Brasa. Sentada.

A charhound hesitou antes de obedecer, as manchas vermelhas em sua pelagem chamuscando sob a luz fraca.

– Me desculpe, ela...

Stellan ergueu a palma da mão.

– Por favor, não se desculpe. Os animais não gostam de mim.

– Tenho certeza de que não é isso. – Bell enrubesceu.

– Talvez não, mas ainda assim é verdade. Quando eu era um jovem aprendiz, tive problemas em me vincular com animais. Achei que Mestre Gidameen estava prestes a desistir de mim pouco antes dos meus últimos testes de Padawan.

– O que aconteceu?

– Eu... passei raspando. – A situação fora mais complexa, na verdade. Stellan deveria influenciar o voo de um tentilhão, mas estava fracassando terrivelmente até que Elzar cutucou a pequena criatura com a Força, colocando o passarinho amarelo e azul de volta nos trilhos. Não era exatamente trapaça, já que se esperava que os Jedi ajudassem uns aos outros, mas também não atendia aos rígidos requisitos de Gidameen. Por sorte, o velho Mestre não havia notado.

Bell começou a vagar pela exposição, sem realmente prestar atenção aos tesouros de mil gerações de Jedi. Em vez disso, ele parecia preocupado com a pergunta de Stellan, como o Mestre presumira.

– Você perguntou sobre minha meditação... Tem sido difícil.

– Desde a batalha?

– Desde antes. Desde que Mestre Loden desapareceu.

– Você está tendo dificuldade para limpar sua mente, para acessar a Força.

Bell parecia não saber ao certo como responder, ou mesmo se deveria responder. Stellan conseguia entender. Afinal, o jovem estava falando com um membro do Conselho. A hesitação era a única resposta de que precisava.

– Quando a Mestra Kant faleceu, eu também tive dificuldades...

– Você? – Bell parecia chocado.

– Sim, eu. Todo Jedi, não importa sua idade ou experiência, associa a meditação a seu Mestre. Aprendemos os princípios básicos desde nossa chegada aos templos, mas somente quando nos tornamos Padawans é que nossa compreensão do processo se aprofunda. Passamos horas, dias, semanas em meditação com nossos Mestres, sentados lado a lado, explorando a Força juntos. Existe uma conexão que nunca é totalmente interrompida. Então, de repente, nosso Mestre se vai, e nunca mais podemos explorá-la da mesma maneira. Passaram-se muitos anos desde que meditei com Rana Kant, e mesmo assim senti profundamente sua ida. Perder seu Mestre ainda como um Padawan... certamente teria grande impacto, especialmente com um Mestre como Loden. Ele era o melhor de nós.

Bell contraiu os lábios como se tentasse não deixá-los tremer:

– Sim – disse ele, com a voz falhando. – Sim, ele era.

Stellan estendeu o braço, colocando a mão sobre o ombro do garoto.

– Vai voltar, eu prometo. A serenidade. A paz. Loden agora faz parte da Força, por isso, de certa forma, vocês dois estão mais próximos do que nunca. Mas enquanto isso, você pode sempre vir até mim.

Bell balançou a cabeça abruptamente, enxugando uma lágrima de seus olhos.

– Não, você... você tem suas obrigações. Eu não me atreveria a...

– Minha obrigação – Stellan o lembrou – é para com a Ordem. Até onde sei, Padawan Zettifar, você faz parte dessa Ordem.

Bell riu e pigarreou.

– Sim. Sim, eu faço.

– Então, sem mais desculpas. Qual é o lema dessa feira?

– O Espírito da Unidade.

– Você o verá em cartazes o suficiente nos próximos dias, mas é verdade. Não apenas para a República, mas para os Jedi. Para nós. Nenhum Jedi está sozinho. Estamos unidos na Força.

A lembrança de Elzar guiando o tentilhão passou por sua mente de novo, mas daquela vez foi seguida por uma sombra, uma sensação de apreensão.

– Mestre Gios?

Bell procurava por respostas no rosto de Stellan, preocupado com a hesitação repentina do membro do Conselho. Até Brasa colocou-se de pé, novamente inquieta.

– Está tudo bem? – perguntou Bell.

Stellan balançou a cabeça.

– Não. Tem alguma coisa muito errada.

# CAPÍTULO VINTE E QUATRO

## O PAVILHÃO DA LUZ ESTELAR

O membro do Conselho Gios pediu licença e deixou apressado a exposição. Sem saber o que fazer, Bell parou diante dos expositores, tentando entender o que acabara de acontecer. O último dia fora tão surreal, saindo do tanque de bacta e correndo os dedos sobre a carne sintética aplicada sobre o ferimento recém-cicatrizado em sua barriga. Parecia tão estranha ao toque, tão irreal, tão desconectada quanto Bell se sentia do mundo. Desde então, todos zumbiam ao seu redor como moscas soka. Os droides médicos verificando se seus novos implantes intestinais estavam funcionando corretamente, Indeera nunca saindo de seu lado. E ainda havia Porter Engle. Bell nem sabia quando o rude Ikkrukki havia chegado, e não ficou muito satisfeito quando ele anunciou sua intenção de ficar. Era uma atitude um pouco ingrata, Bell sabia, mas, assim como Indeera, Porter o lembrava de Elphrona, e Elphrona o lembrava de Loden, que era a última pessoa em quem ele queria pensar naquele momento. Principalmente naquele momento. Bell não teve um único segundo de paz desde o ataque, e foi por isso que agarrou a chance de acompanhar a *Innovator* no espaço aéreo de

Valo a bordo de seu Vector. Qualquer coisa para ficar sozinho, exceto por Brasa, é claro. Ela fora seu único conforto quando a nave científica partiu para o sistema Valo, não lhe cobrando nada além de uma coçadinha atrás da orelha.

Mas naquele instante a charhound estava disparando para fora da exposição, indo atrás de Stellan Gios!

– Brasa, espere! – Bell chamou. – Aonde você está indo?

A charhound atravessou as portas da exposição antes que Bell pudesse impedi-la. Ele correu atrás dela, apenas para encontrá-la na câmara de hologramas lotada. Pelo menos não precisava acessar a Força para localizá-la. Podia ver Gios abrindo caminho por entre a multidão e sabia que Brasa estaria logo atrás dele. E o homem dissera que não tinha jeito com animais. Pelas estrelas, por que ela o estava seguindo?

Ele abriu caminho por entre os representantes, pedindo desculpas ao pisar em pés e tentáculos. Lá se ia toda a graça e elegância dos Jedi.

Conhecer Stellan fora tão estranho quanto todo o restante. Bell não sabia o que fazer quando viu o membro do Conselho indo em sua direção. Como se encontrar Nib, Mikkel e Burry depois de todo aquele tempo não fosse opressivo o bastante. Talvez a interrupção de Stellan tivesse sido uma bênção. Pelo menos Gios não o conhecia tão bem. E então, houve tudo aquilo sobre mestres perdidos. Fora tudo o que Bell pôde fazer para não voltar correndo até seu caça Vector. Por que, em nome da República, Brasa o estava levando de volta ao homem?

Bell viu uma mancha cinza e vermelha logo atrás de Stellan e alcançou Brasa instantes antes de ela pular nas vestes do Mestre. Stellan estava de volta com Indeera e os outros, perguntando sobre outro Jedi.

– Algum de vocês viu Elzar Mann? Ele esteve aqui há apenas alguns minutos.

Stokes balançou a cabeça.

– Eu não o vi.

– Nem eu – admitiu Nib. Os outros disseram o mesmo.

Stellan parecia irritado.

– Você disse que algo estava errado – disse Bell. Gios virou-se para encará-lo, com um olhar aborrecido em um rosto que fora tão gentil minutos antes.

– Não fale tão alto!

Bell piscou com a reprimenda.

– Desculpe.

A expressão de Stellan se suavizou.

– Não, eu que peço desculpas. Senti... não exatamente uma perturbação na Força, mas uma sensação de mal-estar emanando de Elzar. Preciso encontrá-lo.

– Vamos ajudar – disse Nib, chamando Engle, que examinava uma bandeja de tiras de rycrit com especiarias.

– Não – disse Stellan para a mulher mais velha. – Vocês devem ficar aqui. As pessoas ficarão preocupadas se todos nós sairmos de uma vez. Eu irei.

Ele avançou para a porta, quase tropeçando em Brasa, que insistia em trotar a seus pés.

– Bell? Será que você poderia...?

Bell mais uma vez desculpou-se, e mandou Brasa se sentar. Ela o ignorou, correndo atrás de Stellan. O que ela estava fazendo?

– Parece que alguém tem uma nova amiga – riu Nib, observando Brasa acompanhando Gios para fora do pavilhão.

– Sim, porque Stellan é um amante dos animais – respondeu Indeera. – Espero que ele não parta o coração da garota.

– É melhor eu ir atrás deles – disse Bell, desejando nunca ter ido à recepção, em primeiro lugar. Aquela era a última coisa que ele precisava.

Ele encontrou Stellan parado na via principal da feira, olhando de um lado para o outro, como se tentasse localizar Elzar no meio da multidão. Bell não poderia ajudar. Ele já tinha ouvido falar de Mann, mas nunca o tinha visto. Brasa saltitava como um cachorrinho nervoso aos pés de Stellan, seu rabo balançando furiosamente. Ela latia enquanto Bell se apressava, pronto para empurrá-la para longe, se necessário.

– Sinto muito. Não sei o que deu nela. Vamos sair do seu caminho.

– Não há necessidade. Segure isso, está bem? – disse Stellan, puxando o sabre de luz da bainha e o entregando para Bell. O Padawan o encarou confuso enquanto Stellan desabotoava a bainha e a retirava da cintura.

– Eu lhe contei que Elzar e eu temos uma longa história – disse ele, sorrindo para um Bell visivelmente perplexo. – Tivemos Mestres diferentes, mas aprendíamos as mesmas coisas, principalmente no que diz respeito a cuidar do nosso equipamento. – Stellan cheirou o couro e sorriu ainda mais. – Óleo muttamok. Nós dois o usamos desde que éramos Padawans.

Stellan agachou-se e ofereceu o couro para Brasa. Ela o cheirou uma vez, depois de novo e, em seguida, saiu correndo no meio da multidão. Stellan deu um pulo, agarrou a bainha e pegou o sabre de luz de volta antes de partir atrás dela.

– Talvez eu esteja melhorando com os animais – gritou ele de volta, enquanto Bell seguia atrás dos dois. – Prova de que nunca se está velho demais para aprender.

Eles teriam passado direto por Mann se não fosse por Brasa. Seguiram a charhound para fora do parque da feira até o coração da própria cidade Lonisa, apenas para ela perder o rastro no último minuto.

Bell sentiu Stellan acessar a Força na tentativa de localizar seu velho amigo, mas Brasa deu um latido repentino e correu pela esquina de uma concessionária de droides que estava aproveitando ao máximo a presença de tantos turistas na cidade. Avançaram por uma rua lateral lotada e teriam ido até a outra extremidade se Brasa não tivesse parado bruscamente e começado a latir, olhando para o telhado de um dos edifícios.

A rua estava iluminada por lanternas amarradas de prédio em prédio, mas as lâmpadas incandescentes ao redor daquele telhado em particular estavam todas apagadas. Stellan levou um dedo aos lábios e mergulhou em um beco estreito entre a construção em questão e um bar barulhento: o Repouso do Lago. Antes de Bell ir atrás dele, com Brasa logo a seu lado, Stellan já havia saltado do chão para o telhado, pulando de uma parede para outra.

– Você fica aqui – disse Bell para Brasa antes de seguir o membro do Conselho, usando o parapeito de uma janela do segundo andar para saltar para o telhado. A princípio, nenhum dos Jedi viu Mann, mas então seus sentidos se focaram e eles o avistaram agachado, perto da borda do telhado plano. Um olhar de irritação cruzou seu rosto e ele os chamou.

– O que vocês estão fazendo aqui? – sibilou ele entredentes. – Abaixem-se, pelas estrelas!

– Estávamos procurando por você – disse Stellan, enquanto desciam até onde Elzar estava se escondendo, usando a Força para mascarar sua presença.

– Mestre Gios percebeu que havia algo de errado – explicou Bell, engasgando-se levemente com a poeira que haviam levantado.

– Ah, é mesmo? – Mann olhou para Bell com a cara fechada. – E quem é você?

– Este é o Padawan Zettifar – explicou Stellan.

Mann grunhiu.

– Ah. Aprendiz de Greatstorm. Apenas fiquem cobertos. Não quero que ninguém veja que estamos aqui.

– Por quê? – perguntou Stellan. – O que está esperando?

– É no que *ele* está esperando que estou interessado. – Mann apontou para uma janela aberta no terceiro andar da cantina. Um Sullustano estava em uma conversa profunda com um Orzrelanso de porte pesado, com longos lóbulos das orelhas caídos e ombros que não pareceriam deslocados em um Gamorreano.

– Tia Toon – sussurrou Stellan.

– Em pessoa.

– Qual deles? – perguntou Bell, observando o Sullustano andar ao redor do brutamontes de terno.

– O baixinho – respondeu Elzar. – O senador de Sullust é um verdadeiro pé no saco.

Stellan cruzou os braços.

– Falando como um verdadeiro Jedi.

Mann encolheu os ombros.

– Olhe, fui enviado para Valo para vasculhar o lugar em busca de problemas, não? – Ele apontou um dedo enluvado para o Sullustano. – Esse cara está na minha mira desde que chegou na recepção de Samera. A Força me diz que ele está tramando algo, e a Força nunca está errada.

– Mas nossa interpretação dela pode estar.

Mann estourou.

– Não me venha com essa. Você disse que sentiu.

– Senti que *você* estava apreensivo, não que Toon estivesse tramando algo ruim.

*Eita,* pensou Bell. *Isso não me pareceu gratuito, de jeito nenhum! O que está acontecendo entre esses dois?*

– Você está apreensivo há semanas.

– Tem algo vindo – disse Mann, gravemente. – Eu posso sentir, você pode sentir, e Zettifar também poderia, se não estivesse tentando se fechar para a Força. – Mann o encarou diretamente, e Bell sentiu sua boca ficar seca. – Que história é essa, aliás?

– Eu... fui ferido recentemente – gaguejou Bell, sabendo que a explicação não funcionaria. – Estou achando a conexão com a Força... dolorosa. – Ao menos aquilo era verdade.

Fraca ou não, Mann pareceu aceitar a desculpa, ou pelo menos estava ocupado demais no momento para se preocupar com aquilo. Ele se virou para Stellan.

– Toon está tramando alguma coisa. Ele deveria estar no posto avançado dentro de uma hora, para o tour da chanceler.

– *Todos* nós deveríamos – lembrou Stellan.

– E ainda assim, lá está ele – continuou Mann, ignorando seu superior. – Naquela espelunca. Com seu guarda-costas. Que tipo de senador precisa de um guarda-costas, afinal de contas?

Stellan olhou por cima da beirada do edifício.

– Já vi coisas piores.

– Que o guarda-costas?

– Que o bar!

Elzar bufou com uma risada curta.

– Isso é porque você está sempre indo em cantinas. Mas o que quer que pense sobre isso, este é o último lugar em que se poderia esperar encontrar um senador.

– Ele disse que tinha reuniões.

– Mas com quem? Essa é a questão. Se Toon tem algo a ver com o que estou sentindo...

A voz de Mann sumiu, e ele e Stellan olharam para a janela. Até Bell sentiu aquilo, fechando-se para a Força como estava. Havia outras pessoas na sala, pelo menos três, talvez mais. Eles não conseguiam ver quem eram, apenas sombras projetadas contra a parede e Toon de lado para a janela, conversando com os recém-chegados, com o Orzrelanso a seu lado.

Ao lado de Bell, Mann remexeu em uma bolsa presa a seu cinto e retirou dali uma pequena antena que conectou à extremidade de um comunicador, prendendo-o com firmeza no lugar.

– Isso é um dispositivo de escuta? – perguntou Stellan enquanto Mann apontava a antena para a janela aberta.

– Não podemos contar com a Força para tudo – justificou-se Mann, ajustando um botão na parte de trás do aparelho.

– Nem somos uma polícia secreta.

Mann deu uma olhada nas vestes ainda imaculadas de Stellan.

– Não vestindo isso que você está usando.

Stellan parecia prestes a responder, e então pensou melhor. Elzar Mann deu outra torção no botão de regulagem do aparelho, e a voz do senador crepitou no comunicador, o coração de Bell saltando quando escutou o que o Sullustano dizia:

– *Isso é um sabre de luz?*

# CAPÍTULO VINTE E CINCO

## SOBRE O REPOUSO DO LAGO, CIDADE LONISA

– Isso é um sabre de luz?

Ty Yorrick tentou não se mexer sob o olhar inquisidor de Tia Toon. Primeira regra em negociações: jamais demonstre desconforto, mesmo que você esteja desconfortável. E nada daquilo a deixava confortável. Precisando ou não de reparos, Ty deveria ter dito a Mantessa onde enfiar seu trabalho de guarda-costas, principalmente quando descobriu o que era esperado dela. Era por isso que usara as pedras Verazeen por tanto tempo. As pedras nunca tentaram fazê-la mudar de ideia.

– Você é membro da Ordem? – perguntou o senador quando ela não respondeu a primeira pergunta.

Ela balançou a cabeça rapidamente.

– Não sou, senhor.

O Sullustano inclinou a cabeça, semicerrando seus grandes olhos pretos.

– Interessante – disse ele. – E onde você adquiriu esse cabo?

Para aborrecer Ty ainda mais, Mantessa intrometeu-se com uma mentira óbvia:

– Eles são surpreendentemente fáceis de se comprar, se você souber com quem falar.

– É mesmo?

A inventora assentiu, afundando-se ainda mais.

– Meu próprio pai tinha uma grande coleção dessas coisas. Nada menos do que relíquias das Guerras Sith.

– Fascinante. Você ainda as possui?

Mantessa juntou as mãos imaculadas diante de si. Pelo menos seu droide desinfetante estava guardado em segurança em seu bolso. O chiado constante da unidade realmente afetava os nervos já em frangalhos de Ty.

– Infelizmente não – continuou a Kuranu, aproveitando a oportunidade de direcionar a conversa de volta para o motivo de eles estarem naquele lugar. – Vendi todas elas para financiar meu trabalho.

A caixa azul estava diante dela, em um carrinho repulsor que Ty empurrara desde a *Dínamo*, seu conteúdo surpreendentemente pesado.

– É claro – disse Toon. – O motivo de estarmos aqui. E você desenvolveu isso sozinha?

– Trabalhando com a minha filha.

– E ela está...?

– Em nossa nave. É uma garota hábil, mas fica nervosa em multidões.

Ty não conseguiu não sentir um pouco de inveja. Ela daria qualquer coisa para estar de volta na *Dínamo* naquele momento.

– Valo está particularmente cheia no momento – disse Toon, olhando ansioso para a caixa. – Então, podemos ver?

– Naturalmente – disse Mantessa, inserindo um código na trava localizada na lateral da caixa. Não havia como Ty não ficar intrigada conforme as trancas se abriam. Mantessa explicara o que deveria acontecer, mas não o que esperar quando o invólucro fosse aberto. A resposta não parecia revelar muita coisa. O dispositivo no interior da caixa se assemelhava a uma matriz de comunicação portátil ou talvez até mesmo a um vaporizador de umidade, embora um com díodos piscando intermitentes e fiação exposta. Era *aquilo* que ela estava protegendo?

Toon claramente compartilhava a mesma decepção de Ty.

– Pensei que estaria um pouco mais... concluído – admitiu ele, afagando suas papadas.

– É um protótipo – apressou-se em acrescentar Mantessa. – Um protótipo *funcional*.

Toon deu um passo adiante, com o musculoso Orzrelanso caminhando a seu lado. Ty já descartara o estúpido brutamontes que o senador apresentara, comicamente, como seu "secretário" Ratko. Ele parecia impressionante, mas Ty já formulara ao menos três diferentes formas de incapacitar o grandalhão. Era sempre bom estar preparada.

– E como exatamente isso *funciona*?

Mantessa sorriu, puxando um pequeno controle remoto de sua manga. Ela apertou um botão e a unidade começou a zumbir, acendendo-se como o painel de controle da *Dínamo*.

– A versão final será bem mais discreta – explicou ela. – Sem mencionar o tamanho reduzido, o que significa que poderá ser instalada em paredes ou telhados sem chamar atenção.

– Fico feliz em ouvir isso – disse Toon, observando o dispositivo que, de forma bastante desconcertante, começava a soltar fumaça.

– Em seu centro está um núcleo de recainium – prosseguiu Mantessa, inabalável –, que no momento está girando dentro de uma câmara de vórtice.

Toon deu um passo para trás.

– Nesse caso, você pode desligá-lo! Recainium é ilegal.

– Apenas em seu estado bruto.

– Em todos os estados – insistiu Toon. – E por um bom motivo.

Mantessa não estava cedendo.

– Mas como você poderá ver, o nulificador quatro-sete será um excelente motivo para que o Senado reveja essa decisão.

O estômago de Ty ficou embrulhado. Ela sabia o que estava prestes a ser forçada a fazer e não gostava daquilo, nem da maneira como o

Orzrelanso movera a mão de modo nada sutil para a protuberância na lateral de seu terno.

– Desligue-o – insistiu Toon.

Os olhos de Mantessa brilhavam de frustração.

– Mas você disse que queria uma demonstração. – Ela se virou para Ty. – Yorrick, poderia fazer a gentileza?

Ty suspirou, tirando o sabre de luz do cinto. A lâmina roxa se acendeu e o Orzrelanso finalmente puxou seu blaster, chegando a ponto de dar um disparo. Não era daquele jeito que as coisas deveriam acontecer. Ty se moveu, rebatendo a rajada de energia que se chocou inofensiva contra a parede. O Orzrelanso apertou o gatilho mais uma vez e Ty ergueu a mão, empurrando o grandalhão para trás com força demais. Ele chocou-se contra a parede, batendo a cabeça abobadada na pedra, seu blaster escorregando no chão até os pés de Toon. O senador mergulhou para agarrá-lo, erguendo-o para disparar contra Ty, que mais uma vez desviou o tiro.

Definitivamente, não fora para aquilo que Ty aceitara o trabalho, pensou ela *antes* de uma figura vestida em branco e dourado entrar voando pela janela.

Stellan estava pronto para saltar desde que o sabre de luz fora mencionado, mas Elzar o segurou:

– Espere. Precisamos saber o que eles estão fazendo.

Mas não houve como impedir o membro do Conselho quando o primeiro tiro foi disparado. Stellan correu pela beirada do telhado, usando a Força para saltar mais longe do que seria humanamente possível, girando através da janela para surgir lá dentro, com o sabre de luz já ardendo.

O senador estava no chão, com o blaster em punho, uma Tholothiana com um sabre de luz ativado se impunha diante dele. Stellan deu uma olhada nos outros que estavam na sala: o enorme "secretário" de Toon estava desmoronado contra uma parede e uma mulher Kuranu protegia o que ele presumia ser o dispositivo de recainium.

– Largue a arma – ordenou à Tholothiana.

Ela manteve sua posição, sua lâmina zumbindo de forma ameaçadora.

– Só se você fizer o mesmo.

Ele quase riu. Ela realmente estava exigindo algo dele?

– Este é o último aviso.

Por um segundo, ela parecia prestes a obedecer, antes de Bell e Elzar saltarem para dentro, com as mãos dirigindo-se a seus próprios sabres.

A reação da Tholothiana foi imediata. Ela moveu sua mão livre, o Orzrelanso caído choramingando enquanto era erguido do chão e se chocava contra Elzar e Bell, o sabre do primeiro sendo atirado para longe. Em seguida, ela avançou contra Stellan, sua lâmina púrpura atacando pelo lado. Ele aparou o golpe, pronto para contra-atacar, mas ela estava preparada. As lâminas se chocaram vez após a outra, Stellan ciente de seus arredores relativamente estreitos.

– Proteja o senador – ordenou ele a Bell. Elzar mergulhou entre as lâminas reluzentes, arriscando a própria cabeça para alcançar sua arma e se levantar diante da mulher Kuranu que de repente se percebeu encarando uma lâmina de plasma.

– O que isso faz? – Elzar exigiu saber, apontando para a máquina, mas a mulher apenas gargalhou.

– Você vai ver.

– O que isso quer dizer?

A todo tempo, a Tholothiana se manteve na ofensiva. Tudo nela denunciava ser uma Jedi, desde a maneira como empunhava o sabre de luz até o talento bruto em sua postura, embora o rosnado em seus lábios e a frustração que ele sentia no interior dela indicassem uma vida indisciplinada, distante da luz. Será que estava com o lado sombrio? Não, eles teriam sentido no instante em que a viram, mas ela fora treinada, e certamente se desviara do caminho.

Nada confirmou mais aquilo do que o momento em que eles se viram num impasse, a lâmina de Stellan cruzada contra a dela.

– Entregue-se – ordenou ele, encarando-a através do plasma sibilante. Como resposta, ela moveu a cabeça para trás e bateu sua bandana de metal contra o nariz dele. Stellan caiu, atordoado, apenas vagamente ciente de que Bell vinha em seu auxílio.

Sem a menor pausa, a mulher se virou para Elzar, girando o sabre de luz. Sentindo o ataque, Elzar ergueu seu próprio sabre, usando o impulso da Tholothiana contra ela mesma. As lâminas travadas completaram um arco perfeito, Elzar fazendo com que a ponta do sabre dela tocasse o chão. Ele deslizou sua lâmina ao longo da de sua oponente, o plasma guinchando enquanto ele o apontava para as mãos dela. A Tholothiana percebeu o que ele estava fazendo e acertou o peito do Jedi com sua bota. Elzar foi arremessado contra a parede enquanto a máquina de aparência estranha atingia um crescente, o ruído quase insuportável. Stellan gritou um aviso, mas a Tholothiana golpeou, enterrando seu sabre até o cabo no peito de Elzar.

– Não – gritou Stellan, usando a Força para empurrar a mulher para longe do amigo. Ela voou pela sala, chocando-se contra a parede, seu sabre de luz escapando de suas mãos. Bell correu até Elzar, que levara a mão ao peito, mas quando o Padawan a puxou não havia nenhum buraco atravessando o coração do Jedi mais velho, apenas manchas de sangue onde o cabo espinhoso do sabre da mulher perfurara a pele dele.

– O quê? – ofegou Stellan, aliviado, mantendo a Tholothiana pressionada contra a parede.

– Cheque seu próprio sabre de luz – disse a Kuranu, ridiculamente animada, tendo em vista a situação. – Ative-o.

Stellan atraiu o sabre de luz para sua mão e acionou o botão de ativação. O emissor estalou, mas nenhuma lâmina se estendeu do cabo e os quillons da guarda cruzada continuaram travados. Nada daquilo fazia sentido algum.

– Padawan? – chamou Stellan, e Bell tentou ativar seu próprio sabre apenas para ter o mesmo resultado, ou a falta de algum. Elzar fez o mesmo. Todas as três armas estavam incapacitadas.

– É a máquina – sibilou a Tholothiana. – Ela extinguiu nossas lâminas antes de eu desferir o golpe fatal.

– E você sabia que isso aconteceria? – perguntou Elzar, levantando-se.

– Não – zombou a mulher, e Elzar deu um passo à frente antes de parar.

– Alguém precisa explicar do que ela está falando – exigiu Stellan, sua cabeça latejando com a dor em seu nariz e com o ruído da máquina da Kuranu.

– Concordo – disse Toon, levantando-se para juntar-se a Stellan, com os olhos fixos na mulher.

– Assim que vocês libertarem minha associada.

– Você não está em posição de fazer exigências, Sra. Chekkat – respondeu o senador, ríspido, surpreendendo a todos com a fúria em suas palavras.

A mulher levantou as mãos como se de alguma forma pudesse se proteger.

– Muito bem. O nulificador produz uma frequência que interrompe o funcionamento de qualquer arma energética, desde um simples blaster até, sim, a arma de um Jedi.

– E por que *exatamente* você achou que eu estaria interessado em tal dispositivo? – perguntou Toon.

A mulher o encarou confusa, como se a resposta fosse óbvia.

– Sua oposição aos Jedi é bastante conhecida, e o nulificador...

– O nulificador banha todos em um raio de dez metros com perigosa radiação – respondeu Toon, ríspido. – Desligue isso. Desligue isso imediatamente!

Chekkat engoliu em seco, abalada com o tom de voz do senador.

– Mas...

– Você ouviu o que ele disse – advertiu Stellan.

Chekkat suspirou e apertou o botão em seu controle remoto. O zumbido cessou, e a arma de Stellan chiou, voltando à vida, assim como as lâminas de Elzar e Bell. Ainda presa à parede, a Tholothiana ergueu uma mão para puxar seu sabre de volta, mas em vez disso ele voou na direção oposta, indo parar nas mão de Elzar.

– Ei, isso é meu! – esbravejou ela.

– E definitivamente um design Jedi – respondeu ele, examinando o cabo de perto. – Embora pareça ter sido modificado ao longo do tempo.

– Quem é você? – perguntou Stellan.

– Ty Yorrick é minha guarda-costas – adiantou-se Chekkat, e Stellan sentiu uma pontada de aborrecimento na jovem Tholothiana. Talvez ela quisesse manter sua identidade em segredo. Stellan certamente nunca ouvira falar naquele nome, mas ele checaria os registros quando estivesse de volta em Coruscant. A mulher obviamente fora treinada por um Jedi em algum ponto de sua vida e talvez até tenha se tornado uma Padawan, mas nunca fora elevada a Cavaleiro, ou seu nome estaria imortalizado no Corredor dos Perdidos, no Grande Templo. Claro, ela poderia ter sido expulsa, mas aí ele teria ouvido falar dela. Tais remoções eram extremamente raras, principalmente naqueles tempos.

– E o seu nome é Chekkat? – perguntou Bell, seu sabre de luz ativado.

– Mantessa Chekkat – respondeu Toon. – Uma inventora que se aproximou do meu pessoal com um dispositivo que afirmava poder ser útil para o Programa da Força de Defesa.

– Como eu habilmente demonstrei – lembrou Chekkat. – Pensei que você, entre todos os demais, conseguiria enxergar o potencial dele.

Toon aproximou-se da mulher com os punhos cerrados.

– Eu vejo uma coisa que é tola e perigosa; uma arma em potencial que pode ser usada *contra* as forças da República e Jedi.

A confusão no rosto de Chekkat se intensificou.

– Mas o que você disse no Senado... seu discurso sobre a dependência da República dos Jedi...

– Não significa que eu me oponha a eles – disse Toon, esforçando-se ao máximo para manter sua voz sob controle. – Os Jedi têm sido nossos aliados há muito tempo, e torço para que continuem por muitas gerações.

– Então, por que estava fazendo campanha pela Força de Defesa?

Stellan não pôde deixar de se perguntar aquilo.

– Porque acredito que a República deva ser capaz de se defender sozinha, sem depender apenas dos Jedi. Porque, e que as estrelas não me ouçam, se algo acontecer aos Jedi, o que será de nós? – Ele apontou um dedo para o nulificador. – Mas aquilo é recainium. Você trouxe uma substância ilegal para um planeta da República, imagino que sem as licenças ou autorizações adequadas.

Mantessa engoliu em seco.

– Eu pensei...

– Você pensou que, como viria se encontrar comigo, estava acima da lei. Temo, Sra. Chekkat, que estivesse terrivelmente enganada.

Houve o som de passos do lado de fora, seguido imediatamente pela chegada repentina de oficiais da Segurança de Valo.

O representante da lei no comando olhou a cena e instintivamente dirigiu-se a Stellan:

– Recebemos relatos de um incidente.

Toon deu um passo à frente, atraindo para si a atenção do oficial.

– E chegaram na hora certa. Enviarei meus cumprimentos ao Capitão Snat. – Ele se virou para Chekkat e sua misteriosa guarda-costas. – Leve essas duas e apreenda aquele dispositivo.

Stellan tentou não transparecer estar aborrecido por ter sua autoridade contornada.

– Senador Toon, levando tudo em consideração, acredito que os Jedi devam cuidar disso.

– Não tenho dúvidas que acredita, Membro do Conselho, mas este é um assunto da República. Estas criminosas vieram até mim, quebrando as regras da República no processo. São minha responsabilidade. – Ele ergueu a cabeça, desafiando Stellan a contradizê-lo. – Concorda?

– É claro – anuiu Stellan, olhando de relance para Bell, que guardou o sabre de luz de volta na bainha.

– Apesar disso nós gostaríamos de estudar este sabre de luz – acrescentou Elzar enquanto Stellan deixava Yorrick sob a supervisão do oficial de segurança, a Tholothiana tendo o bom senso de não resistir enquanto tinha seus pulsos algemados.

– Fique à vontade – disse Toon, desdenhoso. – Talvez você compartilhe quaisquer informações que ele revelar sobre essas criminosas com as autoridades apropriadas.

– Naturalmente. Obrigado, senador. – Stellan curvou-se, magnânimo.

Toon deu um passo adiante, baixando a voz.

– Não, eu que agradeço, Membro do Conselho. Você correu para me proteger, apesar da minha reputação no Senado, e aprecio o gesto, não importa o que pensem de mim.

Stellan quis protestar, mas Toon gesticulou, afastando a necessidade.

– Eu falei sério, Mestre Gios. *Somos* aliados. Apenas desejo que a República se mantenha por conta própria de vez em quando, principalmente após os eventos em Hetzal. Você compreende, não?

Não havia ambiguidade nas palavras de Toon. Stellan assentiu, dizendo:

– Somos todos a República.

Toon sorriu.

– Certamente que sim, Membro do Conselho. Certamente que sim.

O senador saiu da sala, com seu assistente Orzrelanso mancando atrás dele. Mantessa foi levada logo depois, seguida por Yorrick, que falou por cima do ombro:

– Vou precisar disso de volta.

Elzar não respondeu, enquanto os oficiais de segurança restantes pensavam, perplexos, o que fazer com o nulificador.

– Ajude-os, Bell – orientou Stellan. – Temos que tirar essa coisa do planeta o mais rápido possível.

– Imediatamente, Mestre – respondeu Bell, embora Stellan pudesse afirmar que o jovem tinha várias perguntas a fazer. Ele não era o único.

– Devemos ir com eles? – perguntou Elzar. – Ver o que podemos fazer com Yorrick?

Stellan balançou a cabeça.

– Precisamos jogar de acordo com as regras. Toon está certo. É assunto da República.

– Mas somos *todos* a República – lembrou Elzar.

Aquilo fez Stellan suspirar.

– Elzar, estou falando sério.

– Ela é obviamente Jedi. Ou ao menos costumava ser. Não está curioso com isso?

– É claro que estou. Mas ela não vai a lugar algum.

– Você realmente acha que uma cela Valon irá detê-la?

– O centro de detenção local é mais do que capaz de conter usuários da Força.

– Mas...

– Nada de mas. Estou falando sério, Elzar. – Ele apontou para as roupas do amigo. – Vá e dê um jeito nisso.

– Disse o homem com o nariz inchado.

Stellan arriscou tocar o próprio ferimento, estremecendo de dor.

– Quebrado.

– Acho que não.

– Que pena.

– El!

– Você precisa trocar suas vestes – retrucou Elzar, saindo da sala, ainda segurando o sabre de luz de Yorrick. – Vou colocar isso em um lugar seguro.

Stellan o deixou ir. Quando Elzar estava com aquele tipo de humor, não havia como falar com ele. Mas ele estava certo a respeito de uma coisa. Seu nariz podia não estar quebrado, mas sangrara sobre toda sua veste do templo. Ele realmente esperava que aquilo não fosse sinal do que estivesse por vir.

# CAPÍTULO VINTE E SEIS

## A ZONA DE FÉ E VIDA

A festa estava a todo vapor, e Kitrep Soh detestava cada minuto. Para onde quer que olhasse havia riso e entusiasmo, semblantes extasiados e vozes felizes. Dançarinos de uma dúzia de mundos diferentes rodopiavam nos palcos do parque. Um festival de sedas, fitas e pulseiras enquanto as crianças puxavam as mãos dos pais, querendo correr para todos os lados ao mesmo tempo.

O único lugar para onde Kip queria correr era a suíte de sua mãe no Hotel República. Sua mãe, é claro, havia tido a costumeira conversa de incentivo, logo depois de revelar a roupa que ele usaria naquela noite. O terno de septseda estava completo, com uma flor dourada presa à lapela. Desde quando ele usava flores? Isso sem falar nas calças com costuras tão justas que pareciam capazes de cortar um sabre de luz.

– Apenas pareça interessado – dissera ela. – É tudo o que lhe peço.

– Tem certeza sobre isso aqui? – perguntara ele, puxando a gola de sua camisa.

Ela ajustara o fecho, alisando-o contra o pescoço do filho antes de repousar a mão sobre sua bochecha.

– Certo, pode ficar com aquela. Eu sei que é coisa demais, e que você nem queria ter vindo para Valo, pra começo de conversa.

Ele pensara em negar aquilo, mas desistira. Lina Soh sabia muito bem como seu filho pensava. Ela não era uma mãe ruim. Kip também sabia que ela tinha uma galáxia para administrar. Ela sempre fora ambiciosa, mesmo antes de ser eleita chanceler. Até mais, provavelmente. E sim, ele entendia o porquê. Sua família viera de Daghee, e Kip vira em primeira mão como era difícil obter respeito quando se vinha de um mundo atrasado, principalmente quando se tinha um filho a reboque. Mas ela sempre arranjava tempo para ele, mesmo enquanto corria de uma reunião para outra, de um planeta para outro.

O que não significava que ele era obrigado a gostar daquilo. Não significava que queria sua vida escancarada por toda holonet. Sua mãe prosperava sob os holofotes, mas ele não. Kip preferia que todos se concentrassem em Matari e Voru, e se esquecessem de que Lina Soh tinha um filho. Pelo menos os animais eram interessantes.

Mas, gostando ou não, estava preso em um circuito aparentemente interminável de recepções e tours, assistindo sua mãe caminhar lado a lado com a regasa dos Togruta enquanto ele vinha logo atrás, forçado a bater papo com representantes que mal conhecia e evitando Norel Quo a todo custo. A última coisa de que precisava era o Koorivar esquisitão o importunando para "arrumar a postura" ou falando "sorria como se você se importasse!" pela enésima vez.

Não era completamente ruim. Ele gostava de Rhil Dairo, embora suspeitasse que ela estivesse apenas o aquecendo para uma entrevista.

– O que você achou? – perguntou a repórter enquanto assistiam a uma prévia da exibição de Unidos na Canção, na zona de Fé e Vida.

– A coordenadora estava certa – gaguejou Kip. – É muito... contagiante.

A repórter se inclinou, sorrindo com cumplicidade.

– A gripe Dantari também.

Aquilo fez com que ele risse, ainda que tivesse sido melhor se não estivesse com a maldita melodia repetindo em sua cabeça. A performance em si fora criada ao longo de doze meses, crianças de dezenas de mundos da República gravadas individualmente e depois mapeadas e unidas como parte de um coral holográfico com milhares delas, lado a lado em um palco giratório. Kip sentia por quem quer que precisasse trabalhar nas proximidades. Não conseguia imaginar nada pior do que ouvir a letra melosa incontáveis vezes.

Somos um, somos muitos
Somos eu, somos você
Tanta alegria, tanto amor
Tanta paz, é verdade
De mundos e planetas distantes
Nos unimos a cantar
O futuro é uno e iluminado
Deixe a galáxia ressoar.

– Vocês vão ficar cantarolando isso a noite toda – disse uma voz ao lado deles. Kip virou-se para ver o filho do prefeito sorrindo para ele com seus dentes perfeitos e cabelos ruivos.

– É – gaguejou Kip, vendo-se de repente incapaz de falar.

– Embora aquele ali não pareça muito feliz com isso – disse o garoto, apontando para um Ikkrukki Jedi que estava tão carrancudo que seu rosto parecia prestes a rachar.

Kip deu risada, arrancando um sorriso de Rhil.

– Vou deixar isso com você – disse ela, virando-se para ir embora.

– Não precisa – disse ele, um pouco rápido demais.

– O dever me chama – respondeu Rhil, seu droide câmera a acompanhando conforme ela se afastava. – Lugares para ir, frases de efeito para registrar, mas não pense que esqueci da nossa entrevista marcada para amanhã, Jom.

– Estarei lá – disse o filho do prefeito. – Não, não vou – acrescentou ele rapidamente, falando baixinho, logo que a repórter ficou longe o bastante para não ouvir. – Não sei você, mas estou decidido a evitar esses droides câmera o máximo possível.

– Eu também.

Jom sorriu.

– Talvez pudéssemos evitá-los juntos... a menos que prefira passar um tempo com a Srta. Dairo.

– Não – disse Kip, aflito. – Quero dizer, ela é ótima e tudo mais...

– Bonita também.

– Sim, eu acho, mas...

– Não faz seu tipo.

– Não. De forma alguma. – Houve um silêncio constrangedor. – Eu sou Kip, a propósito.

– Eu sei.

– E você é o Jom.

– Sou eu.

– Ótimo... ótimo.

Mais silêncio. Muito silêncio. Kip tentava desesperadamente pensar em algo para falar. Quão difícil poderia ser? Ele era filho da chanceler, pelo amor das estrelas.

– Continuando – disse Norel Quo, conduzindo o grupo em direção à próxima parada em seu roteiro. – Vamos andando.

– Talvez eu te veja mais tarde, então – disse Jom. – Acho que estão servindo algum tipo de banquete no Pavilhão Melahnese. Espero que sim. Estou faminto.

– Eu também – disse Kip, sem esperança, enquanto Jom começava a se afastar. O jovem Valon ia na direção de um Jedi de pele negra em vestes de Padawan. Um Jedi extremamente bonito.

– Hã, vocês ficaram sabendo da Rhil? – disse Kip, alcançando Jom e o Padawan.

Tanto o Valon quanto o Padawan balançaram a cabeça.

– Deveríamos? – perguntou Jom.

– Minha mãe disse que ela é incrível. – Sim, porque aquilo era exatamente o que Kip precisava naquele momento, falar sobre sua mãe. – Ela foi demitida do seu primeiro emprego.

– Sua mãe?

– Não, Rhil. Aconteceu uma briga.

– Tá, agora eu *preciso* saber o que aconteceu.

– Eu vi – balbuciou Kip. – Quer dizer, eu não estava lá. Dá pra ver na holonet, se você souber onde procurar. Ela estava cobrindo incêndios florestais em um planeta qualquer e descobriu que o chefe dos bombeiros local estava extorquindo as pessoas em troca de salvar suas casas.

O Padawan, Bell, parecia bastante chocado:

– Isso... isso é horrível.

– É. Rhil perdeu o controle, bem na frente da câmera. Disse que ele merecia queimar.

– Pegou pesado – disse Jom. – Mas parece adequado.

– Essa nem é a melhor parte. – Kip pegara o jeito, e falava com animação. – O chefe dos bombeiros falou que aquilo não era da conta dela, daí ela simplesmente pegou uma mangueira do droide de combate às chamas mais próximo e a abriu.

– Acabando com o fogo? – perguntou Bell.

– Acabando com o *chefe*, isso sim. Litros de espuma bem na cara dele.

– Eu preciso ver isso – disse Jom, rindo.

– É muito engraçado. Claro, ela perdeu o emprego, mas o vídeo ficou famoso na galáxia. Logo todos queriam contratá-la, e ela acabou indo para a GoNet. Minha mãe assiste ela o tempo todo.

– Foi assim que ela conseguiu esse trabalho?

– Acho que sim. A rede queria mandar o Sine Spenning, conhece?

– Não posso dizer que sim – admitiu Bell. – Não temos muito tempo para ver a holonet.

– Você não esqueceria se tivesse visto – disse Jom ao Padawan. – Típico âncora de jornal, com ternos chamativos e dentes estranhos. Digo, muito, *muito* estranhos.

– Mais brancos que as luas de Dutar – concordou Kip. – De qualquer forma, minha mãe não queria saber de Spenning cobrindo a feira. Disse que Rhil era uma heroína, e que defendia o que era correto.

– Parece que ela é uma grande fã da Srta. Dairo – disse Bell.

– Ela é mesmo...

Jom deu a Kip um sorriso maroto.

– Mesmo assim, ainda não quero ser entrevistado.

– Nem eu. – Kip retribuiu o sorriso.

E assim, a noite avançou; a música, a dança, o Ikkrukki Jedi sem saber que estava cantarolando "Unidos na Canção" sem parar. Em outra parte do parque, os preparativos para o dia seguinte continuavam. Nib Assek e Mikkel Sutmani ajudavam os Bonbraks locais na manutenção dos Vectors, enquanto Tia Toon mantinha investidores entretidos no setor Arkanis da zona de Ciência e Tecnologia.

Longe dali, a famosa soprano Madame Trangess Conserra chegava em sua doca espacial, seu atormentado empresário Toydariano, Pall Sleko, secretamente satisfeito com o fim da viagem, ainda mais porque a diva Mon Calamari insistira em passar todas as sete horas aquecendo as cordas vocais mais seguradas deste lado de Brentaal Minor.

Nesse meio-tempo, a única música na ponte da *Innovator* era o jazz ualaqiano que tocava nos alto-falantes da cabine de comando enquanto Vam Targes trabalhava sozinho, aproveitando a oportunidade para analisar os dados que coletara durante o ataque a Cyclor. Ele estaria muito ocupado no dia seguinte, respondendo mil e uma perguntas, mas naquele momento estava satisfeito, contabilizando números e encontrando padrões.

A noite caiu e as multidões começaram a minguar, embora as celebrações prosseguissem no Pavilhão Melahnese, na zona de Artes e Cultura. A Regasa Elarec era a estrela do show, todos queriam falar com ela. O Embaixador Tiss nunca ficava muito distante, sempre preocupado, embora Stellan Gios, resplandecente em roupas novas e com o nariz de volta ao tamanho correto graças aos cuidados de Torban Buck, estivesse por perto, mantendo o olhar atento sobre os acontecimentos.

Kip e Jom não paravam de conversar do outro lado do pavilhão. Qualquer constrangimento já se desfizera há tempos, assim como qualquer ciúme equivocado sobre Bell Zettifar. Brasa apreciava as guloseimas que Jom lhe dava quando achava que o Padawan não estava olhando.

Kip nunca estivera mais feliz, mas aquilo não poderia ser dito sobre Elzar Mann, que encontrara uma varanda perfeita para meditar. Foi nela que Samera Ra-oon o achou, aproximando-se com duas longas taças de vinho nas mãos e um sorriso nos lábios.

– Você está tão pensativo. O que foi? – perguntou ela, oferecendo uma taça.

Ele aceitou, surpreso como parecia amigável, considerando como andava o relacionamento dos dois nos últimos tempos.

– Ah, você sabe. Procurando problemas na multidão.

– Coisa de guardião da paz? – Ela deu um gole em sua bebida.

– Um Jedi nunca descansa.

– É uma pena.

Pela primeira vez, Elzar ficou sem palavras, e então tomou um gole. Era um vinho Serenniano, leve e frutado. Não o experimentava há anos.

– Então... – arriscou ele, sem saber aonde aquelas palavras o levariam. – Você está... feliz?

– Com a feira?

– Sim.

Ela deu outro gole, virando-se para observar a vista que se estendia diante deles.

– Sim. Tudo está perfeito.

– Assim como você planejou.

Ela o agraciou com um olhar de soslaio, uma sobrancelha sendo mantida perfeitamente erguida.

– Você esperava algo menos?

Ele balançou a cabeça.

– Claro que não.

Os dois permaneceram em silêncio por um momento, desfrutando a companhia um do outro, com as mãos livres apoiadas na grade à sua frente, a milímetros um do outro. Elzar sentiu a ponta de um dos dedos de Samera roçar nos dele e se virou para encontrá-la olhando fixamente para ele.

Seus rostos se aproximaram, os lábios entreabertos e as discussões, esquecidas.

Elzar não tinha certeza se Samera não havia cronometrado o momento para coincidir com o início da exibição de fogos de artifício, o céu acima deles explodindo em cores e sons. Por todo o parque, por toda a cidade, representantes, cidadãos, políticos e Jedi olhavam para o alto, todos exceto Elzar e Samera Ra-oon. Estavam ocupados com outra coisa.

# CAPÍTULO VINTE E SETE

## OS JARDINS DA REPÚBLICA, VALO

Na manhã seguinte, o sol brilhava forte quando Stellan se juntou à comitiva da chanceler em um passeio pelos jardins botânicos na orla da zona de Ciência e Tecnologia. Ao redor, tudo estava como ele esperava. Um fluxo constante de visitantes passava pelos portões e os ânimos estavam elevados, mas, por alguma razão que não conseguia imaginar, Stellan estava nervoso. Antes do tour, ele passara no prédio da administração, verificando o Capitão Snat e a Coordenadora Ra-oon. A Valon parecia um pouco aflita quando ele entrou pela porta, mas ele logo atribuiu aquilo a um Mestre Jedi se intrometendo enquanto tudo corria conforme o esperado. Ela certamente não precisava da interferência dele, por isso ele se desculpou e foi embora.

Agora, enquanto acompanhava o grupo, com o arquivista OrbaLin entregue a um monólogo aprofundado sobre uma espetacular exibição de rosas selabbianas que haviam sido cultivadas no Farol da Luz Estelar, Stellan meditava sobre a nuvem que estragava a manhã perfeita. Algo na Força parecia carregado. A princípio, Stellan atribuíra aquilo ao duelo com Ty Yorrick na noite anterior. Ela lutara como uma Jedi, mas não havia registro de ninguém com seu nome nas listas do Templo. Ele esperava que a análise de seu sabre de luz conduzida por Elzar revelasse algo, mas era certo que um usuário da Força desgarrado não era a causa de tal desconforto. Ele olhou para Indeera Stokes, notando que ela estava de cara fechada. Também estava sentindo aquilo? Ele acessou a Força, sentindo as pessoas que vagavam pelos jardins e passarelas além. Sim, havia preocupações ao redor: pais aflitos em não perder os filhos de vista no meio da multidão, expositores cansados e com dor de cabeça em suas exibições e o jardineiro-chefe do parque que queria dizer para OrbaLin que era ele quem deveria estar guiando o tour. Havia, ainda, o capitão da guarda Togruta, Maramis, que ficava cada vez mais agitado com as pessoas que se reuniam nas extremidades dos jardins para dar uma olhada em Regasa Elarec. Nenhuma daquelas coisas, embora fossem importantes para os indivíduos em questão, justificava uma sensação tão repentina de mau agouro. O que era aquilo?

Ele ainda ponderava a questão quando Indeera se aproximou.

– Você está sentindo? – perguntou ela, mantendo a voz baixa.

– Assim como você. Tem noção do que possa ser?

A Jedi ergueu uma única sobrancelha.

– Talvez. O filho da chanceler. Quando você o viu pela última vez?

Stellan examinou o pequeno grupo. Indeera estava certa. Kip Soh estava com eles quando se aproximaram dos jardins, mas agora não estava à vista, nem o filho do prefeito. Stellan não sabia seu nome. Pelas estrelas. Eles deveriam estar vigiando a comitiva. Como haviam deixado isso passar?

Stellan estendeu a mão para Bell, que conversava com Rhil Dairo enquanto o droide câmera capturava imagens de Soh e Yovet, cutucando o Padawan para atrair discretamente sua atenção. Bell deu uma olhada e, percebendo a expressão de Stellan, pediu licença à repórter e se aproximou dos outros Jedi, juntando-se a eles com Brasa a seus pés. Stellan já estava se comunicando com a Coordenadora

Ra-oon, que revia as imagens de segurança a pedido dele no prédio da administração.

– Arrá – disse Ra-oon ao encontrar algo. – O danado é sorrateiro.

– O que foi?

Os meninos seguiram vocês até o jardim, mas fugiram quando pensaram que ninguém estava olhando.

– Para onde foram?

– Não tenho certeza. Sumiram na multidão. Não estão aparecendo em nenhuma das telas.

– Como isso é possível?

– Você sabe quantas pessoas temos no parque, Membro do Conselho? Posso pedir que Idrax Snat organize uma busca por eles?

– Algum problema? – Stellan ergueu os olhos para ver que Norel Quo avistara o grupo de Jedi reunidos e viera investigar.

– O filho da chanceler parece ter fugido – comunicou Stokes, antes que Stellan pudesse intervir. O rosto do assistente ficou imediatamente alarmado enquanto ele olhava ao redor, quase em pânico.

– Kitrep? Desaparecido?

– Tenho certeza de que há uma explicação inofensiva – Stellan apressou-se em afirmar. – Ele parece estar com o filho do prefeito.

– Jom – ofereceu Bell, solícito. – Jom Lariin.

– Você estava conversando com eles ontem à noite, não? – perguntou Stellan.

– Sim. Kitrep não estava gostando de estar aos olhos do público, pelo menos no início.

– Conheço a sensação – disse Stellan, olhando para o droide câmera de Rhil, que girara na direção deles.

– Eles mencionaram algum plano para esta manhã?

Bell deu risada.

– Não falaram nada sobre fugir, se é isso o que você quer dizer, e certamente não teriam me contado. Mas Jom mencionou que estava ansioso para fazer um tour pela *Innovator*.

– A visita oficial começa hoje à tarde – apontou Quo.

– Talvez eles tenham decidido ir mais cedo – sugeriu Indeera.

– Eles teriam sorte de conseguir – interrompeu Samera pelo comunicador. – As filas já estão dando a volta no quarteirão. Aquela nave é a estrela do espetáculo.

– Mas o filho da chanceler não é como qualquer outro visitante na fila. – Stellan olhou para o passe VIP preso ao cinto de Quo. – Presumo que Kitrep tenha um desses?

O assistente soltou um suspiro grave.

– Aquele menino vai ser o meu fim. Sim, ele tem um passe. Livre acesso a todas as áreas.

Era um tiro no escuro, mas também a única pista que tinham. Stellan se voltou para Indeera.

– Posso pegar seu aprendiz emprestado?

– Claro.

– Você quer que eu vá para a *Innovator*? – perguntou Bell.

– Com sorte, entre você e Brasa, vão conseguir rastreá-los antes que alguém se dê conta.

– Vou mandar Snat despachar uma equipe de segurança – sugeria Ra-oon pelo comunicador, apenas para ser interrompida por Quo.

– Precisamos manter isso em segredo – disse o Koorivar. – Se alguém descobrir que o filho da chanceler está desaparecido...

– Acho que a chanceler pode decidir isso sozinha – disse Stokes, voltando-se para Soh, que olhava incisivamente para os quatro, do outro lado do jardim.

– Vou contar a ela. – O assistente suspirou.

– E eu vou encontrá-los – disse Bell, confiante. – Prometo.

Stellan não duvidava que Bell manteria a palavra, mas ainda não conseguia afastar a dúvida que o incomodava do fundo de sua mente.

– Coordenadora – disse ele, antes de fechar o comunicador. – Como está o tráfego para o setor esta manhã?

– O tráfego espacial? – respondeu ela, do prédio da administração. – Tão movimentado quanto se poderia esperar. Mas tudo sob controle. A capitania portuária não relatou nenhum problema. Gostaria que eu confirmasse?

Stellan olhou para o céu sem nuvens.

– Se você não se importar... Provavelmente não é nada, o desaparecimento de Kitrep está me deixando nervoso.

– Agora você me deixou preocupada – disse Ra-oon. – Achei que os Jedi não ficavam nervosos, apenas nós, meros mortais. Vou checar imediatamente.

Stellan agradeceu e a conexão foi encerrada. Ele olhou para ver Quo conversando com a chanceler, ambos tentando ao máximo fingir que não havia nada de errado com tantos repórteres nas proximidades. Perto deles, a chefe de estado Togruta olhou em sua direção, e Stellan devolveu o olhar, abrindo um sorriso que não seria sincero até que recebesse uma confirmação de Samera.

– Vai ficar tudo bem – disse Indeera, calmamente. – Bell os encontrará em breve.

Stellan sabia que Stokes estava certa. Deveria ser aquele o problema, as façanhas de dois jovens adolescentes jogando um dia intrincadamente planejado de pernas para o ar. Se Elzar estivesse ali, teria dito para que não se preocupassem com nada. Stellan só queria que tudo transcorresse perfeitamente, para a chanceler, para os visitantes, para toda a República. E iria, se a Força quisesse. Ele tinha certeza.

# CAPÍTULO VINTE E OITO

## O PARQUE DA FEIRA, VALO

A temperatura continuava subindo, o dia ainda mais quente do que os meteorologistas haviam previsto.

A comitiva da chanceler avançava pelos jardins, Lina Soh assegurada de que seu filho seria encontrado e já planejando a repreensão que daria quando estivessem sozinhos.

Bell Zettifar espremia-se entre a multidão, agradecendo aqueles que se afastavam e acenando para as crianças empolgadas que puxavam os braços dos pais para dizer que tinham acabado de ver um Jedi.

Em seu escritório, Samera observava seu progresso em suas telas, tendo acabado de checar pelo comunicador se Kitrep e Jom tinham sido vistos na *Innovator*. Não tinham, e nenhum problema fora relatado pela capitania portuária. A fileira de cruzadores e transportes espaciais continuava avançando de maneira ordenada através do sistema Valo, prontos para receber um local de pouso. Ela terminou de beber o que restava de seu caf, erguendo a caneca para atrair um droide que o servia, que imediatamente apitou e avançou até ela, enchendo o recipiente. Samera tentou não deixar que a grosseria de

Mestre Gios a irritasse. Ele estava apenas fazendo seu trabalho, e se algo estava errado ela preferia saber, mesmo que aquilo significasse receber ordens de um Jedi que beirava o presunçoso. Ela sorriu ao beber seu caf. Ao menos nem todos os Jedi eram como Stellan Gios.

Em outro lugar, outros Jedi cuidavam de seus assuntos. Nib Assek e os outros membros da flutuação estavam respondendo perguntas sobre seus caças Vector, agora pousados perto do Pavilhão da Luz Estelar para uma demonstração posterior, enquanto lá dentro o médico Torban Buck contava histórias sobre suas façanhas passadas encantando um grupo de jovens que achava todas elas incríveis, mas cujos pais consideravam tais relatos bastante sangrentos.

Uma família de Krantianos da Orla Média estava parada na exibição, o caçula dos três filhos já se perguntando quanto tempo faltava para o almoço e imaginando as delícias do sanduíche de rycrit que sua mãe lhe prometera. Não muito longe dali, outros pais estavam "curtindo" a exibição de *Unidos na Canção*, enquanto secretamente esperavam conseguir arrastar seus filhos para a próxima exibição o quanto antes.

Bem acima deles, módulos repulsores deslizavam sem esforço de uma ilha celeste para outra, e no teatro a soprano Mon Calamari Madame Conserra começava a primeira de seis apresentações programadas, as estrofes de abertura do *Ciclo das Águas Ermas* preenchiam o auditório vindas do fosso da orquestra droide.

A voz de Conserra elevou-se do palco, misturando-se com o rebuliço das pessoas que passeavam próximas, apenas um na miríade de estilos musicais que ressoavam por todo o parque. Mantessa Chekkat estava particularmente ansiosa para ouvir Fi Yona e os Hiper Observadores tocando no palco, mas no momento estava reclinada em uma cela de segurança de Valo, sua guarda-costas, envergonhada, do outro lado do corredor, tentando tudo o que podia para destrancar uma fechadura complexa o suficiente para frustrar até o mais habilidoso dos usuários da Força.

Do outro lado do parque, a criança caçula Krantiana finalmente mandava seu sanduíche de rycrit para dentro da boca e já pensava no milkshake de bantha que queria de sobremesa. A comitiva da chanceler deixava o jardim quando Bell alcançou a *Innovator* e a capitania portuária confirmou que nenhuma anomalia espacial fora detectada na segunda varredura exigida por Samera. Tudo seguia conforme o planejado, apesar da ausência de certos descendentes de dignitários. A diva Mon Calamari terminava sua ária, o público aplaudia, a comida era preparada, os visitantes faziam fila, as demonstrações eram realizadas e as crianças riam, os animais do zoológico rugiam, grasnavam, chiavam e gorjeavam, e todos estavam como deveriam estar.

Todos, exceto Elzar Mann, que despertou assustado. Por um momento, nada fez sentido. Ele não estava no Templo ou em qualquer um dos aposentos do prédio da administração. Os lençóis sob ele eram macios, o colchão firme, mas não tão implacável quanto a laje que usava em seus aposentos no Posto Avançado do Templo. O ar estava doce, a leve sugestão de incenso floral permeava a sala, mascarando o almíscar de seu próprio suor. Ele correu a mão pelo cabelo despenteado pelo sono e gemeu quando a compreensão surgiu, as lembranças retornando à sua mente como a luz irradiava pelas venezianas pintadas.

Ele saltou da cama, franzindo o rosto ao perceber que estava nu. Pela luz de Ashla, como pudera ser tão estúpido?

– Samera?

Não houve resposta enquanto ele examinava o aposento à procura de suas vestes, encontrando a maioria delas espalhadas sobre o chão acarpetado, seu tabardo jogado sobre uma cadeira de vime de espaldar alto.

Ele puxou o colete pela cabeça, lembrando-se do toque de seus lábios na varanda da recepção, o súbito desejo que o envolveu quando ela o puxou para mais perto, seus corpos pressionados um contra o outro. Não tinha nenhuma lembrança real de ter ido para o apartamento dela, passar pela porta, explorá-la com suas mãos, acariciando, retirando as muitas camadas de tecido que a Ordem insistia para que os Jedi usassem... por uma razão muito boa, aparentemente. Mas tirar os cintos e coletes não serviu de nada para diminuir o ardor daquele par. No mínimo, aumentou a expectativa e a emoção, e o vestido de Samera não levou nem metade do tempo para escorregar para o chão.

Droga. Droga. Droga. Droga.

Ele voltou a tentar chamar pelo seu nome, recolhendo suas calças que estavam embaixo da cadeira e jogando-as sobre suas costas.

Ela não veio correndo, nem ao som de seu nome, nem ao som da cadeira batendo em um aparador que, por sua vez, fez um delicado vaso tombar pela beirada. Elzar ergueu um braço e o enfeite parou no ar, suspenso na Força. Um movimento de sua mão e estava de volta aonde pertencia. Se ao menos pudesse consertar o restante da bagunça em que se metera com tal facilidade... e não estava se referindo à cadeira.

Puxou as calças por cima de uma perna e pulou para a mesa de cabeceira onde estava seu crono. Uma espiada no mostrador digital motivou outro fluxo de palavrões, muitos tão indignos de um Jedi quanto o ato que apreciara na noite anterior... atos, no plural. A pele aveludada de Samera era tão macia, seu hálito tão quente contra o pescoço dele.

– Isso não está ajudando – disse a si mesmo, correndo para recuperar seu tabardo e buscando ao redor por seu sabre de luz numa súbita explosão de pânico. Estava ali, em sua bainha, ao pé da cômoda, ao lado do sabre de luz confiscado de Yorrick. Aquilo era uma bênção, pelo menos. Explicar seu atraso para Stellan já seria ruim o suficiente, principalmente quando o homem era capaz de lê-lo como um crono, mas perder a arma... teria sido imperdoável. A única coisa que parecia estar faltando era sua capa... e o autocontrole que abandonara com tanto entusiasmo poucas horas antes...

Do outro lado da cidade, a feira prosseguia enquanto Elzar revirava o apartamento vazio de Samera. Os pensamentos da coordenadora estavam concentrados nos altos e baixos dos acontecimentos daquela manhã. Tudo estava funcionando como exaustivamente planejado em minuciosos detalhes, é claro que estava. Seus olhos corriam de tela em tela, observando os módulos repulsores transportando visitantes de uma ilha para outra, enquanto a música tocava em várias zonas, artistas se apresentavam, especialistas ministravam palestras e contadores de histórias fascinavam. Ela viu Bell Zettifar chegando à *Innovator* para perguntar sobre dois adolescentes, enquanto na casa de ópera a Chanceler Soh e a Regasa Elarec se reuniam com Madame Conserra e seu empresário, Pall Sleko. Samera permitiu-se um momento para aproveitar o que estava fazendo, focando em uma família Krantiana que esperava na fila para fazer uma excursão pelo mais recente andador da Rothana Engenharia Pesada. Aumentou o volume do áudio e riu quando o filho mais novo, chamado Sarry, tentava convencer a mãe de que ainda estava com fome, mesmo depois de comer um sanduíche de rycrit e tomar um milkshake de bantha. Era sobre isso que aquela feira se tratava: não de crianças insaciáveis e barracas de fast food, mas de famílias de toda a galáxia criando lembranças juntas.

Mas ninguém jamais esqueceria o que estava para acontecer bem acima do planeta momentos depois. O controlador de tráfego espacial Milon Thakkery acabara de dar permissão para que um transporte de alunos entusiasmados de Wukkar se aproximasse quando o terceiro cruzador da fileira explodiu em chamas silenciosas. Alarmes soaram e o painel de Thakkery iluminou-se quando os protocolos de emergência entraram em operação.

– Quem estava naquela nave? – perguntou Milon.

Seu assistente, uma tímida Peasle chamada Skuun, verificou o registro.

– Uma trupe de dançarinos Jinda de Eriadu.

– A nave foi escaneada?

– Não – respondeu a insetoide de casca laranja. – Era a próxima da fila. A capitania portuária quer saber o que está acontecendo.

– Diga-lhe que está sob controle. – Milon apertou um botão, mudando de canal. – Aqui é o controle de tráfego espacial. Enviem equipes médicas para ajudar os feridos. – Ele se voltou para Skuun. – Há algum dano na próxima embarcação da fila?

– Nada de mais – disse Peasle, claramente lutando contra o desejo natural de sua espécie de se enrolar em uma bola ao primeiro sinal de perigo. – Embora as varreduras estejam detectando uma assinatura de radiação estranha. Parece um vazamento de conflagrina.

– Conflagrina? O que raios dançarinos Jinda estavam fazendo carregando conflagrina?

Skuun nunca teve a chance de responder. Estava tão preocupada com o acidente gerenciável, ainda que perturbador, que não percebeu o sinal de uma nave saltando para a atmosfera de Valo em um ponto onde nenhum salto deveria ser possível. O sinal foi acompanhado por outro e outro, até que se tornou impossível não notar os inúmeros sinais que apareceram no radar segundos antes de Thakkery e todos no satélite de controle de tráfego espacial serem vaporizados na explosão que destruiu a estação.

# CAPÍTULO VINTE E NOVE

## A *INNOVATOR*, VALO

Bell avistou os garotos na plataforma de observação mais distante, na popa da *Innovator*. Duas plataformas haviam sido montadas durante a noite para permitir que os visitantes ficassem sobre o casco da nave, a oportunidade perfeita para a captura de imagens, com as ilhas flutuantes ao lado e o lago cintilante à frente. Kip e Jom estavam rindo, e Kip parecia muito mais relaxado do que na noite anterior, mesmo àquela distância. Bell estava na outra plataforma, perto da proa, ao lado do embarcadouro. Brasa abanou o rabo alegremente, sentindo o alívio de seu mestre enquanto Bell levava o comunicador à boca.

– Eu os encontrei – relatou Bell, imaginando quanto tempo levaria para descer até o interior da nave e chegar até a popa. Pelo menos não precisaria seguir a rota planejada para visitantes. O tempo que passara explorando a nave em Cyclor significava que ele conhecia no mínimo uma dúzia de caminhos dentro dela, atalhos que os trabalhadores Cyclorrianos certamente o deixariam tomar, principalmente depois de tudo o que tinham passado durante o ataque Nihil.

– Mestre Gios? – Aquilo era estranho. Stellan não respondera. Bell esperou antes de mudar o canal, pensando por um momento que devia ter alterado as configurações quando puxou o aparelho de suas vestes. Não, ele estava no canal correto, simplesmente não houve resposta, nem no canal da República para o qual ele alternou quando também não conseguiu contato com a Coordenadora Ra-oon.

Brasa rosnou, atraindo um olhar assustado de um homem Lannik que estava próximo.

– Calma, garota – tranquilizou-a Bell, resistindo à vontade de chacoalhar o comunicador para ver se ainda estava funcionando. – Provavelmente é só um transmissor ruim.

– Acho que não – disse uma voz à sua direita. Bell virou-se para ver Vam Targes abrindo caminho no meio da multidão, alguns visitantes também verificando seus aparelhos. – Ouvi dizer que estava de volta a bordo, Padawan. Sabe qual é o problema?

– Problema?

– Com as comunicações. Todos os canais parecem estar bloqueados. As comunicações internas da nave parecem estar bem, mas perdemos contato com o prédio da administração na cidade.

Aquilo não era bom. Prendendo o comunicador ao cinto, Bell baixou as defesas que colocara ao redor de sua conexão com a Força e quase cambaleou quando uma onda de pavor o percorreu.

– Padawan Zettifar?

Bell engoliu em seco, tentando acalmar o estômago, que de repente se embrulhou como se ele estivesse em um veleiro sacudido pela tempestade, em vez de um cruzador estelar atracado.

– Você disse que a comunicação interna está funcionando?

– Sim.

– Então entre em contato com a outra plataforma de observação. O filho da chanceler está lá com o filho do prefeito. Precisamos nos certificar de que ambos estejam seguros.

As mandíbulas de Targes estremeceram.

– O filho da chanceler? Por que não estaria seguro?

Bell não respondeu. Em vez disso, olhou para o céu, Brasa não se importando com o que o Lannik pensava e latindo enquanto os pontos surgiam no horizonte, dezenas e dezenas de pontos que se aproximavam rapidamente. Bell usou a Força para abafar o ruído ao seu redor, de forma que pudesse se concentrar melhor nos recém-chegados. Eram naves, algumas grandes, outras não maiores do que um caça Vector, mas todas estavam repletas de um ódio inconfundível, o mesmo ódio que sentira em Cyclor.

Eram os Nihil.

Bell se virou, sentindo que não estavam sozinhos. De fato, mais naves estavam vindo do leste, descendo pelo ar sobre as montanhas acima do outro lado do lago.

– Tire todos da plataforma – ordenou Bell, da forma mais calma que pôde.

– São os...

– Vam, por favor. Você precisa salvar as pessoas. Muitos já morreram.

– Morreram?

Outras vozes juntaram-se ao burburinho crescente.

*– Ele disse "morreram?"*

*– Que naves são essas?*

*– É outra demonstração?*

Não era uma demonstração.

Bell sentiu as ondas de emoção. O pânico instalando-se naqueles que haviam notado. A preocupação do companheiro Jedi, que também percebera o perigo. Os gritos de muitas almas acima do planeta, interrompidos de modo abrupto.

– Afaste todos, Vam – gritou Bell, saltando sobre a amurada e pousando levemente no casco da *Innovator*. – Leve-os para baixo ou para a costa. Tanto faz, só tire-os da plataforma.

Bell correu, inundando seu corpo com a Força, tornando-se mais rápido, seus pés se chocando contra as longas placas do casco da *Innovator*. Brasa o acompanhava, de cabeça baixa e orelhas encolhidas. Mesmo antes de começar, Bell soube que não conseguiria. Ele estava se movendo rápido, mas as naves dos invasores eram mais velozes.

Elas avançaram como a horda que eram, seus propulsores levantando nuvens de água nas laterais. Bell conseguia sentir a excitação dos pilotos, junto com os incontáveis criminosos assassinos que enchiam seus compartimentos, todos carregando armas projetadas para causar a maior quantidade de danos possível. A agonia de esperar o começo da carnificina era quase uma euforia, os capitães Nihil instilando o frenesi em suas tripulações. Bell olhou de relance para a plataforma de observação, procurando por Kip e Jom no meio da multidão que era conduzida para o convés inferior. Não conseguia ver o terno azul escuro de Kip ou o brilho laranja do suéter de Jom. Mas pôde visualizar um Rodiano solitário ignorando os chamados do comissário para que se movesse, permanecendo na plataforma de observação, cativado pela nave que se aproximava. Bell desejou que o homem de pele verde se movesse, despertasse de seu transe, em vez de encarar a morte como um rocan paralisado pelos faróis de um deslizador.

– Abaixe-se – gritou Bell enquanto corria para a frente. – Escute o comissário. Eles vão matá-lo!

O Rodiano permaneceu imóvel no lugar, mesmo enquanto Bell sentia a ordem sendo dada na nave que se aproximava, um polegar pressionando um gatilho com força. O caça mais próximo cuspiu fogo, varrendo a popa da *Innovator*. Bell nunca viu o Rodiano morrer, mas sentiu aquilo tão intensamente quanto sentiu os spacers gritando aterrorizados acima dele quando a armada Nihil atacou pela primeira vez, ou aqueles morrendo abaixo dele esmagados pelos visitantes da feira que pisoteavam uns aos outros em pânico.

A nave Nihil rugiu sobre a cabeça de Bell, avançando na direção da cidade, o fogo laser atingindo o casco ao lado dele. Brasa ganiu quando caiu no buraco que se abriu sob os pés de Bell, seu mestre a seguindo segundos depois, sacudindo os braços enquanto caía no abismo.

# CAPÍTULO TRINTA

## A *ELEGENCIA*, ACIMA DE VALO

Um sorriso se estendeu pelo rosto largo de Pan Eyta enquanto o caos tomava conta do planeta abaixo dele. Sua nave, a *Elegencia*, pairava sobre Valo como um necrófago esperando para se banquetear sobre uma nova matança, um enxame de droides sucateiros de Zeetar já recolhendo as carcaças das naves e transportes destruídos, que há apenas meia hora aguardavam pacientemente para pousar no planeta. Pan imaginava que as recompensas seriam poucas e esparsas, embora muitos créditos tivessem sido economizados ao longo de anos para serem gastos na feira. Eles encheriam seus cofres e obteriam peças para suas frotas, mas quaisquer ganhos monetários ou tecnológicos perdiam a importância em comparação com a carnificina que se desenrolava no planeta abaixo. Aquele era o evento principal. O motivo de eles terem ido até lá. Estavam lá para destruir, não para saquear. Para gravar seus nomes na preciosa fronteira da República de forma definitiva. Ele gravaria o *seu* nome, acima de tudo. Sim, os outros Executores também estavam envolvidos, a própria Lourna liderava o ataque terrestre e o idiota do Zeetar perseguia as naves que tinham escapado, abandonando seu lugar na fila para fugirem dali e salvarem suas vidas. As Tormentas de Zeetar as abateriam muito antes que pudessem soar o alarme e, mesmo se o fizessem, nem a República nem os Jedi seriam capazes de chegar lá a tempo, não com Kriss e seu precioso bando ocupados em Miluta.

O comunicador apitou na opulenta poltrona de comando de Pan. Ele não atendeu, esperando que seu navegador aceitasse a chamada. Por que latir quando se tem um cão de guarda?

– E então? – rosnou ele para o Rybet de pele oliva, que girou em sua cadeira, com um dedo membranoso pressionando o botão do comunicador em seu ouvido.

– É o Olho.

Pan moveu seu peso sobre a poltrona.

– Claro que é. – Ele acenou com um dedo languidamente. – Coloque-o nos alto-falantes principais.

Houve um clique audível, e Pan certificou-se de falar primeiro.

– *Deveríamos* manter as comunicações em silêncio.

Seu sorriso retornou quando notou um traço de aborrecimento na resposta de Ro.

*– E você deveria apresentar um relatório.*

Aquilo era novo. Normalmente, Ro não exigia relatórios de campo. Na verdade, os desencorajava ativamente. O Olho da Tempestade estava abalado. Sabia que estava perdendo o controle. Ótimo. Pan coçou as queimaduras nas palmas de suas mãos, onde segurara o elmo eletrificado do Olho. Que Ro se contorcesse um pouco.

– A *Innovator* está ruindo – grunhiu Pan, assistindo as imagens captadas por um de seus caças.

*– E?*

– E precisamos voltar a fazer nosso trabalho, a menos que esteja pensando em se juntar a nós pela primeira vez.

O Rybet se contorceu em seu assento diante do console de navegação, sua pele brilhando de suor, ou talvez fosse muco. Era difícil dizer quando se tratava daqueles malditos sapos.

– *Apenas terminem isso e se espalhem para as coordenadas combinadas* – disse Ro. – *Não queremos que o que aconteceu em Cyclor se repita.*

– Sabemos o que estamos fazendo – disse Pan, encerrando a transmissão.

No console de navegação, o Rybet emitiu um grave coaxado.

Os olhos de Pan fitaram as marcas marrons na nuca do Rybet.

– Algum problema, Breet?

O Rybet virou-se para encará-lo.

– Não, Executor... Eu só...

– O quê?

Breet engoliu em seco.

– Eu só me pergunto se é sensato antagonizar o Olho. Ele...

O raio do blaster de Pan jogou o Rybet contra o console de navegação, de onde ele escorregou, caindo sobre o convés como uma pilha carbonizada.

– Alguém limpe isso – disse Pan, deslizando o blaster de volta a seu coldre e inalando o agradável cheiro de ozônio queimado, carne carbonizada e do medo inconfundível que permeava a ponte. Ele pegou o Morseeriano no leme o encarando nervoso através da máscara de respiração.

– Tem algo a dizer, Chell?

Os Morseerianos tinham dificuldades em reconhecer expressões faciais, mas mesmo o respirador de metano não poderia confundir o corpo que esfriava ao seu lado.

– Não, Executor – disse ele, voltando-se rapidamente para seus controles.

Pan deixou seus olhos voltarem para as telas e inalou ruidosamente. Tudo estava saindo exatamente como planejara.

– As comunicações caíram – reportou Stokes enquanto os caças Nihil manobravam para passar sobre eles mais uma vez. Stellan mal conseguia ouvir a Jedi por cima dos berros, visitantes da feira correndo em todas as direções ao mesmo tempo à procura de abrigo. Ele se virou para OrbaLin que, minutos antes do ataque, estava entretendo Sleko com o que o arquivista considerava uma fascinante palestra sobre os antigos textos de Brus-bu.

– Lin, você pode ir até a torre de comunicação?

O capacete do arquivista balançou.

– Claro, se eu soubesse onde fica.

– Eu posso levá-lo até lá – interrompeu Rhil Dairo, já correndo quando as explosões soaram do lado de fora. – Por aqui.

O arquivista cambaleou atrás dela, T-9 flutuando atrás de ambos.

– Vou ajudar no ar – disse Indeera, olhando para os caças Vector que já tinham partido. – A menos que precise de mim aqui.

– Não, vá – respondeu Stellan. – Que a Força esteja com você.

Stokes corria quando Stellan se virou para a chanceler e Yovet, a guarda Togruta formando um círculo ao redor delas, com seus kiavenes prontos para a batalha.

– Precisamos colocar a regasa em um local seguro – disse o capitão da guarda.

– E nós vamos – prometeu Stellan, olhando para cima quando gritos soaram do outro lado da cortina do palco. Stellan usou a Força e a empurrou de lado com um aceno para ver a mais alta das três fileiras de repulsores ainda no ar. As outras duas estavam no chão, as pessoas da plateia correndo para se proteger, mas a última fileira ainda estava suspensa muito acima do chão.

Um monitor correu.

– Não conseguimos abaixar. Alguma coisa deu errado com os controles.

– Eu posso ajudá-los – gritou Sleko, as asas do empresário vibrando enquanto ele avançava na direção do público ferido.

– Sleko, espere! – gritou Stellan, mas já era tarde demais. O Toydariano mal alcançara o lado direito da plataforma quando as pessoas correram na direção dele, desesperadas para serem levadas para um local seguro. A mudança brusca na distribuição de peso bastou para sobrecarregar os repulsores que lutavam. O lado direito da plataforma despencou de repente, jogando o público no ar. Ela caiu como uma pedra, Stellan erguendo as mãos tentando pegar o maior número de visitantes que pudesse. Não fora o bastante. Ao menos meia dúzia atingiu o chão quando a própria plataforma desabou, ruindo primeiro sobre sua extremidade antes de tombar para esmagar aqueles que sobreviveram à queda.

– Não... – lamentou Stellan, sabendo antes mesmo de reabrir os olhos que só conseguira pegar cinco das cinquenta pessoas que aguardavam pela próxima apresentação. Outra delas, uma criança Bivall, estava aninhada nos braços de Sleko, que voava de volta para o chão, com a pele azul empalidecida de tristeza. Não havia como saber se os pais da pequena ainda estavam vivos.

Stellan correu para a frente, mas uma mão firme agarrou seu braço. Ele tentou puxá-lo, mas os dedos de Larep Reza o seguraram com força.

– Você precisa levar a chanceler a um lugar seguro – disse o Kallerano, com seus olhos escuros determinados. – Eu ajudo os feridos.

– Assim como a minha guarda – acrescentou Elarec Yovet.

– Regasa, não – disse o capitão da guarda, os nós dos dedos em torno do braço direito dela.

A rainha deu um passo adiante, exibindo uma serenidade digna de uma Mestra Jedi, não importando o que estivesse acontecendo ao seu redor.

– A necessidade deles é maior do que a minha, Maramis. Você virá comigo, enquanto o restante da guarda ajudará o vice-chanceler. Entendeu?

– Farei como comanda, Suprema Caçadora – disse Maramis, curvando-se para sua soberana antes de ordenar que seus encarregados ajudassem os feridos.

– Obrigado, regasa – disse Larep, seguindo-os para se juntar aos monitores que, junto com o prefeito Lariin, já estavam trabalhando para avaliar os ferimentos dos sobreviventes.

Stellan voltou-se para o restante do grupo. Além de Soh, Elarec e Maramis, também havia Norel Quo com quem se preocupar, sem mencionar os dois targons e Madame Conserra, que ficara com a chanceler quando o restante de sua companhia se virou e fugiu, apostando que uma companhia completa de guardas Togruta a manteria segura, uma aposta que naquele momento não parecia mais tão sensata.

– Precisamos nos mover – disse Stellan, tentando bloquear o pânico e a tristeza ao redor. O rugido dos motores dos saqueadores já estava crescendo conforme davam a volta para outro ataque.

– Deveríamos ir para o prédio da República – disse Soh, enquanto eles saíam do palco.

– Não. Iremos para o posto avançado Jedi.

– O posto avançado? – repetiu Maramis, incrédulo. – Ele não está concluído.

– Mas os abrigos subterrâneos estão – insistiu Stellan. – Tanto a chanceler quanto a regasa estarão seguras lá.

Soh agarrou sua mão enquanto ele a ajudava a descer as escadas.

– E quanto ao meu filho, Membro do Conselho? Kip está seguro?

– Padawan Zettifar irá protegê-lo – assegurou ele, fazendo uma prece silenciosa à Força para que Bell tivesse sobrevivido ao primeiro ataque.

# CAPÍTULO TRINTA E UM

## PALCO DA ÓPERA, O PARQUE DA FEIRA, VALO

O pânico se instaurara. As pessoas fugiam dos saqueadores que se aproximavam, suas naves voando baixo, cujos canhões laser já disparavam fogo escarlate.

– Eles estão indo para o lago – percebeu a Chanceler Soh. – Não há para onde ir senão a água!

Ela deu um passo à frente, acenando com os braços, tentando direcionar as pessoas de volta para o porto, mas Stellan sabia que elas não ouviriam. A mentalidade de rebanho se instalara. Pés, tentáculos e, em alguns casos, rodas estavam determinadas a fugir do perigo a qualquer custo. Um Echani em fuga atingiu Soh, derrubando-a. Aquilo bastou para que os targons já estressados atacassem, Matari saltando sobre o Echani que mal notou o que acabar de fazer. Mas notaria as mandíbulas de um targon se fechando ao redor de sua cabeça, com certeza. Não havia tempo para tentar criar um vínculo com os animais. Em vez disso, Stellan ergueu os braços, usando a Força para conter as duas feras. Elas se contorceram e debateram em suas mãos enquanto o Echani fugia o mais rápido possível. Ótimo. A última coisa que eles precisavam era de transeuntes inocentes sendo atacados pelos animais de estimação superprotetores da chanceler.

Soh levantou-se, de frente para os animais, com as palmas das mãos levantadas, sinalizando que estava tudo bem, que ela estava bem. Os animais relaxaram, não mais lutando contra o controle de Stellan sobre eles, e o Jedi os soltou. Stellan ficou aliviado quando, em vez de atacar, eles cercaram sua senhora, embora seus longos dentes continuassem ameaçadoramente expostos para qualquer um que chegasse perto da chanceler.

Stellan olhou para as naves Nihil, que se aproximavam a cada segundo. Baías se abriram no ventre delas e bombas caíram, assobiando para o chão. Stellan saltou para a frente, colocando-se diante da chanceler e seus animais, o Capitão Maramis fazendo o mesmo por sua rainha. As mãos de Stellan se ergueram novamente, prontas para empurrar a inevitável bola de fogo, mas as chamas nunca vieram. Em vez disso, cada bomba detonou com um estalo agudo, liberando uma fumaça amarela espessa.

– O que é aquilo? – gritou Madame Conserra.

– Uma nuvem de guerra – respondeu Stellan, buscando abrigo. O gás dos Nihil significava apenas uma coisa: os piratas estavam atacando pelo ar e pelo solo, protegidos dos gases nocivos por seus respiradores. Por que ele não insistira para que os Jedi levassem respiradores como equipamento padrão? A resposta, é claro, o atormentou. Ele acreditara em sua húbris, acreditara que um ataque jamais aconteceria ali.

Os caças voavam acima, disparando indiscriminadamente contra o solo. Stellan saltou para trás, usando a Força para arrancar seu sabre de luz da bainha, acendendo a lâmina antes que o cabo com a guarda cruzada estivesse em sua mão. Ele girou a arma, rebatendo uma das rajadas, sentindo satisfação quando a viu se chocar contra um dos caças na retaguarda da formação. O impacto arrancou uma fumaça densa, mas o saqueador continuou voando, sem ser impedido pelos danos.

A parede de gás avançava na direção deles.

– Fiquem próximos – gritou Stellan, desativando o sabre de luz. – Vou tentar limpar o ar.

– Você não precisa disso? – perguntou Quo, olhando de relance para o cabo do sabre de luz.

– Não, a menos que eu queira queimá-los.

Não foi uma ameaça, mas uma constatação. Todos teriam de ficar realmente próximos para que ele pudesse protegê-los da fumaça. Stellan levantou a mão, empurrando os gases nocivos para trás. Não era fácil, não em meio a tanto clamor, a concentração necessária tornada ainda mais difícil pelo compreensível pânico do grupo. Não que houvesse histeria na voz de Lina Soh quando ela perguntou para onde deveriam ir. Stellan agradeceu à Força e se concentrou na chanceler, extraindo força de sua resiliência, sentindo o gás recuar um pouco para longe.

Infelizmente, a última coisa que Norel Quo estava era calmo.

– Bem? Alguém vai responder?

– Ali – disse o Capitão Maramis, apontando para um vão entre dois pavilhões. O andador experimental Rothana de pé abandonado, sua plataforma exposta às intempéries, mas, com sorte, alta o bastante para ficar fora do gás que avançava,

– Você consegue nos proteger, Lorde Jedi? – perguntou Elarec.

Stellan sentiu uma pontada de dúvida, que achou melhor guardar para si.

– Sim, se nos movermos devagar.

– Devagar? – exclamou Quo.

– Isso vai ser difícil para ele – disse a regasa, olhando profundamente nos olhos de Stellan. – Mas estamos gratos. Qual foi a expressão que Jora Malli me ensinou? Pela luz e pela vida.

– Pela luz e pela vida – repetiu Stellan, grato pelo apoio. Ele recitou o mantra várias vezes enquanto o grupo avançava, a Regasa Elarec proferindo as palavras junto com ele, tanto para se fortalecerem quanto para ajudá-lo, embora o resultado fosse o mesmo.

*Pela luz e pela vida.*

*Pela luz e pela vida.*

O progresso era dolorosamente lento e, a cada passo arrastado, o ar ao redor deles se tornava mais estagnado conforme Stellan mantinha as toxinas sob controle.

– Não podemos ir mais rápido? – perguntou Quo, apenas para sofrer uma repreensão de sua chanceler.

– Não se você quiser respirar, Norel. Acho que é uma troca justa, não?

O assistente ficou em silêncio e eles continuaram na direção do andador, seus olhos ardendo apesar da proteção de Stellan, a desorientação se instalando imediatamente. Um grito atravessou a fumaça à sua direita, o choro de uma criança pequena distorcido pela névoa. Uma sombra apareceu, materializando-se na forma de uma mulher Krantiana de pele clara carregando um jovenzinho, que correu direto para o grupo e se chocou contra Stellan. Ele recuou, sua concentração foi interrompida e a névoa se espalhou.

– O que pensa que está fazendo? – gritou Quo com a mulher, que soluçava abertamente com lágrimas causadas tanto pela dor quanto pela fumaça cáustica.

– Minha família. Não consigo encontrá-los. Eu... acho que estão mortos. Houve uma explosão... – Ela estava coberta de sangue. Seu filho, um menino de não mais de cinco anos agarrado a ela, apavorado demais.

Stellan apoiou-se na tristeza da Krantiana, usando-a como combustível para lutar contra a fumaça, para proteger a mulher e seu filho.

– Qual o nome deste pequenino? – perguntou Elarec, apoiando a mulher que parecia prestes a desmaiar.

– Sarry.

– E você é?

– Lerahel. – A Krantiana estava respondendo automaticamente, o tom de voz da regasa era dominante, mas gentil.

– Não temos tempo para isso – disse Quo a eles.

– Então arranjaremos tempo – disse Soh, apoiando a mão no braço de Lerahel. Venha conosco, e faremos o que pudermos para mantê-los seguros. Você entende?

Stellan não viu a mulher acenar com a cabeça. Estava muito ocupado tentando decidir para que lado deveriam continuar. O drama com a mãe e o filho o deixara desorientado. Ele mal sabia para qual direção estavam indo.

– O andador está por ali – disse Maramis, apontando para a frente, como se lesse a mente de Stellan.

– Tem certeza? – perguntou Norel Quo, esfregando os olhos inchados.

– Ele tem – disse Stellan balançando a cabeça em agradecimento. Ele ouvira histórias sobre os montrais dos Togruta, sobre como os chifres em forma de cone proporcionavam à espécie uma forma de ecolocalização, mas nunca os vira em ação até aquele momento. A Força dizia que podia confiar. O grupo seguiu em frente como um só, Stellan desejando poder ajudar o pobre Sarry, que chorava copiosamente nos braços de sua mãe, mas mal conseguia mantê-los respirando com segurança, quanto mais acalmar suas mentes.

– Certamente já devemos tê-lo alcançado, não? – gaguejou Madame Conserra, dominada pelo medo.

– Alcançado o quê? – perguntou Quo, ríspido.

– O andador, é claro.

– Estamos quase lá – disse Soh, firme. – Não estamos, Membro do Conselho?

– Estamos – respondeu Stellan, embora, por um momento, não tivesse tanta certeza. Será que teriam passado direto pelo andador? Certamente que não. Ele deveria estar bem à frente.

– Lá – gritou Maramis. – Lá está ele.

O aviso veio logo antes de Stellan trombar na gigantesca perna de metal que se erguia para fora da fumaça como uma árvore diante deles.

Norel olhou para o alto, vendo a estrutura sumindo na névoa acima.

– Como vamos subir? Escalando?

– Não vou conseguir fazer isso – resmungou Conserra, alarmada.

– Tinha uma escada – lembrou Stellan, recordando-se do andador em seu tour anterior.

– Stellan está certo – concordou Soh. – Vai até o convés.

– Por aqui – disse Maramis, guiando-os sob o ventre metálico da besta, seguindo na direção de sua cabeça, que estava voltada para o porto. Era exatamente como eles se lembravam, degraus subindo na névoa.

– Como sabemos que é seguro? – perguntou Norel, olhando para a névoa que obscurecia a visão. – Lá em cima.

Stellan sentiu uma pressão na Força, um desejo de erguer todos o mais rápido possível. Ele se virou, dirigindo um olhar a Maramis. O capitão da guarda também sentia algo, na névoa. Algo vinha na direção deles, avançando rapidamente. Stellan sentiu o perigo antes mesmo de ouvirem o barulho de armadura e o inconfundível silvo de respiradores.

Stellan acendeu seu sabre de luz, e Maramis abaixou seu kiavene.

– O que é? – perguntou Quo, enquanto Matari e Voru avançavam para flanquear as forças combinadas do Jedi e do guarda Togruta.

– O que, não – respondeu Stellan, gravemente. – Quem.

# CAPÍTULO TRINTA E DOIS

## A ELEGENCIA, ACIMA DE VALO

Pan Eyta observou a nuvem de guerra desabrochar como uma flor sobre a feira. Quase podia sentir o cheiro do pânico, a escória da República correndo como formigas prontas para serem esmagadas por sua bota. Era assim que tinha que ser. Pessoas correndo apavoradas, sabendo que a morte estava sobre elas, a morte que ele trazia. Se Ro achava que levaria o crédito por aquilo, estava redondamente enganado. Pen estava sozinho desde os oito anos de idade, expulso de seu ninho para se defender sozinho. Ele quase morrera naquela primeira noite na tundra, atacado por um manatrix. Ainda tinha as cicatrizes no peito, onde as garras da fera rasgaram profundamente. Ele certamente deveria ter sangrado até a morte no gelo, mas aguentou, arrastando-se até a caverna mais próxima, suportando a febre que quase o matou, sobrevivendo com a carne das criaturas de oito patas que se escondiam entre as rochas, os sucos delas escorrendo pelos chifres de seu queixo enquanto recobrava lentamente suas forças. Ah, como saboreou rastrear o maldito manatrix quando ficou forte o suficiente, quebrando seu pescoço enquanto o vento norte soprava, assando sua carcaça sobre uma fogueira crepitante na caverna. Ele jurou nunca mais ficar com fome novamente, mesmo que aquilo significasse abandonar Dowut.

Ele caminhou quilômetros até o espaçoporto mais próximo, encontrando uma nave pronta para decolar, e se esgueirou a bordo antes que o compartimento de carga fosse fechado. Os comerciantes espaciais nem sabiam que tinham um clandestino, não até sentirem a faca em sua garganta. Os viajantes não tinham metade do sabor do manatrix, mas sua nave o servira bem por muitos anos, mesmo depois que ele entrara para os Nihil. Nada viera fácil para ele, e ele não queria que aquilo acontecesse. Não era como Ro. Pan não recebera os Nihil em uma bandeja. Pan não esperava que todos se curvassem a seus pés por causa de seu nome, mas depois daquele dia seria exatamente o que eles fariam.

Pan acionou um controle, abrindo um canal para o solo usando a linha segura que a Tempestade de Zeetar desenvolvera, uma forma de permanecer em contato mesmo depois de todas as outras comunicações terem sido bloqueadas. Talvez o mirrado Talpini servisse para alguma coisa, afinal de contas.

– Os grupos de saque estão prontos?

A voz de Lourna crepitou de volta, fria como sempre, mesmo com a distorção.

– Os saqueadores já estão a caminho, os deslizadores e rastreadores avançando.

– Lembre-se, o objetivo é causar o máximo de danos possível...

– Não esqueci.

– Mas isso não quer dizer que não podemos adquirir algumas guloseimas no processo. Compartilhando igualmente entre as Tempestades, é claro.

– E com Ro.

Havia uma pergunta implícita no fim de sua declaração. Pan não respondeu.

– É só sair e queimar o que sobrar. Entendido?

– Entendido. Liberando os droides de estrondo agora.

Pan resmungou para si mesmo. Outra das invenções de Zeetar, aquele droides eram projetados para voar em meio à nuvem de guerra, com alto-falantes emitindo uma mistura de ruído branco e punk de destroços, tudo para desorientar ainda mais suas presas. Pan achava que eram uma adição desnecessária, mas estava ansioso para ver se faziam diferença. E se não funcionassem? Bem, ele enfiaria um deles goela abaixo em Zeetar.

– Aí vem mais sobreviventes – relatou Chell Trambin enquanto uma onda de naves saía do planeta, visitantes da feira e dignitários tentando escapar do massacre.

Não iriam muito longe.

Em teoria, Pan deveria deixá-los para as equipes de Zeet, mas por que o Talpini deveria ficar com toda a diversão?

– Parece que vamos praticar um pouco de tiro ao alvo – disse ele à sua equipe, com um sorriso de escárnio e satisfação. – Abram fogo.

# CAPÍTULO TRINTA E TRÊS

## CENTRO DE DETENÇÃO DA CIDADE LONISA

O universo a estava punindo. Aquela era a única explicação possível. A vida ia bem enquanto Ty Yorrick usava as pedras Verazeen. Cada grande decisão tinha uma chance de cinquenta por cento. Aceitar o trabalho. Não aceitar o trabalho. Brincadeira de criança. Claro, muitas vezes ela acabava em prisões como aquela, mas a culpa nunca era dela, e sim das pedras.

As explosões continuavam lá fora, junto com o coro de gritos e lamentos. Algo ruim tinha acontecido e Ty sabia exatamente o que era. Soube tão logo ouviu o guincho dos motores de Trilha e antes mesmo do garoto, que fora jogado na cela ao lado não muito depois de sua própria prisão, ter tentado avisar o droide carcereiro do que estava se aproximando.

– Saqueadores sabotaram a torre de comunicações. Acho que são os Nihil.

O droide rira, gargalhando ainda mais quando o garoto, Ram, afirmou que era um Jedi Padawan que fora preso por engano. Agora aquele mesmo droide estava correndo de um lado para o outro, chamando por reforços que nunca viriam.

Ty não gostava daquilo, mas precisava que o garoto ajudasse.

– Olha, garoto – disse Ty para o rapaz que andava de um lado para o outro em sua cela, preocupado. – As coisas vão ficar complicadas. Posso contar com você?

– Se você pode contar com *ele*? – repetiu Mantessa atrás dela, sua voz mais estridente do que nunca. – Eu é que deveria contar com *você!*

Ty a ignorou. A mulher não parava de reclamar desde que foram presas. *Você não pode fazer nada, Ty? E quanto aos seus amigos Jedi, Ty?* Amigos Jedi? Ty acabara de tentar atravessar o coração de um com sua lâmina em um acesso de raiva. Não. Não era hora de pensar naquilo. O Jedi a pressionara demais, e não estava morto, embora tudo pudesse estar diferente quando o alcançasse. Por enquanto, Ty precisava se concentrar no garoto.

– E então?

Ram coçou o queixo, ainda pensando naquilo. Ela podia ver por que o droide não acreditara nele. O garoto estava um trapo, com óculos de proteção sujos apoiados na testa e vestes manchadas de graxa e óleo, mas Ty reconhecia um Jedi quando via um, mesmo um Jedi tímido como aquele. Ele só precisava se decidir.

Por fim, depois do que pareceu uma eternidade, ele falou, embora seus olhos ainda transbordassem dúvida.

– Me diga o que você precisa.

O que Ty precisava era de tempo para falar, mas não conseguiu nem começar. Em vez disso, a porta do centro de detenção se abriu e uma chuva de disparos deixou o droide carcereiro em pedaços. Ty saltou para trás, colocando-se na frente de Mantessa, profissional até o fim, não importava onde tivessem acabado.

Um Nihil entrou, alto e largo com um imponente canhão de mão. Como todos os Nihil, ele usava uma pesada máscara respiratória, cujas três lentes indicavam tratar-se de um Gran.

– Olha só – disse ele, girando seu blaster para encarar o garoto. – Tiro ao alvo. É meu dia de sorte.

*Não por muito tempo*, pensou Ty, erguendo a mão.

– Você vai nos libertar dessas celas – disse ela, tentando impor sua vontade ao bandido. Normalmente, Ty achava impossível usar truques mentais. Sempre achara, mas precisava fazer alguma coisa. No mínimo, o Gran ficaria com uma terrível enxaqueca.

Para seu espanto, o Nihil faz uma pausa.

– Ééé... – deixou escapar ele, confuso.

– Tente de novo – sibilou Mantessa, e Ty lutou contra o desejo de bater a cara da mulher contra as barras da cela.

– Eu disse... – começou Ty, mas o Gran acenou estupidamente antes que ela pudesse completar o comando, balançando sua máscara de gás para cima e para baixo.

– Eu solto vocês das celas – murmurou ele, arrastando os pés na direção dos controles das travas.

– Isso mesmo – resmungou Ty, pensando que o universo talvez não fosse um lugar tão ruim, afinal de contas. – Isso mesmo. Acione os controles.

A mão do Gran subiu e...

– Zarabarb! – gritou outra voz, da porta. – O que você está fazendo, cara?

O Gran se virou, confuso enquanto saía do transe, e disparou uma rajada de blaster. O recém-chegado, um Mon Calamari com a viseira quebrada, saltou para trás, evitando a chuva de disparos, mas Ty sabia o que estava por vir. Chega daquele papo de universo. Se perguntasse, ela diria que ele poderia pegar sua ajuda e enfiá-la onde as estrelas não brilhavam.

O bloco de celas irrompeu em uma zona de guerra enquanto o Mon Calamari na porta retaliava, junto com mais invasores que não se importavam em quem estavam atirando, desde que causassem o máximo de danos possível. O corpo de Zarabarb dançava na rajada de fogo enquanto os Nihil se amontoavam, um disparo perdido quase acertando a cabeça de Ty.

Bem, aquele jogo poderia ter mais competidores.

– Ram! – gritou ela por cima do barulho, esperando que o garoto ainda estivesse respirando. – Vamos empurrá-los de volta, juntos.

Ela não esperou uma resposta, usando a Força para empurrar. Os blasters cessaram quando o saqueadores voaram para trás, chocando-se dolorosamente contra a parede.

Ty ergueu os olhos, vendo Ram em sua cela, com a mão trêmula erguida. Ele parecia pálido, mas ileso, embora ainda não fosse a hora de cantar vitória.

– Blasters – gritou ela. – Agora!

Ambos puxaram com a Força, arrebatando as armas das mãos atordoadas dos Nihil, e ao menos alguns dedos estalaram enquanto eram desarmados. Ty achava difícil sentir pena deles enquanto uma carabina retinia contra as barras de sua cela. Ela caiu no chão, fora do alcance. Ty a puxou com a Força, mas a arma não se moveu.

– Vai pegar ou não? – gritou Mantessa.

– Estou tentando – respondeu Ty com rispidez. Usar a Força não era apenas questão de acenar com as mãos e esperar que a mágica acontecesse. Exigia esforço, principalmente para aqueles como ela.

Ela teria que fazer aquilo à moda antiga.

Ty jogou-se no chão e esticou o braço até o ombro por entre as barras.

Perto da porta, o Mon Cal acordou e viu o que ela estava fazendo. Ty tateou em busca da arma, desejando que ela se movesse.

O Mon Calamari ergueu sua besta laser, encerrando a disputa.

Ela não sobreviveria.

O Nihil uivou quando sua besta faiscou, seus dispositivos internos soltando fumaça. A arma caiu no chão e Ty olhou para Ram. O garoto sorria. Será que ele fizera aquilo? Talvez não fosse tão retraído, afinal.

Mas aquilo o tinha colocado na linha de fogo. Uma Nihil de pele roxa manchada passou pelo Mon Calamari, apontando seu blaster diretamente para a cabeça de Ram. O sorriso do Padawan sumiu enquanto ele olhava para a ponta da arma. Ty decidiu que não morreria naquele dia. A carabina saltou para sua mão e ela atirou, acertando a cabeça da mulher, que girou contra as barras da cela de Ram.

O Mon Cal voltou-se contra ela, furioso, e seguiu pelo mesmo caminho. De repente, Ty não se sentia mais tão cansada. A liberdade fazia aquilo com ela de um jeito especial.

Ela ergueu a carabina blaster uma terceira vez e disparou contra o painel de controle, fazendo com que as barras recuassem, deslizando. Mantessa passou por ela antes mesmo que Ty pudesse se mover, enquanto Ram ficou em estado de choque em sua cela. Era um bom garoto, mas teria que se virar. Gostasse ou não, ela ainda tinha um trabalho a fazer.

# CAPÍTULO TRINTA E QUATRO

## A *INNOVATOR*

Bell resmungou quando seu corpo sacudiu e parou a meio metro da placa do convés que teria quebrado a maioria de seus ossos. Ele reagira por instinto, usando a Força para amortecer a queda dele e de Brasa, embora a parada súbita tenha causado uma preocupante pontada de dor em seu abdômen recém-curado. Ele não podia se preocupar com aquilo naquele momento. Tinha prometido proteger Kip e Jom, e a *Innovator* estava adernando de maneira desenfreada, claramente afundando na água. Ele podia sentir a angústia daqueles presos dentro dela, o pânico, mas também a determinação dos que tentavam escapar, resgatando o maior número possível de sobreviventes. Bell concentrou-se naquilo, tirando força da coragem das pessoas.

Ele se levantou, fazendo a água fria do lago que já se acumulava na altura de seus tornozelos respingar. Estendeu seus sentidos na Força para se orientar, descobrindo qual caminho diante de si avançava e qual recuava. Ao seu redor, a nave gemia como um garral ferido, a superestrutura rangendo enquanto o convés continuava se inclinando.

– Por aqui – disse ele para Brasa, indo em direção a uma porta de metal enquanto os sons da batalha entravam abafados através do buraco acima de suas cabeças. Trilhas de vapor pairavam no céu de Valo. Se ele pudesse pular de volta, para fora do ventre da nave, conseguiria alcançar a popa antes que ela afundasse na água. Bell preparou-se para pular, segurando Brasa em seus braços e usando a Força para energizar seus músculos já cansados com a potência necessária para realizar um salto sobre-humano, quando a charhound latiu, contorcendo-se em seu colo. Ela saltou na água, latindo para a porta fechada diante deles.

– O que foi, garota? – perguntou ele, projetando sua mente para além do metal, sendo recompensado com uma súbita onda de medo. Havia pessoas do outro lado.

– Boa garota – disse Bell à fiel charhound, apertando o botão que deveria fazer a porta deslizar de volta para a antepara. Ela não se mexeu. Ele abriu um painel de acesso, descobrindo um controle reluzente. Um droide astromecânico poderia desarmar aquela tranca em segundos, mas Bell não tinha um deles. Tinha algo melhor. Um sabre de luz.

Brasa pulou para trás do metal derretido que espirrou da porta quando Bell cortou um círculo quase perfeito, saltando pela abertura recém-criada assim que terminou. Bell seguiu a charhound, encontrando-se em um corredor inclinado e iluminado por lâmpadas que piscavam.

– Ajude-nos – disse uma voz feminina assustada. – Você pode nos ajudar, por favor?

No meio do corredor, uma mulher Pantorana estava curvada sobre um comissário humano preso sob uma pilha de metal farpado. Uma seção do teto desabara, derrubando boa parte do convés superior sobre o sujeito que gritava de agonia.

Bell e Brasa se apressaram, a charhound esfregando por instinto o nariz contra a bochecha do homem preso, enquanto Bell guardava o sabre de luz de volta na bainha.

– Eu não consigo soltá-lo – disse a Pantorana, sua pele azul-clara salpicada com o sangue do comissário. – É pesado demais.

Bell testou o peso do metal. Ele se moveu com o esforço, e o humano voltou a gritar, mais por medo do que por qualquer mudança na dor, até onde Bell poderia dizer.

– Isso vai me esmagar.

Já estava esmagando. Pelo que Bell conseguia perceber, a pilha de metal estava equilibrada delicadamente. Um movimento em falso poderia fazer com que tudo mudasse, com consequências devastadoras, sem falar na possibilidade muito real de que mais destroços pudessem cair de cima a qualquer momento. Bell usou a Força para sondar se conseguiria suportar os destroços, mas havia pouco que pudesse fazer apenas com telecinesia. Ele simplesmente não era hábil o bastante para manter tudo no lugar enquanto tentava tirar o comissário de lá. Pelo que sabia, havia fragmentos de metal prontos para perfurar o peito ou o estômago do homem se ele cometesse algum erro. A experiência recente de Bell lhe dissera como aquilo era perigoso, para não falar doloroso. Ainda assim, algo precisava ser feito. Não havia como dizer a extensão dos ferimentos do homem sob todos aqueles escombros.

Bell ajoelhou-se na água rasa ao lado dele.

– Qual é o seu nome?

– Denis – respondeu o homem, fazendo o possível para permanecer calmo enquanto Brasa lambia sua bochecha gentilmente. – Você consegue me tirar daqui?

– Vou tentar.

– Não consigo sentir minhas pernas.

Ele estava começando a entrar em pânico de novo.

– Você confia em mim? – perguntou Bell. O comissário não respondeu. – Você confia em mim, Denis?

O homem mordeu o lábio.

– Sim.

Lá estava ela, a confiança cega de que os Jedi salvariam o dia, qualquer que fosse o problema. Bell esperava fazer jus à reputação daqueles que o haviam precedido.

– Vou tentar erguer o metal. Só um pouco. Tudo bem?

O comissário deu outro aceno com a cabeça. Bell soltou o ar lentamente, focando sua mente. Erguendo as palmas das mãos, fechou os olhos e desejou que o metal subisse.

*A Força proverá. A Força o guiará.*

O metal se moveu, quase imperceptivelmente, mas o resultado foi o mesmo de antes. A pilha inteira rangeu, fragmentos de metal caindo na água. Denis se engasgou, a ingestão repentina de ar mais terrível do que um grito rouco. Brasa latiu, como se sentisse uma calamidade se aproximando.

Acima deles, o gotejar constante de água tornou-se um fio contínuo.

Bell retirou sua influência sobre o metal cuidadosamente.

– Sinto muito, Denis, mas vamos ter que pensar em outra maneira de tirar você daí.

– Você não pode cortar o metal? – perguntou a Pantorana. – Como fez com a porta?

– Receio que não... – Ele fez uma pausa, permitindo que a mulher completasse a frase com seu nome.

– Senza. Senza Mulak.

– Receio que não, Senza. Uma mudança brusca nos escombros pode fazer com que eles colapsem. Além do mais, há o risco de acabar cortando Denis junto com o metal.

O coração de Bell batia quase tão rápido quanto seus pensamentos estavam acelerados.

– Então, o que vamos fazer? – Senza perguntou. – Não podemos simplesmente deixá-lo aqui. Ele estava tentando me ajudar quando o teto desabou.

Brasa tornou a latir, desta vez olhando para o buraco no teto. Algo estava se movendo no convés acima deles.

– Olá – gritou Senza, lutando para se levantar. – Tem alguém aí em cima? Precisamos de ajuda.

Bell colocou a mão no ombro dela.

– Não faça isso.

Ela o encarou como se ele fosse louco.

– Por que não?

– Porque não sabemos quem é.

– O que importa? Podem conseguir nos ajudar.

Era verdade, mas também não havia como saber se os recém-chegados que abriam caminho por cima dos destroços do convés superior eram amigos ou inimigos. Aquelas eram naves Nihil nos céus sobre a *Innovator*. Talvez os piratas estivessem recolhendo a carcaça da nave antes que ela afundasse no lago, para tomar o que lhes fora negado em Cyclor.

O convés sacudiu, fazendo Senza chocar-se com Bell. Denis gritou, um som agudo e estridente, enquanto os escombros se moviam drasticamente. Bell reagiu por instinto, estendendo a mão e usando a Força para estabilizar os escombros. Agora ele estava preso ali. Se perdesse a concentração, mesmo que por um instante, Denis seria esmagado pelo metal. Ao mesmo tempo, um bando de Nihil sanguinários poderia aparecer acima de suas cabeças a qualquer momento, e ele era o único que poderia impedi-los.

Brasa latiu, lembrando-o mais uma vez que, o que quer que acontecesse, ela o protegeria.

Mas primeiro ele precisava tirar a Pantorana da linha de fogo.

– Senza? – perguntou ele suavemente, pegando seu sabre de luz com a mão livre. – Preciso que você dê um passo na direção da parede.

Os olhos da mulher arregalaram-se quando ela percebeu que Bell estava puxando a arma.

– Por quê? Estamos em perigo?

Denis bufou uma risadinha amarga.

– Eu diria que, em uma escala de um a dez, estamos em um onze enorme.

– Pode não ser nada – respondeu Bell.

– Mas, por outro lado, podem ser as pessoas que afundaram a nave.

– Ainda não afundamos.

Bell gostaria de parecer mais confiante.

– Você não consegue dizer quem é? – perguntou Senza, gesticulando com os dedos ao lado da cabeça para imitar os poderes Jedi. – Sabe, com suas *paradas*?

– Minhas *paradas*?

– Sua magia.

Bell suspirou.

– Não é magia, e nem sempre funciona desse jeito. – Ele não disse à mulher apavorada que provavelmente funcionaria, se seus sentidos não estivessem inundados pelo compreensível pânico que ela sentia e pelo esforço de evitar que os destroços esmagassem Denis contra o convés. Em vez disso, ele voltou sua atenção para a charhound, seus olhos fixos no buraco acima de suas cabeças.

– Brasa, você precisa estar pronta, certo?

Ela rosnou, preparada para defendê-los sem hesitação, soltando fumaça por entre seus dentes à mostra.

– O que é isso? – guinchou Senza.

– Já ouviu falar em dragões que cospem fogo?

– Só em contos de fada.

– Bem, Brasa é muito real, assim como suas chamas. Aconselho você a manter distância.

– Acho que eu vou ficar por aqui, mesmo – disse Denis, debilmente, extraindo um sorriso soturno de Bell. Mesmo diante do perigo, pessoas comuns como o comissário ainda o surpreendiam usando o humor, ainda que sombrio, para recobrar suas forças. Se Denis era capaz de brincar diante de tanta incerteza, ele poderia combater um bando de covardes como os Nihil.

*Não, Bell*, pensou consigo mesmo, *você vai fazer mais do que isso. Vai lutar com os Nihil e vencer.*

Com o sabre de luz em punho, Bell Zettifar esperou pelo inevitável.

# CAPÍTULO TRINTA E CINCO

## OS PORTÕES DA FEIRA

Era tudo culpa dele. Tudo. Não o fato de ter sido pego com as calças na mão, o que literalmente quase aconteceu. Não, era pior do que aquilo. Elzar Mann estivera tão cheio de si, tão incrivelmente *arrogante*, que acreditou, *realmente* acreditou, que o desastre que a Força se dignara a lhe mostrar tinha sido evitado por sua chegada em Valo, como se sua mera presença bastasse para impedir que a morte surgisse desenfreada.

Seus pés se chocavam contra o chão enquanto ele corria para a feira, seus sentidos atacados pela parede de som que atingia o parque, quebrando vidraças e preenchendo o ar com gritos estridentes e discordantes. Elzar cambaleou, com os dentes cerrados e as mãos tapando os ouvidos, convencido por um segundo de que seus tímpanos haviam se rompido. Antes fosse. Teria sido um alívio abençoado. O barulho era absoluto, ribombando nos edifícios destruídos, exatamente como os Nihil queriam. Eles privaram suas vítimas da visão e do olfato com a nuvem de guerra, e agora estavam completando a desorientação inundando a névoa com ruído branco.

Elzar destapou os ouvidos, tentando se concentrar em meio à cacofonia, recorrendo aos métodos que aprendera quando jovem.

*Concentre-se no planeta sob seus pés. Concentre-se na gravidade que o mantém no lugar, que o mantém firme, que o conecta a um instante no tempo e no espaço. Um instante. Um instante. Um...*

Sentiu-se caindo, não no chão, mas de volta naquele terrível futuro que vislumbrara ainda no Farol da Luz Estelar, a visão ecoando nas profundezas de sua mente. As mutilações. O horror. O mundo enlouquecido.

E não um mundo qualquer. Aquele mundo. Valo. Ele tivera uma visão daquele exato instante, o barulho e o caos, e o que ele fizera? Enganara-se acreditando que poderia resolver tudo sozinho, o brilhante Elzar Mann: iconoclasta, pioneiro... idiota!

Ele nunca se perdoaria. Jamais se permitiria um momento de paz. Não merecia. Todo aquele sangue, todo aquele horror, estavam completamente em suas mãos, e *nunca* poderiam ser lavados.

Com um rugido gutural, Elzar acendeu seu sabre de luz e mergulhou fundo no pesadelo criado pelos Nihil. Seus olhos lacrimejaram com a fumaça e sua pele queimou, mas ele não se importou; na verdade, até gostou. Ele merecia aquilo. Cada cicatriz que a névoa lhe infligisse seria um lembrete de que ele precisava se redimir. Que precisava consertar as coisas.

Um grito soou à frente, seguido pelo rugido de uma espada elétrica. Elzar sentiu a dor da vítima e a alegria perversa do agressor e se pôs a correr mais rápido, segurando firme seu sabre de luz.

Ele traria justiça.

Bem acima da nuvem de guerra, Indeera Stokes não ouviu o sabre de luz de Mann cortando uma espada elétrica Nihil antes de atingir o corpo grosso de seu portador. Ela estava ocupada o suficiente tentando não cair do céu.

A batalha sobre Cyclor fora ruim o bastante, mas aquela era muito pior. Os saqueadores Nihil estavam em todos os lugares, disparando contra o solo, contra as ilhas celestes, contra Skyhawks da República. Não havia padrão ou sentido naquele ataque. Eles não seguiam nenhuma formação de ataque que ela pudesse reconhecer. A única tática que usavam parecia ser matar o maior número de pessoas no menor tempo possível.

Indeera localizou um caça atarracado na cola de um piloto da República. O Skyhawk voava em ziguezague de um lado para o outro, tentando ser um alvo em movimento, mas já tinha sido atingido e sua asa de estibordo soltava uma fumaça preta. O saqueador estava avançando para matar. A última coisa que Indeera queria era acabar com uma vida, mas, se mostrasse misericórdia, o piloto Nihil continuaria matando sem parar. Mesmo se conseguisse apenas derrubá-lo, ele simplesmente continuaria a espalhar o terror no solo.

Indeera apertou o gatilho e o caça saqueador explodiu em chamas. Ela não sentiu nenhuma satisfação. Cada morte era um fracasso, não uma vitória, mesmo quando o Skyhawk danificado balançou suas asas em sinal de agradecimento.

Ela virou seu Vector e procurou por outro arrependimento para adicionar à sua lista.

Elzar não pensava nas almas que estava enviando para a Força. Ele rasgava os Nihil como objetos. Ele começou permanecendo fiel ao que aprendera, desarmando em vez de matar, como um bom Jedi deveria fazer, mas os Nihil não sabiam desistir. Ele arrancava as máscaras de seus rostos, cortava suas armas e depois seus braços, mas ainda assim os brutos continuavam avançando, alimentados pela sede de sangue, por drogas, ou provavelmente pela combinação das duas coisas. Elzar não sabia e, por um terrível momento, não se importou. Os Nihil agiam como animais, e como animais seriam abatidos.

A batalha não estava correndo bem. Mais invasores se juntavam à briga a cada segundo. Ou melhor, aqueles que sobreviviam às suas chegadas repentinas e surpreendentes em Valo. Indeera não acreditaria se não tivesse visto com seus próprios olhos. As naves Nuvem estavam saltando diretamente na atmosfera de Valo. Era uma insanidade completa, para não dizer quase impossível. A maioria delas desafiava as probabilidades permanecendo inteiras, talvez por causa dos bizarros motores afixados nas traseiras das naves grosseiras cheias de marcas de batalha. Outras explodiam assim que atingiam o campo gravitacional do planeta ou despencavam no chão, lançando bolas de fogo mortíferas que só aumentavam o inferno que já assolava o parque.

Um grande cruzador acabara de chegar, com três raios pintados de forma irregular em seu nariz, e já estava descarregando suas baterias de laser no que restava das ilhas celestes. Quase metade das plataformas repulsoras caíram na primeira onda do ataque, as maiores se chocando com as menores enquanto despencavam como pedras. Tudo o que Indeera podia fazer era rezar para que as atrações estivessem relativamente vazias naquele início de dia, embora cada uma dela já contasse com inúmeros monitores prontos para dar as boas-vindas aos visitantes que nunca viriam. Indeera sentia uma onda de desespero acometê-la sempre que uma plataforma desabava, aumentando a sensação generalizada de terror que vinha do solo abaixo. Ela sabia que seus companheiros Jedi sentiriam o mesmo atrás dos controles de suas próprias naves. Porter, Mikkel, Nib e o pobre e empático Burry que, dentre todos eles, estaria achando o nível de angústia insuportável.

Rajadas passavam ao redor de sua redoma. Ela percebeu que estava na mira de um inimigo. Sem hesitar, puxou os controles e executou um rodopio tão extremo que qualquer outro piloto teria perdido a consciência. Seu perseguidor não teve chance quando ela surgiu atrás dele e pressionou os gatilhos.

Acima dela, outra plataforma abaixava de forma preocupante. O coração de Indeera saltou para a boca quando ela viu pontos caindo da ilha. Que planeta aquela plataforma representava? BozPity? Bestine? Não importava. Cada um daqueles pontos era uma vida, e não havia nada que ela pudesse fazer. Mesmo que de alguma forma conseguisse passar por baixo de algumas almas cadentes, pegá-las com o casco de seu caça quebraria todos os ossos de seus corpos já condenados.

Aquela terrível verdade não diminuiu o horror quando Indeera viu um Nihil desviar seu trajeto apenas para atingir uma das vítimas que caíam, espalhando-a no para-brisa. Sádico desgraçado! Não era o pensamento mais condizente com um Jedi, mas era honesto. Apesar de todos os anos de treinamento, por um momento tudo o que ela queria era vingança.

Porter Engle a salvou de agir por impulso. Seu Vector balançou quando ele passou rugindo por ela, seu motor soltando uma fumaça oleosa. Ele não tinha como parar, mas de alguma forma fizera sua nave entrar em rota de colisão com o Nihil. O tempo pareceu desacelerar, a redoma da cabine de Engle se soltou quando o Ikkrukki saltou, disparando para cima assim que o caça se chocou contra seu alvo, as naves Jedi e Nihil sendo destruídas em uma explosão luminosa. Indeera atravessou a bola de fogo, sentindo o Lâmina de Bardotta apenas uma fração de segundo antes de ele pousar sobre o caça Vector dela, agarrando uma das asas para montar sobre a nave como se fosse uma prancha aérea. Indeera ouvira histórias sobre o que Engle fora em sua juventude, e até acreditava em algumas delas, mas aquilo era diferente. Ela não fazia ideia de como ele estava se segurando, ou de como conseguira pousar sobre uma nave que voava com tamanha velocidade, mas soube instintivamente o que ele planejava fazer. Seria tão impossível quanto a proeza que acabara de realizar. Eles não tinham meios de se comunicar, mas de alguma maneira o restante da flutuação apareceu ao lado dela. Porter os estaria chamando até eles? Tinha que ser. O que mais poderia explicar os vários fragmentos de imagem que inundaram sua mente? Ovos cozinhando no fogão, o Vector de Engle saindo do hiperespaço acima de Cyclor. Um horror distante, de anos atrás, um sabre de luz escorregando de dedos quebrados.

Ele estava tentando se comunicar, mas a mensagem estava tão misturada quanto o cozido de ovos que ela quase podia sentir o cheiro. Ela inclinou-se para trás em seu assento, acalmando os pensamentos, aliviando as lembranças que ameaçavam dominá-la. Era daquela forma que Engle via a galáxia, o passado e o presente em um fluxo contínuo? O que acontecera naquela época? Que horror o Lâmina de Bardotta testemunhara?

*Agora não*, ela o imaginou dizendo. *Agora vamos salvar vidas.*

De repente, tudo ficou claro. Não havia mais confusão, apenas segurança. As mentes de Engle, Indeera, Mikkel, Nib e Burryaga unidas em uma única determinação.

A flutuação formou-se sem esforço, Porter ainda de pé sobre as costas do Vector de Indeera, milagrosamente ancorado no lugar. Se era pela força de vontade ou pela vontade da Força, ela não sabia, nem se importava. Tudo o que importava eram as pessoas caindo para a morte.

Porter Engle estava prestes a realizar o impossível.

Não, não apenas ele. Todos eles.

Juntos.

Pela luz e pela vida.

# CAPÍTULO TRINTA E SEIS

## A ZONA DA FÉ E DA VIDA

*Vá para a torre de comunicação.* Aquilo parecera bastante fácil antes da nuvem de guerra surgir e jogar todo o senso de direção ladeira abaixo. Pior ainda, a conexão de Rhil com T-9 fora cortada junto com todas as outras linhas de comunicação em Valo. Depois de tantos anos ligada permanentemente ao droide câmera, parecia que ela tinha perdido um membro ou, mais precisamente, parte de seu próprio cérebro, já que o droide não enviava mais informações através do implante em sua cabeça. Ao menos a diminuta e leal unidade ainda estava gravando, o pequeno ponto de luz vermelha em suas lentes piscando de forma intermitente. Se conseguissem sair dali vivos, aqueles momentos poderiam ser vistos por toda a galáxia. Aquele era um momento decisivo na história, ela sabia em seu íntimo, e estava lá, bem no meio de tudo.

Certo, ela não conseguia respirar e muito menos enxergar. Só sabia para onde estava indo porque segurava com força a mão enluvada de OrbaLin. Rhil precisava admitir que não conseguia acreditar na rapidez com que o arquivista conseguia correr usando aquele traje de contenção, mas tinha que confiar que ele ainda seguia na direção correta. Não tinha condição alguma de ela mostrar o caminho.

– Aqui em cima – disse ele, conduzindo-a escada acima. Aquilo não estava certo. A torre de comunicações não tinha degraus, tinha? Eles atravessaram um conjunto de portas que se fecharam silenciosamente atrás deles. Rhil se engasgou quando o ar ficou mais limpo, embora ainda não conseguisse enxergar. Ela esfregou os olhos, mas aquilo só piorou a dor.

– Não faça isso – balbuciou OrbaLin, e Rhil sentiu as mãos dele comprimirem os dois lados de sua cabeça. Houve uma pequena pressão, e então sua visão clareou.

– O que você fez? – perguntou ela, embora aquela pergunta logo fosse seguida por outra muito mais acusatória. – Para onde você nos trouxe?

– Para o Pavilhão da Luz Estelar – respondeu ele, como se aquilo fosse óbvio.

Ela balançou a cabeça, sem acreditar muito.

– Por favor, diga que não viemos resgatar um monte de tesouros Jedi.

O Ugor pareceu um pouco chateado.

– Não, claro que não.

– Mas Stellan disse...

– Stellan disse para chegarmos à torre de comunicações, mas logo ficou óbvio que nunca conseguiríamos, ainda mais com você nessas condições. No entanto, temos tudo o que precisamos aqui mesmo na exposição.

– Temos?

– Com sorte.

– *Com sorte?*

O Ugor começou a atravessar o espaço vazio, que naquele momento estava sem a exibição holográfica do Farol da Luz Estelar. Os projetores estavam apagados.

– Ainda temos uma série de artefatos guardados, que seriam mostrados mais tarde, na feira.

– Você acha mesmo que vai haver um mais tarde?

– Não devemos falar desse jeito – disse OrbaLin sem olhar para trás. – Uma curiosidade em particular foi separada para ser emprestada à Crozo Produtos Industriais, para seu próximo mostruário de comunicações.

Agora ele ganhara o interesse dela.

– Comunicações?

– Um antigo transmissor do espaço profundo do templo de Vrogas Vas.

– Você acha que ainda funciona?

– Isso, Srta. Dairo, é o que precisamos descobrir. Claro, mesmo que funcione, ainda vamos precisar contornar o sinal de interferência dos Nihil, mas é aí que você entra.

– Eu?

– Você é nossa especialista em comunicações aqui. – Ele fez uma pausa, percebendo que ela não estava mais o acompanhando. – Srta. Dairo?

– Rhil – disse ela, olhando para os holoprojetores que impressionaram a comitiva da chanceler com a projeção tridimensional de primeira linha do Farol da Luz Estelar. – Me chame de Rhil.

– O que foi, Rhil? – perguntou ele, voltando para se juntar a ela.

Ela acenou com a cabeça para o suporte do projetor. As lentes não estavam apenas apagadas, estavam ausentes, arrancadas com força, restando apenas um emaranhado de cabos.

– Os Nihil – disse ela calmamente. – Eles estiveram aqui.

Um estrondo soou na sala de exposição. OrbaLin virou-se para encarar as portas destruídas.

– Talvez nunca tenham saído.

O arquivista esticou o pulso e um sabre de luz curto apareceu em sua mão, saindo de um compartimento secreto em seu traje. Apesar de todas as peculiaridades, ele tinha classe. Mas aquilo seria o bastante para mantê-los vivos?

– Onde fica o depósito? – perguntou ela, mantendo a voz baixa.

O arquivista apontou para as portas destruídas com o cabo do sabre de luz.

– Do outro lado da exposição, hein? Como eu sabia que você diria isso?

– Talvez tenha sido a Força.

– Ou talvez eu tenha descoberto que a galáxia nunca facilita as coisas.

– Sim, isso me parece mais provável.

Mais estrondos e ruídos ecoaram, seguidos pelo som de uma vitrine se estilhaçando.

O arquivista virou-se para encará-la.

– Você está pronta?

– Como sempre. Só queria poder enviar o T-9 para ver quantos Nihil estão lá.

– Não se preocupe – respondeu OrbaLin, ativando sua lâmina. – Sejam cinco ou cinquenta, vou levar você até aquele transmissor.

# CAPÍTULO TRINTA E SETE

## O ARCO DA UNIDADE

– Por aqui – gritou Ty, correndo para a nuvem de guerra dos Nihil.

– Temos que chegar na *Dínamo* – gritou Mantessa atrás dela. – Klerin pode estar em perigo.

Por mais que tentasse, Ty sentia dificuldade em ver Mantessa como uma mãe carinhosa. Mesmo assim, fugir do fogo laser e de explosões podia ter feito com que ela reconsiderasse suas prioridades.

– Ty... estamos indo para o lado errado!

Ty queria gritar para a mulher que não estavam, mas precisava se concentrar. A fumaça era densa e ela não tivera tempo de recuperar o restante de seus pertences, que foram tomados como prova, incluindo seu respirador. Tudo o que tinha era a carabina blaster e a Força, e era impossível escutar as orientações dessa última com as reclamações constantes de Mantessa.

Um grito ecoou à frente.

Atrás dela, Mantessa arquejou.

– É ela. É Klerin. Você a encontrou!

Ty moveu uma mão para trás, dividindo a fumaça como se abrisse uma cortina. A garota Kuranu com certeza estava diante delas, gritando enquanto um saqueador Nihil tentava puxar aquele maldito bracelete de seu pulso. Começando a correr, Ty ergueu a carabina e disparou.

Nada aconteceu.

Ela pressionou o gatilho mais uma vez, mas nenhum disparo derrubou o Nihil. A maldita coisa estava sem carga. Tanto fazia. Havia mais de uma maneira de se esfolar um gato tooka.

– Ei – gritou Ty, sua voz rouca por causa da fumaça.

O Nihil se virou, e Ty girou a carabina no ar, agarrando o cano ainda quente. Ela a balançou com força e a cabeça do Nihil se partiu, junto com uma ou duas vértebras, pelo menos. O impacto destruiu a arma, da qual apenas o cano enferrujado continuou na mão de Ty, mas o saqueador fora derrubado. A Tholothiana o chutou com força, só por garantia.

– Você está segura, está segura – assegurou Mantessa, ofegante, puxando a filha para um abraço desajeitado. Estava claro que a dupla quase nunca se tocava, e Klerin ficou atônita, sem saber muito bem como reagir.

– Eu estava procurando por você... – disse a garota, com os olhos lacrimejando, mais por causa da nuvem do que por emoção. – Fui até o ponto de encontro e, quando não consegui encontrar você lá, fui até o parque. Depois, quando aquelas naves chegaram, eu não soube o que fazer.

Ty estava verificando o respirador do Nihil, mas depois de perceber que era grande demais para ela, decidiu que era hora de interromper aquele comovente reencontro.

– Precisamos continuar – disse ela para as Kuranu.

– Voltar para o espaçoporto? – perguntou Mantessa.

– Não – disse Ty, balançando a cabeça bruscamente.

As Kuranu a encararam como se ela fosse louca.

– Mas já encontramos Klerin.

Ty não tinha tempo nem vontade de admitir que não estava procurando pela garota.

– Sigam-me – gritou ela, correndo na direção do porto.

# CAPÍTULO TRINTA E OITO

## A ZONA DE ARTES E CULTURA

– Rápido! Eles estão vindo!

Stellan não podia proteger mais ninguém da fumaça, não se fosse proteger o grupo da chanceler contra a ameaça muito mais urgente que os Nihil enfurecidos representavam. Por sorte, nenhum membro do grupo precisou ser convencido de subir os degraus do andador, principalmente quando estavam sendo estimulados pelos talentos vocais incomparáveis de Conserra.

– Vaaamos!

Soh e Yovet imediatamente conduziram a mãe e o menino Krantianos à frente delas, um ato altruísta que só pareceu enfurecer a cantora de ópera Mon Calamari. Fazendo jus ao título, a diva praticamente empurrou a monarca Togruta de sua frente, mas nem a rainha nem a chanceler reclamaram. A lista de posições e privilégios fora apagada pela fumaça sufocante.

Stellan piscava, pedindo que a Força lhe cedesse a energia que ele já não sentia. Proteger os outros o deixara exaurido; tudo o que ele podia fazer era evitar que seu sabre de luz tremesse. Se Maramis percebeu, não comentou nada. O capitão da guarda real estava em pé, imóvel como uma estátua, com o kiavene abaixado e pronto para a ação. Stellan podia sentir sua expectativa, bem como o poder armazenado nos músculos dos targons da chanceler, que esperavam o ataque dos inimigos.

– Você está pronto? – perguntou Stellan, quando cinco figuras surgiram da névoa; sombras pesadas carregando armas absurdamente grandes.

Maramis não perdeu tempo respondendo. Em vez disso, puxou um gatilho oculto em seu kiavene, disparando um raio de energia desintegradora da ponta da lâmina. Houve um lampejo de luz nas profundezas da névoa e as cinco figuras se tornaram quatro, igualando as probabilidades.

Então, havia mais em um kiavene do que as aparências sugeriam. Stellan esperava que aquilo pudesse ser dito de todos eles, enquanto colocava seu sabre de luz em uma posição defensiva. No passado, o mero zumbido de sua lâmina teria sido o suficiente para que possíveis inimigos largassem suas armas, mas os Nihil eram diferentes. Eles não respeitavam a Ordem. Não respeitavam coisa alguma.

Maramis não esperou que seus oponentes emergissem da fumaça, desaparecendo na névoa como um fantasma. Os targons o seguiram, saltando atrás dele com um rosnado, mas Stellan manteve a posição. Um Jedi nunca atacava, apenas defendia. Em vez disso, ele se esforçou para enviar uma advertência através da Força, qualquer coisa para evitar mais derramamento de sangue.

*Vocês não querem fazer isso. É errado. Rendam-se e continuarão vivos.*

Ele ouviu o rugido dos targons, o corte da lâmina de Maramis.

*Não precisa ser dessa maneira.*

A fumaça abriu-se diante dele, um vibromachado descendo, pronto para partir sua cabeça ao meio.

A maneira fora escolhida.

Stellan deu um passo para o lado, deixando que o impulso da arma arrastasse o Nihil. Um corpo foi puxado para fora da névoa, a lâmina do machado chocando-se contra o chão, jorrando faíscas no impacto. Era um Trandoshano, e um dos grandes, seu rosto reptiliano escondido atrás de uma máscara pesada. O lagarto caiu e rolou antes de se levantar, com o machado em uma mão e uma placa pesada como escudo na outra. Ele avançou com o escudo erguido. Stellan levantou a mão e o empurrou de volta com a Força. Houve um estalo alto quando o aço Trandoshano encontrou o ar, que tinha a densidade de uma porta blindada. O Nihil grunhiu e Stellan tropeçou para trás, ofegando com a intensidade do impacto, mas ainda preparado para o machado que avançava em sua direção. Ele atacou com seu sabre de luz, cortando armadura e carne. O Trandoshano urrou de dor, e o Jedi plantou sua bota firmemente contra o peito do brutamontes. O Nihil caiu para trás com um baque, o escudo tombando ruidosamente.

– Fique no chão – disse Stellan, com a voz rouca por causa da fumaça. – Não quero matar você.

– É por isso que vocês são fracos!

O saqueador perdera o braço e o escudo, mas aquilo não o impediu de usar sua grande cabeça como aríete. As cristas ósseas se chocaram contra o estômago de Stellan, arrancando o pouco ar que restava em seus pulmões. Ele caiu, a nuca estalando no chão, estrelas explodindo no fundo de seus olhos enquanto seu sabre de luz era arremessado de seus dedos. O Trandoshano estava sobre ele, com a mão que restara apertada em sua garganta, firme como durasteel. Stellan engasgou-se, incapaz de respirar. Sua única defesa eram suas mãos, que ardiam por causa da fumaça, tentando arrancar os dedos do monstro de seu pescoço. Não. Havia algo mais. Sempre havia algo mais. Ele era um Jedi.

Stellan o empurrou com a Força. Não havia foco, nem mira. Seus sentidos estavam embaralhados demais para isso, e ele estava perdendo as forças. O Trandoshano fora arremessado para a névoa como se tivesse sido capturado por um raio trator, suas garras arranhando a garganta de Stellan enquanto era forçado a se soltar. O grito do Jedi foi abafado pelo estalo de músculo contra metal, seguido por um segundo estrondo terrível que sacudiu o chão abaixo dele. Ele se levantou num pulo, segurando a garganta, sabendo o que fizera mesmo antes de um lamento agudo atravessar a fumaça. Stellan cambaleou para a frente, muito consciente do que encontraria.

O saqueador fora atirado com tanta força na escada do andador que os degraus de metal se dobraram e caíram, batendo no chão. Norel Quo estava deitado onde caíra, seus olhos semicerrados, não por causa do gás, mas pela agonia da perna quebrada. Stellan pressionou a mão sobre a testa de Quo para enviar ondas de serenidade à sua mente, dizendo ao Koorivar que não havia dor, quando obviamente havia. Era um truque bastante simples que não duraria muito tempo, mas Stellan tinha outras preocupações. Erguendo os olhos, enquanto levantava o braço para afastar a fumaça, viu Lina Soh pendurada na lateral do andador.

– Eu consigo alcançá-la – gritou Elarec Yovet, dando um salto na direção da chanceler enquanto a criança Krantiana e a diva Mon Calamari se enfrentavam em uma competição para ver quem conseguia gritar mais alto.

A regasa encontrou a mão de Soh um segundo tarde demais. Incapaz de se segurar, a chanceler caiu para longe da beirada, com os braços girando.

– Vai ficar tudo bem – resmungou Stellan, erguendo as duas mãos. Em qualquer outro momento, pegar uma mulher caindo teria sido simples, se não fosse por duas coisas: a primeira era que Stellan estava exausto até os ossos; já a segunda era a súbita aparição do Trandoshano enfurecido que saíra da fumaça para bater o rosto de Stellan contra a perna do andador.

# CAPÍTULO TRINTA E NOVE

## *A INNOVATOR*

Brasa mostrou os dentes, faíscas dançando em sua língua escura. A água estava jorrando do teto, fazendo com que Denis cuspisse quando ela espirrava em seu rosto. O comissário ainda estava incapaz de se mover, o amontoado de metal sobre ele mantido no lugar pela conexão de Bell com a Força.

Os pés que se arrastavam acima deles finalmente alcançaram a borda da abertura.

Bell ativou o sabre de luz.

Uma cabeça apareceu, seguida de outra, dois pares de olhos compostos refletindo o brilho da lâmina do Padawan. Bell relaxou, desligando o sabre de luz, enquanto os engenheiros Cyclorrianos desciam para o corredor, com as mãos nuas e os pés grudados nas paredes. Nenhum deles tocou a precária pilha de entulho, temendo causar mais danos.

Senza deu um grito alarmado quando o insetoide mais próximo saltou na água para correr até Denis, contraindo suas antenas em prontidão.

– Está tudo bem – assegurou Bell. – São amigos.

Amigos extremamente capazes de lidar com aquele problema. A dupla já tinha começado o trabalho, zumbindo ativamente um para o outro enquanto tiravam macacos de gravidade e máquinas de solda a laser de seus cintos. Bell observou sem questionar enquanto eles posicionavam os equipamentos nas aberturas dos destroços, ativando repulsores projetados para erguer maquinários delicados para que reparos pudessem ser realizados. Eles estavam estabilizando os escombros de modo que pudessem libertar Denis.

Bell retirou cuidadosamente seu próprio apoio, grato pela oportuna chegada dos Cyclorrianos. A Força provera, como sempre. Ele deu um passo para trás, permitindo que o maior dos dois engenheiros adicionasse o suporte gravitacional tão necessário para a viga que ameaçava estrangular o comissário preso. Ao lado dele, Brasa latiu, ansiosa para seguir em frente.

– Eu sei, garota – disse Bell, erguendo a voz para ser ouvido acima do barulho das ferramentas de corte. – Precisamos esperar mais um pouco, caso precisem da nossa ajuda.

– Você estava procurando uma saída? – perguntou Senza, abraçando-se enquanto os engenheiros continuavam o trabalho.

Bell balançou a cabeça.

– Não. Estou procurando o filho da chanceler.

– Ele está nesta nave?

– Acredito que sim.

– Espero que o encontre – disse ela, com sinceridade, batendo os dentes de frio.

Bell tirou suas longas vestes externas.

– Tome, use isso.

Ela olhou para a capa, surpresa.

– Não... Eu não poderia aceitar.

– Por favor, você parece estar com frio.

– Eu estou. Obrigada. – Ela pegou o manto e o puxou sobre os ombros, sorrindo enquanto o material escuro quase a cobria. – Achei que eles seriam mais rústicos. Quero dizer, vocês são monges, não são?

Ele sorriu de volta para ela.

– Mais ou menos.

Brasa latiu novamente, recuando alguns passos antes de olhar para Bell, seus olhos cheios de propósito.

– Eu sei, eu sei. Só mais um minuto.

Ele ergueu a mão e usou a Força, tentando averiguar a extensão dos ferimentos do comissário, e ficou grato ao descobrir que as pernas de Denis estavam se movendo agora que o peso sobre elas fora removido.

– Você vai ficar bem – disse ele. – Os Cyclorrianos vão tirar você daqui.

– Você está indo?

– Há outros que precisam da minha ajuda. Fique bem, Denis.

– Você também. – A cor começara a voltar para o rosto do comissário. – Obrigado. Por tudo.

Bell virou-se para sair, convencido de que Denis estaria seguro. Não poderia estar mais equivocado. Brasa já estava saltando de volta para o corredor quando uma explosão soou bem abaixo deles. O convés sacudiu e Bell caiu na água, que estava jorrando do teto.

– O que foi isso? – gritou Senza quando os escombros cederam, levando não apenas Denis, mas também o menor dos dois Cyclorrianos. Bell estendeu a mão, agarrando a beirada retorcida de uma placa da fuselagem para não cair na piscina escura que se avolumava abaixo deles.

– Os escombros devem ter formado uma represa – percebeu Bell, enquanto Brasa pulava em uma saliência e latia para a água que subia como se pudesse espantá-la.

– Onde está Denis? – perguntou Senza, antes de sua mão se soltar e ela escorregar na direção da água. Bell esticou o braço para a Pantorana, mas o Cyclorriano restante chegou primeiro, agarrando o capuz das vestes emprestadas. Ela parou com um tranco, a mão do insetoide rangendo no metal molhado enquanto ele tentava desesperadamente suportar o peso de ambos. Senza repetia a pergunta o tempo todo. – Onde ele está? Onde está Denis?

Bell gostaria de saber. Ele esperava que o comissário nadasse de volta, mas não havia sinal de que Denis ou o outro Cyclorriano ainda estivessem vivos.

Com um latido, Brasa mergulhou na água, entrando de cabeça. Bell gritou, mas ela já tinha ido embora, deixando bolhas em seu rastro.

Bell encarou a cascata de água, levantando a mão para proteger o rosto. Não havia como qualquer um deles subir em segurança, mas ele não estava disposto a deixar aquelas pessoas se afogarem no escuro. Pensou em Indeera vedando a fissura em seu Vector durante o ataque ao estaleiro, usando destroços de sua própria nave. Ele conseguiria fazer o mesmo? Certamente não. Indeera possuía anos de experiência, e o que ele era? Um Padawan que tentava se desligar da Força para que os outros não vissem o quanto estava sofrendo.

Não, não era aquilo, era? Ele não se fechara para se esconder. Fizera aquilo porque estava com medo do que encontraria se estendesse seus sentidos para a Força. Ou melhor, do que ele sentiria falta, de quem ele sentiria falta. Mas, naquele instante, ele não tinha escolha. Não se quisesse que aquelas pessoas sobrevivessem.

Bell fechou os olhos, imaginando-se mergulhando na água, sentindo o frio em seu braço, seus dedos roçando no metal que formara uma barreira. Ele conseguia sentir Denis e o Cyclorriano, presos no emaranhado de metal retorcido, e Brasa lutando para libertá-los. Os três estavam ficando sem ar. Ele precisava agir rápido. Precisava acreditar.

*A Força é poderosa.*

Bell puxou os escombros em sua direção. Senza arquejou surpresa quando as placas da fuselagem e as vigas de metal emergiram da água, passando pelo jovem Jedi e chocando-se no lugar acima de suas cabeças. Bell as empurrava para o alto, pressionando os detritos, prendendo-os no lugar. Menos água descia para o corredor. Bell recomeçou, repetindo o processo, trazendo mais destroços de baixo para preencher o vão acima. O aguaceiro tornou-se um gotejamento, mas as camadas de metal, maciças como eram, rangiam de forma ameaçadora. A vedação estava aguentando, mas a pressão aumentava a cada segundo.

*A Força é infalível*, disse Bell a si mesmo, sem desistir. *Ela nunca irá nos decepcionar. Não estamos...*

Um pensamento ficou cristalino em sua mente, a verdade que evitara por tanto tempo. A verdade que todos tentaram lhe dizer.

*Não estamos sozinhos.*

Os olhos de Bell ainda estavam fechados quando Senza gritou:

– O nível da água! Está baixando.

*Não estamos sozinhos.*

Seria mesmo verdade? A água estava sendo drenada?

*Não estamos sozinhos.*

Mas e quanto a Brasa e os outros? Estavam seguros?

*Não estamos sozinhos.*

Bell sorriu ao ser recompensado pelo som da charhound rompendo a superfície, junto com o estalo do Cyclorriano que ela resgatara. Ainda assim, ele não conseguia olhar, mesmo quando Brasa mergulhou de volta para procurar o homem desaparecido. Bell ansiava por tomar o lugar dela, mas sabia que aquilo seria a ruína de todos. A represa não aguentaria sozinha.

*Não estamos sozinhos!*

– Denis! Ah, graças às estrelas!

Daquela vez, Bell gritou de alegria, ouvindo Brasa latir e os dois Cyclorrianos ajudando Senza a carregar o comissário, que regurgitava, para um local seguro.

*Boa garota, Brasa, boa garota.*

– Você está bem aí em cima? – perguntou Denis, ofegante.

– Agora sim – respondeu Bell, permitindo-se finalmente abrir os olhos. Brasa latia para ele, parecendo querer pular e aguentar a pressão da represa sozinha. Mas ela tinha outro trabalho a fazer.

– Tire-os da nave – instruiu-lhe Bell. A charhound choramingou levemente, confusa com o comando. – Você conhece a saída – continuou Bell, indicando com a cabeça o buraco que fizera na antepara. – Você consegue encontrar um caminho, eu sei que consegue.

– E quanto a você? – perguntou Denis, tremendo sob o manto que Senza colocara sob seus ombros.

– Preciso segurar a água até que vocês estejam livres.

Brasa latiu, mais forte daquela vez.

– Está tudo bem, garota – disse ele, apesar do peso da água que se avolumava sobre o metal acima dele. – Vamos nos ver de novo, eu prometo.

O olhar dela partiu seu coração. Bell não fazia ideia se a charhound acreditava nele ou não, mas precisava que ela o ouvisse antes que fosse tarde demais. Com um último ganido, Brasa fez o que seu mestre ordenou e saltou de um pé para o outro, as manchas alaranjadas em sua pelagem brilhando como pequenos faróis na escuridão. Os outros a seguiram, atravessando o buraco feito pelo sabre de luz de Bell, acompanhando a charhound enquanto desaparecia de vista. Bell ainda conseguia ouvi-la, no corredor seguinte, latindo em encorajamento enquanto os Cyclorrianos ajudavam Denis e Senza a passar pela abertura. A Pantorana foi a última a partir, enquanto Brasa já conduzia os outros para um lugar seguro.

– Você vem? – perguntou ela, olhando para Bell.

Ele balançou a cabeça, ainda mantendo a mão erguida em direção à massa de metal que mantinha a água sob controle.

– Vá. Tenho trabalho a fazer.

– Sozinho?

– Eu não estou sozinho. Não mesmo.

– Tem certeza?

– Sim – disse ele, pela primeira vez em meses realmente querendo dizer aquilo com convicção. Stellan, Indeera... até Loden... todos estiveram certos. Bell *estava* pronto para dar o próximo passo, pronto para caminhar com as próprias pernas, não como um Padawan, mas como um Cavaleiro Jedi. E Loden estaria lá quando aquilo acontecesse, mais perto do que nunca.

– Que a Força esteja com você, Senza – disse ele à mulher.

– Com você também – respondeu ela, franzindo o rosto em uma careta. – Desculpe, esta é a resposta adequada?

Ele sorriu calorosamente.

– É perfeita.

A Pantorana hesitou por um instante antes que um latido urgente a chamasse. Bell imaginou Brasa encontrando um caminho seguro até o convés, conduzindo os outros para a luz.

O metal rangeu acima dele, a água começando a jorrar pelas aberturas. Bell sabia o que precisava fazer, mas não estava com medo. Por que deveria estar? Assim como Brasa, ele tinha um trabalho a fazer.

Ele soltou.

# CAPÍTULO QUARENTA

## OS CÉUS SOBRE VALO

*Desacelerem.*

Não havia palavras, mas todos os Jedi na flutuação de Indeera seguiram as instruções de forma literal, relaxando a pressão sobre os aceleradores ao mesmo tempo, reduzindo a velocidade precisamente na mesma medida. Estavam trabalhando como uma unidade. Nenhum Jedi emitira o comando, nem mesmo Porter, que ainda estava empoleirado sobre o Vector de Indeera. Eles apenas sabiam o que e quando fazer.

Indeera ouvira falar sobre um par de Kotabi no Farol da Luz Estelar, gêmeos de Sagamore que compartilhavam um vínculo tão intenso que quase funcionavam como se tivessem uma única mente dividida em dois corpos. Indeera nunca os conhecera, mas imaginou que deveria ser daquele jeito. Uma mente. Vários corpos. Uma união perfeita.

Uma união perfeita que estava prestes a realizar o impossível, mas, ei, não era aquele o significado de ser um Jedi?

Diante deles, as pessoas ainda estavam caindo. Indeera contou três corpos... não... quatro. Ela sentiu Engle estender sua consciência, calmo como se estivesse em uma galeria de treinamento praticando levitação, sua mente em paz pela primeira vez em anos.

Não, era mais do que aquilo. Estavam *todos* se estendendo, mantendo uns aos outros centrados. Sentiam o medo daqueles que caíam, vendo-os como se estivessem suspensos no tempo. Havia um humano, uma Thodiana de rosto rombudo e um Sneevel coberto de pelos. E havia um quarto: um invasor Nihil que colidira com a ilha, sobrevivendo apenas para despencar para a morte quando seus companheiros abriram fogo contra a última plataforma. Justiça poética? Talvez, mas ainda assim era uma vida. Quem eram eles para decidir quem deveria viver ou morrer?

A flutuação fluiu através de Engle, usando-o como um conduíte, capturando aqueles em perigo e puxando-os na direção de suas naves. O medo permanecia lá, talvez até mais forte do que nunca, misturado à confusão e a um pequeno vislumbre de esperança. Indeera mais sentiu do que ouviu uma enxurrada de pensamentos: *Os Jedi estão aqui. Estamos salvos. E se eles nos deixarem cair? E se a magia deles falhar? Matem os Jedi. Alimentem a Tempestade. A Tempestade triunfa. O Olho será eterno.*

Aquele era o Nihil. Os Jedi bloquearam os pensamentos negativos, puxando todos os sobreviventes para si, independentemente de suas facções, um para cada Vector. A manobra inteira provavelmente levou menos tempo do que uma pulsação, e ainda assim o trabalho estava feito. Indeera estava apenas vagamente ciente do Sneevel caindo sobre o nariz de seu caça, os braços longos e magros agarrando com firmeza.

– Você está seguro – garantiu ela, embora não houvesse nenhuma maneira de ele conseguir escutar, mesmo com orelhas como aquelas. Ela olhou para um lado e para o outro, verificando o restante de sua flutuação. O humano estava com Nib; a Thodiana agarrada à nave de Burry, seus grandes olhos bem fechados. O Nihil segurara-se firme ao Vector de Mikkel, olhando para o gentil Ithoriano através da redoma, mostrando os dentes e proferindo obscenidades. Não importava. Que o miserável odiasse. Eles estavam salvos. Todos salvos.

*Todos salvos.*

As palavras alcançaram Elzar Mann no solo, mesmo enquanto ele lutava contra um enorme brutamontes em uma armadura dos Nihil.

Não havia como saber qual espécie se ocultava sob o pesado elmo com viseira, com seus espinhos e tubos. Tudo o que importava para Elzar era a maça de energia que girava para atingi-lo na lateral da cabeça.

Bela tentativa.

Elzar deu um salto mortal para trás, o sabre de luz ainda em sua mão, e a maça cravejada de espinhos passou inofensiva sob a sola de suas botas enquanto ele as levantava acima de sua cabeça. O Nihil bufou de frustração, notando algo em sua visão periférica apenas quando já era tarde demais. Ele se virou para ver o poste voando em sua direção. Longo e nitidamente sólido, ele fora derrubado nos primeiros minutos do ataque, talvez pelo próprio caça do Nihil. Naquele momento, ele acertava a cabeça do grandalhão, arrebentando seu elmo e muito provavelmente seu crânio.

Elzar Mann pousou de pé segundos antes do Nihil cair no chão, inconsciente. Ele girou o poste, sem deixá-lo cair, mas fazendo com que subisse acima de sua cabeça, rodando-o como uma majorette em um desfile do Dia dos Fundadores. O poste girou e girou, empurrando para trás a nuvem de guerra de modo que Elzar conseguisse enxergar o céu.

Sim. Fora aquilo que ele sentira. Quatro caças Vector estavam saindo do parque, cada frágil aeronave com uma pessoa pendurada do lado de fora. Além disso, outra figura estava de pé sobre as costas do Vector central como se montasse um andador alado Drumiano, com sua longa barba esvoaçando atrás de si.

– Engle – sussurrou Elzar, com a voz rouca por causa da fumaça, incapaz de acreditar no que via. Em qualquer outro momento, Elzar teria rido da audácia do que seus amigos estavam tentando, mas ele podia ver o que eles não conseguiam: um cruzador Nihil indo atrás deles, seu nariz cortado por três faixas irregulares de tinta e suas armas se preparando para disparar. Estava alcançando a última ilha celeste remanescente, descendo sobre os caças Vector como um tubarão mergulhando em suas presas. Enquanto observava, a barbatana central da nave se chocou contra a base da ilha celeste, finalmente derrubando os repulsores que lutaram tão bravamente para manter a plataforma no ar. Ela caiu, espalhando a neve de suas montanhas artificiais que esmagariam a todos lá embaixo.

A nave Nihil acelerou, pronta para destruir a flutuação de caças Vector no céu.

– Não – bradou Elzar. – Hoje não. Agora não.

Elzar buscou fundo, liberando cada emoção que tentara reprimir nos meses que se passaram desde sua visão, a raiva e o medo. De repente, estava de volta ao Farol da Luz Estelar, suas pernas dobrando, sangue jorrando de seu nariz, oprimido pelo que vira. Luzes piscando, gritos ecoando. Stellan morto. A Chanceler Soh morta. O Conselho devastado. Planetas inteiros em chamas. Ele foi mais fundo, extraindo a decepção que sentira quando Avar o empurrou no Farol, o constrangimento da mão dela em seu peito, misturando com o golpe igualmente doloroso, senão pior, de ver OrbaLin gingando para fora da nave no lugar dela. Ele se sentiu tão magoado por Stellan não ter lhe contado aquilo, deixado completamente de escanteio. Eram seus amigos mais antigos, e mesmo assim não confiavam nele. Poderia culpá-los? Ele negligenciara seus deveres, procurando a cama de Samera em vez de permanecer vigilante. Não fora o sexo, que não significara nada, mas a constatação de que decepcionara a todos em troca de um momento de prazer. As emoções o rodeavam, o atravessavam, o preenchiam, como uma tempestade marítima, poderosa e perigosa, mas ele conseguia controlá-las. Elzar sabia. Podia conter a frustração, a raiva, a culpa e o remorso. Podia moldá-las, norteá-las, dobrá-las à sua vontade. E poderia fazer aquilo para o bem. Poderia consertar tudo.

Elzar extravasou, a mão estendida e os dedos bem abertos. A Força o percorreu como uma onda, subindo no ar em direção à ilha que caía.

Imbatível.

Desafiante.

Indeera sentiu sua concentração oscilar, apenas por um segundo. Todos eles sentiram. Estava claro o motivo. A última ilha celeste estava desabando, mas mesmo aquilo, por mais terrível que fosse, não representava o maior perigo. Uma nave Nihil estava quase sobre eles, com seus canhões laser brilhando e prontos para disparar. Não havia nada que pudessem fazer. Se desfizessem a formação e dispersassem, o vínculo que tinham formado iria vacilar e as pessoas cairiam. Aliás, Porter também. Se lutassem, o mesmo resultado viria. As pessoas que eles trabalharam tanto para salvar, fossem humanas, Thodianas, Sneevel ou Nihil, teriam mortes horríveis.

Palavras passaram pela mente de Indeera Stokes, palavras que não usava desde que era uma Padawan, palavras que trouxeram uma repreensão pungente de seu Mestre.

*Não é justo.*

Mas o universo raramente era justo; ela sabia daquilo, assim como todos os membros de seu esquadrão, de sua flutuação. Tudo o que podiam fazer naquele momento era se esforçarem para acalmar aqueles que foram apanhados no conflito, cuja esperança estava prestes a ser arrancada.

E então, tudo mudou novamente.

Indeera sentiu a onda de emoção antes de ela causar seu efeito. Em um segundo, a nave Nihil se preparava para disparar, e no seguinte foi obliterada. A ilha celeste mudara de direção, subindo onde momentos antes estava caindo, atravessando o ar como um disco lançado por um gigante.

Ela seguiu para fora da baía, traçando um arco através da armada Nihil para depois pousar de forma espetacular no lago, mas Indeera não estava olhando, estava gritando uma ordem no confinamento de sua cabine, enquanto o Sneevel abraçava o nariz de sua nave.

– Para baixo! O mais rápido possível.

Nib e os outros não puderam ouvi-la, mas seguiram o comando mesmo assim, e a flutuação abaixou. Eles receberam uma segunda chance, mas Indeera não pôde ignorar o calafrio que a tomara. A onda de emoção que sentira, que salvara suas vidas, se originara de um Jedi, mas fora alimentada pelas mais sombrias das paixões.

Quem quer que tivesse exercido tal poder pagaria um preço terrível.

# CAPÍTULO QUARENTA E UM

## PARQUE DA FEIRA, VALO

Elzar Mann sabia o que acabara de fazer, o que liberara. A flutuação estava segura, a ilha celeste afundava no lago, distante daqueles que teria esmagado. Ele salvara vidas, mas também as levara. Muitas delas. Os Nihil naquelas naves, em sua matança pelo parque, até mesmo o brutamontes caído perto dele, com o crânio partido. Ele nem conseguia se lembrar de matá-lo.

Mas lembrava-se de como fora fazer a ilha girar pelo céu. Tal feito deveria tê-lo deixado exausto, mas não, e aquilo realmente o deixou assustado. Elzar sentia-se revigorado, mais vivo do que não experimentava há meses, até anos. Ele passou a mão trêmula pelo rosto, feliz que a nuvem de guerra tivesse retornado, escondendo-o de vista.

Aquelas águas eram profundas. Elas o afogariam, a menos que...

A menos que.

Elzar atraiu a palavra para si, abraçando-a como se fosse uma boia salva-vidas no mar. Sempre havia outro jeito. Sempre havia *esperança*.

Ele iria até Stellan e Avar, contaria o que fizera, como tocara a escuridão, como *usara* a escuridão e ficara, por um momento, deleitado com ela. Seus amigos compreenderiam. Eles veriam o que levara Elzar até aquele ponto e o ajudariam. Não restariam mais segredos. Chega de avançar sozinho. Chega de distrações. Mesmo que tivesse que se tornar um Padawan novamente, ele não seguiria por aquele caminho.

Ele era um Jedi.

Ainda tremendo, Elzar desembainhou seu sabre de luz e se virou para retornar à batalha. Não viu a arma que partiu da fumaça, mas a sentiu chocar-se contra sua cabeça, uma supernova explodindo em sua visão enquanto ele colidia com o chão.

O golpe teria matado qualquer outro homem, mas Elzar fora longe demais para morrer naquele dia. Ele ergueu os olhos, piscando através de seu próprio sangue para ver a Tholothiana com o tentáculo faltando e os olhos índigo. A Tholothiana que segurava em suas mãos a maça Nihil descartada.

– Onde está meu sabre de luz, Jedi? – perguntou Ty Yorrick com um rancor inequívoco em sua voz. – Responda, agora.

# CAPÍTULO QUARENTA E DOIS

## O PAVILHÃO DA LUZ ESTELAR

Se Rhil já havia ficado impressionada com OrbaLin *antes* de ele entrar com o coração na batalha, ela nunca esqueceria da visão do Jedi correndo para o salão de exposição, com o elmo abaixado e o sabre de luz reluzindo.

Um quarteto Nihil estava do outro lado das portas, amontoando tesouros inestimáveis em sacos. Com seus elmos volumosos e sinceramente *aterrorizantes*, era difícil discernir a que espécie pertenciam, embora não houvesse dúvida quanto ao gigantesco Lamproide de pescoço curvo e pernas ossudas, cada uma terminando em uma pinça. Duas das seis garras tinham sido substituídas por próteses mecânicas rudimentares, mas todas estavam ocupadas saqueando um expositor repleto de cabos de sabres de luz antigos.

– Dee! – gritou o Lamproide quando OrbaLin surgiu com tudo da fumaça. – Temos companhia!

– Estou vendo – respondeu uma Twi'lek com longos lekku verdes, mascarada, sacando dois blasters idênticos e atirando no arquivista à queima-roupa. – Tire os outros daqui, Amarant. Levem tudo o que puderem.

– Temo não poder permitir que isso aconteça – disse-lhe OrbaLin, rebatendo os disparos contra o Nihil mais próximo, um humano que usava um respirador complexo. O saqueador caiu, fumaça escapando das queimaduras em seu peito.

O Lamproide e... era um Kitonak?... juntaram-se ao ataque, descarregando seus blasters em OrbaLin. Os raios ricocheteavam para longe do Jedi, mas de alguma forma evitavam qualquer um dos inestimáveis tesouros espalhados ao redor.

– Rendam-se e viverão – prometeu o Jedi, arrancando um grito de descrença da Twi'lek que atendera por Dee.

– Somos três contra um, Jedi. O que *exatamente* você acha que vai fazer?

– O que eu faço de melhor – respondeu OrbaLin. – Dar uma aula.

– *O quê?*

O arquivista não perdeu o ritmo.

– Há muitos artefatos fascinantes aqui na exposição, e muitos deles vocês estão tentando saquear. – Mais disparos atingiram seu sabre de luz, e nenhum atravessou a lâmina giratória. – Embora um dos meus favoritos tenha sido notado por um membro do Alto Conselho na noite passada.

– Típico dos Jedi – zombou Dee, sorrindo com desdém, guardando os blasters e sacando o glaive que estava preso em suas costas, o fio de sua lâmina dentada estalando com energia. – Não sabem a hora de calar a boca.

Em seu esconderijo próximo das portas, Rhil estava inclinada a concordar enquanto a Twi'lek avançava, sua glaive chocando-se contra o sabre de luz de OrbaLin. Aquela *realmente* era a melhor hora para uma aula de história? E, no entanto, o arquivista continuava inabalável, de alguma forma conseguindo ricochetear cada disparo e golpe que iam em sua direção, sem perder o fôlego.

– As Insígnias de Maestria Tythonianas estão entre alguns dos menores itens da exposição – disse ele, bloqueando a arma da mulher e a empurrando de volta com uma onda da Força não muito gentil. – Embora eu tenha notado que seu expositor foi destruído de maneira selvagem. Por seus comparsas, suponho. Que desperdício.

– Vamos nos certificar de juntar os cacos – disse Dee, batendo a lâmina no chão para não deslizar para trás. – Detestaríamos causar problemas.

Ela saltou para a frente, lançando-se em outro ataque.

– Você está zombando de mim – gorgolejou OrbaLin, bloqueando cada golpe com grande facilidade. – Isso não é incomum, mas me preocupo que não esteja vendo o que está bem diante de seus olhos. – O arquivista balançou o pulso e Rhil de repente se viu girando para ficar de frente para uma porta sem identificação do outro lado do corredor. Tinha que ser o depósito, mas seu caminho estava bloqueado pelo Lamproide e sua cauda venenosa.

E o tempo todo, o Ugor mais obstinado da galáxia falava *sem parar*.

– Consigo entender por que você descartou as insígnias – disse ele, deslizando seu sabre de luz para baixo e cortando o glaive ao meio.

– Elas têm pouco valor monetário. – Dee jogou sua arma partida de lado, puxando um par de foices de aparência cruel que estava preso em suas pernas. – Nem são particularmente bonitas, embora significassem muito para seus proprietários originais.

Faíscas voavam enquanto as lâminas curvas tentavam encontrar um meio de atravessar as defesas de OrbaLin.

Rhil sentiu um cutucão em suas costas. O T-9 ainda pairava sobre sua cabeça. Tinha que ser OrbaLin. Certamente o maluco não esperava que ela superasse o Lamproide. Ela estaria morta assim que saísse do esconderijo.

O arquivista cortou a primeira foice com facilidade. O metal, por mais denso que fosse, era pouco útil contra um sabre de luz. Dee sibilou, investindo contra a vedação atmosférica do elmo de OrbaLin com a outra lâmina. O Jedi recuou, evitando o golpe por pouco.

– Elas foram, no entanto – prosseguiu ele, ainda tagarelando sobre as malditas insígnias –, cunhadas a partir de barabbian bruto que, como tenho certeza de que você sabe, é excepcionalmente denso, principalmente quando impulsionado em alta velocidade, como vou demonstrar agora.

Algo pequeno e redondo saltou do chão e atravessou velozmente a cabeça de Rhil. O que era...? Claro! OrbaLin usara a Força para arrebatar uma das insígnias de que tanto falava. Outras duas se juntaram à primeira, girando ao redor da sala como se tivessem sido pegas por um furacão. Ela não foi a única a notar. O Lamproide soltou um grito de aviso, mas tarde demais, pois cada projétil giratório logo encontrou um alvo.

*Spluc.*

*Spluc.*

*Spluc.*

OrbaLin estava certo. As insígnias eram incrivelmente densas enquanto perfuravam elmos e respiradores, lançando o Lamproide e o Kitonak ao chão. Apenas a Twi'lek continuava de pé, seu elmo obviamente feito de uma material mais resistente. Desesperada, ela jogou a foice na cabeça de OrbaLin, dando uma cambalhota para trás para soltar um bastão antigo de um armário destruído. A luta do arquivista ainda estava longe de chegar ao fim, mas o caminho de Rhil finalmente estava livre.

Ela correu para a frente, saltando sobre o Lamproide atordoado, alcançando a porta do depósito, T-9 flutuando perto dela.

Lá atrás, o duelo prosseguia, e OrbaLin enfrentava uma de suas próprias antiguidades, mas o arquivista tinha se provado mais do que capaz de cuidar de si mesmo. Quanto a Rhil, ela tinha um trabalho a fazer.

# CAPÍTULO QUARENTA E TRÊS

## O ANDADOR EXPERIMENTAL ROTHANA

Stellan nunca ouviu a chanceler cair no chão. Não conseguia escutar nada. Seus ouvidos zumbiam e um dos olhos estava inchado e fechado. Tudo o que sabia era que o Trandoshano estava em cima dele, socando-o com o punho que lhe restara, cada golpe amolecendo mais os dentes de Stellan. Ele não fazia ideia de onde seu sabre de luz caíra ou mesmo de como invocá-lo. Não conseguia pensar. Não conseguia respirar. Não conseguia agir.

Foi quando viu o rosto de sua Mestra. Não fisicamente, é claro. Stellan poderia estar cego, até onde sabia, mas Rana Kant ainda assim estava lá, suas feições enrugadas com a idade, mas gentis, suaves e tão, tão fortes.

Stellan quis ir até a idosa e envolvê-la em um abraço de uma forma que nunca fizera quando sua Mestra estava viva. Ele queria experimentar a mesma paz que a velha Jedi demonstrava sentir, unida à Força em um lugar além da dor, além do dever.

*Não*, a voz dela parecia dizer. *Um Jedi nunca está além do dever. Um Jedi sempre deve sentir a dor; a dor dos oprimidos, a dor dos indefesos. Não é sua hora, Stellan, mas estou com você. Sempre.*

A mão de Stellan deslizou por entre suas vestes, não em direção à bainha vazia, mas para o cabo preso ao cinto. Dedos esfolados envolveram o cilindro, encontrando ranhuras deixadas por outra mão na alça de couro, e um pino de metal sob o polegar. Ele puxou o sabre de luz de Kant de onde estava, angulou o emissor e pressionou com força. Mal ouviu a lâmina verde se acender, mal sentiu o cheiro da carne queimando quando o plasma atravessou o torso do Trandoshano e se projetou em suas costas.

Os golpes cessaram e o reptiliano tombou para o lado, inalando uma última vez sob o respirador.

Stellan deixou a lâmina se apagar. Queria descansar, permitir que seus pulmões exauridos recuperassem o fôlego, se é que aquilo seria possível em meio à névoa dos Nihil. Pelo menos o gás pesado elevara-se ligeiramente, o ar pungente ficara um pouco mais claro. De repente, tudo estava calmo, embora um pensamento o incomodasse no fundo de sua mente, algo que esquecera.

A chanceler!

Stellan levantou-se num pulo, sua visão ainda turva. Precisava encontrar Lina Soh e avaliar seus ferimentos. Não era nenhum Torban Buck, mas deveria haver algo que pudesse fazer, se já não fosse tarde demais.

Ele cambaleou para a frente com a mão livre esticada diante de si, o latejar em sua cabeça o impedindo de usar a Força. Havia muitas chances de ele estar com uma concussão, mas teria que lidar com aquilo depois. Tropeçou, percebendo horrorizado que chutara Norel Quo, que ainda estava deitado no chão, desmaiado devido à dor na perna. Mas onde estava a chanceler? Onde estava Lina Soh?

– Chanceler? – chamou com a voz falhando Stellan, que foi recompensado com um grito vindo do alto.

– Aqui em cima. Por favor. Não vamos aguentar!

Stellan esforçou-se para se concentrar, tentando obter uma imagem mais nítida do que estava acontecendo. Lina Soh ainda estava pendurada no andador. Ele devia ter desacelerado sua queda, afinal, proporcionando tempo o bastante para Elarec Yovet lançar-se na direção da chanceler, quase se jogando sobre a borda ao agarrar o pulso de Soh. As outras também estavam lá. A mãe Krantiana, Lerahel, e até mesmo Madame Conserra, deixando de lado sua histeria, todas estendendo os braços para ajudar a puxar Soh para a segurança, trabalhando juntas para salvar uma vida.

O Espírito da Unidade.

Stellan agarrou o sabre de luz de Kant, aproveitando sua força, sentindo sua presença. Levantou a outra mão e convocou a Força uma vez mais, diminuindo o peso de Soh, empurrando-a apenas o suficiente para que as outras pudessem agarrar seus braços, seu vestido, qualquer coisa para colocá-la a bordo.

– Ela está segura – gritou a regasa. – Conseguimos.

O alívio o inundou com tamanha intensidade que suas pernas quase se dobraram, mas a luta ainda não terminara. Ele estava ferido e sangrando, mas não podia desistir.

Algo se movia na fumaça.

Stellan se virou, por um momento acometido pela tontura.

Ele se firmou, murmurando baixinho:

– A Força está comigo. A Força é poderosa.

O que quer que estivesse por vir, ele precisava estar preparado. O mantra ajudaria; já podia sentir a força rastejando de volta para seus membros, clareando a névoa em sua cabeça, se não na atmosfera ao redor.

– A Força está comigo. A Força é poderosa.

Aquele era seu dever. Sua vocação. Não iria parar até que todos no andador estivessem seguros.

– A Força está comigo! A Força é poderosa!

O sabre de luz de Stellan surgiu rápido da fumaça à sua esquerda, encontrando sua mão aberta. Segurando o punho do sabre de Kant com força, ele acendeu as duas lâminas ao mesmo tempo e manteve a posição, pronto para defender a todos.

Os vultos na névoa assumiram três formas que corriam em sua direção. Stellan ficou tenso quando Matari e Voru saltaram para fora da nuvem de guerra, seguidos pelo lampejo de uma armadura vermelha familiar.

Ele relaxou, baixando os sabres quando o Capitão Maramis parou à sua frente. O Togruta respirava com dificuldade, e sangue escorria de um corte vívido em sua bochecha.

– Os Nihil?

– Problema resolvido – respondeu o capitão, gritando para ser ouvido em meio ao ataque sonoro dos invasores. – Pelo menos aqueles tolos o bastante para enfrentar um par de targons furiosos.

As criaturas estavam cutucando com seus focinhos Quo, ainda caído no chão de forma preocupante.

Stellan guardou os sabres de luz e correu até o assistente, seguido por Maramis. O guarda olhou para o andador, que mais uma vez estava envolto pela névoa.

– O que aconteceu? A regasa...?

– Está em segurança, e é muito corajosa.

– Isso eu posso lhe dizer.

Os targons se afastaram, permitindo que Stellan se ajoelhasse ao lado de Quo. Ele checou a pulsação do Koorivar: fraca, mas constante.

– Ele está em choque.

– Esta fratura parece séria.

– E é. Precisamos levá-lo para cima, com os outros.

– Onde estão as escadas?

– Destruídas. – Stellan não tinha tempo de explicar os detalhes naquele momento, apenas apontou na direção do Trandoshano que matara. – Tem um Nihil bem ali. Ele tinha um escudo.

– Tinha?

– É, não vai mais precisar dele. Você pode trazê-lo para mim... e o machado também?

– Você quer as armas dele?

– Por favor – disse Stellan, tentando não se frustrar. – Só faça o que eu pedi.

Maramis assentiu e voltou com os armamentos, que jogou no chão, junto com uma bandoleira repleta de frascos.

– Todos eles usam uma dessas – explicou o capitão da guarda, apontando para uma agulha conectada ao acessório. – Isso estava ligado a um implante no braço restante do Trandoshano. Acho que são estimulantes para manter os selvagens lutando, mesmo quando feridos.

– Isso explica muita coisa – disse Stellan, lembrando-se da tenacidade de seu oponente, impressionante até mesmo para um Trandoshano. Os estimulantes poderiam ser úteis, mas no momento ele tinha os ferimentos de Quo para se preocupar. Enquanto Maramis observava, ele sacou um sabre de luz e cortou as lâminas do machado Nihil. Em seguida, usou sua estola, agora manchada de sangue, para prender a haste na perna de Norel. A tala era tosca, mas teria que servir.

– Agora isso aqui – disse Stellan, virando a parte com as alças do escudo para baixo, ao lado do assistente. Parecia quase do tamanho certo.

– O tamanho certo para quê? – perguntou Maramis, e Stellan percebeu que devia estar falando em voz alta. Talvez o ferimento em sua cabeça fosse pior do que imaginara. – Lorde Jedi?

Stellan não respondeu. Em vez disso, estendeu a mão e usou a Força, colocando Quo sobre o escudo tão delicadamente quanto conseguia. Assim como a tala, a maca improvisada não era a ideal, mas permitiria que movessem Quo sem infligir mais danos... com sorte.

Colocando a bandoleira de drogas sobre o peito de Quo, Stellan acalmou sua mente o máximo possível. Ergueu ambas as mãos, e o escudo flutuou hesitante. O esforço fazia Stellan querer vomitar, mas ele sabia que precisava continuar forte. Se sua concentração vacilasse, mesmo que por um instante, Quo desabaria pela segunda vez, e nenhuma quantidade de estimulantes Nihil o ajudaria.

Stellan empurrou a maca improvisada para cima, sentindo o escudo subir em meio à névoa.

– Isso! – gritou uma voz acima. A chanceler, salva de sua provação. – Você está conseguindo, Stellan. Quase conseguimos pegá-lo. Continue.

O Jedi exausto se concentrou nas palavras dela e no incentivo dos outros sobreviventes, que se inclinaram para agarrar o escudo quando ele ficou ao alcance, erguendo Quo pela borda e o levando para a plataforma.

Stellan esperou, não liberando sua influência até ter certeza de que o assistente não rolaria para fora do escudo, não até que soubesse que estava seguro a bordo. Então, e só então, ele relaxou. Seus joelhos se dobraram e ele tombou para a frente, Maramis se apressando para pegá-lo antes que caísse.

– Stellan.

– Estou bem – disse Stellan, segurando o braço do capitão com gratidão. – A Força está comigo.

O som da batalha os alcançava através da névoa.

– Fico feliz em ouvir isso, porque estamos prestes a ter companhia.

Stellan se levantou, satisfeito por não cair imediatamente de volta ao chão. À direita deles, Voru rosnava. Stellan afastou o nevoeiro para o lado, e viu o targon cutucando a escada caída com a pata.

– Podemos colocá-la na vertical? – perguntou Maramis, correndo até o targon.

– Talvez – respondeu o Jedi. – Embora não tenhamos garantia de que ela aguentará nosso peso.

– É isso ou escalar as pernas do andador.

Stellan olhou e viu que Matari já estava fazendo exatamente aquilo, escalando a perna do andador como se fosse uma árvore pinnoc, do mundo nativo dos targons. Com ou sem a Força, não havia como ele fazer aquilo. Ele duvidava que fosse capaz até mesmo de saltar naquele momento.

– Escadas, então – concordou ele, ajudando Maramis a erguê-las de volta. Eram mais pesadas do que o esperado, mas Stellan ainda tinha energia o suficiente para pedir ajuda à Força. Os degraus se encaixaram no lugar, e eles a empurraram o mais perto que podiam da lateral do andador.

Com gritos horripilantes, mais Nihil irromperam da nuvem, com porretes e machados empunhados. Maramis sacou sua própria arma, derrubando dois dos invasores com uma sequência de disparos de sua kiavene.

– O que está esperando? – gritou o capitão, derrubando um terceiro oponente. – Vá!

Stellan não teimou em argumentar. Jedi ou não, Maramis estava em melhores condições do que ele, como ficou dolorosamente óbvio quando ele se esforçou para agarrar as escadas e subir pelo andador. A estrutura sacudia de forma preocupante, mas ele conseguiu alcançar o topo. A Regasa Elarec o ajudou a passar pela beirada, e o segundo targon chegou logo depois dele. Em seguida, foi a vez de Maramis, subindo as escadas com pressa, ignorando o quanto ela balançava.

– Cuidado! – gritou Madame Conserra enquanto outro Nihil subia atrás dele, mas o bandido não chegaria longe. Stellan esperou até que Maramis alcançasse a beirada antes de dar um último empurrão com a Força. Daquela vez, a escada tombou. Stellan se virou, agarrando-se a um assento próximo para se equilibrar. A Chanceler Soh subira até a cabine do andador e estava ativando os controles. O gigante metálico dava seu primeiro e estrondoso passo.

– Estamos nos movendo – comemorou Lerahel, abraçando seu filho enquanto os raios dos blaster abaixo ricocheteavam inofensivos contra o ventre do andador. Stellan cambaleou para a frente, ignorando o grito do Nihil que se viu sob um dos pés do veículo enquanto eles avançavam pesadamente.

– Não sabia que você podia pilotar uma dessas coisas – disse ele para Lina Soh quando chegou à cabine.

– Nem eu – admitiu ela, olhando para a névoa que por sorte era um pouco menos espessa no alto. – Então, para onde vamos?

– Em frente – disse Stellan, apontando na direção que esperava ser a do posto avançado do templo de Valo. – Sempre em frente.

# CAPÍTULO QUARENTA E QUATRO

## A *INNOVATOR*

*Vamos lá ver a* Innovator *sozinhos,* dissera ele. *Consigo colocar a gente lá dentro,* dissera ele.

Que idiota.

– Kip, pega a minha mão.

Jom esticou-se na direção de Kitrep, pronto para puxá-lo para cima em uma escadaria que estava inclinada da forma errada. As coisas estavam de um jeito que era impossível dizer o que era piso, parede ou teto, não que aquilo importasse, contanto que eles conseguissem sair antes que a nave afundasse.

Os dedos de Kip encontraram o pulso de Jom e o garoto o levantou. Kip agarrou o corrimão com a outra mão para se equilibrar.

Atrás dele, o Quarren que encontraram vagando sozinho pelo corredor ofegava de maneira lamentável. Kip olhou para ele, preocupado com o velho. Ele estava piorando rápido e o corte feio em seu olho esquerdo ainda sangrava. Kip o vira com uma mulher na plataforma de observação, mas ele estava ali sozinho, e era impossível confundir as lágrimas nos olhos do Quarren. A única coisa que sabiam sobre ele era seu nome e o fato de que estava tendo dificuldades para respirar.

– Você está bem, Nwo? – gritou Jom. – Precisa de uma mão?

– Ele não fala Básico – lembrou Kip ao filho do prefeito, voltando pelo caminho para ajudar. Felizmente, para todos ali, Quarrenês fora apenas uma das muitas línguas que sua mãe insistira para que aprendesse.

– Não falta muito – disse ele ao veterano, apenas para que o Quarren balançasse a cabeça, desolado.

– Deixe-me.

– De jeito nenhum. Vamos ficar juntos.

Não seria difícil. Afinal, eram apenas quatro. Kip, Jom, Nwo e Leesa, a monitora da feira que os tirou da plataforma quando os Nihil atacaram.

– Deixe-me ficar atrás de você – disse Kip, dando a volta ao redor do Quarren. – Para ajudar.

Ainda resmungando, Nwo se permitiu ser empurrado escadaria acima, Jom agarrando as vestes encharcadas do Quarren.

– Mas para onde estamos indo? – borbulhou Nwo quando chegaram ao topo.

Era uma boa pergunta. Ele se virou para Leesa, que estava consultando um datapad trincado.

– Onde estamos agora?

A mulher deslizou um dedo pelo mapa na tela, girando o dispositivo para ter uma ideia da localização.

– Por aqui – disse ela, com um sotaque que Kip não reconheceu. Ela apontava para uma porta parcialmente fechada que travara nas corrediças.

Jom avançou e tentou abri-la, seus músculos contraídos sob a camisa molhada.

– Está se movendo – disse ele, com os dentes cerrados.

Leesa colocou o datapad na cintura e foi ajudar, puxando a porta na direção para onde Jom a empurrava. Kip juntou-se a eles enquanto Nwo se apoiava pesadamente na parede, recuperando o fôlego.

A porta rangia nas corrediças.

– Isso – disse Jom. – Está dando certo.

E deu certo, de uma forma espetacular. A porta deslizou para trás, de repente, como se tivesse acabado de ser lubrificada. Leesa a soltou, mas Kip e Jom foram derrubados pelo movimento súbito, caindo amontoados no chão, uma confusão de braços e pernas emaranhados.

– Cuidado – disse Jom, agarrando Kip com força antes que ele caísse de volta escadaria abaixo. Kip agarrou-se ao Valon, sentindo o corpo do garoto junto ao seu. Ele passara a noite anterior fantasiando sobre como seria ter Jom tão próximo, mas aquele não era o momento de realizar seus sonhos. A dupla se desvencilhou, ficando de pé no instante em que Leesa desapareceu pela porta recém-aberta.

– Por aqui!

Eles a seguiram enquanto ela rastreava sua localização no mapa, virando primeiro para um lado, depois para o outro. Kip não fazia ideia de onde estavam indo, mas não tinha escolha a não ser confiar na mulher enquanto ela os conduzia por passagens barulhentas, sob encanamentos que haviam se partido quando o teto desabou e entre equipamentos derrubados. Nwo escorregou ao tentar atravessar o que parecia ser uma máquina automática de vendas, respirando fundo quando seu pé ficou preso no aparelho retorcido. Kip e Jom o ajudaram a caminhar depois daquilo, os braços do Quarren ao redor dos pescoços dos garotos enquanto ele meio que andava e meio que mancava atrás da monitora.

– Tem certeza de que sabe para onde está indo? – perguntou Jom.

– Não. – A resposta foi honesta. – Mas se estou lendo corretamente, estamos no convés seis. Há uma doca de transportes três níveis abaixo, que acredito podermos alcançar através de um turboelevador à frente.

– E que benefício uma doca de transportes pode nos trazer? – perguntou Kip.

Jom entendera.

– Se tiver um módulo de transporte, podemos conseguir abrir as portas da doca e escapar.

– Isso se elas não estiverem submersas.

– Você é um raiozinho de luz estelar, né? – provocou Jom. Kip tentou não se ofender com a repreensão. – Mesmo se estiverem, o módulo ainda deve ser capaz de nos levar de volta à superfície. Temos que tentar.

Jom estava certo. Eles não podiam voltar e não tinham nenhuma outra maneira de escapar dali. Ainda assim, parecia um tiro no escuro.

– Aqui estamos – disse Leesa quando o grupo chegou até as portas do elevador. As luzes piscavam acima deles.

– Não acho que seja bom usar elevadores durante emergências – disse Kip, escorregando por baixo do braço de Nwo.

– Duvido que esteja funcionando – admitiu Leesa, abrindo um painel de acesso para revelar uma alavanca. Ela a puxou para baixo e as portas se abriram, revelando um poço completamente vazio com uma escada e uma queda sem fim.

– Isso aqui tem uma luz – disse Leesa, procurando um controle no datapad. Uma pequena lâmpada se acendeu, ofuscando Kip por um momento enquanto a monitora prendia o datapad em seu cinto, com o lado da lâmpada para fora.

– Eu vou primeiro – disse Jom, indo na direção da escada.

– E quanto a Nwo?

– Vou dar um jeito – disse o Quarren em sua própria língua, tendo compreendido o significado da pergunta de Kip. – Vá na frente.

– Tem certeza? – perguntou Kip, em Quarrenês e, embora Nwo assentisse, ele percebia pelo tremor dos tentáculos que o Quarren tinha tudo, menos certeza.

*Então somos dois*, pensou Kip, estendendo a mão para a escada.

Os degraus estavam molhados, a água escorrendo pelo poço vindo de cima, e os braços e pernas de Kip não demoraram para começar a doer quando ele começou a descer. Acima dele, Nwo se esforçava a cada degrau, seguido por Leesa. Eles avançaram em silêncio, a respiração de Kip soando muito alta enquanto ele tateava o próximo degrau com os pés, com muito medo de olhar para baixo. Ele tinha certeza de que iria escorregar, mas conseguiu se segurar enquanto passavam pelas portas fechadas do convés quatro.

– Só falta mais um – incentivou Leesa, embora a tarefa tenha se revelado não tão fácil quanto parecia.

– Temos um problema – disse Jom.

– Só um? – respondeu Kip, finalmente olhando para baixo para ver do que o outro garoto estava falando. Era um problema mesmo. O poço estava cheio de água, forçando Jom a parar.

– Quanto falta para as próximas portas? – perguntou o Valon.

– Não devem estar longe – soou a voz de Leesa, de cima.

– Mas está tão escuro – disse Kip. Era verdade. Mesmo com a lanterna de Leesa, era como tentar nadar em óleo, a água negra como piche.

– Existe uma maneira de abrir as portas daqui? – perguntou Jom.

– Sim – disse Leesa. – Deve haver uma alavanca como a que usei antes. Abra o painel e você deve conseguir abrir as portas.

– Mesmo debaixo d'água? – perguntou Kip.

– Creio que sim.

Aquilo não era muito reconfortante.

– Do que vocês estão falando? – perguntou Nwo.

Kip traduziu para o Quarren, que suspirou profundamente.

– Devo nadar para baixo e abrir as portas.

– Não. Você não está forte o bastante.

– Sou forte como uma keelkana – afirmou Nwo, estufando o peito antes de ter um ataque de tosse.

– Esta é uma conversa particular ou podemos participar? – perguntou Jom.

– Ele disse que pode nadar até lá.

– Não nessas condições.

– Então compre a briga com o Quarren.

– Para a sorte de vocês, eu nado neste lago desde que tinha o tamanho de uma larva de beeta. Hora de dar mais um mergulho.

O Valon tomou fôlego e pulou na água, antes que Kip pudesse detê-lo.

– Jom!

– Ele vai ficar bem – disse Leesa, mas Kip não tinha tanta certeza. Também não sabia se deveria pular na água para ajudar. Ele nunca fora um bom nadador, e só a ideia daquilo já fazia seu estômago se embrulhar, mas se Jom estivesse em apuros...

Bolhas irromperam na superfície, primeiro pequenas e depois maiores. Kip percebeu que estava prendendo a própria respiração, principalmente quando o monte de bolhas cessou, e nenhuma outra subiu.

– Jom? – A água estava sinistramente parada. – Jom!

Então seria daquele jeito. Ele *tinha* que pular. Desejando que seus dedos soltassem o degrau, Kip respirou fundo e se preparou para mergulhar de cabeça na escuridão.

A água começou a baixar, e Leesa comemorou enquanto ela era drenada por um conjunto de portas abertas, que iluminavam o poço com uma fraca luz de emergência.

Uma cabeça surgiu por entre as portas, com o cabelo ruivo molhado e pingando.

– E então? – disse Jom, sorrindo para Kip. – Estão esperando um convite formal?

Eles desceram, Jom os ajudando a passar para o corredor que, assim como o restante da nave, estava pendendo para o lado. A respiração de Nwo estava mais ofegante do que nunca, mas ainda assim ele saltou para a frente para agarrar Leesa quando a nave sacudiu de forma repentina e ela perdeu o equilíbrio.

– Pegamos você – disse Kip enquanto a puxavam para fora do poço, mas nada pôde impedir o datapad de cair do cinto da monitora e afundar na água que se acomodara sob as portas abertas.

– Por favor, não me diga que você precisa que eu vá atrás daquilo – perguntou Jom, olhando para a água turva.

– Não há necessidade – disse Leesa, apoiando-se na parede para evitar escorregar. – A doca de transportes está adiante.

Por sorte, eles não precisariam andar muito, mas nem aquilo evitou que Nwo tropeçasse uma vez ou outra, cada queda fazendo Kip se perguntar se o veterano conseguiria se levantar novamente.

– Falta pouco agora – prometeu Leesa enquanto eles viravam uma esquina, descobrindo que a doca de transportes estava em condições piores que as de Nwo. Barris e contêineres tinham rolado de um lado ao outro do hangar, amontoando-se na parede oposta. Cabos pendiam de um teto perigosamente perto de colapsar. Mas havia um vislumbre de esperança na forma de um módulo de transporte subluz que escorregara junto com os barris, mas ainda parecia inteiro.

– A escotilha está aberta – avisou Leesa, enquanto entrava a bordo.

– Está seco? – perguntou Jom.

– Como uma noite em Chaaktil. – Luzes acenderam-se no interior da cabine. – E temos energia!

Eles ajudaram Nwo a atravessar a escotilha, encontrando duas fileiras de assentos, três no fundo e duas diante dos controles. Leesa sentou-se na poltrona do piloto, ativando controles no painel e franzindo a testa.

– O que foi? – perguntou Jom, notando a expressão dela.

– Podemos ter energia, mas o hangar não tem. – Ela olhou para as portas duplas do hangar, que normalmente levariam para o vazio do espaço, através da janela de observação de transparisteel do transporte. – Aquelas coisas estão bloqueadas.

Jom e Kip se juntaram a ela, Jom sentando-se no assento do copiloto.

– Não há nada que possamos fazer a partir daqui?

Os botões sob os dedos de Leesa apitaram desamparados.

– O sistema já era.

Kip virou-se para sair do transporte.

– Onde você vai?

Ele se voltou para Jom.

– Deve haver algum controle manual, como no poço do elevador.

– Não gosto da ideia de puxá-los com as mãos – admitiu Jom. – Não com um lago do lado de fora.

– Temos alguma outra opção?

– Essa coisa tem armas?

Leesa leu os controles da nave.

– Acho que sim. Um mínimo, pelo menos. Lasers simples, nada além disso.

– O suficiente para perfurar as portas?

Ela continuou a verificar os controles.

– Só há uma maneira de descobrir, mas o verdadeiro problema vem depois disso...

O coração de Kip quase parou.

– Você não sabe pilotar.

– Não mesmo. Sou ótima para ligar a energia e nada mal no que se trata de identificar sistemas, mas nos levar de volta à superfície? É uma coisa completamente diferente.

Jom praguejou.

– Concordo plenamente.

– Bem, eu não sei o que fazer. – Jom virou-se para Kip, olhando-o com expectativa.

– Eu? Por que eu saberia pilotar uma nave espacial?

– Você deve ter estado em várias.

– Como *passageiro*.

– Ah, pelo amor de Dac, afastem-se. – Todos eles se viraram com a repentina explosão de Quarrenês para ver Nwo se lançando na direção de Leesa, acenando para ela com sua mão enrugada. – Vamos. Xispa. Xispa.

Mesmo sem entendê-lo totalmente, a monitora se afastou para o lado, deixando o Quarren se sentar na poltrona do piloto.

– Você é um piloto? – perguntou Kip.

– Eu *era* um. As coisas não devem ter mudado tanto.

Nwo começou a ativar interruptores com os dedos palmeados e os motores zumbiram, assim como o comunicador, de onde chiava uma voz.

*"... Aqui é Vam Targes, o projetista desta nave. Estou tentando ejetar o processador principal que contém pesquisas vitais sobre as anomalias do hiperespaço que os Nihil parecem estar usando. A cabine de comando está se enchendo de água rapidamente e..."*

O som de uma explosão retumbou nos alto-falantes, o que já seria preocupante o suficiente se o hangar não sacudisse subitamente. Todos gritaram, agarrando-se a qualquer coisa que podiam enquanto o transporte espacial se movia, deslizando na direção da parede traseira. Uma grande rachadura surgiu quando o teto da doca finalmente cedeu, e a água caía de cima. Algo muito grande e pesado atingiu o topo do transporte onde estavam, curvando a parte superior da nave, que parou de se mover com um solavanco. Jom esticou o pescoço e olhou para cima.

– Estamos presos sob uma viga.

– Que tipo de viga? – perguntou Kip.

– O tipo que precisaria de uma dezena de Wookies para ser removida.

A doca do hangar estava se enchendo rapidamente, o nível da água já na metade da janela de observação.

– Você acha que a nave afundou no lago? – perguntou Kip.

– Não dá para saber – disse Leesa. – Mas é provável.

– Então, o que podemos fazer? – lamentou Jom.

– Segurem-se em alguma coisa – balbuciou Nwo, acionando os motores. A nave sacudiu mais violentamente do que nunca e, por uma fração de segundo, eles ouviram um terrível ruído de metal raspando enquanto ela tentava se livrar da viga.

– Não é bom. Estamos presos – disse Kip, levantando-se em um pulo e abrindo a escotilha.

– O que você está fazendo? – gritou Jom por cima dos motores.

– Vendo se posso me comparar a uma dezena de Wookies.

Jom e Leesa correram atrás dele, mas foi inútil. Por mais que tentassem, não havia como erguer a viga. Estavam presos mesmo.

– Será que a nave tem algum equipamento de corte? – sugeriu Jom.

– Mesmo se descobríssemos como usá-lo, teríamos tempo para cortar o metal? – perguntou Kip, antes de decidir não perder mais tempo esperando por uma resposta. – Deixa para lá. Vou procurar.

Kip dirigiu-se para a escotilha, mas deslizou no teto molhado da nave, escorregando para a beirada. Respirando fundo, fechou os olhos e esperou ser atingido pela água gelada. Em vez disso, viu-se flutuando no ar, com os braços pendurados.

– Tente ficar calmo – disse uma voz acima dele. Kip virou-se enquanto era erguido de volta ao topo da nave e viu uma figura encarando-o no convés acima, uma mão segurando firme enquanto a outra traçava o caminho de Kip de volta à segurança.

– Bell!

O Padawan saltou para baixo e juntou-se a eles, pousando com uma graça impossível.

– Estão se divertindo?

– Não mesmo – respondeu Kip. – Mas obrigado por, você sabe, me levitar.

– É o mínimo que eu posso fazer. – Bell virou-se para olhar a viga. – Vocês nunca vão conseguir mover isso. Precisam de uma ferramenta de corte.

– Era o que eu estava indo procurar.

– Não precisa mais. – Bell sacou o sabre de luz, acendendo a lâmina verde. – Voltem para dentro.

Kip afastou a água dos olhos.

– E você?

– Deixe que a Força se preocupe comigo. Vão.

Eles obedeceram, deslizando até a escotilha aberta, que Leesa fechou atrás deles.

– Não podemos abandonar Bell lá em cima – disse Kip, mas ela já estava afivelando um cinto de segurança sobre o colo.

– Você ouviu o que ele disse. Ele é um Jedi. Isso é o que eles fazem.

– Cometem suicídio?

– Não – gritou Bell do lado de fora. – Estão todos prontos?

Kip informou a Nwo o que achava que Bell estava planejando e o Quarren concordou.

– Sim. Estamos prontos para ir.

– Então, segurem firme.

Houve um assobio, e faíscas choveram sobre a janela de observação. Kip estremeceu, mas o transparisteel não rachou, ao menos naquele momento.

O som estridente de metal cessou, e os passos de Bell soaram acima de suas cabeças enquanto ele atravessava para o outro lado da nave. O Padawan fez um som abafado, mas eles não conseguiram distinguir por causa do barulho da água.

– O que você disse? – gritou Kip.

– Eu cortei a viga do lado direito. – Foi a resposta. A água chegara ao topo da janela de observação. Eles achavam que Bell começaria do outro lado, mas estava muito difícil compreender.

– Prepare os canhões – gorgolejou Nwo para Jom, que o encarou sem entender.

– Os lasers – traduziu Kip.

– Na sua frente – acrescentou Leesa.

– Onde? – perguntou Jom, com a voz pelo menos duas oitavas mais agudas.

O som de corte começou novamente.

– Aqui e aqui – disse Nwo, inclinando-se e apertando os botões. As portas do compartimento apareceram em um monitor tático diante de Jom, um alvo vermelho cobrindo a imagem.

– Basta pressionar quando eu disser, certo? – instruiu Nwo, e daquela vez Jom pescou o significado.

– É assim que disparamos as armas, certo? *Pew Pew*?

– Sim, armas – confirmou Nwo, adicionando um "pew" em Básico no fim da frase para reforçar.

No teto da nave, os pés de Bell mudaram de posição.

– Ele deve estar quase terminando – disse Leesa.

Nwo acionou os motores, colocando a mão no controle do propulsor.

– Ainda não – insistiu Kip, mas Nwo não estava disposto a aguardar. A água já tinha coberto a janela completamente, e uma rachadura surgiu repentinamente. Será que o transparisteel finalmente cederia?

– Agora, sim – disse Nwo, puxando a alavanca antes que Bell terminasse de cortar.

Kip gritou para esperar, mas seu grito se perdeu em meio ao som de metal se rasgando quando a nave avançou para a frente.

– Fogo – rugiu Nwo em Básico, lutando com os controles enquanto o transporte seguia na direção das portas. – *Pew, pew*!

Jom apertou o gatilho e houve um clarão de luz ofuscante seguido por um tsunami de água quando as portas se desintegraram.

Nwo gritou mais alguma coisa, mas Kip não ouviu o que era. Estava muito ocupado tentando se segurar em uma cadeira. Outra rachadura surgiu e a água começou a espirrar por uma fissura muito visível na janela de observação. Kip não conseguia ver para onde estavam indo, ou mesmo se estavam fora da *Innovator*, mas segundos depois a água parou de jorrar e a escuridão foi substituída por céus tomados de fumaça.

Jom socou o ar enquanto Kip lutava para não vomitar quando Nwo dava uma volta brusca com o transporte na direção do porto. Não havia sinal da *Innovator*, e o próprio parque estava envolto em uma espessa névoa amarela que se prendia ao solo. Havia incêndios e explosões, caças estelares dançavam em torno uns dos outros acima deles. As ilhas celestes tinham desaparecido, assim como a maioria dos pavilhões. Transportes aéreos abatidos queimavam no cais. Corpos estavam espalhados em todas as direções.

– Minha mãe está em algum lugar lá fora – comentou Kip baixinho enquanto Nwo abaixava o nariz da nave.

– Estamos indo rápido demais – gritou Leesa, mas Nwo apenas gritou que se preparassem, puxando os controles com toda a força.

Kip já passara por holos de segurança de voo o bastante em sua vida, e disse a todos que se curvassem para a frente, com as mãos sobre as cabeças.

A nave atingiu o solo e guinchou até parar, lançando-os contra seus cintos. Kip ergueu os olhos, surpreso por ainda estar vivo. Jom já estava fora de seu assento, abrindo a escotilha.

– É seguro? – perguntou Kip.

– Melhor do que aqui. Não sabemos se vai explodir.

Eles saíram aos tropeções, Kip ajudando Nwo, embora quisesse gritar com o velho tolo e egoísta por ter deixado Bell para trás.

Lá fora, o ar estava rançoso. Gritos e explosões eram abafados pelo que parecia ser a definição de música para um louco. Kip engasgou-se com o fedor horrível e suas pernas se dobraram, levando Nwo para baixo junto com ele.

Jom logo estava ao lado deles, verificando se estavam bem.

– Claro que não – balbuciou Kip, empurrando Jom para o lado. – Acabamos de deixar um Jedi se afogar em uma nave afundando.

Jom pareceu magoado com a raiva na voz de Kip.

– Eu sei.

– Ele era um dos mocinhos, Jom. Diga, o que isso nos torna?

Como se respondesse, um cachorro latiu em algum lugar na frente deles. Kip ergueu os olhos para ver um cão de caça cinza e laranja correndo na direção deles a toda velocidade. A charhound de *Bell*. Será que ela saberia o que eles tinham acabado de fazer? Estava prestes a se vingar por terem abandonado seu mestre? Matari e Voru certamente o fariam com qualquer um que tivesse feito o mesmo com sua mãe.

Ele ergueu um braço para se proteger, mas a charhound passou por ele disparada, saltando pela lateral da nave destruída. O queixo de Kip caiu quando ele viu Brasa pular nos braços de uma figura esparramada no teto amassado da nave, uma figura em mantos Jedi encharcados.

– Bell – gritou Kip, levantando-se e correndo para a nave. – Você conseguiu!

– Eu disse que a Força cuidaria de mim – disse o Jedi, tentando impedir que a charhound o lambesse até a morte. – Embora não tenha sido muito divertido me agarrar enquanto vocês atravessavam as portas.

– Sim, sobre isso... – começou Jom, envergonhado.

Bell saltou do módulo de transporte, Brasa pulando atrás dele.

– Nós saímos, isso é o que importa. Mas receio que meu sabre de luz afundou com a nave.

– É uma pena – disse Leesa. – Acho que vamos precisar dele.

– Eu preciso encontrar a minha mãe – Kip deixou escapar, e Bell colocou uma mão reconfortante em seu ombro.

– Nós vamos, se ficarmos juntos. – Algo atrás deles chamou a atenção de Bell, e ele sorriu. – Todos nós.

Kip virou-se e viu uma mulher Pantorana e uma dupla de Cyclorrianos enlameados ajudando um humano ferido em um uniforme de comissário esfarrapado.

– Denis – disse Leesa, reconhecendo o homem. – Você está...

– Vou viver – respondeu o homem, dirigindo ao Jedi um sorriso cansado. – Graças a Bell. É bom ver você de novo, garoto.

– Você também – respondeu Bell. – Embora esse realmente não seja o melhor lugar para uma reunião. Espero que estejam prontos.

– Para quê? – perguntou Jom.

Bell virou-se para a nuvem dos Nihil.

– Sair da nave foi a parte fácil. Agora vem o verdadeiro desafio...

# CAPÍTULO QUARENTA E CINCO

## PARQUE DA FEIRA, VALO

A maça poderia ter matado o Jedi. *Ela* poderia ter matado o Jedi, pela segunda vez em poucos dias. Ty sabia daquilo e se arrependeu do que fizera, assim como se arrependera de mirar o coração dele na noite anterior, mas ninguém pegava o sabre de luz dela. Ninguém.

Ela poderia lidar com o fato de ser trancafiada, algo que acontecia com bastante frequência, mas aquela arma era um dos únicos vínculos que tinha com sua antiga vida, antes de todos os monstros e gângsters. Da época em que ela era boa.

– Ty? Ty, o que diabos você está fazendo? – Era Mantessa, que saía da fumaça cambaleando atrás dela. Klerin a acompanhava, alguns passos atrás. – Precisamos sair daqui, agora.

– Não até eu recuperar o que é meu – disse Ty, mantendo os olhos fixos no Jedi, que lutava para se levantar, atordoado pelo golpe. Sua bochecha já estava inchada, talvez até mesmo fraturada, mas ele podia lidar com a dor, ela sabia. Ela mesma aprendera as lições.

– Você não quer fazer isso – disse o Jedi, com as palavras arrastadas. – Só está piorando as coisas.

Pior do que ser uma fugitiva? Mesmo em meio ao ataque Nihil, escapar das autoridades era outra mancha em seus registros, com ou sem Padawans ajudando.

– Só me entregue o meu sabre de luz e eu vou embora – ordenou ela, estendendo a mão. – Você nunca mais me verá novamente.

– E se eu não quiser?

Ty tornou a assumir uma postura de combate quando o Jedi se levantou, cambaleando ligeiramente.

– Acho que você não tem muita escolha.

– Ah é?

A maça foi arrancada de suas mãos, voando para a mão dele. Ty praguejou, cerrando os punhos. Se ao menos ela tivesse conseguido recuperar o restante de seu arsenal da prisão. Aquele era um confronto que ela não poderia vencer, mesmo com o Jedi naquele estado. E o desgraçado presunçoso sabia.

Ainda assim, ela nunca fugia de uma briga.

– Yorrick! – sibilou Mantessa, atrás dela.

– Vá – disse ela por cima do ombro, sem desviar os olhos do Jedi, que tinha a maça estendida para baixo próxima à lateral do corpo, os olhos surpreendentemente vívidos para um homem que quase morrera com o último golpe. – Encontro vocês mais tarde.

– Nem se dê ao trabalho – respondeu Mantessa, puxando Klerin para a fumaça. Ótimo. Duas pessoas a menos com quem se preocupar. Não era como se esperasse ser paga, de qualquer modo. Não depois de como tudo correra tão mal. Decisão tomada. Sem mais trabalhos de guarda-costas. Daquele dia em diante, faria apenas o que fazia de melhor: derrubar monstros. E, para isso, ela precisaria do seu sabre de luz.

– E então? – disse ela, olhando para a maça.

– Então o quê?

– Vamos fazer isso?

Ela soava confiante. O que era bom, porque sem uma arma na mão, confiança era a última coisa que sentia. Qualquer outro Jedi poderia incapacitá-la, empurrando-a para trás com a Força ou tentando um truque mental, mas ela vira o que aquele cara tinha feito com a ilha celeste. Já fazia muito tempo que Ty não colocava os pés dentro de um templo Jedi, mas ela se lembrava dos ensinamentos bem o bastante para saber a diferença entre a luz e a escuridão. O que ele acabara de manipular definitivamente fora a escuridão.

Ty avançou para ele, chutando, mirando o peito que ela tentara atravessar na noite anterior. Ele se esquivou, evitando o chute e o soco que se seguiu.

– Não faça isso – advertiu ele.

– Eu preciso fazer.

– Muito bem.

O Jedi ergueu a maça sobre o peito e... a jogou longe.

Ela o encarou, sem saber como reagir, principalmente quando ele colocou a mão dentro do manto e mostrou o sabre de luz dela.

– Tome.

Ty piscou de perplexidade.

– O quê?

O Jedi deu um passo à frente, estendendo o cabo na direção dela.

– Você quer seu sabre? Pode ficar com ele.

– Simples assim?

– Simples assim, embora eu precise de algo em troca.

Arrá! Típico, não? O mundo inteiro estava desabando ao redor deles e aquele palhaço estava tentando fazer um acordo.

– O que diabos você quer de mim?

Ele abriu a mão e o sabre de luz flutuou em sua direção.

– Sua ajuda. Seja quem for, você foi treinada como uma Jedi. Isso é óbvio. Não sei o que aconteceu para se afastar da Ordem, mas sei que é dessa forma que você pode consertar as coisas.

Ela bufou, o sabre de luz ainda pairando entre eles. Aquilo tinha que ser um truque.

– Você não sabe o que aconteceu para eu ter *me* afastado? Diz o cara que fez *aquilo*. – Ela apontou um dedo em direção ao lugar onde antes ficava a ilha celeste. – O que vem em seguida, hein?

– Depois eu vou consertar as coisas. – O Jedi empurrou o sabre de luz para mais perto dela, desafiando-a a pegá-lo. – Olha, a ilha celeste é o motivo pelo qual não posso ficar sozinho. Preciso de alguém... para me manter no caminho certo.

–Eu? – Ty riu.

O Jedi deu de ombros, com a mão estendida, o sabre de luz tremendo levemente no ar.

– Você é a única aqui, e pessoas estão morrendo. Elas precisam de mim, o que significa que eu preciso de você. A Força sabe disso, eu sei disso e acho que, no fundo do seu coração, você também sabe. Vai me ajudar? Por favor.

Ty o encarou, estudando o rosto do Jedi, tentando descobrir se tudo aquilo era um truque. Ele parecia bastante sincero, mas não era sempre assim? Como último recurso, ela estendeu seus sentimentos do jeito que fora ensinada há muito tempo e sentiu uma enorme quantidade de dúvidas e arrependimentos, e uma determinação avassaladora de consertar as coisas.

O cara estava sendo honesto. Ele poderia tê-la matado onde estava, mas precisava dela... realmente precisava dela, de um jeito quase opressivo.

Ty pegou o sabre de luz no ar, verificando se ele o desativara. Tudo parecia estar em ordem. Agora o jogo tinha virado. Era ela quem estava armada, e ele vulnerável, em mais de um aspecto.

Ela olhou para cima e encontrou seus olhos angustiados e atormentados.

– E então? – perguntou ele, com as mãos vazias viradas para ela.

– Obrigada por isso – disse ela, batendo o cabo contra a mão e tomando outra decisão. – Mas essa luta não é minha. Sinto muito. Por tudo.

Ty Yorrick virou-se e correu para a névoa antes que pudesse mudar de ideia.

# CAPÍTULO QUARENTA E SEIS

## O PAVILHÃO DA LUZ ESTELAR

Rhil operava equipamentos de comunicação há anos, mas nunca vira algo tão sofisticado e simplesmente belo como o transmissor de comunicação Jedi com seus painéis dourados e mostradores antigos. Claro, ele não parecia tão elegante depois de Rhil instalar um monte de cabos que arrancara de um terminal de computador próximo. Ela esperava que OrbaLin pudesse perdoá-la, embora, a julgar pelos diversos estrondos e gritos, o arquivista ainda estivesse ocupado com as ruínas de sua amada coleção. T-9 pairava diante da porta, observando a luta, pronto para emitir um bipe de aviso caso alguém viesse na direção deles. Sua conexão poderia estar cortada, mas o droide câmera ainda podia ser útil.

O que era mais do que poderia ser dito sobre o velho transmissor. O problema era que a unidade era tão inútil quanto refinada. Não era de se surpreender, considerando a idade e o fato de que as linhas de comunicação estavam desativadas em todos os lugares, no solo, no ar e até mesmo, até onde ela sabia, no espaço.

Então, alguma coisa chamou sua atenção. Ela lançara sua rede, e o terminal dourado, ainda que antigo, captara alguma coisa, um pequeno vestígio de sinal. Aquilo seria um eco ou alguém desesperadamente tentando enviar uma mensagem às estrelas? Rhil girou um botão, tentando identificar a frequência. Havia outro bipe. Sim. Algo definitivamente estava por lá, embora o transmissor não conseguisse localizar. Não importava. Ela conhecia algo que provavelmente conseguiria.

– T-9? Por aqui.

O droide câmera obedeceu no mesmo instante, zumbindo até ela.

– Você pode abrir este painel? – perguntou ela, tocando em um ponto de acesso com a borda prateada.

O droide começou a trabalhar, estendendo um braço manipulador oculto para abrir o painel que até então confundira Rhil.

A tarefa levou apenas um instante, e o braço do droide câmera abriu o painel, revelando um emaranhado de fios abaixo dele.

– Sim – disse ela, examinando os mecanismos internos da unidade. – É exatamente o que eu preciso.

T-9 assobiou preocupado quando Rhil puxou um punhado daqueles cabos e emendou um conector que lhe permitiria ligar o transmissor ao implante em seu rosto.

– Não se preocupe, Tê – disse ela ao droide, enquanto se conectava ao transmissor e tentava estabelecer uma interface. – Sei o que estou fazendo.

Ela claramente não sabia, o que se tornou óbvio quando os dados brutos a invadiram, acompanhados por uma dor lancinante. Os receptores de seu implante faziam o possível para interromper os sinais falsos, mas ela desligou os protocolos de segurança e cerrou os dentes.

Nada do que ela estava fazendo deveria ser possível, não de acordo com as especificações originais do fabricante, mas Rhil passara os últimos anos personalizando e se intrometendo a tal ponto que, se cutucasse as entradas certas, poderia enxergar ondas sonoras de forma tão cristalina como se fossem objetos. E lá estava, o eco, no limiar de sua percepção. Ela desligou todo o restante, praticamente isolando-se do mundo físico, outra modificação que provavelmente invalidava o termo de garantia do implante, e amplificou a frequência. O eco entrou em foco, ganhando forma até que ela foi recompensada com um leve silvo de palavras, que mais sentiu do que ouviu.

– *Raio principal, prepare-se para a terceira incursão. Pilote a tempestade.*

Pilote a tempestade. Ela encontrara uma frequência Nihil, uma que contornava o bloqueio. Fazia sentido. Por que os invasores se prejudicariam se tinham uma maneira de evitar o problema? Ela ouviu comandos trocados entre as naves e os invasores, bem como mensagens enviadas para o espaço profundo. E se eles podiam enviar mensagens para as estrelas, ela também podia.

Ela precisava ter cuidado. Não podia apenas transmitir na frequência dos Nihil, os piratas poderiam ouvir. Mas se pudesse pegar carona em um sinal, conseguiria enviar um pedido de socorro para o Farol da Luz Estelar ou para o posto avançado mais próximo. Não haveria como direcionar o chamado, mas ao menos ela seria ouvida.

Alguma coisa bateu em sua cabeça. Rhil a balançou, retornando aos seus sentidos orgânicos, e ficou chocada ao ver T-9 caído sobre o retransmissor à sua frente, soltando fumaça pelo chassi quebrado. O que, em nome das estrelas, tinha causado aquilo?

A resposta apareceu quando o Lamproide se ergueu diante dela, a expressão apavorada da própria Rhil refletida no visor.

OrbaLin escutou o grito de Rhil por cima do zumbido de seu sabre, não que ele tivesse muito tempo para reagir. Pela Lâmina de Surik, a Twi'lek era impressionante. Por mais que tentasse, não conseguia forçá-la a recuar. O bastão que ela usava ainda estava inteiro, apesar dos vários golpes de sabre de luz. Aquilo por si só não era surpreendente. Ele datava da Revolta da Lua de Sangue e era forjado em phrik, uma das poucas substâncias que não eram suscetíveis à lâmina de um sabre de luz. Será que ela sabia o que estava segurando? Talvez sim, talvez não, mas não importava muito naquele momento. OrbaLin estava tentando ganhar tempo para a Srta. Dairo, mas seu grito, e o fato de o Lamproide recuperado não estar mais lá, significava que uma atitude extrema deveria ser tomada rapidamente.

A necessidade dessa atitude apenas se intensificou quando Dee teve sorte e usou a extremidade do bastão phrik para agarrar o cabo de seu sabre de luz, arrancando-o de sua mão e o arremessando. Ele mal teve tempo de reagir antes que ela desferisse um golpe que rachou seu visor. OrbaLin caiu de costas e Dee atacou, batendo o bastão no que ela presumia ser o cérebro do Jedi, com um grito de vitória.

Se a Twi'lek estivesse combatendo qualquer outro Jedi, a luta teria acabado ali. Mas os Ugors eram literalmente uma raça diferente. A massa de gelatina que normalmente lembrava um rosto se adensou ao redor da extremidade do bastão e ficou firme. Ela poderia destruir seu elmo, mas não levaria um de seus artefatos.

Convocando a Força, OrbaLin a empurrou com toda sua energia. A Twi'lek subiu no ar como um foguete e não parou nem quando encontrou o teto, atravessando estrondosamente o telhado do pavilhão e sendo jogada bem alto no ar envenenado. OrbaLin nunca ouviu a aterrissagem, mas sentiu os ossos dela se estalando na avenida do lado de fora. Ele meditaria sobre aquilo mais tarde, mas naquele instante tinha uma vida para salvar.

Tirando o bastão do seu elmo, o arquivista se levantou e correu na direção do depósito.

O Lamproide ergueu Rhil do chão, sibilando através da máscara rachada. Ela se esforçava, mas não conseguia se libertar nem do aperto e nem dos cabos agora tensionados que ameaçavam arrancar o implante de seu rosto.

Sua visão ficou turva com a dor, mas ela viu um turbilhão de tecidos e escutou um baque surdo quando uma bota de contenção se chocou com a lateral do elmo Nihil, partindo a estrutura já enfraquecida. O Lamproide grunhiu, deixando Rhil estatelada no chão, e se virou para encarar OrbaLin, que pousara depois de seu chute aéreo e assumira postura defensiva, com o bastão que a Twi'lek usava pronto para a batalha.

O Lamproide avançou, derrubando OrbaLin de costas. Mesmo que não pudesse ajudá-lo, Rhil sabia que precisava enviar o sinal. Ela subiu no retransmissor, verificou as conexões e travou no sinal dos Nihil.

– Para qualquer um que puder ouvir minha voz – disse ela, tentando ignorar a luta que acontecia atrás –, aqui é Rhil Dairo, da equipe de notícias da GoNet. Valo está sob ataque das forças Nihil. Enviem ajuda. Repito. Valo está sob ataque. Precisamos de sua ajuda.

Ela pressionou um controle no terminal, transmitindo a mensagem em loop.

Ao lado dela, OrbaLin estava em apuros, preso sob o Lamproide, usando a Força para desviar o ferrão venenoso que tentava apunhalá-lo. O Nihil conseguira arrancar o bastão da mão do Ugor, jogando-o para o lado. Tirando os cabos de seu rosto, Rhil lançou-se para a arma, canalizando toda sua raiva e fúria em um golpe digno de um rebatedor de speedball. A cabeça do Lamproide girou, mas ele não cedeu, continuando a pressionar o arquivista. Rhil tentou novamente, mas daquela vez o Nihil estava preparado. Agarrou o bastão com uma de suas pinças, torcendo-o com força e soltando-o das mãos da repórter. O mundo ficou branco quando a extremidade do bastão se chocou contra a cabeça de Rhil, que foi jogada contra a parede.

Sibilando, o Lamproide jogou a arma longe, cortando o peito de OrbaLin com uma garra serrilhada. Se o Nihil esperava sangue, ficou decepcionado: uma gosma verde jorrou no rosto do Lamproide, a verdadeira forma gelatinosa de OrbaLin finalmente fluindo livre do traje de contenção. O Nihil contorceu-se e se debateu, mas não havia escapatória. O arquivista imobilizou seu oponente em questão de segundos.

Quem precisava de um sabre de luz?

Enquanto Rhil observava fascinada e ligeiramente enojada, um pseudópode serpentiforme se estendeu no topo do casulo, formando uma grosseira aproximação de uma boca, completa, ao que parecia, com cordas vocais.

– O sinal? – perguntou OrbaLin, sua voz úmida e confusa.

Rhil voltou para o retransmissor e percebeu, horrorizada, que a mensagem fora interrompida. Os Nihil teriam descoberto? Ela apertou os botões e girou os discos, tentando não olhar para os restos de seu droide câmera destruído ao lado da tela principal do aparelho.

Seu grito de socorro fora transmitido. Daquilo ela tinha certeza quase absoluta, mas não havia como saber se ele fora recebido por alguém.

# CAPÍTULO QUARENTA E SETE

## PARQUE DA FEIRA, VALO

Elzar nem teve tempo de praguejar baixinho enquanto Ty desaparecia na nuvem de guerra. O rugido soou quase no mesmo instante em que ela sumia, imediatamente seguido de um grito. Sem pensar, ele levantou a mão. As dúvidas foram banidas quando seu sabre de luz voou de volta para sua palma. Elzar nem sabia quando ele tinha caído, mas a Força sim. Ela não o abandonara, não importa o que ele tenha feito. Aquilo tinha que valer alguma coisa.

Tudo o que ele precisava fazer era voltar ao trabalho de salvar vidas.

Ele as encontrou não muito à frente, Klerin Chekkat paralisada no lugar, gritando aterrorizada enquanto um monstro se abaixava diante dela. Elzar não fazia ideia se os Nihil libertaram os animais do zoológico de propósito ou por acidente, mas o resultado era o mesmo. O hragscythe estava fora de sua jaula, devorando o que só poderia ser a mãe da garota.

Daquela vez, Elzar realmente praguejou. Por que a dupla não ficara onde estava, esperando enquanto Ty exigia seu sabre? Por que se enfiaram no meio do gás, ficando cegas pela névoa? Talvez ele devesse apenas ter devolvido a arma em vez de tentar recrutar Ty para sua causa. Mantessa ainda estaria viva? Ele teria outra morte em sua consciência?

Não, aquela era a escuridão falando, tentando puxá-lo de volta. Mas ele não daria ouvidos.

– Afaste-se – gritou ele, acenando para que Klerin corresse, atrapalhando a horrível refeição do hragscythe.

A criatura levantou todas as três cabeças e saltou para a frente, usando uma de suas grandes patas para prender Klerin no chão. Ele não desistiria de seu banquete, com ou sem Jedi. O que Elzar precisava se lembrar era que a fera não era maligna, de modo algum. Estava apenas fazendo o que instintivamente fazia, e estava claramente assustada. Aquilo Elzar conseguia entender.

Ele desativou a lâmina, esperando que algo no cérebro do animal reconhecesse a confiança implícita na atitude. Guardando a arma, levantou as duas mãos, exibindo as palmas.

– Está tudo bem. Você entende? Está tudo bem.

Elzar aproximou-se da criatura. O rosnado do hragscythe ficou mais intenso, e ele parou novamente.

– Ouça-me – disse ele, mantendo a voz o mais firme possível. – Sinta minhas palavras. Somos um. Unidos através da Força. Uma mente, dois corpos.

Ele deveria saber que aquilo seria difícil. Os acontecimentos daquela manhã cobraram seu preço, e as imagens o varreram como uma onda. Uma nave Nihil saltando sobre o zoológico, com os motores sobrecarregados e o piloto descontrolado. A explosão matara a maioria das criaturas em suas gaiolas, mas o hragscythe sobrevivera. As paredes de seu viveiro retorcidas e irreconhecíveis. Elzar viu a fera pular sobre a cobertura em chamas, ouviu os gritos dos feridos enquanto ela avançava para o caos, atacando qualquer um que passasse por perto. Viu-a encontrando as Chekkat, atacando Mantessa enquanto ela gritava pela guarda-costas que abandonara minutos antes.

O único problema com uma conexão como aquela é que era uma via de mão dupla. O hragscythe viu o que Elzar tinha feito, viu a plataforma destruindo a nave Nihil, viu os invasores queimarem, sentiu a raiva do homem e, em um instante, decidiu que ele era uma ameaça.

O grande animal saltou e Elzar foi jogado de costas. A criatura colocou todo o peso sobre ele, a ponta de uma garra afiada perfurando seu ombro. Elzar gritou de dor, tentando ao máximo segurar as três cabeças da fera com a Força, qualquer coisa para dar a Klerin Chekkat o tempo que ela precisava.

– Corra! – berrou ele, sem saber se ela podia escutá-lo sobre o rugido do animal. Ela correu mesmo assim, sem olhar para trás enquanto desaparecia na névoa. Agora ele só precisava se salvar, algo que se provou mais fácil falar do que fazer. A garra afundou ainda mais em seu ombro, e sua concentração vacilou, levando com ela o controle sobre as mandíbulas do hragscythe. Ele sentiu o hálito da besta passar por ele, fétido e rançoso, a saliva quente escorrendo sobre seus olhos. O hragscythe rugiu vitorioso...

E um lampejo púrpura passou diante de seus olhos, acompanhado pelo forte cheiro de carne queimada.

Elzar abriu os olhos, surpreso, quando duas das cabeças decepadas da fera caíram, uma de cada lado dele, e a terceira foi derrubada junto com o corpo por uma súbita onda da Força.

– O que diabos há de errado com você? – gritou Ty, com o sabre de luz zumbindo em suas mãos. – Quem é que enfrenta um hragscythe com o sabre ainda na bainha?

– O que há de errado comigo? – Elzar deu um pulo, o mundo subitamente muito nítido, graças, em parte, à dor que irradiava de seu ombro. – Eu estava tentando acalmar a maldita coisa.

– Então não estava fazendo um trabalho muito bom – grunhiu a mercenária, olhando para onde Mantessa estava caída, demonstrando arrependimento em suas feições frias. – Droga.

– Sinto muito. Você a conhecia bem?

– Não. E não gostava do pouco que conhecia. Onde está Klerin?

– Ela correu... por ali – indicou Elzar, tentando apontar a direção para onde Klerin correra, estremecendo.

– Esse é seu braço do sabre?

– Não.

– Já é alguma coisa.

– Diz a mulher que quase me matou duas vezes.

Ele olhou para a lâmina dela, que ainda estava bastante ativa.

– Voltou para terminar o trabalho?

Ela pressionou um botão e a lâmina púrpura deslizou para dentro do cabo pontiagudo.

– Olha, o que você disse... – Ela estreitou os olhos, como se tivesse dificuldade em admitir. – Você tem razão. As pessoas estão morrendo. Já é ruim o bastante que os Nihil estejam zanzando por toda parte, mas se os animais do zoológico estiverem livres... – Ela acenou com a cabeça para os pescoços decepados do hragscythe. – Não queria fazer isso, mas não posso pegá-los todos sozinha.

Um guincho agudo ecoou acima deles. Elzar acenou com a mão, empurrando um pouco da névoa para o lado. O que ele viu o fez desejar não ter olhado.

– Aqueles são...

– Sanvals – confirmou Ty, observando os animais que giravam no céu.

– E costumam viajar em pares?

A Sabre de Aluguel balançou a cabeça.

– Eles raramente são vistos longe de seu habitat e, acredite em mim, isso é uma coisa boa. Espere até eu encontrar o gênio que decidiu exibir superpredadores de uma dúzia de sistemas diferentes. Não vai demorar muito até aqueles dois começarem a atacar e matar os sobreviventes.

Elzar pegou seu sabre de luz, imaginando o que ele poderia fazer contra uma criatura daquele tamanho, ainda mais contra duas. Os dois sanvals deviam ter vinte metros da ponta do nariz à cauda, com envergadura tão larga quanto seus corpos draconianos eram compridos.

– Precisamos detê-los.

– Finalmente podemos concordar em algo – disse ela. – Embora não tenham culpa de estarem aqui.

– Controle de animais?

– É aí que você entra. Nunca foi o meu ponto forte...

– Eu costumava acreditar que era um dos meus, antes do hragscythe.

– E é por isso que precisamos um do outro. Eu mal conseguia lidar com isso quando estava em treinamento, e acho ainda mais difícil agora. Preciso de alguém que me ajude a me concentrar, alguém com mais treinamento do que eu jamais tive.

Ela ergueu a mão direita, com a palma voltada para ele.

Elzar engoliu em seco. Aquilo era definitivamente mais do que ele esperava quando pedira ajuda a ela.

– Tem certeza de que quer fazer isso?

– Não, mas a parceria foi ideia sua.

– Eu tinha *acabado* de levar uma pancada na cabeça.

– Não me faça dar outra.

Ele respirou fundo e deu um passo à frente, pressionando a palma da mão contra a dela, as pontas dos dedos se tocando. Ela tremia, nervosa com o que estavam prestes a fazer. Ele se sentia da mesma maneira, como ela logo descobriria.

– Está pronto? – perguntou ela

– Não – respondeu ele, honestamente.

– Então somos dois.

Elzar estendeu sua mente, e Ty fez o mesmo. Ele já fizera aquilo antes, mas apenas com Jedi conhecidos. Jedi em quem confiava. Mestre Quarry. Stellan.

Avar.

A Força os uniu como um.

Por que, oh, por que seu último pensamento foi em Avar antes que suas mentes se tocassem? Para ser honesto, a lembrança que o nome dela trazia provavelmente explicaria aquilo, a lembrança que ele sempre teve, de quando eram Padawans, de quando ficavam felizes em quebrar as regras. De repente, ele viu os aposentos de Avar, sentiu os lençóis sob seus corpos...

– Uau – disse Ty em voz alta. – Seu cachorrão. Estou impressionada.

Ele baniu a lembrança, mesmo que já fosse tarde demais. Conseguia sentir a diversão de Ty, sem mencionar sua *atração*.

– Mantenha as calças no lugar, Mann – provocou Ty. – Você não faz o meu tipo.

Ele tentou não parecer desapontado.

– Parece que eu sou o único a partilhar alguma coisa. Isso não vai funcionar a menos que sejamos completamente honestos um com o outro.

Ty não respondeu, embora ele tenha sentido as defesas dela baixarem apenas o suficiente para confirmar suas suspeitas acerca do passado da mercenária. Ele via Ty como uma jovem. Como uma Padawan. Ela se mexeu desconfortável no lugar, querendo romper a conexão, mas sabendo que não poderia. Rostos se formaram em sua mente, um Azumel com vestes de Mestre, um adolescente com cabelos desgrenhados e um sorriso travesso. Nomes flutuavam no limiar de suas lembranças. Cibaba. Teradine. Ele os viu treinar, ouviu-os rir, e depois sentiu as sombras caírem. Uma decisão tomada. Uma vida perdida.

Elzar sentiu Ty querendo se separar e deslizou os dedos sobre os dela, apertando a mão dela com força, não para impedi-la, mas para mostrar que pela primeira vez em anos ela não estava sozinha. Ele entendia daquilo. A Força sabia o que ela tinha visto em seu próprio passado, os arrependimentos que compartilhara, mas eles estavam juntos ali e provavelmente sempre estariam.

De repente, estavam de volta a Valo, se entreolhando. Ouviram os guinchos dos sanvals, sentiram seu medo e confusão.

*Somos um*, pensou Elzar, tanto para as feras aladas no céu quanto para a mulher parada diante dele.

*Estamos conectados*, respondeu Ty.

Por um segundo, Elzar sentiu como se estivesse olhando através dos olhos do sanval maior, baixando os olhos para um homem e uma mulher cara a cara em meio à névoa rodopiante, com as mãos pressionadas juntas.

*Sua vontade é a nossa vontade. Nossos desejos e necessidades alinhados.*

O sanval guinchou, seu companheiro... não, seu *irmão*, ecoando o chamado. Estavam com fome.

*Sua vontade. Nossa vontade.*

Os sanvals mergulharam, com as mandíbulas escancaradas e as garras à mostra.

*Nossa vontade. Sua vontade.*

Elzar sentiu o vento contra seu rosto, o cheiro do sangue das presas dos sanvals... sentiu a expectativa pela morte, pela carne, pela gordura e pela cartilagem.

*Nossa vontade. Nossa vontade. Nossa vontade.*

Os sanvals pousaram suavemente no chão, enrolando-se em torno de Ty e Elzar. Não estavam mais com fome. Não queriam comer. Queriam ajudar seus amigos.

Elzar interrompeu a conexão, embora ainda segurasse a mão de Ty.

– Bem – disse ela, parecendo sem fôlego. – Aquilo foi...

– A Força agindo através de nós – disse Elzar, sentindo-se estranhamente envergonhado, e não apenas por causa das coisas que Ty vira. Fazia anos que ele não se permitia ficar tão próximo de alguém, incluindo Samera. A experiência que acabara de compartilhar fora mais profunda do que qualquer contato físico, mais íntima.

Ele sentiu os dedos dela tentarem se desvencilhar, e soltou. Ela sorriu sem jeito, voltando-se para o sanval que esperava pacientemente ao lado dela, sua grande cabeça triangular apoiada no chão. Elzar fez o mesmo com o menor dos dois, dando tapinhas no flanco dele.

– Já fazia um tempo que eu não sentia nada parecido – admitiu Ty. – Desde Loreth.

– O que aconteceu em Loreth?

Ela riu.

– Quer dizer que ainda temos alguns segredos?

Uma imagem surgiu na mente de Elzar, uma criatura com chifres que ele não reconheceu. Havia tanta coisa que ele queria perguntar a ela, mas não era hora nem lugar.

– E agora? – perguntou ele, o sanval acariciando sua palma. – Reunimos os outros animais?

– Se eles ainda estiverem vivos – respondeu Ty, saltando sobre seu lagarto, montando na fera como se fosse um dewback. – E no caminho, duvido que nossos novos amigos se oporiam a caçar alguns monstros eles mesmos. – Ela olhou para os invasores Nihil que ainda podiam ser vistos por entre a fumaça. – Eu sei que eu não me oponho.

Pelas estrelas, ele gostava daquela mulher. Elzar montou a própria besta em um único salto, o sanval uivando com expectativa enquanto ele se acomodava entre as asas dele.

– Depois de você?

Ty balançou a cabeça, com um sorriso irônico no rosto.

– Não mesmo. Com ou sem segredos, prefiro você onde eu possa vê-lo. Jedi na frente.

Elzar bufou e deu um tapinha no pescoço grosso de sua montaria.

– Certo, garota. Vamos ver do que você é capaz.

# CAPÍTULO QUARENTA E OITO

## OS CÉUS SOBRE VALO

Os Jedi eram ensinados a ver o melhor nas pessoas desde cedo. Amigo ou inimigo, todos deveriam ser respeitados. A crença era profunda. Havia algo de bom no mais sombrio dos corações. Tal convicção separava os Jedi de outros usuários da Força: eles estavam sempre prontos para dar uma segunda chance a alguém. Estavam sempre prontos para tentar novamente. Fazer o contrário seria trair tudo o que a Ordem representava.

Infelizmente, os Jedi ocupavam um universo que não compartilhava aquele sentimento, um universo que constantemente tentava provar o contrário. A maior força dos Jedi era também sua fraqueza, a brecha em sua armadura.

A flutuação de Indeera seguiu para fora do parque, ainda carregando e tentando salvar as vidas de seus passageiros extras, Porter Engle mantendo-os todos no lugar. Foi quando o Nihil no nariz do caça de Mikkel golpeou, socando com a manopla energizada em seu punho cerrado. A luva eletrificada quebrou o fino revestimento do Vector, atingindo profundamente seus mecanismos. O resultado do ato suicida motivado pelo ódio foi imediato, e Mikkel foi privado de seu controle sobre o caça. Sua nave saiu da flutuação, interrompendo não apenas a formação, mas também a conexão entre os pilotos através da Força. Os outros sobreviventes escorregaram levemente, os Jedi se esforçando para agarrá-los. Porter Engle quase caiu de sua posição quando Mikkel rodopiou para longe.

Abaixo da flutuação, a Chanceler Soh conseguia tirar o andador do parque da feira, caminhando com dificuldade sobre o que restava do Arco da Unidade. Os portões tinham sido destruídos, as esferas dos fundadores caídas como enfeites do Dia da Vida quebrados no chão. A esfera Alderaaniana foi esmagada sob os passos do andador enquanto o Andador Experimental Rothana avançava de forma pesada. Atrás dela, Stellan e Maramis estavam com os olhares voltados para o céu, o Jedi rebatendo disparos de invasores que passavam voando por eles enquanto o capitão da guarda atirava contra os motores dos inimigos com seu kiavene quase descarregado. A Regasa Elarec mantinha os outros reunidos por perto o tempo todo, longe da maioria dos estilhaços, senão de todos. O corpo de Stellan doía e sua mente rodava com o horror que se abatera sobre a feira, mas ele prosseguia, pela luz e pela vida, e pelas almas aterrorizadas sob sua responsabilidade. Fora por aquilo que ele se tornara um Jedi. Aquele era seu dever.

Nos controles do AER, Soh freou bruscamente quando um Vector caiu do céu e chocou-se contra uma torre de pedra próxima, lançando destroços para todos os lados. A nave em chamas atingiu o solo e derrapou sobre um café onde sobreviventes se abrigavam. O prédio desabou, erguendo uma nuvem de poeira no ar já empesteado. Stellan estremeceu ao sentir uma vida Jedi se unindo à Força. Aquele era Mikkel Sutmani?

– Precisamos ajudá-los – gritou a regasa, espiando por cima da beirada do andador.

Stellan teria concordado, mas a decisão foi tirada de suas mãos.

– Vou nos descer – gritou Lina Soh da cabine, em resposta.

– Você acha que isso é sábio? – perguntou Maramis, apenas para ser silenciado por sua rainha.

– Capitão...

– Como ordenar, Suprema Caçadora.

Com um toque do botão, as pernas do AER se dobraram, permitindo que seus passageiros desembarcassem. Soh e Yovet lideraram a incursão, correndo na direção dos sobreviventes. Matari e Voru foram logo atrás, com Stellan e Maramis cobrindo a retaguarda em caso de emboscada.

O prédio estava um caos, e os sobreviventes mais ainda. Stellan fez o que pôde para apoiar a estrutura usando a Força enquanto os outros puxavam os feridos para longe. Até Madame Conserra esqueceu seus ares e graças para finalmente sujar as mãos.

– Alguém consegue me ouvir?

Stellan quase não escutou a voz metálica sobre os gritos dos feridos e o ataque sonoro dos Nihil. Apenas quando ela soou novamente ele percebeu o que era.

– Tem alguém aí?

Stellan ativou o comunicador em seu pulso:

– Vernestra?

– Mestre Gios? É você? – O alívio inundava a voz de sua ex-Padawan.

– Eu mesmo. O que está fazendo em Valo?

– É uma longa história. É bom ouvir você.

– E você também, Vernestra. OrbaLin e Rhil devem ter reativado as comunicações.

– Nós não – disse o arquivista, entrando na conversa. – Embora pode ser que tenhamos enviado uma mensagem para fora do planeta.

– *Pode* é a palavra-chave nessa frase – acrescentou Rhil Dairo, falando no mesmo ponto de acesso de OrbaLin.

– Então quem?

– Eu trouxe alguns amigos – disse Vern a ele. – Os Padawans da *Saltadora Estelar*.

– Os encarregados do Mestre Yoda? Ele também está aqui? – Aquilo seria esperar demais.

– Não que eu saiba. Desculpe.

– Não se desculpe. Você cumpriu o trabalho da Força hoje. – Stellan ampliou a frequência para abranger todos os oficiais Jedi e da República. – Forças de segurança de Valo. Aqui é Stellan Gios, por favor, respondam. Repito, aqui é Stellan...

Eles nem esperaram. As vozes vieram, rápidas e numerosas. Jedi que ele sabia que estavam no planeta, outros que deviam ter chegado depois das festividades da cerimônia de abertura.

– Aqui é Cherff Maota. Estou na escuta, Stellan.

– Idrax Snat aqui, com o Vice-Chanceler Reza.

– Assim como Jedi Bakari, do posto avançado de Bromlarch.

– Nooranbakarakana se apresentando.

– Hmm. Padawan Ram Jomaram aqui. Senhor.

– Banco de Sangue pronto para a ação!

– Lula Talisola e Zeen Mrala também. Mestre Buck, não sabíamos que estava aqui!

Os nomes chegavam aos borbotões de Jedi em solo ou no céu, todos capazes de se comunicar novamente, ao que parecia, graças ao trabalho de Padawan Jomaram, que parecia ser do posto avançado local. Houve algumas omissões preocupantes. Ainda não se escutava Elzar Mann, embora a Coordenadora Ra-oon tivesse informado que ela colocara vários senadores em lugares seguros, incluindo o problemático Tia Toon e seu assistente Orzrelanso, que quebrara o braço. Stellan aguardava um nome em particular, o jovem com quem se conectara antes de tudo aquilo começar. Não pôde deixar de chamá-lo.

– Padawan Zettifar? Está na escuta?

O som de uma charhound latindo veio no comunicador segundos antes da voz de Zettifar.

– Estou aqui, Mestre Gios. Estou com Kip e Jom, sem falar em um grupo cada vez maior de sobreviventes que recolhemos no caminho.

Stellan agradeceu à Força, não apenas pelo sucesso da missão de Bell, mas por tantas vozes Jedi terem sobrevivido ao ataque dos Nihil.

Mas o trabalho deles ainda não estava concluído. Ainda precisavam colocar todos os demais em segurança.

– Certo, escutem. Reúnam o máximo de cidadãos que puderem e levem-nos ao Templo.

– Achei que ainda não estivesse concluído – indagou Indeera Stokes, de seu Vector.

– Não completamente, mas será mais defensável do que qualquer edifício da República.

Os Jedi sinalizaram que entenderam, embora Nib Assek tivesse uma última pergunta.

– Mestre Gios, nossa flutuação estava em meditação conjunta, mas Mikkel caiu. Você sabe se...

Ela sabia a resposta, é claro. Tendo trabalhado com o Ithoriano durante anos, ela o sentiria se unindo à Força, mas mesmo o Jedi mais experiente às vezes precisava ouvir a verdade de outra pessoa.

– Ele está em paz, Nib.

Houve uma pausa momentânea antes de ela responder:

– A Força está com ele.

– A Força está com todos nós. Stellan... – Ele pretendia encerrar a transmissão, deixar os Jedi prosseguirem com sua missão, mas algo na frase milenar o fez parar. *Todos* nós.

Assim como qualquer outro surpreendido no ataque, os Jedi foram separados uns dos outros para lutarem sozinhos, mas não mais.

– Todos os Jedi – disse ele rapidamente, antes que os outros pudessem desconectar. – Ainda estão aí? Tenho uma ideia.

# CAPÍTULO QUARENTA E NOVE

## O ARCO DA UNIDADE

Não pela primeira vez, Stellan desejou que Avar estivesse ali. Seus talentos únicos teriam contribuído muito. Não haveria necessidade de comunicações. Ele temia pensar em quanto derramamento de sangue poderia ter sido evitado.

Mas o que ele tinha eram alguns dos melhores Jedi com quem já servira, e outros que ele sabia que estavam prestes a provar seu valor. Stellan tinha fé neles. Tinha fé na Força.

– Precisamos afastar a névoa... – Tão óbvio até aquele momento. – Cada um de nós pode afastá-la até certo ponto...

– Mas juntos podemos dissipar a fumaça por completo.

Stellan sorriu, embora seu rosto machucado ardesse como se estivesse em chamas. Bell já adiantava-se a ele. Aquele Padawan era bom.

– Mais meditação conjunta? – perguntou Stokes pelo comunicador.

– Talvez de forma não tão coordenada. Minha antiga Mestra costumava me dizer para manter as coisas simples...

– Era uma mulher sábia – grunhiu Porter Engle, o som de seu sabre de luz zumbindo na conexão. O Ikkrukki estava no meio de uma luta?

– Se convocarmos a Força juntos, exatamente ao mesmo tempo...

A voz rouca de Banco de Sangue soou pelo comunicador:

– Sim, sim, entendemos. O que estamos esperando?

– Preciso saber se estão todos prontos – disse ele a Buck, compreendendo a impaciência do Chagriano.

De uma vez, vários Jedi sinalizaram que estavam.

– Ótimo. No três, desloquem a fumaça na direção do lago. Um... Dois...

– Três – disseram todos, em uníssono.

Elzar empurrou com a Força, sentindo seus companheiros Jedi fazerem o mesmo, alguns próximos, outros distantes. A sensação era vertiginosa, assim como quando ele se juntara ao coro de Avar acima de Hetzal Prime, meses antes. Juntos, eles poderiam conquistar qualquer coisa. Ele já sabia disso, mas confirmava novamente. A nuvem de guerra rolou para longe, como se soprada por um forte vento, e não parou, os outros jedi a empurrando de onde estavam, a névoa subindo por todo o parque e para a cidade. De repente, eles conseguiam enxergar, assim como os milhares de sobreviventes aterrorizados.

Assim como o inimigo.

– Lourna, o que está acontecendo?

Pan sentou-se na ponta de sua poltrona de comando, olhando para as telas. O que a maldita mulher estava fazendo lá? As comunicações do planeta terem sido restauradas já era algo ruim o bastante, mas agora a nuvem de guerra se dissipava diante de seus olhos.

– Lourna – gritou ele em seu comunicador. – Consegue me ouvir? Você está aí?

Não houve nada. Nenhuma resposta. Na tela, ele via os Nihil parados, perplexos, surpresos por terem sido revelados de forma repentina. Havia muita devastação, com certeza, e uma pilha de corpos, mas os Nihil tinham perdido sua vantagem. Agora os Jedi podiam enxergar.

– Preparem as cargas mortais – gritou Pan para sua tripulação. – Se a Tempestade de Lourna não puder fazer seu trabalho no solo, vamos arrasar o maldito planeta dos céus.

*Graças à Força*, pensou Indeera enquanto destruía outro alto-falante infernal dos Nihil com um tiro cuidadoso dos canhões laser de seu Vector. Jogando a nave em um rodopio, ela mirou na próxima sonda pontiaguda e a despachou da mesma maneira antes de voltar sua atenção para um saqueador Nihil, que mirava contra uma nave civil que decolara logo que a nuvem de guerra se dissipara.

Não sentiu nenhum prazer ao privar o pirata de sua vida, mas ficou satisfeita ao ver o cruzador seguir seu caminho, livre de ataques. As pessoas que salvaram estavam seguras no solo, e a flutuação de Indeera retornara ao ar e lutava ao lado dos últimos pilotos da República, tentando não pensar em Mikkel. Ele ainda estava na luta, e sempre estaria.

Um par de mísseis térmicos guinchou em sua direção. Ela guinou para a esquerda, o Vector respondendo perfeitamente. Os mísseis passaram por sua asa, indo direto para o invasor Nihil que a perseguia. Destruídos por seus próprios armamentos. O universo fazia sua própria justiça, com ou sem os Jedi. Indeera voou direto para o caça que lançara os mísseis contra ela. O piloto atirava descontrolado, e rajadas laser passavam por ela. Ela continuou, sem vacilar ou revidar, até ver que o inimigo estava ao alcance de suas armas. Quando disparado, o tiro foi claro e certeiro, e o caça inimigo desabrochou em chamas.

Indeera precisava admitir que estava impressionada de um modo peculiar. Assim que o plano de Stellan fez com que a fumaça se dissipasse, os Nihil descobertos ficaram congelados por uma fração de segundo, mas seu silêncio não durou muito, substituído por mais gritos de guerra horripilantes acima da batida de sua maldita "música", se tal palavra se aplicasse. Os invasores retornaram à batalha com vigor renovado e mais ferozes do que antes, sem se importar com a quantidade de alto-falantes que os Jedi derrubavam para interromper o bombardeio sonoro ou quantas naves saqueadoras fossem abatidas no céu. Eram como a hidra das batalhas míticas. Quatro cabeças nasciam no lugar de uma que fosse cortada, mas quaisquer que fossem as probabilidades, os Jedi jamais desistiriam. Nem naquele dia, nem nunca.

Ela resmungou quando seu Vector foi atingido por trás. Olhando por cima do ombro, viu fumaça saindo de sua cauda. Outro caça Nihil estava bem atrás dela. O último ataque fora superficial, causando poucos danos, mas o próximo poderia romper suas reservas de combustível, a menos que Indeera dançasse conforme a música dos próprios Nihil.

– Vocês gostam de fumaça, certo?

Apertando um botão, ela ativou a segunda lata de tinta que carregava desde a cerimônia de abertura. Vapor vermelho desprendeu-se de seu escapamento, ondulando sobre o caça inimigo e cegando seu piloto. Seu sorriso desapareceu quando percebeu que ainda assim o invasor não saíra de sua cola. Quem quer que estivesse no controle da nave inimiga era bom, permanecendo atrás dela por mais que ela girasse e tentasse despistar. A cortina de fumaça não o impediu, nem a subida brusca que empreendera tentando usar a força g a seu favor na esperança de que a nave Nihil parasse. Em vez disso, o Nihil subiu com ela, cada vez mais alto, enviando saraivada atrás de saraivada contra sua cauda, cada uma delas mais próxima do que a anterior. Indeera fez uma última curva, e mesmo assim o Nihil grudou nela como o verniz do casco. Ela sentiu o saqueador travar a mira e se preparou para a explosão que destruiria seu Vector.

A explosão nunca veio.

Girando em seu assento, Indeera olhou para trás e viu uma gigantesca criatura alada voando atrás dela, com os restos mutilados da cabine do Nihil em suas mandíbulas. Ela riu alto ao ver quem estava curvado sobre o dorso do sanval, com as vestes ao vento.

Elzar Mann estava montando um dragão em meio a um combate aéreo.

Afinal, quem mais poderia ser?

# CAPÍTULO CINQUENTA

## OS CÉUS SOBRE VALO

Eles estavam vencendo. O plano de Stellan para dissipar a nuvem de guerra funcionara, assim como Elzar soube que daria certo no instante em que ouvira a voz de seu amigo saindo do comunicador. Ele não fora capaz de responder pessoalmente. Estava ocupado demais tentando não ser arremessado das costas do turbulento sanval enquanto Ty e ele estavam no ar. Sua montaria era agitada, mas se lançara diretamente ao combate sem reclamar. Os Nihil nem sabiam o que os atingira. Aqueles que não eram derrubados com um golpe da cauda do sanval logo se viam encarando sua garganta, os dentes do dragão destruindo suas cabines sem muito esforço.

O caça Vector que resgataram balançou as asas em agradecimento antes de partir. Elzar não fazia ideia de quem estava nos controles, mas ficou feliz pelo piloto ter sobrevivido para lutar outro dia.

Deu tapinhas na pele do Sanval, sentindo-se mais livre do que estivera em meses, sua mente finalmente límpida. Toda a frustração e decepção haviam desaparecido. Não conseguia se esquecer do que fizera naquele dia, mas poderia começar a consertar as coisas.

E, se pudesse fazer aquilo em grande estilo, melhor ainda.

– Alguém está parecendo mais feliz – soou uma voz através de um comunicador. Ty mergulhava sobre as costas de seu próprio sanval, os tentáculos jogados para trás pela lufada de ar.

– Digo o mesmo de você – gritou ele para o comunicador.

– Quantos já derrubou até agora? – perguntou ela, quando as montarias ficaram lado a lado.

– Não é uma competição.

– Você se lembra do que eu vi dentro da sua cabeça, né?

Ele estava pronto para responder quando rajadas laser passaram entre eles. Esticando o pescoço, ele viu um caça Nihil de um único tripulante tentando abater um Skyhawk. Ty não hesitou. Com um grito, ela guiou seu sanval e se jogou sobre o invasor como um falcão, o réptil mordendo a asa Nihil. O caça girou e despencou no chão, colidindo contra um pavilhão já destruído, seu piloto morrendo na mesma hora.

Ty gritou de triunfo, lembrando Elzar de como eles eram diferentes. Ela podia ter sido treinada como uma Jedi, mas se afastara muito do caminho. Talvez aquela fosse a razão de terem se unido, como parte de sua expiação. Se ele pudesse mostrar a ela como deveria ser...

Elzar vasculhou o solo abaixo dele, encontrando a oportunidade perfeita. Um deslizador Nihil perseguia um Crolute encharcado de sangue que corria para salvar a própria vida. O anfíbio de pele flácida não iria longe, não na velocidade com que o deslizador se aproximava, com os estabilizadores verticais equipados com baionetas pontiagudas que empalariam o fugitivo em segundos.

Para a sorte do Crolute, o sanval de Elzar era mais veloz.

Ele incitou o dragão a mergulhar, e a fera abriu bem a boca, pronta para engolir o Nihil de uma vez.

*Não. Assim não, garota*, pensou Elzar. *Já houve morte suficiente.*

As mandíbulas da criatura se fecharam e, em vez disso, o sanval desceu, empurrando o que restava da nuvem de guerra com o bater de suas asas. O Nihil girou na sela, arregalando os olhos atrás dos óculos manchados de graxa enquanto a fera fechava o caminho.

Com um rápido balanço de sua cauda coberta de escamas, o sanval golpeou o Nihil e o arrancou de sua posição. O veículo sem piloto seguiu rodopiando na direção do Crolute. O anfíbio tropeçou, caindo sobre um monte de gordura, e o deslizador passou sobre ele de forma inofensiva, guiado por uma precisa cutucada de Elzar. Perto dali, o Nihil viu seu deslizador explodir contra uma parede e, sacando um blaster de seu cinto, preparou-se para se vingar do indefeso Crolute.

*Típico valentão*, pensou Elzar enquanto chamava o sanval de volta, *assustado demais para escolher alguém do seu próprio tamanho.* Ele provavelmente não deveria ter se divertido com o dragão arremessando o Nihil no ar com a ponta da cauda, mas estava certo de que a Força o acabaria perdoando, especialmente porque aquela seria uma lição para Ty de que ela nem sempre precisava matar.

Mas não havia sinal da Tholothiana enquanto subia de volta ao céu. Na verdade, o ar estava incrivelmente limpo, não apenas do gás nocivo, mas das forças Nihil no geral. O ataque terminara? A maré finalmente mudara?

Elzar olhou para cima e percebeu que a resposta para ambas as perguntas era definitivamente um não...

# CAPÍTULO CINQUENTA E UM

## O PARQUE DA FEIRA, VALO

O que Pan estava *pensando*? Eles ainda estavam no chão!

A força da primeira explosão derrubara Lourna Dee, agravando os ferimentos que sofrera quando aquele maldito Jedi a arremessara através do telhado. Seu ombro estava deslocado e, embora ela o tivesse empurrado de volta no lugar, ainda doía furiosamente, assim como as costelas claramente quebradas. O fato de ela conseguir correr era um milagre por si só, assim como o fato de seu crânio ainda estar inteiro. A última coisa que ela precisava era ser vaporizada por uma de suas malditas bombas.

Lourna levantou-se, gritando enquanto os ossos rangiam.

O plano estava claro desde o início. O ataque terminaria com um bombardeio de saturação, as cargas explosivas lançadas da borda da atmosfera de Valo, um último insulto. Mas apenas quando sua Tempestade já estivesse fora dali!

– Pan? Pan! – gritou ela em seu comunicador enquanto se forçava a continuar. – Consegue me ouvir?

O comunicador se desfez em suas mãos, danificado além de qualquer reparo em sua queda. Lourna o jogou de lado com desgosto, avistando três membros de sua própria Tempestade correndo para se proteger enquanto as bombas continuavam a cair.

– Vocês três! Esperem!

Os Nihil ergueram as armas, surpresos com seu grito. O maior dos três, um Alzariano sem máscara com escamas da cor de pus, acionou um lança-chamas em sua direção. Lourna saltou sobre a torrente de conflagrina inflamada, a dor em seu ombro quase valendo a pena pela satisfação de afrouxar a mandíbula do réptil com o solado de sua bota. Se os outros dois Nihil não a reconheceram sem a máscara, certamente reconheceram a brutalidade do chute. O Alzariano caiu no chão com um baque surdo, sangue jorrando de sua boca arruinada. Lourna abaixou-se e pegou duas seringas que estavam enfiadas na bandoleira do idiota. A primeira ela injetou decidida no próprio braço, e a segunda ela bateu nas costas do Alzariano. Ele podia ter provocado sua ira, mas ela ainda precisava do brutamontes chifrudo de pé, mesmo com a mandíbula solta.

– Vocês têm uma nave aqui por perto? – rugiu ela para os dois Nihil que ainda podiam falar: um humano grande como um urso empunhando um porrete de plasma e uma Weequay que olhava para Lourna com rancor. – E então?

A Weequay apontou para uma lata velha do outro lado do parque coberta de destroços. Era feia, mas serviria para que Lourna voltasse para seu próprio cruzador. Naquele momento, porém, Lourna não estava olhando para a nave. Estava olhando para o que estava à sua frente. Para *quem* estava à sua frente, com todas suas roupas elegantes. De repente, o insulto que Lourna sofrera nas mãos do Jedi idiota no traje de contenção parecera valer a pena. Até as bombas pareciam mais fáceis de perdoar. Lá estava seu prêmio.

Lourna estendeu a mão para pegar o porrete de plasma, sem esperar ter que pedir. Justiça seja feita, o humano entregou a arma sem questionar, flexionando os nós dos dedos em expectativa à luta adiante. Lourna experimentou o peso do porrete, ativando o campo de energia que cobria a ponta romba da arma.

Sim, ela serviria perfeitamente.

Com seu trajeto definido, Lourna Dee começou a correr, três palavras reverberando em sua cabeça:

*Morte à chanceler.*

# CAPÍTULO CINQUENTA E DOIS

## O ARCO DA UNIÃO

As bombas foram uma surpresa de que nem mesmo a Força os alertara.

– Regasa, precisamos tirar você daqui – disse Maramis à sua rainha, que estava ajudando Madame Conserra a carregar um Forshul ferido, com seus longos cabelos cinzentos emaranhados com sangue, para fora do edifício destruído. A Suprema Caçadora não parecia muito melhor, as vestes outrora reluzentes sujas com sangue coagulado das vítimas, o rosto régio manchado de sujeira.

– Precisamos ajudar – respondeu ela, enquanto o chão tremia por causa de outra explosão.

– Não, o capitão está certo. – A Chanceler Soh juntou-se a eles, igualmente desarrumada, a bainha de seu longo vestido gasta e rasgada onde ela usara o tecido para fazer bandagens. – O que você fez está além de nossas expectativas, regasa, mas meu dever agora é levá-la para um local seguro. Não concorda, Membro do Conselho?

Maramis olhou para Stellan com expectativa enquanto a chanceler se dirigia a ele. Claro que ele concordava. O bombardeio era a prova de que o perigo estava longe de terminar. Aqueles demônios nunca parariam?

Como se respondessem à pergunta, raios laser de longo alcance foram disparados de cima, abrindo profundas fissuras no solo. Eles avançaram na direção do prédio destruído, vaporizando qualquer um no caminho.

– De volta para o andador! – gritou Stellan.

Elarec Yovet olhou ao redor, em desespero:

– Mas os feridos...

– Leve quem você puder – disse Stellan a ela, sacando seu sabre de luz. – Eu protegerei aqueles que estão feridos demais para se moverem.

– Eu também – disse Maramis, com o kiavene em mãos.

Stellan balançou a cabeça.

– Não, capitão. Preciso que você proteja a regasa e a Chanceler Soh. Pode fazer isso por mim?

Maramis estendeu a mão aberta.

– Tem a minha palavra, Lorde Jedi.

Os dois homens agarraram os pulsos um do outro.

– Então sei que elas estarão seguras.

O som de botas correndo interrompeu o momento. Stellan virou-se para ver um pequeno bando de Nihil investindo contra eles, liderado por uma Twi'lek com um olhar assassino e um porrete de plasma aceso nas mãos.

Maramis disparou uma rajada de seu kiavene, acertando um dos Nihil no ombro. O brutamontes, um Alzariano sem máscara e com a mandíbula frouxa, girou com a força do impacto, mas de alguma maneira continuou de pé.

– São as malditas drogas que usam – cuspiu Maramis enquanto a chanceler guiava todos que podiam andar para dentro do andador. – O *talagret* não sabe a hora de se deitar e morrer.

Stellan não reconheceu a palavra Togruti, mas pôde adivinhar seu significado.

– Estamos todos a bordo – gritou Soh, do andador.

Stellan pegou o sabre de Kant, ativando as duas armas.

– Vá, capitão. Leve o máximo que puder para um local seguro.

O Togruta hesitou por um instante antes de correr para se juntar à rainha.

Mas o Jedi não ficaria sozinho para enfrentar os Nihil. A voz da chanceler soou de dentro da cabine, onde ela assumia os controles:

– Matari, Voru. Fiquem com o Jedi. Protejam-no como ele nos protege.

Os targons obedeceram a sua senhora sem questionar, saltando do andador para ficar próximos de Stellan, Matari à esquerda e Voru à direita. Stellan não olhou para a chanceler para agradecer ou para ver o andador experimental começar a se erguer, mas estava satisfeito por ter os animais junto dele. Com os targons ao seu lado, poderia sobreviver ao dia.

O sanval de Elzar guinchou quando um raio laser perfurou sua asa.

– Calma, garota. – Elzar incitava a montaria, sem tirar os olhos de um caça Vector que tentava se livrar não de um, mas de dois inimigos. Pelo padrão de voo, Elzar podia afirmar que o piloto era inexperiente. Seria o Wookie Burryaga? Podia ser, e não havia sinal de Nib. Que a Força permitisse que ela ainda estivesse no ar. Mas mesmo que estivesse, o Padawan precisava de ajuda naquele exato momento. Burry girava para a esquerda e para a direita, fazendo o possível para não ser abatido, mas não conseguia escapar de seus agressores e nem voltar para a ofensiva.

– Hora de igualar o placar. Leve-me para perto.

Elzar pegou seu sabre de luz enquanto o sanval batia as asas mais rapidamente, levando-o na direção da escaramuça.

– Isso, isso.

Ele acendeu a lâmina.

– Só mais um pouco.

Uma bomba passou por eles assoviando, vinda de cima, o choque fazendo o sanval sacudir no ar, quase arremessando Elzar de suas costas. Ele tocou o pescoço da fera com a mão aberta.

– Firme, garota. Firme.

O animal se acalmou, aproximando-se das naves. Mais perto. Mais perto. Perto o bastante.

Elzar recuou o braço e arremessou seu sabre de luz com toda sua força. A lâmina girou pelo ar como um disco de plasma, o Jedi orientando a trajetória de forma que ela cruzou o caminho do primeiro caça. O Nihil não teve tempo de desviar. Sua montaria uivou triunfante quando a lâmina giratória cortou o caça como uma serra circular, o invasor explodindo em chamas quando o plasma tocou o combustível. O sanval subiu no ar para passar por cima da explosão e Elzar usou a força para atrair de volta seu sabre de luz, já desativado. Ele olhou de relance para a arma, agradecido por ela não apresentar sinais de danos, embora o mesmo não pudesse ser dito do segundo caça Nihil, que de repente se vira atingido pelos disparos dos canhões de Burryaga.

O Wookie afastou-se para encontrar sua Mestra, embora Elzar pudesse sentir a gratidão do Padawan e se preparar para receber um abraço esmagador depois que tudo aquilo terminasse.

– Belo truque – soou uma voz em seu comunicador. – Você precisa me ensinar isso uma hora dessas.

Elzar olhou para trás e viu Ty se aproximando rapidamente, com sua montaria resfolegando pesadamente.

– Então agora você é minha aprendiz? – perguntou ele.

Ty deu uma risada aguda.

– Vai sonhando.

Ela trouxe o sanval para o seu lado, e Elzar não pôde deixar de notar as queimaduras de blaster na lateral da criatura.

– O que aconteceu com você? – gritou ele. Ty sumira não muito depois de terem enfrentado os Nihil. Elzar a perdera no meio da batalha.

– Você tinha perguntado se os sanvals voam em dupla? Acontece que são três deles.

– Tem mais um?

O sanval de Ty sacudiu sob ela.

– Pelo jeito esses dois são filhotes. A mamãe ainda está lá embaixo, presa por um bando de Nihil no meio da exposição maluca com hologramas cantantes assustadores.

Foi a vez de Elzar dar risada. "Unidos na Canção" ainda estava tocando, mesmo com tudo aquilo. Ele esperava que a música ficasse grudada na cabeça dos Nihil de um jeito que eles nunca pudessem se esquecer.

– Mas você a tirou de lá?

Ty deu um tapinha no pescoço da montaria.

– Esse rapazinho foi ajudar a mamãe e acabou ficando ferido no processo, mas vai sobreviver.

Elzar examinou o horizonte.

– Certo, e onde ela está agora?

– Sã e salva, com um grupo de Padawans. Você vai gostar de saber que agora o lugar está cheio de Jedi. Nunca pensei que fosse ficar feliz com uma coisa dessas.

– A Força provê... – começou a dizer ele, antes de olhar para o chão.

– O que foi? – perguntou Ty, enquanto Elzar ficava de pé nas costas de seu sanval. – E o que diabos você está fazendo?

– Você cuidou da mamãe... acha que pode lidar com os dois filhotes ao mesmo tempo? – perguntou ele, acendendo seu sabre de luz.

– Tenho escolha?

– Não – respondeu Elzar, saltando no ar.

# CAPÍTULO CINQUENTA E TRÊS

## O ARCO DA UNIÃO

Stellan encontrou os Nihil no meio da corrida, o Alzariano liberando contra ele uma torrente de fogo de um enorme lança-chamas. O Jedi deu um salto mortal sobre o jato flamejante e pousou diante do invasor, cortando o cano da arma antes de usar o cabo de seu sabre para golpear a mandíbula já machucada do Alzariano.

O reptiliano cambaleou para trás, sendo substituído pela Twi'lek que empunhava o porrete de plasma, a cabeça energizada da arma ricocheteando na lâmina de Rana Kant. Os targons já estavam sobre os dois de seus companheiros, Matari derrubando o humano enquanto Voru atacava a Weequay. Nenhum daqueles piratas duraria muito, suas armaduras ofereciam pouca proteção contra as garras de um targon. Aquilo não impediu que o humano socasse o rosto de Matari, uma decisão que logo se tornou arrependimento quando o guardião da chanceler fechou a mandíbula ao redor da garganta do Nihil.

Já a Twi'lek era algo completamente diferente. Enquanto os outros tratavam-se de pouco mais do que brutamontes, ela lutava com habilidade e precisão, a ponta de seu porrete chocando-se repetidas vezes contra as lâminas duplas de Stellan.

Ele não tinha tempo de checar os animais, mas o grito que saiu de debaixo de Voru indicava que o número de inimigos tinha diminuído em um. Ele girou e bloqueou, chutou e saltou para trás, combatendo dois Nihil ao mesmo tempo enquanto o Alzariano retornava ao combate, apanhando o blaster do companheiro caído. Nenhum dos dois cedia, lutando com força sobrenatural. Seria o coquetel de drogas dos Nihil correndo em suas veias?

O Alzariano aproximou-se demais e Stellan o socou com o punho que segurava a lâmina de Kant. Um golpe sujo, mas ele estava exausto. O reptiliano novamente recuou cambaleando, com o dedo travado no gatilho. Os disparos do blaster varreram o chão, e Stellan saltou para trás para evitar perder o equilíbrio e cair. Recuperando-se, o Alzariano ergueu sua arma apenas para gritar de dor quando Voru afundou suas garras em suas costas largas.

O reptiliano caiu de cara no chão, com todo o peso de Voru sobre ele. Stellan virou-se para procurar a mulher, que também estava tendo problemas com o outro targon. Com o pelo vermelho mais escuro ao redor da boca, Matari saltou, mas a Twi'lek foi mais rápida, balançando o porrete na direção da cabeça do animal. A arma atingiu o alvo, e Stellan mais sentiu do que ouviu o targon cair. Voru abandonou o Alzariano para correr em auxílio do irmão, enquanto a Twi'lek saltou, usando as costas do animal para se lançar sobre Stellan. Ele cruzou os sabres para se defender, mas seus braços estavam pesados como chumbo. A arma da Twi'lek atingiu as lâminas com o som de um trovão, a força do golpe empurrando ambos os sabres de luz para baixo. Stellan tombou para a frente, desequilibrado, e sua oponente ergueu o cabo da arma, acertando seu queixo por baixo. Ele sentiu o gosto de sangue ao ser arremessado para trás pelo impacto, os cabos dos sabres caindo ao seu lado enquanto o Jedi atingia o chão. Se estivesse raciocinando direito, Stellan teria esperado o porrete rachar seu crânio como um ovo, mas em vez disso ele só conseguiu ficar atordoado. O mundo girava enquanto ele tentava se levantar, lampejos amarelos e vermelhos percorrendo sua vista.

Ele olhou para cima, tentando se concentrar. Matari e Voru corriam atrás da mulher, que avançava a toda velocidade na direção do andador pesado. Ela estava atrás dos outros, atrás da regasa e da chanceler. Se tudo desse certo, Maramis seria capaz de lidar com a mulher, mas o que tinha dado certo naquele dia? Stellan ficou de pé, sem ter certeza do que esperava fazer antes que suas pernas fraquejassem. Chegou a esticar o braço para amortecer a queda, mas ele se dobrou sob seu peso, incapaz de impedir que caísse para o lado.

A missão cabia, então, a Matari e Voru, embora o targon vermelho estivesse cambaleando, ainda sofrendo o efeito do golpe da arma de plasma. Não importava. Stellan sorriu com os dentes ensanguentados. A Twi'lek poderia tê-lo superado, mas não seria capaz de lidar com um targon, muito menos com dois deles. E, no entanto, enquanto se aproximava do lento andador, ele viu a mulher sacar um dispositivo de seu cinto. Uma arma? Não, um gancho que disparou na direção da traseira do AER. Ele encontrou seu alvo, ficando travado no lugar, e a Nihil voou no ar enquanto o cabo se retraía. Os targons saltaram, mas ela já estava fora do alcance de suas garras, acelerando na direção de suas vítimas, segurando o porrete de plasma com firmeza.

– Não! – gritou Stellan, como se seu grito fosse capaz de derrubá-la. Ele rastejou para a frente, desesperado para salvar as pessoas que jurara proteger, desesperado para fazer qualquer coisa.

Um par de botas surgiu ao lado dele, a um dedo de distância de sua cabeça. Seria o Alzariano, ainda estimulado pelas drogas, pronto para acabar com ele?

– Stellan!

Mãos o agarraram, virando-o. Um rosto apareceu. Elzar? De onde ele viera? Não fazia sentido.

E nem importava.

– Detenha-a – ofegou ele. – A Twi'lek. Ela está atrás da chanceler... da Regasa Elarec.

Elzar correu, recuando o braço antes de arremessar seu sabre de luz no ar. A lâmina brilhou enquanto fazia um arco na direção do andador experimental, cortando o cabo da Nihil antes que ela pudesse alcançar o topo do veículo.

Ela caiu, largando a arma no caminho. Stellan não sabia se Elzar a pegaria antes que os targons se vingassem, mas sabia que finalmente terminara. A chanceler e os outros no andador estavam seguros. Stellan poderia relaxar, contanto que alguém parasse aquele terrível assovio que vinha de cima.

A bomba atingiu o solo entre o andador e Elzar, e tudo ficou vermelho.

# CAPÍTULO CINQUENTA E QUATRO

## OS CÉUS SOBRE VALO

O ataque brutal precisava ser interrompido, e Indeera Stokes era a Jedi certa para aquilo. Ela quase morrera nas mãos dos Nihil, e a Força lhe dera outra chance, operando através de Elzar Mann. Agora, ela precisava fazer valer a pena.

Estava levando seu Vector ao limite, e não estava sozinha. Nib Assek a acompanhava a estibordo, Burryaga a bombordo, com os motores a toda e os olhos fixos no alvo. Atrás dos caças Vector, os Skyhawks remanescentes lutavam para acompanhar, incapazes de igualar a velocidade dos Jedi.

As naves Nihil pairavam no céu acima deles, circulando um imponente cruzador de batalha que era quase belo em sua brutalidade. Os Vector estavam muito abaixo no quesito armamento, é claro, mesmo com os Jedi nos controles, mas eles encontrariam um jeito de derrubar os Nihil.

Só precisavam fazer.

– Ataque iminente – informou Chell a Pan Eyta, a bordo da *Elegencia*.

– Quantos? – grunhiu o Dowutino.

– Três caças Vector e um punhado de Skyhawks.

Pan bufou.

– O que restou da gloriosa República.

Ele acionou um controle, transmitindo para a frota:

– Prossigam com o bombardeio. Esses insetos são meus.

A vida de Indeera foi salva pela segunda vez por uma repentina pontada de intuição. Ela puxou o manche para a direita, Nib desviando-se para evitá-la. Uma torrente de rajadas de turbolaser foi disparada do ventre da principal nave Nihil, errando suas asas por milímetros. O Skyhawk que seguia atrás dela não teve tanta sorte. O caça irrompeu em chamas, que se extinguiram instantaneamente na ausência de oxigênio, seus destroços rodopiando de volta para Valo. Indeera mirou contra o canhão para revidar os disparos, mas ainda estava fora do alcance.

Ela precisava ir mais rápido.

Pan resmungou quando o caça Jedi evitou os disparos, embora a destruição de um Skyhawk tenha servido como prêmio de consolação. Enquanto o restante de sua Tempestade continuava a bombardear o planeta abaixo, Pan mudava de um canhão para o outro, separando os agressores enquanto miravam os compartimentos de explosivos da *Elegencia*.

Rá. Sem chance.

Ele abateu outro Skyhawk com um disparo do laser ventral, apenas para ver o canhão sendo obliterado pelo caça Vector na liderança. Pan bateu seu enorme punho no painel. Quem quer que fosse o maldito Jedi, merecia uma morte flamejante. E ele ficaria mais do que satisfeito em providenciar uma.

Outra carga explosiva atravessava as nuvens. Indeera usou a Força, tentando empurrar a bomba enquanto ela caía, mudando seu curso para que atingisse o lago. Aquele, ao menos, era o plano. Não havia como saber se conseguira até que a carga afundasse na água. Até lá, ela precisava se contentar em fazer a diferença ali.

Indeera virou seu caça de cabeça para baixo, cruzando o chassi do cruzador de batalha. Um dos três compartimentos de explosivos estava bem à frente. Ela só pôde imaginar os Nihil trabalhando, preparando outra torrente. Indeera disparou contra o ventre do cruzador, os últimos disparos encontrando caminho livre através das portas abertas.

Chamas jorraram do compartimento enquanto os explosivos detonavam em suas covas, a onda de choque atingindo o caça de Indeera enquanto ela realizava uma curva fechada para não ser apanhada pela explosão.

A *Elegencia* estremeceu violentamente quando uma reação em cadeia atingiu o convés inferior. Pan praguejou, gritando e exigindo um relatório de danos. A situação estava melhor do que o tremor sugerira, embora vários incêndios estivessem acontecendo lá embaixo.

– Eles vão pagar por isso – berrou ele, saliva jorrando de seus lábios grossos. – Liberem os droides sucateiros. Vamos estripá-los como peixes!

A primeira onda surgiu do nada, enxameando de escotilhas que se abriram ao longo da quilha do cruzador. Centenas de droides sucateiros com seus braços manipuladores prontos, descendo à atmosfera como gafanhotos. Um Skyhawk foi a primeira vítima das pragas robóticas, quando teve sua fina redoma rompida por cortadores a laser. A pequena nave girou, derrubando outra delas no processo. Apenas um dos caças da República restava, e havia pouco que os Vectors pudessem fazer. Os Jedi estavam tão vulneráveis ao avanço dos droides quanto os outros.

Burryaga rosnou no comunicador enquanto o caça de Nib quase desaparecia sob uma multidão de necrófagos metálicos, embora sua Mestra tenha respondido à crise com sua costumeira bravura.

– Fique firme, Padawan. É preciso mais do que alguns desses droides para me derrubar.

Indeera sentiu uma ondulação na Força quando Nib usou o campo de energia para tirar os droides de cima do seu casco, embora a fina fuselagem do Vector exibisse inúmeras marcas onde os droides já tinham começado a cortar em busca de peças.

Burry latiu feliz, mas era cedo para comemorar. Uma rajada laser foi disparada do cruzador Nihil, rasgando a asa já danificada de Nib. Sua nave entrou em parafuso, caindo.

– Parece que estou fora dessa – disse Nib, sua redoma abrindo para que ela saltasse. – Vejo vocês no chão.

Indeera sentiu a preocupação irradiando de Burryaga.

– A Força irá protegê-la, Padawan – disse ela. – Fique comigo.

O Wookie respondeu como qualquer aprendiz faria, banindo seus medos e colocando-se em posição enquanto avançavam para o próximo compartimento.

– Ah, não vão mesmo – rosnou Pan ao ver os dois Vectors avançando ao ataque. Acionando controles, ele disparou uma enxurrada de raios laser, gargalhando enquanto os caças Jedi eram forçados a se separar, os droides sucateiros travando em suas assinaturas de calor.

Chell ainda estava preocupado, mas Pan não se importava. Estava se divertindo.

Um dos Jedi parecia mais experiente do que o outro. Pan enviou um comando aos droides, para que se concentrassem no piloto inferior.

– Sempre procure pelo elo mais fraco – murmurou ele, enquanto via os droides prendendo-se ao casco da nave inimiga.

Burry estava com problemas, e Indeera sabia. O Wookie simplesmente não estava concentrado o bastante para expulsar os droides sucateiros de cima de sua nave como Nib demonstrara tão habilmente momentos antes. Estendendo seus sentidos na Força para acalmá-lo, ela sentiu um alerta. Luzes piscavam nas costas de cada droide.

– Burryaga – gritou Indeera, percebendo no mesmo instante o que o comandante do cruzador planejara. – Afaste-os para longe. Agora!

A urgência em sua voz era o foco de que Burry precisava. Ele empurrou com a Força, fazendo os droides girarem, mas já era tarde demais. Os droides explodiram todos de uma vez, a explosão atingindo a nave de Burryaga. Qualquer outra pessoa poderia pensar que a destruição repentina fora causada pelas ações de Burry, mas Indeera sabia que não. O comandante Nihil ativara a autodestruição dos droides, sacrificando-os para levar Burry com eles.

Seu aviso salvara o Wookie, mas ele estava fora de jogo, com seu motor soltando fumaça.

– Padawan, saia daqui – ordenou ela, apostando que o caça Vector dele cairia. – Você já fez o bastante.

O Wookie gemeu no comunicador ao cair.

– Você também, Burry – respondeu ela. – Nos vemos em breve.

Se aquilo era verdade ou não, ela ainda estava para descobrir. Indeera avançou com seu Vector, estremecendo quando o último Skyhawk se dissolveu em uma explosão de metal superaquecido. Ela estava sozinha. Uma Jedi contra uma frota Nihil.

Assim seria.

Não havia como ela chegar ao compartimento de explosivos, não com um enxame de droides sucateiros em sua cola. Ela se virou, conduzindo uma dança alegre ao longo do comprimento da nave, passando pelo nariz dela, saindo para a atmosfera superior. Começou a girar, ficando de frente para a gigantesca nave de guerra. Era apenas uma questão de tempo, de ver quem conseguia correr mais rápido.

Indeera acelerou, disparando seus canhões ardentes diretamente contra o cruzador, seus canhões laser incandescentes. Se a Força quisesse, ela acertaria um disparo diretamente na cabine de comando. Suas outras opções eram ser desmontada pelos droides sucateiros ou ser reduzida a átomos pelos canhões do cruzador inimigo. De qualquer forma, ela sempre acreditara que bastava um único Jedi para fazer a diferença. Aquela era hora de testar sua teoria.

# CAPÍTULO CINQUENTA E CINCO

## A *ELEGENCIA*

– Vector Jedi vindo diretamente contra nós – gritou Chell Trambin enquanto a janela de observação se iluminava com o fogo laser.

– Então é como ele vai morrer – disse Pan, travando a mira no caça.

A *Elegencia* sacudiu, não por causa do ataque da nave Jedi, nem devido às explosões da artilharia em seu ventre, mas de cima.

– Que droga é essa? – rugiu Pan, agarrando-se ao painel para evitar ser arremessado em seu próprio convés.

– Naves chegando do hiperespaço, Executor da Tempestade – relatou Chell, com a voz estridente, verificando seu visor. – Múltiplos sinais. Pelo menos vinte até agora.

– Não! – vociferou Pan, esquecendo-se do Vector e mudando para uma visualização tática do espaço acima deles. Uma maldita transmissão deveria ter furado o bloqueio, e os reforços finalmente estavam chegando. Mas de onde? A República? Os Jedi? Quem?

Indeera nunca vira naves tão graciosas. Elas não eram da Ordem e nem de qualquer mundo da República, suas linhas tão refinadas quanto o transporte que fizera a jornada de Shili no dia anterior.

Uma transmissão partiu do cruzador líder, que já estava atacando a nave Nihil.

– Atenção todos os caças. Aqui é Trido Tamaree, da Frota Real Togruta. Naves inimigas devem cessar fogo ou serão destruídas. Este é o primeiro e último aviso. Não teremos misericórdia.

Indeera não tinha dúvidas. De repente, os Nihil estavam em menor número. Mais naves Togrutas chegavam a cada segundo. Uma frota inteira.

Abrindo um canal de comunicação, ela enviou uma resposta, sem tirar os olhos do convés de voo do cruzador Nihil enquanto avançava:

– Frota Togruta. Aqui é Indeera Stokes da Ordem Jedi. A Força lhes dá as boas-vindas a Valo. Agora varram esses montes de lixo dos céus.

Pan retornou para sua poltrona de comando, os relatórios de danos chegando de todas as naves que ainda funcionavam.

– Devemos revidar? – perguntou Chell enquanto o convés continuava a chacoalhar.

– Só o suficiente para nos tirar daqui – gritou Pan em resposta, abrindo um canal para o que restava de sua Tempestade. – Todos os Nihil, a tempestade passou. Usem as Trilhas de fuga, agora.

– Devemos proteger a evacuação, senhor?

– O quê?

– Proteger os outros enquanto eles vão embora?

– Quem você pensa que somos? A República? Tire-nos já daqui!

O Morseeriano girou de volta para o painel, inserindo as coordenadas enquanto Pan afundava em sua poltrona. Os reforços poderiam ter chegado para salvar a pele dos Jedi, mas já era tarde demais. O ataque, seu ataque, fora decisivo. Não haveria como ignorar os Nihil depois daquilo. Não haveria como ignorá-lo.

A *Elegencia* abriu caminho na Trilha mais próxima, deixando o restante da Tempestade por conta própria.

# CAPÍTULO CINQUENTA E SEIS

## O PAVILHÃO DA LUZ ESTELAR

– Está funcionando?

Rhil Dairo deu uma batidinha na lateral de seu implante. A estática inundava uma janela de vídeo que só ela podia ver. O Pavilhão da Luz Estelar ainda estava de pé, mais ou menos, e OrbaLin estava de volta a seu traje de contenção, partes de suas vestes amarradas ao redor do corte através do qual ele revelara sua verdadeira forma viscosa de modo tão espetacular. O Lamproide ainda estava no chão, amarrado em um artefato lendário aparentemente conhecido como Laço do Armistício, uma corda inquebrável que datava dos dias do Nove Místicos, quando quer que tenha sido. Rhil divertira-se quando OrbaLin não pôde resistir a dar outra aula de história enquanto ela o ajudava a prender os Nihil e tornar o pavilhão seguro. Primeiro Stellan, depois OrbaLin. Aqueles Jedi eram fiéis ao que se esperava deles, verdadeiras fontes de conhecimento em quaisquer situações. Lin e Stellan deveriam ser um grande sucesso nas festas Jedi. Mas não havia malícia em seus pensamentos. OrbaLin salvara sua vida, e quanto a Stellan... bem, não havia como saber se ainda estava vivo.

– Posso ajudar?

Ela balançou a cabeça. OrbaLin já consertara T-9, retirando peças de um droide de serviço destruído e ajudando-a a estabelecer uma conexão sem fio com a unidade de gravação. As comunicações com a República haviam sido restabelecidas, mesmo que ainda irregulares, talvez por causa da frota Togruta, e Rhil queria enviar a filmagem à GoNet o quanto antes. A galáxia precisava ver o que os Nihil tinham feito.

– Vamos lá, Tê – murmurou ela baixinho. – Vamos lá.

Ela girou um botão e a estática deu lugar a uma imagem granulada, o falatório empolgado de T-9 surgindo no visor em sua cabeça. Não. Empolgado não era o termo. O droide estava sobrecarregado, e ela não poderia julgá-lo.

– O que você está vendo?

A pergunta de OrbaLin quase se perdeu sob uma mensagem distorcida de seu produtor no Núcleo.

– Estamos recebendo, Rhil. Pelas estrelas, o que aconteceu aí?

Outra voz crepitou na linha. Ela percebeu que estava ouvindo o âncora da GoNet, Sine Spenning, comentando sobre a filmagem, que estava sendo transmitida para toda a galáxia.

– Rhil... podemos ir até você?

– Ao vivo?

– Sim. Faremos uma conexão com você, apenas áudio.

Ela assentiu, percebendo um segundo depois que o produtor não conseguia ver.

– Claro – disse ela, tentando esconder a hesitação em sua voz. Pressionando um controle no terminal de comunicação, mudou para a frequência da GoNet. Um holoprojetor zumbiu, iluminando a parede do depósito com uma imagem bruxuleante para que OrbaLin pudesse ver por si mesmo. A filmagem pixelizada de T-9 estava projetada diante deles, completa com o logotipo da GoNet no canto inferior e uma faixa de manchetes rolando abaixo das imagens.

NOTÍCIA DE ÚLTIMA HORA: FEIRA DA REPÚBLICA ATINGIDA POR UM ATAQUE NIHIL SEM PRECEDENTES.

O NÚMERO DE MORTOS DISPARA.

PARADEIRO DA CHANCELER SOH DESCONHECIDO.

A voz suave de Sine Spenning, grave e dolorosamente profissional, soou dos alto-falantes. Rhil os desligou para que não recebessem retorno quando ela respondesse.

– Estamos aqui com a própria Rhil Dairo, da GoNet, que está no local. Rhil, antes de tudo: você está segura?

Rhil tentou falar, mas um nó se formou em sua garganta quando ela ficou paralisada pela filmagem do parque destruído.

– Rhil, consegue me ouvir?

– Eu... consigo ouvir. Desculpe, Sine, é que... bem, foi um dia e tanto.

– Tenho certeza que sim. Essas imagens são devastadoras. Pode nos falar sobre o que estamos vendo?

Falar sobre o que estavam vendo? O que mais havia para se dizer? Como era aquele ditado antigo? Um holo vale mais do que mil palavras?

Naquele caso, o holo não era nada menos do que devastador. Uma frota de Proas-longas chegara, trazendo mais reforços, mas no solo os edifícios tinham sido destruídos, os escombros espalhados pelas passarelas arruinadas. Caças despedaçados jaziam em crateras fumegantes enquanto os corpos... os corpos estavam por toda parte.

Rhil estava falando, mas não tinha ideia se suas palavras faziam sentido. Ela não queria estar ali, sendo pouco mais do que uma espectadora. Queria estar lá fora, onde importava, ajudando aqueles que estivessem presos ou pior, os feridos e os perdidos, esparramados no chão. Enquanto ela falava, a câmera de T-9 focava na imagem de uma criança pequena vagando pela outrora gloriosa Avenida da República, com um boneco de pelúcia agarrado ao peito e lágrimas escorrendo pelo rosto encardido. Um soluço escapou da garganta de Rhil. A mão enluvada de OrbaLin surgiu em seu ombro, uma sensação de calma irradiando do Jedi. Ela o afastou. Não queria ficar calma. Queria viver o momento em toda sua crueza. Precisava daquilo.

– Rhil – chamou Sine pelo comunicador. – Precisa de um minuto?

Ela enxugou uma lágrima.

– Não. Estou bem.

– Nós entenderíamos completamente. Não consigo nem imaginar o trauma que você deve ter suportado.

– É sério. Quero que as pessoas vejam isso. Quero que saibam como é.

– Claro. E quanto aos Jedi?

– O que tem eles?

– Ainda não vimos nenhuma evidência deles trabalhando nas filmagens. Eles estão...

– Um deles está comigo agora mesmo. O Arquivista OrbaLin, do Farol da Luz Estelar. Ele salvou a minha vida. Os Jedi... os Jedi lutaram bravamente para manter a todos tão seguros quanto fosse possível.

– Ah sim... – interrompeu Sine, seguro em seu estúdio, a meia galáxia de distância. – Podemos ver alguns agora, um Ikkrukki e uma Mirialana. Você sabe os nomes deles?

Ela respondeu que não, desculpando-se como se importasse, quando o que realmente importava era o que se desenrolava na tela, um Jedi tentando tirar um Gungan imóvel debaixo de um transporte destruído. Quem se importava com o nome do Jedi? O importante é que estavam ali, tentando conter o horror.

– E o que você diria para aqueles que já estão falando que a feira nunca deveria ter acontecido? – perguntou Sine. – Que o Senado fora avisado do perigo antes do início das festividades? Enquanto conversamos, o Senador Tia Toon de Sullust emitiu uma declaração que diz...

Mas Rhil não estava escutando. T-9 captara conversas nos canais dos droides, um boato preocupante.

– Se eu puder interromper, Sine. Estou recebendo informações de que a Chanceler Lina Soh foi encontrada. Nossa câmera está a caminho.

Spenning retomou o comentário para seus espectadores, informando-os mais uma vez de que a chanceler não era vista desde um ataque à ópera. T-9 zumbia pelo parque o tempo todo, sua câmera captando os destroços de um andador caído. Os corpos estavam espalhados, alguns se movendo, outros imóveis de maneira desoladora.

Sine continuou tagarelando no ouvido de Rhil.

– Estas são cenas notáveis. Pode confirmar que estamos vendo a Regasa Elarec Yovet, rainha dos Togrutas?

Aquilo era óbvio, não? Os montrais da mulher eram instantaneamente reconhecíveis, mas ainda assim Sine fazia perguntas banais, como se as imagens não falassem por si mesmas. A Suprema Caçadora estava parada junto a um grupo de pessoas, um de seus guardas reais ao seu lado. Perto dali, estava outro Jedi, vestindo um túnica escura, o Mestre que chamavam de Elzar Mann, ajudando os feridos. Mas T-9 tinha se concentrado em uma figura ajoelhada no chão, segurando um corpo enquanto os targons da chanceler ficavam de guarda.

– Pelas estrelas – disse Sine, pela primeira vez em sua brilhante carreira realmente soando como se tivesse sido pego de surpresa. – Aquela é... Com certeza não pode ser...

Mas era, e Rhil sentiu como se seu coração tivesse sido arrancado.

# CAPÍTULO CINQUENTA E SETE

## O ARCO DA UNIDADE

Em algum lugar no fundo de sua mente, Stellan sabia que a galáxia estava assistindo. Podia ouvir o zumbido dos droides câmera, quase sentir suas lentes focando, captando cada mancha de sujeira em suas vestes, os ferimentos em seu rosto, as lágrimas em seus olhos.

Jedi não deveriam chorar. Deveriam manter suas emoções sob controle. Mas também não deveriam sentir compaixão por aqueles que sofrem?

Pela luz e pela vida.

Pela luz e...

Stellan ouvia um gemido, mas não se deu conta de que não era o seu próprio.

Não havia como evitar o sofrimento daqueles cujas vidas foram dilaceradas, não havia como evitar sua dor. Se ele pudesse fazer aquilo, se não fosse afetado profundamente pela angústia e sofrimento, então que tipo de Jedi seria?

As pessoas corriam em sua direção. Militares Togrutas, vindos diretamente de Shili, apressavam-se na direção da rainha. Também havia outros; médicos da República e Jedi liderados por um Cavaleiro que ele conhecia, mas não conseguia identificar naquele momento, um Chagriano, segurando um kit médico.

E havia Bell e sua charhound acompanhando um jovem adolescente que corria a toda velocidade na direção de Stellan, gritando uma palavra de partir o coração:

– Mamãe!

Kitrep Soh caiu de joelhos diante de Stellan, diante de sua mãe, que estava deitada inerte nos braços de Stellan. Ninguém culparia Kip por suas lágrimas, ninguém o culparia por sua dor. Ele não era um Jedi, era apenas um filho que temia por uma mãe que já poderia estar morta.

Matari e Voru caminharam até o jovem, aninhando-se a ele. Kip enterrou-se no pelo dos targons, soluçando abertamente.

E Stellan chorou com ele.

# CAPÍTULO CINQUENTA E OITO

## GRIZAL

O acampamento em Grizal reverberava ao som de blasters disparados repetidas vezes contra o céu. Pan caminhava em meio à multidão que se reunira fora do complexo principal. Ele preferia estar no Grande Salão nas profundezas do Não Espaço, mas, na verdade, havia algo satisfatório em retornar para o planeta de meia-tigela após o sucesso do ataque.

*Ele* liderara o maior ataque dos Nihil em sua longa e tortuosa história. Pan Eyta, e não Marchion Ro e todas aquelas palavras encorajadoras a respeito de Lina Soh. Enquanto Pan fazia chover terror sobre a República, como exatamente o chamado Olho passara seu tempo? Escondendo-se na relíquia que chamava de nave em um planeta encharcado pela chuva, o mais longe da ação possível.

Quem os Nihil ouviriam dali para a frente? Quem comandaria a Tempestade? Ro pensara ter garantido sua posição ao ordenar o ataque a Valo, mas tudo o que fez foi jogá-la nas mãos de Pan. Até Zeetar parecia impressionado enquanto Pan se dirigia às portas principais, o Talpini tendo saído do edifício sem sua armadura energizada ridícula.

Um sinal de respeito? De submissão? Poderia ser. Talvez Zeet não fosse tão idiota quanto Pan pensara.

Pan sorriu, dando meia-volta lentamente antes de desaparecer no edifício para se encontrar com Ro. Queria saborear aquele momento, absorver a admiração das Tempestades reunidas, ver a reverência em seus rostos para que vissem a força no dele. Pan se levantou, com os braços bem abertos, o peito estufado de orgulho. Enquanto os blasters eram disparados, Pan jogou a cabeça para trás e urrou três palavras simples, mas vitoriosas, outrora de Ro, mas daquele momento em diante, dele.

– A Tempestade *triunfante*!

Os Nihil responderam com um rugido coletivo, os gritos de júbilo se intensificando. Parte da multidão estava com ele no ataque. Outros tinham ouvido falar de longe, mas todos estavam unidos atrás do Executor da Tempestade que garantira a vitória.

– A Tempestade triunfante, de fato.

Pan virou-se ao ouvir a voz. Ro estava parado na porta do edifício, em trajes completos. A capa esfarrapada de seu pai fluindo ao vento, a pele de lobo Arratan em seus ombros, aquele maldito elmo ciclópico substituindo o que Pan transformara em sucata.

– Ro – disse Pan em boas-vindas, com os olhos semicerrados, esperando para ver como o Olho responderia.

– Executor da Tempestade – exclamou Ro, dando tapinhas no braço de Pan, com a voz amplificada pelo capacete. Pelo menos aquilo explicava o motivo de o idiota estar de máscara, para que todos pudessem ouvi-lo. Já quanto à mão em seu braço, Pan fez tudo o que podia para não quebrar o braço do homem.

Quem Ro pensava que era? Os dois não eram compatriotas, nem ao menos companheiros de armas. Pan não precisava mais dele.

E ainda assim o Olho prosseguiu, virando-se para se dirigir à horda reunida, como se fosse um maldito político.

– Parabenizamos a todos pela vitória. O dia de hoje marca o início de uma nova realidade. A República nunca mais irá nos subestimar. Nunca mais irá se considerar além do nosso alcance. O poder da

República é uma mentira. Os Jedi são uma mentira. – Ele bateu no peito com o punho enluvado. – Essa é a nossa hora. Sim, perdemos muitos no ataque e honramos o sacrifício de nossos companheiros, mas ganhamos muito. Esta noite, nós bebemos. Esta noite, nós celebramos. Esta noite, somos os Nihil!

Outro grito de aprovação irrompeu ao redor, mas Pan ficou irritado. Tinham perdido muitos? Perderam alguns, era verdade, como era de se esperar, mas Ro estava jogando um jogo perigoso. Depois de tudo o que Pan fizera, depois de tudo o que conquistara, Ro ousava diminuir seu sucesso. Se houve perdas, eram das forças terrestres de Lourna Dee, não da Tempestade no ar.

Aliás, onde estava Lourna? Pan podia ver alguns de sua legião entre a multidão, mas a própria Executora da Tempestade não estava entre eles, e a nave dela não estava em órbita quando a *Elegencia* chegara.

Ele se virou, como se alertado por um sexto sentido, para vê-la nas sombras da porta. Percebendo que tinha sido vista, Lourna saiu mancando. Como Pan, ela estava sem capacete, embora, ao contrário do Dowutino, tivesse claramente sofrido na superfície de Valo. Lourna coxeava de maneira pronunciada, e seu rosto estava bastante machucado. A maioria dos cortes já cicatrizara, embora a queimadura vívida em sua bochecha direita fosse precisar de mais tempo para se curar. Não parecia uma queimadura de blaster, ou mesmo causada por um sabre de luz. Fogo do bombardeio? Definitivamente era uma possibilidade, se a fúria nos olhos da mulher, naquele momento direcionada contra ele, pudesse indicar alguma coisa. Pan tentou não deixar que os outros percebessem que estava tenso, pronto para um ataque que tinha certeza de que estaria por vir. E, no entanto, a Executora da Tempestade apenas se posicionou ao lado de Ro e se dirigiu a Pan com a frieza vazia de um céu sem estrelas.

– Parabéns, Pan.

Ele assentiu com a cabeça, ainda cauteloso.

– E para você também, Lourna.

Ela se virou para a multidão, não precisando de um amplificador para ser ouvida.

– O Olho está certo. Faremos um banquete e honraremos aqueles que caíram no caminho para nossa vitória. Depois... depois nós os vingaremos.

Mais uma vez, os Nihil aplaudiram, Ro erguendo os braços novamente e declarando que as festividades deveriam começar.

Pan as apreciaria em breve, embora de volta à sua nave, onde poderia comemorar de maneira luxuosa, mas por enquanto eles tinham assuntos a discutir.

– Precisamos conversar – disse ele ao Olho, que inclinou a cabeça.

– Claro. Podemos entrar?

Eles se reuniram em um salão temporário que Ro estabelecera, uma mesa tática roubada de um cruzador Mon Calamari montada na outra extremidade. Ro deu a volta na mesa e olhou para o mapa estelar em sua superfície.

– Não vai tirar isso? – rugiu Pan, enquanto caminhava para se juntar a ele.

Ro ergueu os olhos.

– O quê?

Pan apontou para o elmo.

– Tire-o.

– Por quê?

– Porque estou mandando.

– E eu tenho que fazer o que você manda?

Pan bateu com o punho na mesa, quebrando a tela.

– Sim, tem. Aquela vitória que você descreveu. Éramos nós. Não você. Lourna e eu.

Ro inclinou a cabeça.

– E quanto a Zeetar?

Pan rosnou baixo.

– Ele desempenhou o papel dele.

– E eu não?

Os outros Executores estavam irritantemente quietos. Que fosse daquele jeito. Afinal, aquele era o momento de Pan.

– Muito bem, pode se esconder atrás dessa máscara o quanto quiser, mas quero saber o que acontece agora.

Ro abriu as mãos.

– Você mesmo ouviu. Agora vamos festejar.

– Não basta. Fizemos o que dissemos que faríamos. Estabelecemos nossa reputação de uma vez por todas.

– Com grande sacrifício – acrescentou Lourna.

Pan apunhalou o mapa estelar com o dedo, apontando para Coruscant.

– Sim, mas eles não sabem disso, sabem? Estão com medo.

Ro olhou diretamente para ele, com aquela maldita luz vermelha brilhando nos olhos de Pan, forçando-o a apertar os olhos.

– E o que você gostaria que fizéssemos?

Pan bufou. Não era óbvio?

– Atacamos imediatamente e com força total. Mostramos a eles que não há trégua, não há tempo para lamber as feridas. Nós os atingimos novamente, onde dói, para que saibam que estamos falando sério.

Lourna o estudava atentamente.

– Onde você sugere?

Pan procurou no mapa, indicando o primeiro alvo de sua lista.

– Aqui.

Ro mal olhou para baixo.

– Os estaleiros de Cyclor? Já falamos sobre isso antes.

– Sim. Antes de Valo. Quando eles pensavam que tinham nos expulsado.

– Mas provamos que eles estavam errados – disse Lourna, com frieza. – *Você* provou que estavam errados.

Pan queria bater o rosto irritante da Twi'lek contra a mesa.

– Aquela era apenas uma Nuvem. Agora voltaremos como uma legião, não apenas para destruir, mas para fazer o que fazemos de melhor: tomar o que é nosso pelo direito da conquista. Pensamos muito pequeno com a *Innovator*. Sabem quantas naves estão naqueles estaleiros? Quantas naves podem se tornar nossas?

Lourna cruzou os braços, olhando para a tela.

– É um alvo interessante, mas é ambicioso o bastante?

– Como assim? – perguntou Zeetar.

– Cyclor é importante para a Orla Média, sim...

– Para toda a República – lembrou Pan.

– Mais uma vez, não discordo, mas atacar a Feira da República foi um ato extremamente simbólico. Sugiro que precisamos de um alvo igualmente importante, fazer um ataque igualmente devastador.

– Por exemplo?

Ela apontou um dedo para a beirada da mesa, os olhos de Pan arregalando-se quando viu para onde estava indicando.

– Hetzal Prime?

A Twi'lek olhou diretamente em seus olhos.

– Já mostramos que os Jedi podem sangrar. Por que não quebrá-los completamente? Erradicar o cenário de seu maior triunfo. Provar para a galáxia que seus Jedi não podem protegê-la.

Pan sorriu. Sua pulsação estava acelerada, sua adrenalina no máximo. Ele esperava um desafio de Lourna, não que ela se jogasse atrás de seus planos com tanto vigor.

– Gosto disso. Com certeza enviaria uma mensagem.

– E para onde a seguir? – perguntou Ro, com a voz baixa. – Alderaan? Chandrila? *Coruscant?*

– Por que não?

– Porque é suicídio!

Pan não conseguia acreditar no que ouvia.

– Como você pode dizer isso?

– Porque, ao contrário de você, eu estou vendo o panorama maior. – Ro estava circulando a mesa, dando a volta para encarar Pan. – Vocês fizeram um ótimo trabalho, todos vocês, mas pressionar demais a República é um erro.

– Pressionar demais? Nós a deixamos acabada.

– E ela está sofrendo. Minha fonte no Senado disse que uma sessão de emergência foi convocada e culpados estão sendo apontados. A chanceler está em seu leito de morte.

– Sim – cuspiu Lourna. – E a bomba que atingiu o andador dela quase me matou. Eu a vi, Ro, antes de ir embora. Duvido que alguém consiga sobreviver àquilo.

– Você sobreviveu – apontou Ro.

– Eu sou difícil de matar.

– E é isso que nos torna superiores – rosnou Pan, virando-se para Ro, que estava parado diante dele. – Você vê isso, não é, Ro? Queríamos Lina Soh morta.

– *Queríamos* que a República reconhecesse a ameaça que representamos – rebateu Ro. – Queríamos que percebessem que seu chamado Espírito da Unidade é uma mentira. E fizemos isso. Agora, ninguém na fronteira irá dormir tranquilamente. Ninguém vai achar que os Jedi podem ajudar.

– Então, devemos atacar.

– Não, você deve *escutar*.

Pan não sabia que Ro podia se mover tão rapidamente. O braço do Olho disparou para cima e um sabre de luz amarelo surgiu na garganta do Dowutino, a lâmina tão próxima que ele sentia sua pele queimar. Um enorme erro. Um erro colossal. Pan atacou, agarrando o braço de Ro e jogando-o contra a mesa, o vidro estalando com o impacto. Aquilo teria sido o fim de tudo, deveria ter sido o fim de tudo, se Ro não tivesse girado para cima com a outra mão e o acertado... com... uma agulha no pescoço? Pan cambaleou para trás, a mão pressionada com força sobre o ferimento. Ele olhou para baixo, vendo algum tipo de dispositivo deslizando para dentro da manga de Ro, um injetor em um pequeno braço mecânico.

O Dowutino tentou balbuciar, exigir saber que droga Ro tinha acabado de fazer, mas nenhuma palavra saiu. Sua garganta estava apertada, sua visão turva. Ele cedeu, seu peso de repente muito grande para que suas pernas suportassem. Sua cabeça bateu na lateral da mesa quando ele desabou, mas Pan mal sentiu a dor contra o fogo que ardia em suas veias. Enquanto Ro falava e suas palavras ecoavam, os músculos de Pan começaram a tremer.

– Veja, este é o seu problema, Pan – disse Ro, apontando para ele com o sabre de luz. – Você é tão rápido em revidar que nunca vê o verdadeiro ataque chegando. Começamos uma guerra hoje e pode ter certeza de que haverá uma resposta. Mas a República não sabe onde estamos. As Tempestades precisam se distribuir para reconstruir, enquanto o medo e a paranoia se espalham como uma praga de um lado ao outro da galáxia. – Ro desativou a arma e a devolveu ao cinto. – A República se despedaçará, e então, quando *eu* disser, faremos a colheita. Mas você, Pan, com sua ambição e sede de glória...

O punho de Ro desceu sobre o rosto do Dowutino, um soco para cada palavra.

– Você... não... verá... nada... disso.

Pan tentou arquejar quando os golpes cessaram, mas não conseguia respirar. As vozes que ouvia pareciam estar a um milhão de quilômetros de distância, mas ele se agarrou a elas, mesmo que mal conseguisse distingui-las.

– Iniciem as festividades. Eu estarei na *Olhar*.

Pan não escutou Ro sair. Ele já estava cego. Sabia como seria quando seu corpo finalmente fosse encontrado. Diriam que ele tinha exagerado, que tinha usado muitos estimulantes. É o que ele faria. Ro tirara tudo dele... A vitória de Pan... sua vitória... e não havia jeito de fazer o desgraçado pagar.

Havia?

Pan escutou um chiado, sentiu um arranhão frio em sua pele. A dor diminuiu como uma maré baixando, apenas para retornar quando seus pulmões ofegavam desesperados por ar. O mundo voltou a se focar, as cores explodiram diante de olhos que podiam enxergar novamente, o tum-tum-tum do distante punk de destroços ameaçando partir seu crânio ao meio.

Alguém estava à sua frente. Pan esticou a mão, agarrando um braço fino, mas forte. Uma ampola vazia caiu no chão. Pan ergueu os olhos e viu um par de lekku compridos e olhos frios. Lourna. Ele soltou o braço dela, mas ela não estremeceu, mesmo que os hematomas já estivessem se formando onde tinha sido agarrada.

– Você me salvou – resmungou ele.

– Devo me arrepender?

Pan se levantou, desejando que o corredor parasse de girar.

– Eu deveria imaginar que ele tinha algo na manga. – O Dowutino tossiu, com os pulmões doloridos. – E você também, pelo visto. Sabia o que ele estava planejando?

– Não, de forma alguma.

– Mas tinha um antídoto.

Lourna tirou um frasco do bolso e o sacudiu.

– Cypanide. Extraído de bibforts machos em Ryloth. É uma substância antitoxina de efeito geral. Você deu sorte.

Pan apoiou-se pesadamente na mesa tática.

– Não é o que eu sinto. Onde está o Talpini?

– Divertindo-se.

– E Ro? – O nome era como bile em sua boca.

– Na nave dele, certamente fazendo o mesmo. Ele acredita que você está morto.

Pan agarrou a beirada da mesa, arrastando-se para cima.

– Vou partir aquela antiguidade ao meio para provar que ele está errado.

– Não – disse Lourna, colocando a mão no braço dele, a palma fria contra a pele que ardia com o veneno. – Você sabe como ele é. Nunca se junta às festas. Vai ficar lá até tudo acabar, e quando finalmente mostrar a cara, será tarde demais.

– Tarde demais para quê?

– Para ele. – Lourna agarrou seu rosto, segurando-o entre as mãos para encará-lo nos olhos. – Ele não estava lá, Pan. Nem Zeetar, para ser sincera. Não sentiram como era. O *poder*. Colocamos a República para correr. Você estava certo. Ro não está pensando grande o bastante. Chega. Eu diria para continuarmos.

– Atacar imediatamente.

– E atacar com força total. Esperamos um dia, talvez dois, para ver onde a República reforçará suas defesas. Os estaleiros ou os campos de bacta de Hetzal. E então, o que for mais fraco...

– Nós tomamos.

Lourna apertou os lábios com força contra os dele. Foi como beijar uma víbora.

– Descanse – disse ela, quando finalmente se separou dele. – Deixe o cypanide fazer seu trabalho. Vou começar a espalhar a notícia. Os Nihil agora pertencem a nós.

– E se Zeetar não concordar?

Ela sorriu, exibindo dentes afiados e pontiagudos.

– Ele não está mais usando aquela armadura, está? Sempre achei que três Executores da Tempestade eram demais.

# CAPÍTULO CINQUENTA E NOVE

## A CÂMARA DE COMUNHÃO, VALO

O Conselho Jedi estava em sessão, como era certo e adequado considerando o que acontecera, mas também era o último lugar onde Stellan queria estar. Do lado de fora do posto avançado Jedi quase concluído, o trabalho de socorro estava bem encaminhado. Naves médicas de apoio chegaram do Núcleo, e a grande maioria dos Jedi estava nas ruas de Lonisa, protegendo construções e cuidando dos sobreviventes.

O próprio posto avançado se tornara o centro dos esforços de socorro. O prédio administrativo da República fora atingido no último ataque e declarado inseguro enquanto ainda estava de pé. O que restou da equipe de Samera Ra-oon foi transferido para o Templo, e fazia o possível para ajudar as pessoas a voltarem para casa depois que a maioria dos transportes no espaçoporto fora destruída. Aquele trabalho não era esperado deles. Samera e sua equipe simplesmente tomaram a iniciativa, oferecendo-se para supervisionar a limpeza.

– Há notícias do Farol? – A pergunta trouxe Stellan de volta para onde estava. Fora feita por Keaton Murag, outro membro relativamente novo do Conselho, elevado pouco antes do Grande Desastre.

– Sim – respondeu o Grão-Mestre Veter. – Embora a Marechal Kriss ainda esteja ocupada em Miluta.

– Junto com metade dos Jedi do setor, ao que parece. – Teri Rosason, sempre combativa no Conselho, já criticara a maneira como Avar lidava com o caso Drengir, principalmente sua aliança com os Hutts. Ela ficara ainda mais mordaz depois que chegara a notícia de que Avar convocara mais Jedi do que o esperado para prestar apoio ao seu ataque ao suposto mundo-raiz dos Drengir. – A Marechal Kriss parece pensar que pode fazer o que quiser, com ou sem a vontade do Conselho.

– Bobagem – interrompeu Yarael Poof, o Quermiano de pescoço comprido. – Mestre Kriss está agindo bem dentro dos parâmetros que oferecemos a ela.

– E em resposta direta ao pedido da Chanceler Soh de lidar com a ameaça Drengir da maneira mais rápida e eficaz possível – apontou Mestre Adampo, o Yarkora juntando-se à conversa pela primeira vez desde o início da holoconferência. A Mestra Rosason respondeu, mas suas palavras se perderam em estática. As imagens do Conselho embaralharam-se por um momento. As linhas de comunicação tinham sido restauradas em grande parte, mas a rede mais ampla estava lutando para lidar com a grande quantidade de dados transmitidos de Valo. Naquele ritmo, Stellan ficou surpreso por ninguém ter sugerido usar os antigos droides mensageiros que a República usara em sua primeira incursão na fronteira há cerca de um século.

As imagens dos Mestres fluíram mais uma vez nas paredes, captando Yarael no meio de uma frase.

– Além disso, Mestra Kriss não tinha como saber o que estava acontecendo em Valo. Nenhum de nós sabia até a transmissão da mensagem da repórter.

Rosason resmungou:

– Vocês conseguem imaginar o que teria acontecido se os Togrutas não tivessem respondido?

– Mas eles responderam, e as Proas-longas da República chegaram logo depois. – O tom de Stellan foi mais forte do que o pretendido, mas teve o gratificante efeito de calar Rosason, ao menos por um tempo.

Pra-Tre Veter olhou para ele preocupado, através do holocanal.

– Mestre Gios, tem certeza de que não deveria descansar? Seus ferimentos...

– Não são tão ruins quanto parecem, obrigado. – Embora aquilo não fosse mentira, também não era inteiramente verdade. Torban Buck queria mergulhá-lo em um tanque de bacta, mas Stellan recusou, optando por simples banhos de rejuv. Um droide médico fechara os cortes maiores com microssuturas, mesmo que Buck tivesse advertido que os pontos poderiam deixar cicatrizes. Stellan descartara as preocupações, insistindo que os suprimentos de bacta já esgotados fossem redirecionados para aqueles que realmente precisavam deles. Como um Jedi, Stellan poderia cuidar de si mesmo, contando com a Força em vez de estimulantes que poderiam entorpecer seus sentidos.

– E os Nihil? – perguntou o Grão-Mestre Veter.

Aquilo era melhor. Stellan queria lidar com fatos, não recriminações.

– A maioria escapou – disse ele ao velho Tarnab. – A Força de Segurança de Valon tem um pequeno número de prisioneiros Nihil, mas a maioria está em estado crítico. No entanto, o Arquivista OrbaLin conseguiu subjugar um invasor, um Lamproide com o nome de Quin Amarant. Nós o temos sob custódia aqui no posto avançado.

As espessas sobrancelhas de Veter se ergueram.

– Vocês o têm?

– A pedido de Larep Reza, que assumiu o cargo de chanceler interino enquanto Lina Soh... se recupera.

A menção do nome de Soh levou Stellan de volta àqueles terríveis momentos após a detonação da bomba. Ele estava convencido de que Soh morreria em seus braços. A explosão reduzira o AER a sucata, jogando Soh e os outros no chão. A maioria sobrevivera com alguns ossos quebrados. Madame Conserra sofrera uma perfuração no pulmão, mas Soh fora pega nos destroços e seus ferimentos eram graves. Como esperado, porém, a chanceler se mostrou mais forte do que parecia. Torban Buck fizera maravilhas para preservá-la até que os médicos da República conseguissem chegar. Ela estava na enfermaria do posto avançado desde então, em coma clínico, pronta para ser transportada de volta para Coruscant assim que os médicos confirmassem que ela poderia ser removida. Os mesmos médicos não estavam muito satisfeitos com os dois targons ao seu lado de forma permanente, mas havia pouco que pudessem fazer a respeito daquilo.

– E o Lamproide está sendo interrogado? – perguntou Veter.

– Sim – confirmou Stellan. – Embora ainda não tenha revelado nada que tenha valido a pena. No entanto, temos isso...

Stellan apertou um botão em seu punho, ativando a filmagem da luta entre OrbaLin e a mesma Twi'lek que tentara atacar o andador. Ele deixou reproduzir por um momento antes de pausar, congelando a imagem da mulher no meio do ataque.

– Esta é uma gravação capturada pelo droide câmera de Rhil Dairo, T-9. A Twi'lek parece atender pelo nome de Dee. Como disse, Amarant não revelou muito, mas o Jedi que a interrogou pela última vez relatou uma sensação de que Dee detém uma posição de poder dentro dos Nihil.

– Você mesmo lutou contra ela, não foi, Mestre Gios?

Stellan sentiu o rosto queimar com a pergunta de Rosason.

– De fato, lutei.

– E ela foi a grande responsável por seus ferimentos.

– Ela é uma... combatente habilidosa.

– É o que parece.

– Entendo. E quanto aos Drengir?

Stellan franziu o cenho com a mudança repentina na conversa.

– Já discutimos a missão da Marechal Kriss...

– Não estou falando da cruzada de Avar Kriss, Mestre Gios. Estou falando sobre o fato de que matéria Drengir foi encontrada em Valo durante o ataque.

– Ouvi dizer que foi um pouco mais do que isso – comentou Keaton Murag.

Stellan lutou contra o desejo de apertar a ponte do nariz para aliviar a dor de cabeça que crescia naquele momento.

– Sim, Mestre Murag. De acordo com um relatório de Vernestra Rwoh...

– Sua antiga aprendiz – interrompeu Rosason.

– Minha antiga aprendiz, sim – reconheceu Stellan. – Como sabem, vários Jedi estavam atuando na feira durante o ataque, embora não tenhamos conseguido nos contactar por causa do apagão das comunicações. Nesse meio-tempo, o Padawan conhecido como Ram Jomaram descobriu as tropas Nihil plantando o que pareciam ser esporos de Drengir ao redor da torre de comunicações.

– Sugerindo que os Nihil encontraram uma maneira de semear os Drengir – ressaltou Rosason. – Mais uma arma no arsenal deles.

Pra-Tre Veter parecia preocupado:

– Isso já foi levantado no Senado – disse o Tarnab a eles. – Alguns até sugerem que os Nihil estejam por trás de toda a crise Drengir, no geral.

– Qual a melhor maneira de espalhar o medo em toda a fronteira? – perguntou Murag.

– Mantendo o Farol da Luz Estelar convenientemente ocupado enquanto eles brincam com Valo – acrescentou Rosason.

– Não consigo acreditar que isso seja verdade – disse Stellan.

Rosason chegou a zombar:

– É mesmo, Mestre Gios? E por que a Heroína de Hetzal não estava em Valo no momento do ataque? Por que ela convocou tantos Jedi para sua força-tarefa? Jedi que poderiam ter corrido em auxílio de Valo se não estivessem ocupados lidando com uma infestação de plantas assassinas. Nós fomos enganados por esses Nihil. Levados a acreditar que são pouco mais do que uma ralé. Mas se tudo isso for verdade, se todo esse ataque for parte de um esquema elaborado...

– Então, eles são um exército – disse Stellan, com a voz grave. – Com táticas e recursos desconhecidos sob seu comando.

– Finalmente concordamos em alguma coisa, Mestre Gios – concedeu Rosason. – A verdadeira pergunta é: se são um exército, quem é o general?

Stellan olhou para o holograma da Twi'lek que o derrotara.

– Sabemos o que aconteceu com ela? – perguntou Yarael Poof, como se estivesse lendo seus pensamentos.

– Ela tinha partido quando a fumaça se dissipou – disse Stellan ao Quermiano. – Mestre Mann acredita que tenha fugido em uma nave Nihil próxima.

– Existe alguma chance de ela ter sido presa pelos militares Togruta? – perguntou Rosason.

– Infelizmente, não temos ideia – disse Veter. – Agora que a regasa se recuperou, os Togrutas interromperam o contato com a República. Eu mesmo tentei entrar em contato com a regasa, mas não consegui falar com ninguém em sua corte. Temo que esse incidente tenha feito as relações entre Shili e a República retrocederem algumas décadas.

Naquilo Stellan conseguia acreditar. A frota Togruta partiu assim que Elarec Yovet fora evacuada, levando o Embaixador Tiss com eles. Imagens da monarca banhada com o sangue daqueles que tentava salvar foram exibidas repetidas vezes nos canais de informação, bem como a filmagem de Stellan embalando a chanceler ferida, abertamente angustiado. Gostando ou não, e ele não gostava, sua imagem chorando sobre o corpo de Lina Soh se tornara um retrato marcante da atrocidade. Tia Toon obviamente estava em plena atividade, elogiando Stellan e a Ordem o máximo possível, enquanto também usava a imagem para dizer à galáxia que os Jedi tinham sido levados ao limite. Quantas vidas mais teriam sido perdidas se não fosse pela chegada oportuna dos Togrutas, principalmente, como o senador fazia questão de ressaltar, com as Proas-longas da República demorando tanto. Aquilo claramente alimentava sua narrativa sobre a necessidade de estabelecer uma força de defesa centralizada da República, mas o pior de tudo é que ele estava certo. O número de mortos em Valo fora astronômico, mas quanto teria sido impedido pelos Jedi? Quanta diferença eles realmente fizeram?

Os pensamentos de Stellan foram interrompidos por uma tosse cortês na porta da câmara. Ele não precisou olhar para saber quem era. Conseguia sentir a presença de seu amigo, perturbado como estava, ele e todos os outros Jedi no planeta.

– Mestre Mann – disse ele formalmente, gesticulando para que Elzar entrasse na sala.

Elzar deu um passo à frente, curvando-se respeitosamente diante dos membros do Conselho.

– Peço desculpas pela interrupção, Mestres, mas a presença de Stellan é requisitada pela chanceler.

– O Chanceler Interino Reza? – perguntou Rosason.

Elzar balançou a cabeça.

– Não. Lina Soh. Tenho o prazer de dizer que ela está acordada... – Ele se virou para Stellan. – E quer ver você.

# CAPÍTULO SESSENTA

## A ENFERMARIA, POSTO AVANÇADO DO TEMPLO EM VALO

Stellan não se surpreendeu ao encontrar Rhil Dairo ao lado da cama de Lina Soh, com T-9 pairando a uma discreta distância.

– Ela insistiu em dar uma entrevista praticamente assim que despertou – disse Larep Reza, com o olhar cansado de alguém que se envolvera em uma discussão que nunca venceria. – Felizmente, Quo não estava aqui. Ele romperia um vaso sanguíneo.

– Como está Norel? – perguntou Stellan.

– Melhor – disse Lina Soh, com a voz mais fraca do que ele jamais ouvira, o que era compreensível, considerando o que ela passara.

A câmara privativa era desprovida de droides médicos, mas apenas porque Torban Buck se oferecera pessoalmente para cuidar da chanceler até que ela pudesse ser transferida para a *Alvorada de Coruscant*, que sobrevivera ao ataque depois de sua tripulação lutar contra um grupo de embarque Nihil. Stellan olhou para Banco de Sangue, que verificava os sinais vitais da chanceler. Buck era bastante peculiar, mas suas habilidades médicas eram incomparáveis. Soh parecia melhor do que Stellan esperava, outra razão pela qual Reza sem dúvida permitira a entrevista, que passaria por um rigoroso procedimento de verificação antes de ir ao ar. Sensores foram colocados no pescoço e nas têmporas de Soh, mas ela já estava livre dos tubos de respiração, os cortes e arranhões em seu rosto pálido já estavam tratados ou cobertos com tiras de bacta. Stellan lutou contra a vontade de olhar para a cama, já tendo sido informado de que Buck não fora capaz de salvar a perna direita de Soh, e se perguntou se aquele detalhe tinha entrado na entrevista.

Ele aproximou-se da cama, Elzar aguardando à porta. Rhil começou a se afastar, mas Stellan fez questão de dirigir-lhe um sorriso caloroso. Era a primeira vez que via a jovem repórter desde a ópera.

– Devemos um agradecimento a você, Srta. Dairo.

– Acho que não. – Rhil corou, balançando a cabeça.

– Sim – disse Soh, de sua cama. – Pelo que o Arquivista OrbaLin me informou, foi *você* quem enviou a mensagem para fora do planeta.

O desconforto de Rhil apenas aumentou.

– Só estava cumprindo meu dever, senhora.

Stellan ficou impressionado com a humildade da mulher. Ele sabia que os repórteres não gostavam de se tornar a história, mas aquilo precisava ser dito:

– Seja como for, os Togrutas nunca saberiam que estávamos em perigo se não fossem as suas ações.

– Que a regasa deles estava em perigo, você quis dizer – murmurou Reza, apenas para ser repreendido por Soh.

– Eles nos salvaram, Larep. – Sim, as Proas-longas chegaram, mas foram os Togrutas que viraram o jogo. Fraca ou não, a chanceler ainda era uma presença formidável. – Ressaltei a coragem e desenvoltura da Srta. Dairo durante a gravação de nossa entrevista; uma exclusiva que ela mais do que merece.

– Uma entrevista que devo editar – disse Rhil, acenando para que T-9 a seguisse. – Meu produtor está esperando.

Ela se virou para sair, mas Soh ergueu um braço, a luz cintilando no tubo que injetava analgésicos nas costas de sua mão.

– Não. Por favor, fique. Talvez algumas imagens nossas conversando acrescentem um pouco de cor à sua reportagem, se o Membro do Conselho não se opuser.

Como ele poderia? Lina Soh não era apenas formidável, mas também uma política acima de tudo, sempre procurando a oportunidade por um holo perfeito, mesmo em um momento como aquele.

– Não tenho objeções – disse Stellan, esperando que a Força o perdoasse por uma pequena e inocente mentira. – Embora talvez fosse melhor que a filmagem não captasse som?

– Concordo – disse Reza, com firmeza. – Algumas conversas podem ser... confidenciais.

Rhil deu um passo para trás, embora seu droide câmera permanecesse onde estava, perto do teto.

– Certo. Você entendeu, Tê?

O droide emitiu um bipe e recomeçou a gravar.

Stellan se aproximou, tentando não se sentir constrangido sob o olhar do droide.

– Não vou perguntar como você está se sentindo.

Um sorriso surgiu nos lábios da chanceler.

– Creio que tenha acabado de perguntar.

– Já está dando uma entrevista. A maioria das pessoas teria esperado ao menos até estar fora da cama.

– Você está dizendo que eu sou como a maioria das pessoas? – Ela ergueu uma sobrancelha, divertida.

– Nunca – respondeu ele, balançando a cabeça.

O rosto dela ficou mais sombrio.

– O povo merece me ver. Aquilo foi culpa minha.

– Não acredito que ninguém...

A mão dela subiu novamente, fazendo-o parar antes que pudesse protestar.

– Por favor, Stellan. Ambos sabemos o que a mídia está dizendo. E se não está dizendo, *deveria*. Fui avisada.

– Fomos todos avisados.

– E mesmo assim prossegui como se fôssemos intocáveis. Quantas pessoas morreram por causa da minha arrogância, Membro do Conselho? – Stellan presumiu que a pergunta fosse retórica, permitindo que ela prosseguisse. – Quantas pessoas nunca voltarão para casa de "um dia divertido na feira"? Assumo a responsabilidade pessoal por cada morte.

– Os Nihil são os culpados – lembrou Reza, sombriamente.

– E nós permitimos que eles viessem, com nossa complacência. Com nossa arrogância. – Soh voltou-se para Stellan, com o rosto sério. – Mestre Gios, a partir de agora, você tem todos os recursos da República à sua disposição. Inteligência. Segurança. O que precisar. Por favor... você levaria esses vilões à Justiça?

Stellan não sabia o que responder. Ele esperava que os Jedi fossem chamados para investigar, mas aquilo era outra coisa.

– Eu... – começou ele, procurando as palavras adequadas. – Vou consultar o Conselho.

– Eu falo sério, Mestre Jedi. Ainda acredito em meu coração que estávamos certos em votar contra a força de defesa permanente de Toon. A última coisa que a República precisa é de um exército, mas, se me perguntar, estou convencida de que todos os planetas que ostentam a bandeira da República estarão com você. Forças de segurança locais. Guardas planetárias...

Aquela foi a vez de Stellan interrompê-la:

– Os Jedi não são guerreiros, nem deveríamos ser.

– Mas são símbolos – insistiu ela, tentando se sentar. – Principalmente agora, principalmente *você*.

– Madame Chanceler...

Soh estendeu a mão, agarrando a dele.

– Stellan, por favor. Eu o vi na holonet, depois do ataque. Todo mundo viu. Segurando-me quando... – A voz dela falhou por um segundo. – Quando parecia tarde demais. A galáxia toda viu a compaixão em seus olhos. Testemunhou a determinação. Não era o olhar de um general ou de um político. Era o olhar de um homem melhor do que aqueles que nos fariam mal. Um homem que nos protegeria.

Um homem justo. Precisamos dos Jedi, agora mais do que nunca. Precisamos da luz.

Stellan sentia os olhares de todos na sala pousados sobre ele. Reza. Rhil. Buck e Elzar. Soh não sabia o que estava pedindo. Muitos eram mais adequados para a tarefa. Avar. A maior parte do Conselho. *Yoda*, se alguém soubesse onde ele estava. Stellan fora pego de surpresa como todo mundo. Ele pagara o preço? Fora ferido, sim, até humilhado nas mãos de uma única Twi'lek. Stellan, que ficara tão orgulhoso em exibir sua destreza com o sabre de luz na *Alvorada de Coruscant*. Mas o que dizer dos incontáveis milhões que nunca se recuperariam do ataque Nihil, daqueles que perderam suas vidas em Valo e daqueles que sofriam, vivendo com medo, checando os céus constantemente em busca do súbito surgimento de uma nuvem de guerra. Ele poderia ser um símbolo para aquelas pessoas? Deveria mesmo tentar?

– Membro do Conselho? – insistiu Soh, procurando pela resposta que ele relutava em dar.

Por sorte, ele não precisava responder, não ainda. O datapad de Larep Reza apitou e o vice-chanceler olhou alarmado para sua superiora.

– Larep?

– É Shili, Madame Chanceler. Um canal seguro.

– Os militares Togrutas?

O Kallerano passou os dedos pelo teclado, verificando o fluxo de dados.

– Até onde posso dizer, não. Parece vir da corte real.

Soh sentou-se em sua cama, ajustando sua camisola médica.

– Srta. Dairo, você poderia parar de gravar, por favor?

A repórter assentiu com a cabeça.

– Claro. Você gostaria que eu me retirasse?

– Acho que você, de todas as pessoas, merece ver isso. Obrigada, Larep.

Reza pressionou um controle e um grande holograma apareceu na parede, o rosto de Elarec Yovet perto da câmera.

– Regasa – saudou Soh, com uma ligeira reverência.

– É bom vê-la acordada, chanceler – respondeu a Togruta. – Devo admitir que temia pelo pior.

– Elarec, eu sinto muito...

A Suprema Caçadora balançou a cabeça.

– Não foi culpa sua, Lina. Nada daquilo.

– Você era minha convidada.

– E fui livremente, apesar das preocupações do meu conselho de segurança. Eu, pelo menos, estou feliz por ter estado aí.

– Não acho que o Capitão Maramis concordaria com você, regasa – disse Stellan.

– Pelo contrário, Lorde Jedi. O Capitão Maramis tem louvado você desde o momento em que deixou Valo. Assim como eu. – Os olhos dela se voltaram para Soh. – Quanto à Chanceler Lina Soh da República Galáctica... Outros líderes teriam se escondido ao primeiro sinal de perigo, mas não você. Você ficou ao lado do seu povo, tirando-os dos escombros com suas próprias mãos, se necessário, garantindo-lhes vezes sem conta de que tudo ficaria bem.

– Assim como você, regasa.

– É por isso que somos espíritos afins, assim como o Capitão Maramis e Mestre Gios. Você protege os necessitados e chora por aqueles que não pode salvar. Você é o espírito da República, um espírito que compartilha com o meu povo.

Soh inclinou-se para a frente em sua cama.

– O que está dizendo, regasa?

– Estou dizendo que o ataque covarde dos Nihil nos mostrou que o isolamento não é o caminho. Apenas juntos podemos ser fortes.

– Está falando de uma aliança?

– Inicialmente sim, talvez mais com o tempo. Não vai ser fácil. Há muitos em meu governo que discordam de mim, mas eles escutarão. Eu sou a rainha deles e não ficarei mais em silêncio.

Daquilo Stellan não tinha dúvidas. Talvez outra das Grandes Obras da chanceler já estivesse em andamento. Talvez ainda houvesse esperança.

– Nesse meio-tempo – continuou a regasa –, como sinal de boa vontade, estou enviando a você um pacote de dados contendo informações que meus serviços de inteligência interceptaram, mensagens codificadas da rede de comunicações Nihil.

– Da rede de comunicações Nihil? – repetiu Reza, incrédulo.

– Houve quem não quisesse que vocês o possuíssem, preferindo usá-lo para nosso próprio benefício, mas não vejo vantagem em guardar segredos de nossos aliados, pois é isso o que somos, chanceler. Você tem a minha palavra.

O datapad de Reza apitou.

– Recebi o pacote de dados – disse ele.

Na projeção, Elarec Yovet sorriu.

– Excelente. Voltaremos a conversar, Lina Soh, quer nossos governos gostem ou não.

– O Senado dará as boas-vindas à sua amizade – respondeu a chanceler. – As conversas podem começar quando estiverem prontos.

– Estamos prontos agora. Meus ministros ainda não sabem disso. Ao Espírito da Unidade, chanceler.

– O Espírito da Unidade – repetiu Soh, e a projeção foi interrompida.

A chanceler não perdeu tempo, voltando-se para Reza:

– Faça com que essas informações sejam analisadas e me informe imediatamente.

– Imediatamente, Madame Chanceler – respondeu o Kallerano, que já estava saindo da sala.

A porta se abriu quando ele saiu, e Soh viu seu filho aguardando na sala de recepção, ao lado de Jom Lariin. Não havia como confundir as lágrimas que brotaram dos olhos dela.

– Agora se me derem licença – disse ela, chamando Kip para entrar –, eu gostaria de um momento a sós com meu filho.

Stellan fez sinal para que todos os deixassem em paz, exceto Matari e Voru, que se puseram de pé, ronronando alto.

O Mestre Jedi afastou-se para deixar o jovem entrar. Kip Soh correu para sua mãe e jogou os braços ao redor dela, Lina Soh retribuindo o abraço.

Stellan os observava enquanto as portas se fechavam de volta, desviando o olhar bruscamente ao perceber que Elzar o estudava.

– Bem, aquilo foi... intenso – disse seu amigo, por fim.

– É um jeito de dizer.

– Você não deu uma resposta a ela.

– Não... Eu não dei.

Elzar cruzou os braços.

– E então... O que vai ser? Quero dizer, se a Suprema Caçadora dos Togrutas pode se erguer contra seu próprio governo pela segurança da galáxia...

– Terminou? – perguntou Stellan, erguendo uma única sobrancelha.

– Provavelmente. Possivelmente. Talvez não.

Stellan virou-se e saiu da ala médica.

– Bem, talvez devesse, porque temos trabalho a fazer.

# CAPÍTULO SESSENTA E UM

## ESPAÇOPORTO DA CIDADE LONISA

Era justo dizer que o trabalho não correra como imaginado. Ty Yorrick passara a maior parte da década tentando evitar o envolvimento com Jedi. O mais próximo que chegara da Ordem nos últimos anos fora naquele negócio em Blarrum três meses antes, e no curto espaço de alguns dias ela sobrevivera a um duelo de sabre de luz com um membro do Alto Conselho, compartilhara um tempo na prisão com um Padawan errante e avançara para a batalha junto de um Mestre Jedi montada sobre as costas de um sanval, todos os três lagartos em segurança, alocados em um recinto temporário no zoológico. Uma coisa era certa: KL-03 nunca acreditaria em nada daquilo, se é que Ty voltaria a ver o droide agitado algum dia. O problema se voltava para ela e sua nave. O plano original era que Mantessa a levasse de volta quando a apresentação terminasse, mas a inventora estava morta e sua nave despedaçada, junto com quase todas as outras naves do espaçoporto de Valo.

Os Nihil tinham arruinado cada cruzador e transporte, saqueando a maioria e destruindo o restante. Com a *Dínamo* não tinha sido diferente.

– Não, não, não, não – gemia Klerin, de pé no que fora a outrora imaculada nave. Ty encontrara a filha de Mantessa vagando pelo compartimento de carga arruinado, entre os painéis destruídos e cabos espalhados por todo lado. Honestamente, Ty estava surpresa pelo fato de o reator não ter explodido. Não havia como fazer a nave voltar a voar.

– Acho que devemos nos colocar na lista.

Klerin olhou para ela, confusa.

– Lista?

– De pessoas que precisam de transporte. A República está organizando uma série de Proas-longas, embora eu não nos veja pulando para o começo da fila tão cedo.

– Seus amigos não podem ajudar?

– Meus amigos?

– Os Jedi!

Ty não pôde evitar um riso. O que ela compartilhara com Elzar Mann fora... intrigante, mas não tinha intenção de seguir com aquela conexão em particular. Ainda não tinha se convencido de que Elzar estava completamente estável e, além disso, sua breve união despertara lembranças que ela se esforçava para esquecer. Pior de tudo, parecia que o Jedi, em conflito como estava, a contagiara. A velha Ty teria deixado Klerin encontrar seu próprio jeito de sair do planeta, mas a nova e aprimorada Ty achava impossível simplesmente abandonar a garota. Klerin acabara de perder a mãe, embora fosse uma mãe que carregara recainium não refinado. Ty lembrou-se da garota que atravessara uma nuvem de guerra procurando por elas depois de sua prisão. Klerin não tinha condições de se virar sozinha. No mínimo, Ty a levaria até uma estação de passagem antes de retornar a KL-03 e Rover.

Porém, se pretendiam arranjar transporte, precisavam se mexer antes que todas as vagas estivessem ocupadas, o que significava que Klerin precisava parar de passar de um computador a outro e fosse se registrar.

– Nenhum deles vai funcionar – disse Ty para a garota, enquanto Klerin testava o quinto painel consecutivo.

– Você não sabe – respondeu a Kuranu, provando que estava certa quando a tela se acendeu.

– O que está procurando? – perguntou Ty, olhando por cima do ombro da garota.

Klerin a ignorou, trabalhando em um sistema de arquivos obviamente fragmentado.

– Não – murmurou ela, baixinho a princípio e depois com mais urgência conforme passava de uma seção para outra. – Não, não, não, não!

A última exclamação fora pontuada com um soco no teclado, e o computador zumbiu em protesto.

– Eles se foram – disse Klerin, afundando na cadeira.

– O que se foi? – A paciência de Ty estava se esgotando. – Fale comigo, Klerin.

– Os planos da mamãe... para o nulificador.

– E isso é uma coisa ruim, por quê?

Klerin a encarou como se estivesse falando com uma criança.

– Porque os Nihil invadiram esta nave...

O coração de Ty pulou para a boca quando ela ligou os pontos. Se os Nihil tivessem acesso a um dispositivo capaz de desativar armas de energia...

Ty suspirou, rendendo-se ao inevitável.

– O que você dizia sobre meus amigos Jedi?

# CAPÍTULO SESSENTA E DOIS

## ARQUIVO JEDI DE VALO

O arquivo do Posto Avançado Jedi em Valo não estava como seu arquiteto pretendia. A grande câmara, com suas extensas escadarias e elegantes torres de dados, fora transformada em um centro de operações emergencial. Para onde quer que alguém olhasse, as equipes da República e dos Jedi trabalhavam lado a lado, sentados em terminais de comunicação instalados às pressas enquanto coordenavam a evacuação daqueles que estavam presos no planeta.

Elzar caminhou por entre a massa de técnicos e oficiais, acenando com a cabeça e cumprimentando OrbaLin, que liderava a parte Jedi no processo. O arquivista, com seu traje de contenção totalmente reparado, estava ocupado demais para se envolver em uma conversa fiada, algo que agradou Elzar, não por qualquer antipatia, e sim porque havia outra conversa que ele precisava ter.

– Olá, Samera.

A Valon ergueu os olhos de suas telas, a luz delas refletida nos olhos esmeralda.

– Olá para você.

Elzar estava satisfeito que, exceto por alguns cortes e arranhões, Samera parecia ilesa, embora as olheiras escuras em seu rosto revelassem uma exaustão que ele supôs que só aumentaria nos dias seguintes.

Enquanto ele aguardava, ela atendeu a três ligações e autorizou uma solicitação de suprimentos para o centro médico de campo que fora instalado na zona de Ciência e Tecnologia do parque.

– Posso ajudá-lo, Elzar?

A boca dele estava seca.

– Não, eu só queria... só queria checar se você estava bem.

Ela riu com pouco humor.

– Nunca estive melhor. E você?

– Já passei por coisas piores.

Ele imediatamente se arrependeu de sua escolha de palavras.

– Então, fico feliz por não ser você – disse ela, voltando a encarar as telas. – Nunca mais quero passar por algo assim enquanto viver. Quando isso terminar, vou me aposentar em Sasoraan.

Ele deu a volta no terminal para ficar ao lado dela.

– Nunca ouvi falar. Onde fica?

Samera suspirou, largando o datapad que tentava estudar e olhou para ele com uma expressão de dor.

– Sério? Você quer mesmo fazer isso agora?

Elzar não queria fazer aquilo. Preferia enfrentar um bando de hragscythes.

– Eu... Bem, não nos vimos desde a...

– Desde a noite da inauguração. Sim, eu sei. As coisas têm estado um pouco complicadas.

Ele riu, reconhecendo o eufemismo.

– Só pensei que...

– Pensou no quê, Elzar?

Pelas estrelas, ela também não estava facilitando.

– Só queria dizer...

Samera passou as mãos pelos cabelos.

– Certo, olhe. Eu sei o que você quer dizer, e não precisa. Foi divertido. Nós nos divertimos, e aí o mundo acabou. Mesmo se não tivesse acabado, seria o fim de tudo.

Elzar não pôde deixar de se sentir um pouco desanimado.

– Seria?

Ela o encarou como se ele tivesse enlouquecido.

– Claro. Você é um Jedi, Elzar, e eu... bem, eu estou ocupada. Muito, muito ocupada.

Pela primeira vez em muito tempo, Elzar Mann ficara sem palavras, então Samera falou por ele:

– Estamos bem, certo? Missão cumprida. Limites traçados.

– Limites traçados – confirmou ele, enquanto o terminal dela apitava, informando sobre outra solicitação. – Vou deixar você atender.

Samera já havia atendido à chamada.

– Aqui é a Coordenadora Ra-oon. Como posso ajudar?

Elzar a deixou sozinha e caminhou com o máximo de propósito possível na direção de um monitor tático que fora erguido do outro lado da sala. Stellan estava diante da tela, percorrendo os relatórios, mas olhou para cima enquanto Elzar se aproximava para olhar para Samera.

– Devo perguntar o que foi aquilo?

– Provavelmente não – respondeu Elzar honestamente, fingindo estudar o monitor tático. – Como vão as coisas com a inteligência Togruta?

– Esperamos recebê-las de volta a qualquer minuto – disse Stellan, coçando a barba. – A criptografia é incrivelmente avançada. O que nos leva ao nosso próximo problema.

Ele deu um toque no monitor, fazendo surgir uma nova imagem. Elzar examinou o relatório e suspirou.

– Eles têm um canal direto com a República.

– É o que parece. Linhas oficiais de comunicação. Pacotes de dados. Comunicação nave a nave. Não fazemos ideia de há quanto tempo estão ouvindo. Apenas mais uma coisa para adicionar à lista de coisas que não sabemos sobre eles, incluindo como fazem isso.

Outro toque na tela trouxe a imagem de uma nave Nihil saltando do hiperespaço na atmosfera de Valo.

– Chegar perto assim de um campo gravitacional deveria ser impossível. No mínimo, eles deveriam se partir e queimar.

– Alguns fizeram isso.

– Portanto, sabemos que o processo não é infalível, mas se ao menos uma nave puder atravessar as defesas planetárias...

– Então, como vamos descobrir?

– Esta é a principal questão. – Stellan desligou a imagem da nave Nihil ao ativar uma outra, o retrato de um Aqualish. – Este é Vam Targes.

– O projetista da *Innovator*.

Stellan assentiu com a cabeça.

– O Padawan Zettifar me disse que Targes estava trabalhando em um jeito de prever as incursões dos Nihil.

– Fantástico. Onde está?

– Com ele, no fundo do lago. Uma equipe de droides mergulhadores está sendo enviada para ver o que podem encontrar, junto com quaisquer corpos que puderem recuperar.

– Já pensou em chamar Keven Tarr? – perguntou Elzar, pensando no técnico tímido que conhecera após o Grande Desastre.

– Tarr?

– Ele estava por trás dos cálculos em Hetzal. O rapaz é um gênio.

– Vou mencionar isso ao Vice-Chanceler Reza.

Elzar estudou o rosto de seu amigo. Mesmo ignorando os hematomas, Stellan parecia abatido.

– Você consegue dar conta. Sabe disso, não? Estamos todos com você. A chanceler, a República. Eu. Tudo o que quiser, só precisa pedir.

– Uma xícara de chá uneti.

– Tenho certeza de que isso pode ser arranjado.

Stellan sorriu, antes de olhar um pouco mais seriamente para Elzar.

– E você, El? O que *você* precisa?

O momento finalmente chegara. Ele sabia. Stellan estava preocupado, sim, mas podia ler Elzar como um datapad, não importava o quanto ele tentasse esconder.

Elzar forçou-se a encontrar o olhar de Stellan.

– Acho que preciso de ajuda.

Stellan não falou nada, apenas esperou que Elzar prosseguisse.

– Houve um momento, durante o ataque, em que cedi ao lado sombrio. Foi apenas por um momento, mas os resultados foram... devastadores, em todos os sentidos da palavra.

– Você sabe por que isso aconteceu?

Elzar esfregou os lábios repentinamente secos.

– Sim. E acho que já faz um tempo.

Houve mais uma pausa, mas daquela vez foi Stellan quem quebrou o silêncio.

– Todos somos testados, cada um de nós. E sim, há momentos em que nos consideramos incapazes. O importante é que você reconheceu e procurou ajuda. – Ele estendeu a mão e apertou o braço de Elzar. – Você disse que estaria aqui por mim, e isso é recíproco. Vamos superar isso, tudo isso. Não estamos sozinhos, não quando temos a Força e uns aos outros.

– E quanto a Avar? Você acha que devo contar para ela?

– Se você acha que vai ajudar, sim. Como nos velhos tempos, hein? – Stellan deu um tapinha no braço de Elzar, sua voz mudando e se tornando mais formal. Alguém estava andando na direção do monitor: o Arquivista OrbaLin. Stellan virou-se e se dirigiu ao Ugor.

– Mestre OrbaLin, como posso ajudar? – Seu olhar se dirigiu para o leitor de dados nas mãos enluvadas do arquivista. – Isso é...

– A análise, sim, Mestre Gios. Parece que os Nihil estão se mobilizando para um ataque.

– Tão cedo? – perguntou Elzar.

– De acordo com os dados, dois dos líderes, um tal de Pan Eyta e Lourna Dee, certamente a Twi'lek que encontramos, Mestre Gios, espalharam que devem escolher entre um dos dois lugares.

Stellan pegou o leitor e começou a rolar o texto.

– Que são?

– Hetzal Prime ou os Estaleiros Cyclor.

– Continuando de onde pararam – refletiu Stellan.

– Ou de onde começaram – apontou Elzar. – Se destruírem as novas safras, o fornecimento de bacta seria atrasado em anos.

– Considerando que a destruição dos pátios Skyhawk seria uma clara ameaça à segurança da República. – Stellan parou de rolar o texto, destacando um parágrafo específico no relatório. – De acordo com isso, os Nihil interceptaram uma solicitação de aumento da presença Jedi em Cyclor...

– Para o caso de um novo ataque – confirmou OrbaLin. – Uma solicitação que não conseguimos atender, dada a crise atual.

Stellan voltou-se para o monitor, exibindo um mapa estelar. Ele tocou novamente, destacando primeiro a posição de Cyclor e, em seguida, a posição do sistema Hetzal.

– Lendo nas entrelinhas, eles estão esperando para ver o que faremos a seguir. Se enviarmos um contingente Jedi para Cyclor...

– Eles irão para Hetzal – disse OrbaLin.

– Considerando que o estaleiro será o alvo se parecer que estamos reforçando a Lua Enraizada – disse Elzar, seguindo a lógica, embora não gostasse dela.

Stellan ficou quieto, seus olhos piscando sobre o mapa.

– Conheço esse rosto – disse Elzar. – Você tem um plano.

– Possivelmente.

– Então, provavelmente deve compartilhá-lo.

Um sorriso malicioso brincou nos lábios de Stellan enquanto ele se voltava para OrbaLin.

– Arquivista, você sabe onde posso encontrar o Senador Tia Toon?

# CAPÍTULO SESSENTA E TRÊS

## A ELEGENCIA

– Sei de suas preocupações, Comandante Hazziz, e eu mesmo compartilho delas.

Pan Eyta estava a bordo da *Elegencia*, escutando o canal que a República acreditava estar criptografado. Havia o momento em que um intermediário, um droide de protocolo ou algum outro servo, traduzia as palavras do Senador Toon para os zumbidos e gorjeios Cyclorrianos, e outro quando o comandante respondia.

Pan sorria maldosamente enquanto o senador entregava a informação que ele estava esperando para ouvir.

– Pelo que pude descobrir, nossos amigos Jedi vão ficar em solo. Todos os Jedi foram instruídos a retornar para aquela estação espacial monstruosa na Orla Exterior, com apenas um pequeno contingente sendo enviado para Hetzal.

– Hetzal? – perguntou o comandante, incrédulo.

– O que você esperava? É claro que os Jedi iram proteger seu próprio orgulho. Temo que nenhum Cavaleiro seja destacado para qualquer um dos lugares que mais precisem deles, incluindo Cyclor.

Parece-me que meus piores medos estão se concretizando. Os Jedi estão nos abandonando em nosso momento de maior necessidade. Estamos completamente indefesos.

Houve outra pausa. Outra tradução.

– Talvez eu possa contar com o apoio de Cyclor durante a próxima proposição da força de defesa? Se os Jedi não vão, ou, que a Força não permita, *não puderem* nos proteger, precisaremos nos defender sozinhos.

Hazziz zumbiu uma resposta, que pareceu surpreender o Senador Toon.

– Você quer que *Sullust* proteja os estaleiros? Se ao menos pudéssemos nos desculpar, meu amigo. A Chanceler Soh gosta de dizer que somos todos a República. Infelizmente, desde Valo, acredito que a verdadeira situação é de que estamos todos muito sozinhos. É por isso que o Programa das Forças de Defesa é tão importante...

Pan desativou a recepção da transmissão, virando-se para encarar o holograma de Lourna Dee.

– Você ouviu aquilo?

A Twi'lek assentiu, da segurança de sua própria nave, ainda em posição geoestacionária no lado escuro da lua de Grizal.

– Parece que temos nosso alvo.

– E o Olho não suspeita?

– O Olho ainda está na *Olhar Elétrico*. Ele só se importa com as relíquias dele...

Pan bufou, o som se tornando o de uma tosse alta.

No holograma, Lourna pareceu preocupada:

– Pan?

– Não é nada – mentiu ele, secando os lábios com as costas da mão. Olhando para baixo, viu manchas de sangue. Seu corpo ainda doía, mas não era nada comparado ao que faria com Ro quando voltasse da incursão. – Então estamos definidos – disse ele, mudando de assunto. – Vamos levar nossas Tempestades para Cyclor, e depois, quando retornarmos...

– Vamos atacar a *Olhar Elétrico* – confirmou Lourna.

– E Zeetar?

Lourna passou um dedo de um lado a outro do próprio pescoço.

Pan riu.

– Vai me deixar assistir?

A Twi'lek sorriu, divertida.

– Vou até deixar você lamber a faca.

– Sua danada. Já temos a Trilha?

Lourna inclinou-se fora do enquadramento e apertou um botão.

– Estou enviando para você agora.

O painel de navegação da *Elegencia* apitou, e Chell Trambin confirmou que estava tudo em ordem.

Pan apertou os braços de sua poltrona de comando, apreciando o toque do couro macio em suas mãos. Logo ele se livraria de Ro e de seu maldito legado. Ele tomaria sua nave e sua erudita, mais quaisquer tesouros que o desgraçado vinha acumulando ao longo dos anos.

O futuro nunca parecera tão brilhante.

# CAPÍTULO SESSENTA E QUATRO

## ARQUIVO JEDI, VALO

O Senador Tia Toon recostou-se quando a tela ficou em branco.

– Como foi?

– Falou como alguém que acreditava em cada palavra.

O Sullustano olhou para Stellan, seus olhos escuros vasculhando o rosto do Jedi.

– Você tem tão pouca consideração por mim?

Stellan balançou a cabeça.

– Você tem convicções fortes.

– Mas não estou tão preso a minhas opiniões a ponto de ficar cego para as necessidades da República. Uma República que amo.

Stellan não podia deixar o momento passar sem ao menos perguntar:

– E o PFD?

– Ainda é uma necessidade para mim, mas até que a República concorde comigo, farei o que puder para ajudar vocês e a chanceler. Como sempre fiz.

Embora Stellan não acreditasse muito na última metade da resposta, não tinha dúvidas de que Toon queria ajudar. O senador certamente tirara o máximo proveito da situação em Valo, mas também prometera o apoio inquestionável de Sullust para a reconstrução do planeta e segurança do sistema.

Ao lado deles, Rhil verificava os controles do transmissor.

– Conseguiu enviar? – perguntou Toon.

– Para os Nihil? Não dá para saber, mas posso apostar alto que estavam escutando.

– E a ordem para reunir em Hetzal Prime? – perguntou Elzar Mann, de onde estava com Bell e Indeera Stokes, a fiel charhound de Bell aos pés deles.

Rhil verificou as leituras e acenou com a cabeça.

– Também foi enviada.

– Embora nenhum Jedi vá recebê-la – informou Stellan, que fornecera a Rhil uma frequência antiquada que OrbaLin lhes ensinara, de forma a tornar a transmissão vulnerável a quem vazasse informações para os Nihil.

– Então, meu trabalho aqui está feito. – O senador Sullustano levantou-se de sua cadeira. – Se me derem licença, tenho uma remessa de construções pré-fabricadas chegando de SoroSuub, uma doação para abrigar aqueles cujas moradias foram destruídas pelos Nihil.

– Um gesto que tenho certeza de que os Valons apreciam – reconheceu Stellan. – Assim como eu.

– Fico feliz em ouvir isso – disse Toon, parando diante dele. – Eu falo sério, Membro do Conselho. Tenho apenas o maior respeito pela Ordem...

– Mas acredita que a República deve ser capaz de se defender. Sim, eu sei.

– Somos todos a República – recitou-lhe Toon. – Esse é um princípio em que Lina Soh e eu estamos em *pleno* acordo.

– Um Espírito da Unidade?

Toon riu.

– Isso é tudo o que qualquer um de nós pode esperar, Mestre Jedi. Com licença.

Stellan pôs-se de lado para que Toon pudesse sair, o Sullustano cruzando com a última pessoa que o Jedi esperava ver entrar na sala de operações. Tudo o que pôde fazer foi impedir que sua mão fosse diretamente para o sabre de luz.

Elzar adiantou-se para interceptar a recém-chegada.

– Ty?

A mercenária Tholothiana não perdeu tempo com amenidades.

– Elzar, preciso falar com vocês sobre os Nihil.

# CAPÍTULO SESSENTA E CINCO

## POSTO AVANÇADO DO TEMPLO, VALO

As peças bucais de Amarant estalavam juntas em agitação enquanto ele era levado pelo corredor por um oficial de segurança idiota.

O Neimoidiano, de nome Snat ou algo do tipo, informara que Amarant estava sendo levado até uma nave da República para que fosse transportado até uma instalação secreta onde seria interrogado. *Boa sorte*, pensou Amarant. Ele cravaria o ferrão em seu próprio tórax antes de trair Lourna Dee.

Ainda assim, no momento ele não tinha ideia de como escapar. Seus braços estavam algemados, o Neimoidiano armado com um rifle blaster surpreendentemente pesado, e ele era conduzido por um posto avançado repleto de Jedi.

Pelo menos o próprio transporte não parecia ter mais guardas. A nave estava no pátio aberto do templo, construção que sobrevivera aos bombardeios de Pan Eyta. Havia sinais de incêndio rapidamente extintos, as paredes enegrecidas de fuligem, mas a estrutura principal estava intacta. Uma pena. Amarant teria gostado de ver aquele lugar queimar. Talvez ele voltasse quando estivesse livre e arrasasse o lugar por conta própria, depois de cravar suas presas no pescoço fedorento de Snat, é claro. A mente de Amarant vagava, imaginando as indignidades que poderia fazer aos Jedi, principalmente contra aquele Ugor desgraçado que o envolvera em sua gosma nojenta.

– Capitão Snat, espere.

O que foi agora? Amarant girou uma das pálpebras de volta para o caminho que tinham percorrido para ver um grupo de Jedi correndo. Pelo menos achava que eram Jedi. Dois estavam definitivamente vestidos como Jedi. Ambos humanos, um com barba e outro sem; e duas companheiras mulheres, uma Tholothiana com um sabre de luz no quadril e uma Kuranu sem nenhuma arma que ele pudesse visualizar.

– Capitão! – repetiu o homem barbado, parando o Neimoidiano, que por sua vez dissera a Amarant para esperar. Ele considerou deslizar para longe, mas sabia que não conseguiria alcançar a nave antes de Snat abatê-lo com aquele maldito rifle blaster.

– Mestre Mann? – disse o chefe da segurança, parecendo irritado. – Preciso colocar o prisioneiro no transporte o mais rápido possível.

– Isso vai ter que esperar, capitão – disse o humano barbado, olhando para Amarant. – Temos perguntas que precisam ser respondidas.

– Não tenho nada a dizer para você, Jedi – sibilou Amarant desafiadoramente, erguendo-se em toda sua altura, não que aquilo parecesse intimidar a jovem Kuranu, que empurrou Snat para se dirigir a ele diretamente.

– Você não entende. Seu grupo roubou algo da minha nave, algo que poderia ser transformado em uma arma terrível.

– Klerin, por favor – disse o homem barbado, agarrando o braço da garota, para detê-la.

A Kuranu deu de ombros.

– Não, Mestre Gios. O risco é muito alto. Se os Nihil perceberem o que têm...

– O que temos é a vitória – gargalhou Amarant. – Olhe para você, *Mestre* Gios. Seu rosto surrado, suas preciosas vestes cobertas de sangue.

Aquilo causou uma reação. Não de Gios, mas daquele que chamavam de Mann. O Jedi parecia irritado de onde estava. Ótimo, Amarant queria que o homem se contorcesse. Que ficasse com raiva. Pessoas com raiva cometiam erros. Pessoas com raiva morriam.

– Silêncio – disse Mann, e Amarant sabia que o tinha em suas mãos.

– Por que deveria? Vocês perderam, Jedi, só não perceberam ainda. Mas vão perceber, quando se lembrarem do que fizemos. Quando se lembrarem de quantas pessoas morreram nas mãos da Tempestade.

– Silêncio!

Amarant gritou quando foi jogado de costas contra uma coluna com tanta força que a pedra rachou e as algemas em torno de seus pulsos se abriram. Não que ele pudesse escapar. Não conseguia nem respirar. Parecia que uma mão se fechava ao redor de sua traqueia, estrangulando-o.

Mann deu um passo à frente, uma mão erguida diante dele, os dedos curvados em garras.

– Retire – cuspiu ele. – Retire tudo o que disse.

Tudo o que Amarant conseguiu foi se engasgar.

– Elzar, por favor! – gritou Gios, correndo para agarrar o braço do homem ensandecido. A outra mão de Mann se moveu e Gios foi arremessado como se tivesse levado um cruzado de um Gamorreano. O Capitão Snat ergueu seu blaster, que foi arrancado de suas mãos e jogado de lado, o sabre de luz da Tholothiana seguindo na mesma direção. A mulher saltou para a frente apenas para que sua cabeça girasse violentamente para a direita. Ela caiu e não se levantou mais.

Apenas a Kuranu continuava de pé, com uma mão trêmula erguida para o Jedi furioso.

– Por favor. Não o mate – implorou ela. – Precisamos saber onde encontrar os Nihil.

Atrás deles, Snat zombou:

– Ela está certa, Mann. Faça isso e eu o relatarei ao Conselho Jedi. Nunca mais usará essas vestes novamente...

Uma mão invisível deu um soco no peito do Neimoidiano, arremessando-o para trás.

– Nada mal – ofegou Amarant. – Você seria um ótimo Nihil.

A pressão em sua garganta aumentou.

– Diga-me a localização da base Nihil – sibilou Mann, baba escorrendo de seu lábio inferior. – Diga-me agora ou vou quebrar seu pescoço.

A Kuranu finalmente se moveu, batendo os punhos contra o Jedi.

– Pare! Se você matá-lo, nunca seremos capazes de recuperar a arma. – Mann ergueu a mão, não para empurrar a garota, mas para proteger o rosto.

Amarant sentiu a pressão diminuir. Podia mover-se novamente. Ele ergueu a cauda, golpeando o Jedi com seu ferrão. Mann saltou para trás, tropeçando na Tholothiana caída. No momento em que o homem se endireitou, Amarant tinha a Kuranu em suas pinças, suas mandíbulas estavam perigosamente próximas de sua garganta.

– Um movimento em falso, Jedi, e eu vou pintar esse pátio com o sangue dela. Entendeu?

Justiça seja feita, a mulher não lutou, choramingando baixinho para que ele não a ferisse.

– Você está segura comigo – sibilou Amarant enquanto começava a deslizar na direção da nave que o aguardava. – Quem mais está a bordo? – perguntou ele ao Jedi que estava de pé, com as palmas das mãos levantadas, incapaz de chegar até ele sem passar pela mulher.

– Ninguém – rosnou Mann. – O destacamento de segurança ainda não embarcou.

– Então, certifique-se de que não embarquem.

Eles tinham alcançado a rampa.

– Largue a garota e deixaremos você ir.

Amarant estalou as presas, o mais perto que sua espécie chegava do riso.

– Acho que não. Se eu vir um único caça Vector, ela morre. Entendeu?

Os ombros de Mann caíram. Ele sabia que fora derrotado.

– Sim.

Os dois estavam no topo da rampa, a Kuranu servindo como escudo vivo no caso de Mann mudar de ideia. Ele não o fez, e Amarant acionou o controle da escotilha no momento em que embarcaram.

– Até mais – zombou ele, enquanto a escotilha se fechava com um clangor.

A garota gritou quando Amarant a jogou para o lado. O grito foi interrompido quando ela caiu, batendo a cabeça contra a antepara.

Ela escorregou para o chão, mas Amarant não se importou em checar se estava morta ou apenas inconsciente. A garota servira a seu propósito. Tudo o que ele precisava fazer era ir embora.

– Vocês acham que ele caiu? – perguntou Elzar enquanto a nave avançava para longe do templo.

– Você quer dizer antes ou depois de ele levar Klerin? – perguntou Ty, dando um soco no braço dele.

– Ai!

– Me desculpe, machucou? Por que você o deixou levá-la?

– Não tive muita escolha.

Stellan interveio, "recuperado" do ataque, para interromper a discussão.

– Não foi culpa de Elzar. Tínhamos que deixá-lo escapar.

– Com uma refém? – perguntou Snat, apontando um dedo para Elzar. – E precisava me bater com tanta força no peito?

– Tínhamos que fazer parecer crível – protestou Elzar.

– Sim – disse Ty, os braços cruzados para que não batesse nele novamente. – Klerin parecia bastante assustada. Vocês ainda são os mesmos. Brincando com a vida das pessoas.

Stellan certificou-se de que seu sabre de luz estava no coldre.

– Ninguém está brincando. Nós, certamente, não.

– E, além disso – disse Elzar, contrariando a gravidade de Stellan com o que parecia ser um sorriso vencedor –, você estará por perto para garantir a segurança de Klerin.

Os olhos de Ty se arregalaram enquanto ela colocava a mão sobre o peito.

– Eu? Como isso vai funcionar?

Elzar respondeu à pergunta dela com outra:

– Quanto tempo faz que você não pilota um Vector?

# CAPÍTULO SESSENTA E SEIS

## A *ELEGENCIA*

– Quanto tempo para a chegada?

Chell Trambin verificou seus sistemas.

– Saindo da Trilha em cinco.

– E as outras naves? A Tempestade deu sinal?

– Ainda não, Executor.

Pan resmungou. Aquilo em si não era incomum. A comunicação entre as naves dentro de uma Trilha era complicada, mas todos estariam lá, ele tinha certeza.

– Alcançando o alvo – relatou o piloto. – Entrando no espaço real em três... dois...

A *Elegencia* parou diante de Cyclor, um punhado de naves Nuvem e naves Raio deixando a Trilha ao mesmo tempo.

O queixo de Pan caiu. Ele se inclinou para a frente, sua poltrona de comando rangendo com seu peso.

– O que é aquilo?

Os estaleiros se estendiam diante deles, os hangares brilhando com a luz das estrelas, mas eles não estavam sozinhos.

– Senhor, são...

– Skyhawks. – Pan completou a frase de Chell com um grunhido.

E não era tudo. Havia caças de uma dúzia de mundos diferentes. Hosnian Prime. Corellia. Sullust. Iskalon, Até mesmo de Shili.

– Onde está o restante da Tempestade? – rugiu Pan, verificando suas telas.

Chell olhou para seus visores.

– Vários sinais chegando. Agora devem ser eles.

– Mostre-me.

Holotelas surgiram diante dele, com as imagens da popa. Uma de cada vez, as naves chegavam ao sistema, mas nenhuma delas era Nihil. Eram Proas-longas da República e caças Vector dos Jedi. Muitos Vectors Jedi, cada um envolvido por um hiperquadro triangular.

– É uma armadilha – balbuciou Pan, o ruído se transformando em mais uma tosse seca. Daquela vez, não houve como esconder o sangue que respingou no convés.

– Eles sabiam que estávamos chegando – resmungou o Raio na estação de comunicação.

– Mas como? – perguntou Chell.

Era uma boa pergunta, mas não a que deveriam estar fazendo, principalmente porque Pan já sabia a resposta.

Onde diabos estava Lourna Dee?

– Todas as naves, apresentem-se.

Uma lista de nomes soou pelo comunicador. Nib. Burryaga. Bakari. Porter. Vernestra e Imri. Outras identificações se seguiram, os comandantes da República acrescentando seus nomes à lista, assim como os membros da frota que o comandante da nave Cyclorriana reunira após a troca de mensagens falsas com Tia Toon. Os Nihil morderam a isca, exatamente como Stellan dissera que fariam.

Só uma coisa os preocupava. Uma inquietação que Porter Engle por fim colocou em palavras:

– É só isso?

– Devo admitir, pensei que haveria mais deles – respondeu Nib de seu próprio Vector.

– Talvez não existam tantos quanto pensávamos? – sugeriu Vernestra.

– Ou eles perderam mais em Valo do que a contagem inicial – acrescentou Engle.

– Então, que tal aumentarmos essa contagem? – disse uma nova voz. Era o comandante da nave de guerra Togruta líder, ansioso para iniciar a batalha, mas Stellan não poderia dar a ordem, não até que os Nihil dessem o primeiro tiro.

Eles não precisaram esperar muito. Completamente cercados, os Nihil não tiveram alternativa a não ser se espalharem para fugir. Stellan sentiu os artilheiros correrem para seus postos muito antes de os turbocanhões dispararem. *Agora* eles poderiam agir.

– Todas as unidades, avancem – disse Stellan tão calmamente quanto pôde para o comunicador. – A Força está conosco.

# CAPÍTULO SESSENTA E SETE

## A OLHAR ELÉTRICO, SOBRE GRIZAL

– Estamos prontos para o teste final, Ro?

Estavam? Ro não tinha certeza. Ele planejara aquilo por tanto tempo, estudando os textos que encontrara na coleção de seu pai, documentos que o velho tirano esquecera, juntando poeira na biblioteca da *Olhar*. O grande Asgar Ro, o homem que se refizera, que refizera os Nihil. O homem que Marchion encontrara sangrando no Grande Salão.

*Ajude-me, Marchion... por favor.*

Como caiu em desgraça. Em vida, Asgar nunca tratara seu filho com gentileza, nunca o tratara com respeito. Foi um tanto apropriado que, sangrando em seus aposentos, tivesse sido forçado a implorar pela ajuda daquele mesmo filho.

Ro nem mesmo se agachara, de pé ao lado do pai.

– Quem fez isto com você?

O sangue escorria da boca de Asgar enquanto ele respondia:

– Eu... não sei.

– É uma pena – disse Ro. – Ao menos isso teria sido útil.

O primeiro chute deslocara a mandíbula do moribundo; o segundo fraturara sua bochecha. O terceiro provavelmente o matara, mas não havia como ter certeza. Já o quarto, o quinto, o sexto e o sétimo, bem... foram desferidos apenas por diversão.

Ele permaneceu ali por uma hora. Não por respeito, mas para guardar a cena na memória. Era daquele jeito que se lembraria de Asgar Ro, não como o déspota grandioso que tornara sua vida miserável, mas como um pedaço de carne maltratado.

– Marchion?

Kisma Uttersond estava ansioso. Ro conseguia entender. Ele deveria estar sentindo o mesmo, mas algo o estava segurando, a voz do pai no fundo de sua mente. Mesmo depois de todos aqueles anos, era como se o velho estivesse sobre seu ombro, seu rosto pouco mais do que uma pasta.

*Por que está fazendo isso, Marchion? Você sabe mesmo? Não percebe o quanto vai mudar? Você está pronto?*

Ele olhou para cima, encontrando os olhos injetados de sangue do Jedi preso através da janela do laboratório.

*Olhe para ele, Marchion. Ele sabe. Ele sabe quão fraco você é.*

– Cale a boca!

– O quê?

Ro se virou. Uttersond o encarava. Confuso. Preocupado.

– Eu só estava perguntando.

– Estaremos prontos quando eu disser que estamos.

Aquilo fora uma tolice. A última coisa que ele queria era que o Chadra-Fan pensasse que ele começara a falar com homens mortos. Asgar partira. Aquele era seu momento.

Os olhos do Jedi queimavam em sua nuca.

Ro pegou seu elmo, deslizando-o sobre o rosto. Ele precisava ser o Olho. Precisava ser forte, não como seu pai, ou como Loden Greatstorm, ou o maldito Kisma Uttersond.

O comunicador zumbiu em seu ouvido.

– O que foi? – perguntou ele, um pouco forçosamente.

Uma voz fria soou na linha. Lourna Dee.

– Uma nave está se aproximando.

– E?

– É a República.

Eles tinham sido encontrados? Como? E por que a mulher o estava incomodando com aquilo quando o curso de ação deveria estar claro?

– Então, certifique-se de que eles nunca pousem, Lourna. Atire na maldita nave.

Lourna Dee deixou o canal se fechar. As coisas não estavam ocorrendo conforme ela planejara. Reviver Pan fora um risco, mas ela gostara, especialmente de ver a expressão do idiota quando ele pensou que ela o seguiria até Cyclor. Fazer com que a maior parte da Tempestade dele ficasse em Grizal tinha sido fácil. Afinal, ele os abandonara para enfrentar os Togrutas em Valo. Mas ela queria se comunicar com a *Elegencia*, vangloriar-se, ouvir Pan se engasgando no próprio sangue, se é que a toxina de Ro não tivesse feito seu coração doente parar. O cypanide não o curara, apenas prolongara sua agonia.

Quanto a Ro... Lourna ainda não decidira o que fazer com Ro... Ela preparara as mentiras para quando ele descobrisse que Pan sobrevivera, que levara a *Elegencia* para atacar Cyclor... e que se tornara poeira estelar. Dependendo de como ele recebesse a notícia, Lourna planejava usá-la como alavanca ou prosseguir com seu plano de tomar a *Olhar* e o Oráculo. Não precisava do Dowutino para fazer aquilo, e se Ro tentasse impedi-la, ela tiraria aquela seringa do pulso dele e lhe arrancaria os olhos, um de cada vez.

A única coisa para a qual não estava preparada era o acampamento em Grizal ser descoberto. Aquela era uma preocupação que ela dispensava.

Lourna mudou o canal no comunicador, saudando o Nihil que a alertara sobre a chegada da nave.

– Mire no inimigo. Derrube-o.

– Executora da Tempestade – respondeu o artilheiro alocado na torre laser. – Eles estão enviando um sinal. É Amarant.

Amarant. Mais uma surpresa, aquela mais do seu agrado. O Lamproide fora um dos Nuvens em quem mais confiara. Ela não era o que alguém poderia chamar de mulher sentimental, não se quisesse manter o crânio conectado à coluna vertebral, mas deixar Amarant para trás fora algo particularmente difícil de aceitar. Lourna tinha planos para a lesma venenosa, mas acreditara que ele tinha morrido. E lá estava ele, retornando para a base. Ela o transformaria em um Tormenta por causa daquilo. A não ser que...

Ela agarrou um rifle disruptor, rugindo para o comunicador enquanto avançava para a porta.

– Deixe-o pousar, mas vasculhe a nave.

– Em busca do quê?

Não era óbvio? Todo mundo estava tentando irritá-la naquele dia?

– Dispositivos de rastreamento, seu idiota. Faça isso agora mesmo!

– Levante-se!

Amarant agarrou a garota Kuranu, sua pinça serrilhada ameaçando ferir a pele delicada de seu braço.

– Não me machuque. Por favor.

Patético.

A rampa do transporte desceu sobre uma poça, espirrando água. Amarant fungou enquanto arrastava a garota para fora da nave. Chovia novamente. Ele não se importava. Até gostava. A chuva o lembrava de Florn. Amarant nunca poderia voltar para casa, não depois de assassinar seu ninho inteiro, mas Grizal era o segundo melhor lugar. Antes do ataque a Valo, ele começara a caçar javalis-rexx na floresta. Talvez voltasse a fazê-lo mais tarde naquele dia, depois de entregar seu prêmio.

Pelo menos a garota não fora um aborrecimento enquanto faziam a longa jornada até a base. Sem uma Trilha, Amarant fora forçado a realizar uma série de saltos curtos, que pareciam ter levado séculos, mas que a nave da República administrara admiravelmente. Era uma boa pequena nave. Talvez ele perguntasse a Lourna se poderia equipá-la com um motor de Trilha e um conjunto adequado de armas.

E lá estava ela, no meio do pátio de exercícios, sem se importar nem um pouco com a chuva que açoitava sua máscara. Amarant tentou odiá-la por deixá-lo para trás, mas sabia que se estivesse na posição dela teria feito o mesmo. Ela dizia aquilo com frequência: tudo o que importava era a sobrevivência.

– Trouxe um presente para você, Dee – disse ele, empurrando a Kuranu para a frente. A garota escorregou no rochacreto molhado, caindo aos pés de Dee.

– *Dois* presentes – respondeu a Executora da Tempestade, apontando para a nave da República com seu rifle disruptor. – Onde roubou aquilo?

Amarant estufou o peito, orgulhoso.

– Do posto avançado Jedi.

O tom de Dee quase não mudou, mas Amarant sabia que ela estava impressionada.

– E quem é essa?

A mulher falou antes que ele pudesse responder:

– Meu nome é Klerin Chekkat.

– Ela mencionou uma grande arma – acrescentou Amarant rapidamente, não querendo que a garota roubasse seu momento.

– Mencionou, é? – Amarant imaginou os olhos de Lourna Dee se voltando para ele. – E vocês não foram seguidos?

Amarant balançou a cabeça segmentada.

– Não. Eu disse que machucaria a garota.

– E você verificou se havia algum dispositivo de rastreamento?

Sua longa língua ficou seca.

– E então?

– Eu... não pensei nisso.

Lourna Dee ergueu seu rifle e disparou. Amarant uivou ao perder um braço quando a carne se dissolveu no feixe do disruptor. Ela se moveu, disparando novamente. Outro braço desapareceu.

O cano não desceu.

– Terminou de chorar?

Amarant acenou com a cabeça, os tocos carbonizados queimando na chuva.

– Você tem sorte de isto não estar na potência total. – Dee não gritou. Não era necessário. – Você poderia ter trazido toda a Ordem Jedi até a nossa porta.

– Sinto muito, Executora – Amarant forçou-se a falar.

– Sente muito? – Outro aperto no gatilho. Outro membro se foi. – Sua sorte é que nós vasculhamos aquele monte de lixo antes de você pousar.

– E encontraram alguma coisa?

– Se tivéssemos encontrado, você não estaria respirando. Deu sorte. Agora dê o fora daqui. Não quero olhar para você de novo hoje.

Dee se virou, seguindo em direção ao edifício principal.

– Tragam a garota.

Alguns Nihil estavam observando, abrigados pelas portas. Eles correram e agarraram Klerin, arrastando-a atrás de Lourna. A garota não resistiu.

Amarant os observou partir e começou a planejar sua vingança.

O transporte da República estava em silêncio, com exceção do tamborilar constante da chuva. A rampa ainda estava aberta, mas ninguém viera investigar. Logo os Nihil estariam invadindo a nave para ver o que poderiam aproveitar ou adaptar para seus próprios usos nefastos.

Um painel deslizou para o lado no teto baixo do compartimento de carga e Indeera Stokes saltou, seguida por seu Padawan e a charhound dele.

Bell mexeu os ombros, tentando relaxar a rigidez causada por se esconder em um poço de manutenção durante tanto tempo. Indeera só abrira o painel para checar o estado de Klerin uma única vez. A Kuranu inconsciente se mexera com o barulho de Indeera aparecendo e entrara em pânico, mas Stokes acalmara a jovem, prometendo que a manteriam em segurança. O sequestro de Klerin não fazia parte do plano, e Bell queria sair de seu esconderijo no momento em que o Lamproide a arrastara da nave, mas Indeera colocara a mão no peito dele, sinalizando para que aguardasse. Ele sabia que ela estava certa. Teriam perdido o elemento surpresa, não importava quão aborrecido ele ficasse por colocar Klerin em ainda mais perigo do que ela já estava. Ele segurou o cabo de couro do sabre de luz que Stellan Gios lhe dera para substituir o que perdera, ainda caído no fundo do Lago Lonisa. O sabre pertencera à Mestra de Stellan, Rana Kant, e era uma honra carregá-lo. Se a Força quisesse, ele se provaria digno do legado dela.

– E agora? – sussurrou ele enquanto Indeera espiava pela escotilha.

– Agora coletamos informações.

– E providenciamos para que Klerin esteja segura.

– Claro. Você sabe como se proteger na Força?

Bell voltou a pensar no telhado, em Valo.

– Eu vi Elzar Mann fazer isso. Acho que entendo o princípio.

– Incentive gentilmente aqueles ao seu redor a olharem na direção oposta para que você possa passar despercebido. Posso ajudar no início, mas você precisará assumir o controle conforme avançarmos para o interior do acampamento.

– Estou pronto – disse Bell, firmando-se.

– Para isso e muito mais.

Indeera colocou as mãos no meio de suas vestes, puxando um pequeno dispositivo metálico.

– Tenho que dizer que os Nihil são mais espertos do que eu esperava. Vasculhando a nave em busca de um sinalizador *antes* de o Lamproide pousar. Aquilo foi impressionante.

Ela procurou um bom local e prendeu o dispositivo atrás de uma antepara.

– Quero dizer, não é como se alguém fosse enviar um sinal assim que a nave estivesse pousada em segurança...

Ela pressionou um botão e a minúscula unidade começou a piscar. Indeera e Bell trocaram um sorriso e pularam para fora da nave.

A muitos sistemas de distância, o painel de Elzar apitou. Ele sorriu, inserindo as coordenadas no hiperquadro de seu Vector. O navidroide da estrutura bipou uma resposta, confirmando que a rota fora estabelecida.

Elzar ergueu uma sobrancelha enquanto lia os dados que rolavam pelo visor do caça Vector.

– Isso vai ser turbulento.

– Do jeito que você voa – murmurou Ty, do outro assento. – Por que não estou surpresa?

Ele riu, acionando os propulsores.

– A Força estará conosco.

– Ótimo – respondeu ela. – Nós vamos precisar.

Elzar girou o Vector e se lançou ao hiperespaço.

# CAPÍTULO SESSENTA E OITO

## *A ELEGENCIA*

O painel de navegação da *Elegencia* explodiu em um clarão de luz e fogo. Chell Trambin estava morto antes mesmo de atingir o convés, seu cadáver enegrecido rolando até parar ao lado da poltrona de Pan. Ele olhou nos olhos mortos de Chell e amaldiçoou o nome de Lourna Dee.

Sua nave... sua bela nave... fora sobrepujada. Os poucos Tormentas que foram até o ponto de encontro já tinham sido abatidos. Os Jedi não atiravam para matar a menos que fosse necessário, mas o restante da frota não tinha tal escrúpulo. Lourna os entregara em uma bandeja. Aquela maldita *schutta* Twi'lek!

A nave sacudiu, quase atirando-o para fora do assento. Ele estava doente e sabia. Sabia o que o estava matando, mas não iria morrer ali. Tentou chegar ao fundo da cabine de comando, com a visão turva. Um jovem Bith correu até ele, com um lado do rosto queimado além do que seria reconhecível, enquanto balbuciava em sua língua nativa.

– Executor, o que...

Pan deu um soco no Bith, ouvindo o crânio bulboso estalar, e o jogou para o lado. Aquilo era o que alguém merecia por ficar em seu caminho. Era o que a própria Lourna Dee descobriria.

Ro fazia parte daquilo? Se fosse o caso, Lourna era ainda mais estúpida do que ele pensava. O desgraçado estava desmontando as Tempestades uma a uma, reconstruindo os Nihil à sua própria imagem. Ela seria a próxima, a menos que Pan a alcançasse primeiro.

Pan estava em um corredor, avançando o mais rápido que seu tamanho permitia. Um Nuvem Emmeriano bloqueava seu caminho. O Dowutino puxou o blaster do coldre da perna e o Nuvem atingiu o convés, sem a cabeça.

Ninguém sabia sobre o módulo de fuga. Nem sua tripulação, nem Lourna e muito menos Ro. Ele fora equipado com uma Trilha que o pai de Ro lhe dera anos antes, programada para retornar ao único lugar que Dowutino algum desejaria ir. Claro, lançá-lo arrancaria o ventre da *Elegencia*, mas a nave já estava morta.

Ele respirava com dificuldade quando alcançou a porta secreta, e com mais dificuldade ainda quando precisou abri-la, porque o mecanismo estava travado. Quase desistiu uma ou outra vez enquanto se arrastava pelo espaço apertado, que tinha apenas o tamanho necessário para que ele pudesse atravessar. Deuses, ele nunca suara tanto. Seu coração batia muito rápido e sua pele parecia ser grande demais. Ela era grande demais? Aquilo seria mesmo possível?

Pan finalmente encontrou a escotilha e pôde saltar para dentro do módulo. Afundar nele provavelmente seria uma descrição melhor, mas ainda assim lá estava ele. O restante da *Elegencia* fora definido pelo luxo. Estilo acima do conteúdo? Talvez. Mas o módulo... o módulo era completamente voltado para a funcionalidade.

Ele não conseguia relaxar enquanto se prendia ao assento. Lutando para se concentrar, Pan fechou a escotilha e acionou as células de energia. As coordenadas surgiram na tela de navegação. Pan deu uma gargalhada sufocada por catarro. Séculos se passaram desde que ele deixara Dowut para forjar uma nova vida para si. Quem poderia imaginar que ele voltaria depois de todo aquele tempo para fazer tudo aquilo de novo? O Dowutino perguntou-se se alguém de sua família ainda estava vivo. Matá-los ao menos iria deixá-lo mais animado.

O controle de Trilha apitou. Estava pronto para voar.

Pan fechou os olhos por um instante, escutando a morte agonizante de sua nave, sonhando com a vitória que deveria ser sua. Ele escrevera seu nome por toda a galáxia, e Ro ficaria com os créditos, com Lourna ao seu lado. Que fosse daquele jeito. Pan estava morrendo, já aceitara o fato, mas resistiria até que pudesse fincar as cabeças de ambos em uma estaca.

Pan Eyta bateu sua mão no controle de Trilha e a traseira da *Elegencia* explodiu enquanto o módulo de fuga abria caminho por entre o turbilhão.

Bem acima de Cyclor, a batalha continuava. A Tempestade de Pan lutava até o fim.

Ninguém sabia que ele partira.

# CAPÍTULO SESSENTA E NOVE

## *A OLHAR ELÉTRICO*

– Ro, por favor. Isto é intolerável.

Ro silenciou Uttersond com um dedo em riste. Ansiedade era uma coisa, insolência era outra. Tudo bem que o Chadra-Fan não fazia ideia do que Ro assistia no visor interno de seu elmo, mas aquilo dificilmente importava. Eles estariam prontos quando Ro dissesse, não antes.

Ro observava uma mulher Kuranu ser arrastada para a câmara de Dee, as imagens transmitidas da própria máscara de Lourna, posicionada estrategicamente nas proximidades. Zeetar estava com ela, com seus olhos redondos fitando a recém-chegada. Pelo menos o Talpini não seguiria pelo mesmo caminho que Pan. Zeetar conhecia seu lugar. Ro perguntou-se como Lourna reagiria à morte de Pan, como ela teria reagido à existência do injetor escondido em seu pulso. O dispositivo, inventado por ele mesmo, fora construído depois da tentativa fracassada de golpe por parte de Pan antes do ataque a Valo. Preenchido com um coquetel fatal das toxinas mais mortais de Uttersond, mais potente do que qualquer coisa que tivessem injetado no Jedi. O desempenho fora admirável, embora o elemento surpresa tenha desaparecido, como consequência de sua decisão repentina. Ro não esperava que Pan retornasse de Valo. A carga explosiva plantada no compartimento de bombardeio principal da *Elegencia* deveria tê-lo livrado do Dowutino, armada para detonar quando o cruzador de batalha tentasse saltar de volta para Grizal. A explosão seria atribuída aos danos causados durante a incursão e aos riscos de se viajar nas Trilhas. Assim como Kassav, Pan teria se tornado um mártir cujo nome Ro poderia invocar para despertar a lealdade na comitiva do Dowutino. Mas o dispositivo fora destruído pelos Jedi na batalha por Valo, mais uma razão para que fossem amaldiçoados. Quando Ro vira Pan cambaleando pelo pátio de exercícios... Ainda assim, o idiota traidor estava morto, e os dois Executores da Tempestade restantes tinham entrado na linha. Ninguém tornaria a desafiá-lo.

– Amarant mencionou uma arma. – Ro voltou sua atenção para o interrogatório, a voz de Lourna Dee soando distante no comunicador. A resposta da Kuranu, por outro lado, foi surpreendentemente forte.

– Sim. Um campo disruptor capaz de desativar armas de energia.

– Que tipo de armas de energia?

A Kuranu estava de pé, apesar de flanqueada por dois dos guardas mais imponentes de Lourna.

– Todo o tipo de armas que você puder imaginar, e mais. Blasters, disruptores e até sabres de luz.

*Aquilo* era interessante.

No visor, Zeetar correu para mais perto, deixando o traje em que estava mexendo quando a prisioneira fora trazida.

– E onde está esse campo disruptor?

– Com a República.

– Então de que adianta para nós? – Lourna fizera exatamente a mesma pergunta que Ro estava pensando.

– Porque aquele é apenas o protótipo, movido a recainium puro.

– Então espero que os envenene. – Zeetar voltou-se para seu traje. – Mate-a, Lourna. Ela está desperdiçando nosso tempo.

Ro estava inclinado a concordar. Uma pena. Ele encerrou o vídeo e procurou por Uttersond, mas o Chadra-Fan não estava em lugar algum. O estômago de Ro se revirou. O idiota certamente não teria...

Ele se virou para a janela de visualização quando o corpo de Uttersond a quebrou, estilhaçando o vidro em mil cacos afiados.

*Está quase na hora.*

Loden esperara tempo o bastante, escutando a voz em sua cabeça, suportando a afronta dos experimentos dos Nihil. Sua mente não estava clara, não mesmo, mas encontrava-se mais focada do que estivera há meses. Ele sabia que o momento chegara antes mesmo que a voz em sua cabeça o incitasse, quando o Chadra-Fan entrou no laboratório usando seu jaleco branco sujo, resmungando baixinho. As luzes se apagaram, os sons cessaram, e o cientista entrou mancando no círculo de equipamentos, com uma seringa em suas mãos imundas.

– Liberte-me.

Loden não tinha certeza se falara as palavras em voz alta. O Chadra-Fan certamente o ignorara, preparando a injeção.

– Você vai me libertar.

Ele tentara aquilo tantas vezes desde que fora preso, procurando desesperadamente influenciar as mentes de Ro e de seu cientista de estimação. Mas nunca funcionara, nem uma única vez.

Daquela vez, no entanto, parecia diferente.

*É diferente. Eles estão perto.* Ele *está perto.*

Ele? De quem a voz estava falando? Com certeza não era de Ro. Com certeza...

E então, Loden sentiu uma presença, que ele não sentia desde...

De repente, ele estava de volta à *Nova*, falando com Bell pelo comunicador.

*– Estou ansioso para celebrar sua ascensão, Cavaleiro Jedi Zettifar.*

*– Mestre... muito obrigado.*

*– Não sou mais seu mestre, Bell. Você é um Cavaleiro Jedi.*

Bell. Poderia mesmo ser ele, ali, naquele lugar? Não. Com certeza não. Seria esperar demais.

*Esperança é tudo o que temos, Loden. Você consegue fazer isso. Precisa fazer isso.*

Loden viu uma gota do sedativo derramar-se da seringa enquanto o cientista testava a agulha.

– Você. Vai. Me. Libertar.

O Chadra-Fan fez uma pausa, e um olhar confuso cruzou suas feições de morcego quando a seringa escorregou de seus dedos e caiu no chão.

– Eu vou... libertar você...

Uttersond. Aquele era o nome dele. Loden conseguia se lembrar. Conseguia lembrar-se de tudo o que fizeram com ele. Todos os testes. Toda a tortura. Tinha que ser Bell. Loden estava extraindo forças de seu antigo Padawan, de sua conexão com ele. Bell também conseguia sentir?

O Chadra-Fan esticou a mão para um painel próximo, pressionando um botão de forma hesitante. As algemas em torno dos membros de Loden se abriram e ele caiu para a frente, usando os braços fracos para amortecer a queda.

Uttersond engasgou-se quando o feitiço se desfez. Loden arrastou-se para a frente, tentando alcançar a seringa. O Chadra-Fan a chutou, enviando-a para longe do alcance de Loden e se virou para gritar por seu mestre.

– Ro! A cobaia!

Loden empurrou com a Força e Uttersond voou pela janela de observação, colidindo com Ro.

*Agora. Mexa-se.*

Loden saltou através da janela quebrada, a Força fluindo por membros que ficaram adormecidos por muito tempo. Ele tropeçou do outro lado, tombando para a frente, com as pernas incapazes de suportar seu peso. Caiu de lado ao tentar se levantar, apenas para se ver encarando uma lâmina amarela.

– Não há escapatória – murmurou Marchion Ro do outro lado da arma roubada, a visão de Loden se contorcendo.

*Ele mente.*

Mas Loden sabia a verdade. Ele não poderia escapar. Não sozinho. Precisava de ajuda. Precisava de...

– Bell.

# CAPÍTULO SETENTA

## ACAMPAMENTO DE GRIZAL

– Mestre – sussurrou Bell.

Indeera olhou para seu Padawan, advertindo-o para que ficasse quieto. Entrar furtivamente no complexo fora mais complicado do que ela pensara. Eles encontraram Klerin sendo interrogada pela mulher que Amarant identificara como Dee, mas Bell estava estranhamente distraído, tendo dificuldades em nublar sua presença, não importando quantas vezes ela tentasse lhe mostrar.

E ainda começara a falar em voz alta enquanto se escondiam atrás de uma porta. Até Brasa estava quieta. Por que ele não conseguia ficar?

– Sinto muito – murmurou Bell, recuando.

Indeera esticou a mão, agarrando o braço dele.

– Aonde você está indo?

– É Loden.

– O quê?

Bell se soltou, Brasa o acompanhando.

– Ele está vivo, Indeera. Eu o senti chamar meu nome, aqui... agora. Tenho que ir.

Indeera deixou que partissem. O que mais poderia fazer? No momento em que Bell pronunciou o nome de Loden, a Jedi soube que era verdade. Seu Padawan estava certo, não havia dúvidas sobre a presença que ela de repente sentia tão nítida quanto se o Twi'lek estivesse parado diante dela. Estava... fragmentada, sim, mas ainda assim estava lá, amplificada por sua conexão com Bell. Com certeza não era possível. Os Nihil certamente não tinham mantido Loden Greatstorm prisioneiro por quase um ano inteiro.

– Espere.

A palavra trouxe Indeera de volta à cena que se desenrolava nos aposentos de Lourna Dee. Klerin deu um passo na direção da Nihil, com a voz repleta de uma confiança que não existia antes.

– Eu disse que era um protótipo – disse ela a Dee. – *Meu* protótipo. Minha mãe ficou com o crédito pelo dispositivo, mas o trabalho era meu. Assim como isto.

Ela levantou um braço, seu bracelete escorregando ligeiramente em seu pulso.

– Minha mãe se foi, mas isto ainda existe: uma unidade portátil, alimentada por tolium. Tentei me aproximar de um dos seus... colaboradores em Valo, mas ele tentou tomá-la de mim. Agora ele também está morto.

Aquilo fora uma ameaça? A garota era cheia de surpresas.

– Mostre-me – ordenou Dee, estendendo a mão.

Klerin cobriu o bracelete de maneira protetora.

– Não até discutirmos um preço.

– Você quer vender para nós?

Indeera também estava chocada.

– E por que não? A República não tem estômago para o dispositivo, e acreditam que vocês já têm planos para o protótipo.

– Por quê?

– Porque eu disse a eles.

– Eu não confio em você – disse Dee.

Uma decisão sábia, pensou Indeera amargamente.

– Como posso saber se você está falando a verdade? – perguntou Dee.

– Quer uma garantia? Um sinal de boa-fé?

– Sim.

– Bem, isso eu posso fazer. Existem dois Jedi na sua base. Eles se esconderam a bordo do transporte. Uma Mestre e seu aprendiz. Que tal isso?

– Encontre-os – gritou Dee, levantando a arma enquanto o Talpini vestia seu traje. – Encontre-os agora!

Indeera suspirou e sacou seu sabre de luz. Elzar precisava chegar imediatamente.

O caça Vector entrou na órbita de Grizal, Elzar descartando o hiperquadro no mesmo instante para que pudessem descer desimpedidos na atmosfera do planetoide.

– Você acha que sabem que estamos aqui? – perguntou Ty.

Feixes de laser foram disparados contra eles, originando-se da selva.

– Vou interpretar isso como um sim. – Ele usou a Força para abrir um canal de comunicação, mantendo as mãos no manche. – Comando, aqui é Laserbird Um. Fizemos contato com os Nihil. Localização confirmada. Transmitindo.

A voz de Elzar crepitou no comunicador, e as coordenadas surgiram no monitor de Stellan.

– Recebido e entendido, Laserbird.

Stellan suspirou de alívio. Ter Elzar e Ty confirmando a localização da base Nihil fora ideia dele. Não que ele não confiasse em Indeera, mas ele queria ter certeza absoluta antes de comprometer o restante do esquadrão. Sinalizadores poderiam ser embaralhados ou enganados. Elzar Mann, não.

Ele mudou a frequência, voltando sua atenção para a batalha:

– Porter, fizemos contato. Você pode lidar com as coisas aqui?

– Estou insultado por você ter que perguntar. Vá!

Stellan transferiu as coordenadas para o navidroide de seu hiperquadro.

– Grupo Vermelho, vocês vêm comigo. Sigam meu comando.

– Vamos longe? – perguntou Nib.

– Mais longe do que o esperado. Estão prontos?

Burryaga rosnou uma resposta, e o contingente de Stellan se afastou da batalha.

Ele só esperava que chegassem a tempo.

– Ro, estamos sob ataque.

Loden ouviu o relato tão claramente quanto se tivesse sido transmitido para seu próprio comunicador. Ele saltou para a frente, amparado por sua conexão com Bell. Ro lançou-se com o sabre de luz, mas o movimento fora desajeitado, o ataque de um bárbaro contra a postura graciosa de um Jedi que treinara durante a vida inteira. Loden fintou de volta, a ponta do sabre de luz queimando o piso do convés. Ro rosnou de frustração, mas já perdera a batalha. Apenas ainda não sabia. Loden estendeu um braço emaciado e agarrou a placa peitoral de Ro, não com dedos trêmulos, mas com algo infinitamente poderoso. Sem deter-se, ele empurrou para trás, os músculos atrofiados em seu peito reclamando em agonia, mas nada comparado com a dor que Ro sentira ao ser derrubado. O líder Nihil passou zunindo por Loden como se tivesse sido preso a uma corda, o sabre de luz caindo das mãos dele. Loden agarrou o sabre enquanto ainda caía, sentindo a frieza do cabo, sentindo como se tivesse voltado para casa. Ro, por outro lado, voou através da janela quebrada para bater no mesmo equipamento que mantivera o Jedi aprisionado por tanto tempo.

Lutando para ficar de pé, mas ainda com energia o bastante para empurrar com a Força, Loden se virou. As luzes que Ro e Uttersond usaram para atordoá-lo caíram sobre o líder Nihil, seguidas pela mesa onde Loden ficara pendurado noite e dia. Qualquer outra pessoa teria sentido satisfação com o grunhido emitido pelo homem mascarado, mas Loden Greatstorm não era qualquer um. Era um Mestre Jedi, e precisava encontrar seu antigo Padawan.

Loden tinha uma vaga consciência de que Ro saía de debaixo do equipamento enquanto ele cambaleava pelo corredor, batendo com o cabo do sabre de luz nos controles. A porta se fechou, e Loden girou a arma em sua mão, ativando-a para queimar o mecanismo de travamento.

Um milhão de sons o atingiram de uma vez. O zumbido de sua lâmina, o ronco dos motores distantes, as explosões do lado de fora, tão altos e confusos quanto a cacofonia que suportara nas mãos de Uttersond. Ele sacudiu a cabeça, mal ciente de onde seus lekku amputados deveriam ter batido em seus ombros. Ele perdera muito, mas precisava seguir em frente. Não precisava de uma voz em sua cabeça lhe dizendo aquilo.

O Jedi correu, sua falta de equilíbrio quase levando a melhor sobre ele mais de uma vez, seguindo a voz sem corpo. Encontrou uma porta e a abriu, parando no meio do caminho e se perguntando se ainda estaria vendo coisas.

Uma mulher estava suspensa em uma teia de tubos e cabos. Seu corpo era murcho e sua pele era ressecada e sem cor, quase como as múmias que os ancestrais de Loden costumavam enterrar sob os campos gramados de Ryloth.

– Era você – sussurrou ele, com reverência. – Você tem falado comigo.

*Tenho?*

Ele piscou, perplexo. Os lábios da velha mulher tinham se movido? Aqueles olhos leitosos podiam vê-lo?

*Você deve ir.*

– Não sem você.

Ele começou a entrar pela porta, apenas para ser interrompido por outra onda de vertigem. Escorando-se no batente, desejou que o universo parasse de girar.

*Eu já parti. Aqui, mas lá. Longe, mas perto.*

– O que isso quer dizer?

*Ele precisa de você. Você precisa dele. Eu consigo perceber isso, Loden. Por que você não consegue?*

– Eu sou um Jedi. – Fora mais a declaração de um fato, um baluarte, para banir a náusea e colocá-lo no caminho certo. A mulher estava certa. Estava certa o tempo todo. Ele precisava de Bell.

*Minha hora chegará em breve. Vá, Jedi. Seja um.*

Houve um estrondo no corredor. Ro estava se libertando.

– Obrigado – suspirou ele.

*Não. Sou eu quem deve agradecê-lo, Loden Greatstorm. Você me trouxe de volta. Você me mostrou o caminho.*

Loden correu.

# CAPÍTULO SETENTA E UM

## ACAMPAMENTO DE GRIZAL

Bell corria.

O sabre de luz de Kant vibrava em sua mão, ricocheteando tiros dos Nihil enquanto se apressava em direção à grande nave que pairava no céu acima do acampamento. Eles o avistaram no momento em que saíra do complexo de Dee, o que dificilmente o surpreendera. Estava distraído demais para realizar um truque mental. Não por causa da chuva sibilando ou da batalha que se desenrolava no ar entre o solitário caça de Elzar e as torres de armas Nihil. Não, era a presença que ameaçava dominá-lo, uma presença que ele se perguntara se algum dia voltaria a sentir.

Loden Greatstorm, seu Mestre, estava vivo.

Bell sabia daquilo em Elphrona. Sabia daquilo no dia da cerimônia de inauguração do Farol. Sabia daquilo em Cyclor. Era por isso que Bell não fora capaz de senti-lo na Força Cósmica, porque Loden não estava lá. Encontrava-se naquela nave bestial todo aquele tempo. A nave era vasta, facilmente maior do que a *Innovator*, mas não importava. Ele vasculharia cada convés à procura de seu Mestre, se fosse preciso.

O fogo laser dos Nihil se intensificou, mas Bell mal percebeu. Tudo o que importava era chegar àquela nave.

O comunicador de Indeera crepitou, alertando Dee sobre sua posição.

Ótimo.

A Nihil abriu fogo, mudando seu rifle disruptor para o modo automático, a arma destruindo as paredes da antiga prisão, incluindo o pilar que Indeera estava usando como esconderijo.

– Indeera, onde você está? – Era Elzar.

– Sob fogo inimigo – respondeu ela, ativando seu sabre de luz enquanto os guardas que flanqueavam Klerin se juntavam ao ataque com blasters tão estranhos que parecia que deveriam explodir em vez de atirar. Eles esquentavam a cada disparo.

Indeera gesticulou como se estivesse deslizando os dedos sobre uma tela, derrubando o menor dos dois guardas e fazendo-o se chocar contra seu companheiro. Eles caíram no chão, embolados, mas seria apenas por um breve intervalo antes que se levantassem e tentassem matá-la, se o rifle de Dee não conseguisse antes.

– Onde está Bell?

– Boa pergunta.

– E Klerin? – Aquela era a Tholothiana, Ty Yorrick.

Indeera olhou através de sua lâmina giratória, vendo a Kuranu sendo agarrada pelo braço pelo Talpini vestido com o traje de batalha.

– Ela está aprendendo que os Nihil não negociam.

– O quê?

– Ela nos entregou.

Dee avançava sobre ela, a ferocidade dos disparos de rifle forçando Indeera a recuar.

– Você consegue chegar até ela?

– Klerin? Certo. Por que, o que está pensando, Elzar?

– Apenas vá até ela.

A conexão se perdeu. O homem era brilhante, mas, caramba, às vezes conseguia ser irritante.

Indeera saltou, dando um mortal sobre Dee. A mulher seguiu o movimento, seu rifle disparando ao longo de um arco no teto.

A Jedi aterrissou diante do Talpini, cortando o braço do traje antes de girar para protegê-los dos disparos de Dee. Bem, não a todos eles. Um raio perdido passou pelo sabre de luz de Indeera, atingindo o Talpini. Ele gritou, cambaleando para trás em seu traje de batalha quando o teto explodiu acima de suas cabeças.

– Sua amiga está ali!

Elzar Mann ignorou o grito indignado de Ty quando ele disparou no edifício, seus disparos demolindo o telhado abaixo deles.

O caça Vector voou através da poeira e da fumaça, subindo para avançar na direção da enorme nave do outro lado do acampamento.

– É preciso algo pior do que alguns disparos de laser para derrubar Indeera Stokes.

– O quê? Como derrubar um prédio sobre ela?

A redoma se abriu acima deles. Elzar girou em seu assento.

– O que você está fazendo?

– Verificando se elas estão bem.

Antes que Elzar pudesse impedir, Ty saltou para fora de sua nave, acendendo o sabre de luz antes de atingir o solo. Elzar fechou a redoma novamente, percebendo outro sabre brilhando adiante. Era Bell Zettifar, correndo a toda velocidade na direção da nave colossal, desviando os disparos dos Nihil no solo.

Para onde ele estava indo?

À frente, uma escotilha se abriu na lateral da gigantesca embarcação. Uma figura apareceu na abertura. O queixo de Elzar caiu quando ele percebeu quem era.

A chuva açoitava o rosto de Loden, a água entrava em seus olhos, cegando-o temporariamente. Ele estendeu a mão e se apoiou na lateral da escotilha para evitar cair da beirada. Houve um clarão abaixo, o arco inconfundível de um sabre de luz.

Era Bell, correndo na direção da *Olhar Elétrico* com Brasa em sua cola, enquanto acima deles um caça Vector rugia em direção à nave de Ro, quase na mesma altitude.

Algo se moveu atrás dele. Loden virou-se para encarar Ro. O líder Nihil o observava através daquela máscara infernal.

Loden ergueu seu sabre de luz, tentando ignorar o quanto a lâmina tremia junto com sua mão. Em resposta, Ro ergueu as palmas das mãos. Um sinal de rendição?

– Estou desarmado. Conheço você, Jedi. Não vai ferir um homem desarmado.

Aquilo era um truque. Loden não era estúpido. Sua cabeça podia estar latejando e ele mal conseguia ficar de pé, mas não era estúpido.

Atrás dele, o Vector se aproximava cada vez mais.

– Você se rende? – Loden tentava extrair mais força de Bell, do piloto do Vector, de cada Jedi em campo. Tudo o que conseguia fazer era permanecer de pé, com os calcanhares contra a borda da escotilha e a tempestade feroz em suas costas.

– Terei um julgamento justo?

– Claro.

O líder Nihil pareceu considerar aquilo por um momento, antes de juntar as mãos como se esperasse que Loden o prendesse com algemas. O Jedi olhou para os pulsos estendidos, momentaneamente confuso. O que Ro pensava que ele era. Claro, aquele foi seu erro. Aquele era o truque.

Seringas pontiagudas surgiram de dispositivos em ambos os pulsos de Ro, as pontas reluzindo com veneno. Ro lançou-se para a frente, mirando não a lâmina de Loden, mas o cabo dela em suas mãos. Em qualquer outro momento o Jedi teria sido capaz de reagir, de mover seu sabre de luz ao redor, cortando o que quer que estivesse se projetando dos pulsos de Ro, mas as privações que sofrera nos últimos meses e a energia que gastara em sua fuga finalmente provavam ser demais. Ele só pôde saltar para trás, escapando das pontas das agulhas. Durante seu confinamento, ele sempre associara Ro a veneno; naquele momento, via aquilo como um fato. Tudo o que seria necessário era um arranhão. Um simples arranhão. Mas a Força lhe mostrara o perigo, o salvara. Foi uma pena que não o tivesse avisado quando ele saltou para o ar.

Os olhos de Loden se arregalaram quando ele caiu para trás, com os braços girando e o sabre de luz que acabara de recuperar escorregando de seus dedos. Ele estava caindo com a chuva. Acima, teve um vislumbre de Ro espiando da borda, observando-o despencar para longe. Imaginou as seringas voltando ao lugar, e então o Nihil desapareceu subitamente, sumindo em um clarão de luz escarlate enquanto o Vector que se aproximava descarregava seus canhões de laser na escotilha aberta.

Loden convocou a Força para desacelerar sua queda, mas daquela vez a Força não respondeu. Ele exaurira a pouca energia que restara. Estava acabado.

# CAPÍTULO SETENTA E DOIS

## RUÍNAS DO EDIFÍCIO PRINCIPAL, GRIZAL

– Você me salvou. Depois de tudo o que eu fiz.

*Não me faça lamentar*, pensou Indeera, mas contentou-se em perguntar a Klerin se ela conseguia encontrar uma saída.

– Você consegue encontrar uma saída?

Elzar derrubara o telhado, mas não era um atirador tão bom quanto acreditava ser. Ela teria sido esmagada pelos destroços, e Klerin também, se não fosse pela Força. As vigas e o rochacreto despencavam sobre elas enquanto Klerin procurava uma fenda grande o suficiente que pudesse atravessar. Indeera estava de costas para a Kuranu, um risco que nunca teria corrido se a inventora duas caras tivesse uma arma em mãos. Havia muitas rochas no chão, a maioria grande o suficiente para derrubar um Jedi preocupado em manter a concentração, mas Indeera gostaria de acreditar que o senso de autopreservação de Klerin a impediria de tentar matar a pessoa que a impedia de ser esmagada.

– E então?

– Espere um pouco – disse Klerin, grunhindo enquanto trabalhava. Indeera olhou por cima do ombro para ver a Kuranu tentando separar dois pedaços de rochacreto reforçado.

– Você nunca vai conseguir movê-los.

– Você não pode simplesmente mover os dedos ou algo do tipo?

– Não sem que todo o restante venha abaixo. Você consegue?

– Não seja engraçadinha – rebateu Klerin. – O que Mann estava pensando?

– Estava tentando ajudar.

– Enterrando-nos vivas?

– Afaste-se.

A mudança de rumo repentina pegou Klerin de surpresa.

– O quê?

– Afaste-se dos escombros!

– Por quê?

Uma lâmina ametista rompeu os blocos, cortando e quase atingindo Klerin, que se jogou para o lado, trombando com Indeera.

Areia e poeira caíram sobre elas.

– Cuidado! – gritou Klerin.

O bloco afastou-se de repente. Uma cabeça surgiu na abertura, com tentáculos prateados emoldurados por uma coroa de prata.

– Você consegue segurar os escombros? – perguntou Ty Yorrick. A colega Tholothiana ainda era praticamente uma desconhecida para Indeera, mas naquele momento ela estava feliz em aceitar qualquer ajuda que pudesse obter.

– Não por muito tempo. Você poderia... – O restante da pergunta se perdeu enquanto os escombros se moviam. Indeera grunhia com o esforço de mantê-los no lugar.

A mão de Yorrick se ergueu, e o rosto dela se franziu.

– Vou tentar, mas nunca foi um dos meus talentos.

– Então, no que você é boa? – perguntou Klerin, tentando empurrar Yorrick para fora do caminho.

A mercenária mostrou-lhe desferindo uma cabeçada entre os olhos da garota.

– Isso não faz muito o estilo dos Jedi – observou Indeera enquanto a mulher arrastava a Kuranu inconsciente para fora dos escombros.

– Tem um motivo para isso – respondeu Yorrick. – Acha que consegue passar por essa fenda sem ficar presa?

– Se você conseguir ajudar a manter as coisas no lugar, sim. No três?

– Pode deixar. Um.

– Dois.

– Três!

Indeera saltou para a frente.

O caça Vector parou, liberando uma torrente de disparos contra a gigantesca nave, mas Bell só pôde assistir Loden despencando em sua direção. Aquele não era um exercício de treinamento, e Loden não estava controlando sua descida. O Jedi mais velho estava em queda livre, mas o Padawan não estava disposto a deixá-lo morrer, não ali, não depois de tê-lo reencontrado.

Bell ergueu a mão livre, usando a Força.

Loden diminuiu a velocidade.

Atrás dele, pés corriam e um blaster disparou. Bell torceu a cintura, movendo o sabre de luz. O disparo encontrou o plasma da lâmina sem causar danos, sem que Bell precisasse desviar o olhar de seu Mestre. O Nihil continuou atirando e Bell continuou bloqueando, puxando Loden em sua direção o tempo todo. Não havia nenhuma maneira de Bell manter aquela defesa sem deixar Loden cair, mesmo com Brasa protegendo sua posição com jatos de chamas escarlates. Logo, um disparo atingiria seu alvo. Logo, o Nihil teria sorte.

Talvez não.

Acima deles, o Vector se virou e passou a disparar suas armas contra o chão.

O Nihil ficou em silêncio; sem mais passos, sem mais disparos de blaster, sua arma derrapando no chão de rochacreto molhado. Bell guardou seu sabre e saiu correndo, com ambas as mãos erguidas na direção de Loden. Ele conseguiria fazer aquilo. Ele *faria* aquilo.

*Bell*, ecoou uma voz em sua mente.

*Mestre*, respondeu ele.

Bell saltou, capturando Loden no ar. Ele se torceu enquanto se chocavam contra o chão, absorvendo o impacto, não que Loden parecesse pesar muito. Ele fora tão grande e tão imponente, e agora era pouco mais do que pele, ossos e... Bell respirou fundo ao ver o que acontecera aos lekku do Twi'lek. Eles não estavam mais lá, apenas dois tocos cauterizados onde deveriam estar.

– Veja o que fizeram com você – disse Bell, consumido pela emoção. – O que eles tomaram.

– Eles não tomaram nada – assegurou-lhe Loden. – Nada que importasse. O que importava é o que não podiam tocar. O que nunca poderiam apagar. Você e eu, Bell. Do jeito que deveria ser.

Loden estendeu a mão esquelética. Perto deles, algo sacudiu no chão. Bell ergueu o olhar para ver o sabre de luz de Loden deslizando para eles da direção onde caíra, seu cabo encontrando a palma da mão do Mestre Jedi. O Twi'lek levantou-se e ativou a arma, sorrindo diante da luz da lâmina.

– Agora me aponte na direção do problema.

# CAPÍTULO SETENTA E TRÊS

## A *ALVORADA DE CORUSCANT*, HIPERESPAÇO

A *Alvorada de Coruscant* estava retornando para o Núcleo, a mãe de Kip sentada na cama hospitalar que instalara em seu escritório.

Kip saíra do lado dela apenas uma vez desde que chegara ao posto avançado do templo, para se despedir de Jom no espaçoporto. Jom entregou para Kip os dígitos de uma frequência privada, e Kip o puxara para perto, dando ao belo e jovem Valon um beijo longo e demorado. Os droides câmera tinham registrado todo o abraço, mas Kip não se importara. Ele nunca mais se importaria com as câmeras novamente.

O rosto de Stellan Gios estava projetado na parede, assim como o restante de sua flutuação: Nib Assek, o Wookie Burryaga e dois outros que Kip não conhecia, uma garota de pele verde e um garoto humano. O droide câmera de Rhil Dairo estava gravando tudo, sua mãe tinha dado à repórter acesso exclusivo pelo tempo que ela desejasse (sujeito à liberação do Senado, é claro), e Kip se perguntava a que distância aquelas imagens seriam vistas. Pensou nas pessoas que sobreviveram na *Innovator*, Nwo, Leesa e os outros. Depois, em Madame Conserra e na pobre mulher Krantiana que perdera tudo, exceto o filho. Larep Reza certificara-se que eles fossem cuidados, garantindo-lhes passagem para onde quisessem. Kip perguntava-se se eles estariam atentos às holonotícias ou se iriam querer se esconder dos noticiários o máximo possível. Não poderia culpá-los se escolhessem a última opção, não depois de tudo o que tinham passado.

Mas, gostando ou não, a história estava sendo escrita ali. Os Nihil desferiram um golpe terrível, mas os Jedi contra-atacaram.

– Você está indo para a base Nihil? – perguntou sua mãe.

– Estamos nos preparando para sair do hiperespaço, senhora – relatou Stellan.

– Descubra tudo o que puder sobre eles, Membro do Conselho. Não cometerei o erro de subestimá-los mais uma vez.

A mandíbula de Stellan estava rígida sob a barba, as contusões em seu rosto vívidas na luz bruxuleante da projeção.

– Nenhum de nós cometerá.

– Que a Força esteja com todos vocês, Mestre Gios. Pela luz e pela vida.

Os Jedi reunidos repetiram o mantra em uníssono antes de a projeção se encerrar:

– Pela luz e pela vida.

Lina Soh recostou-se nos travesseiros e apertou a mão de Kip.

– Você está bem, mãe?

Ela sorriu debilmente para ele, de repente parecendo mais velha do que antes. Kip ergueu os olhos. Rhil tinha inclinado T-9 para longe da cama.

– Vou ficar, garoto. Vou ficar. Só fique comigo mais um pouco, está bem?

– Eu não vou a lugar algum – disse Kip para a mulher mais poderosa da galáxia, seguro de cada palavra.

# CAPÍTULO SETENTA E QUATRO

## SOBRE GRIZAL

As naves Nihil estavam partindo caoticamente para o espaço quando a flutuação de Stellan saiu do hiperespaço.

– Já estava na hora! – soou a voz de Elzar, transmitida do planeta abaixo.

– Achei que você poderia lidar com isso.

– Eu posso. Só não queria que perdesse toda a diversão.

Stellan sabia que era a adrenalina falando. Ao menos esperava que fosse. Deixar Elzar fingir que caíra para o lado sombrio com o Lamproide tinha sido perigoso o bastante, mas Stellan se perguntava se enviá-lo para uma batalha em potencial teria sido a melhor decisão. Ainda assim, estava feito. Ele já tinha planejado uma longa viagem a Jedha para os dois assim que o momento fosse propício, talvez até obtendo uma dispensa especial para visitar os Espelhos Kyber sob o Domo da Libertação. Os Sacerdotes de Phirma normalmente abriam os espelhos somente no Dia do Reflexo, mas Stellan mexeria alguns pauzinhos, não apenas para Elzar, mas para si mesmo também. Eles tinham muito a aprender juntos, especialmente depois de tudo aquilo.

– Como eles estão fazendo isso? – perguntou Vern enquanto as naves Nihil desapareciam no hiperespaço em altitudes que deveriam destruí-las.

– Vamos descobrir – prometeu Stellan à sua antiga Padawan, pensando nos dados regatados da *Innovator* afundada. O legado de Vam Targes estaria assegurado, Stellan não tinha dúvidas.

Ele os guiou para baixo por entre as nuvens, a flutuação em uma formação em V padrão.

– Impeçam a partida de quantas naves puderem. Queremos prisioneiros para interrogar.

– E os líderes? – perguntou Nib.

– O que for vontade da Força. – A visão da mulher chamada Dee perseguindo o AER surgiu em sua memória. – Ofereçam apoio aos Jedi no solo e juntem-se a eles se for preciso.

Burry rosnou em compreensão.

– Ah, e Vernestra? – acrescentou Stellan, incapaz de resistir.

– Sim, Stellan?

– Tente manter seu caça inteiro.

– Vamos manter! – respondeu Imri, em nome de sua Mestra.

– Fico feliz em ouvir isso, Padawan Cantaros.

Ele sentiu uma cutucada brincalhona na Força, ficando satisfeito em saber que Vernestra aceitara sua provocação com o espírito que ele pretendera. Stellan tinha absoluta fé nela, apesar da crescente reputação de destroçar naves. A história se repetia. Como Elzar nunca se cansava de lembrar, Stellan não era um grande piloto em sua época de Padawan. Felizmente, algumas coisas melhoravam com a idade.

Ele mergulhou, a flutuação acompanhando para emergir no meio de uma chuva torrencial. Fumaça subia de uma base bem abaixo deles, e um gigantesco cruzador de batalha pairava sobre a devastação. Em nome de Tython, onde os Nihil arranjavam aquelas naves?

Lourna olhou para trás enquanto corria na direção de sua nave. Os caças Jedi estavam voando baixo, roçando as copas das árvores enquanto se preparavam para atirar. Ela já ordenara que todos abandonassem a base. Não havia como vencer aquela luta, não naquele momento. A maior parte de sua Tempestade já se dispersara, tomando as Trilhas para onde esperariam por novas ordens. Até onde ela sabia, Zeetar estava morto, esmagado sob os escombros do edifício principal. Não que ela fosse voltar para verificar. Se ele sobrevivesse, ótimo, senão outro Executor da Tempestade seria encontrado. Era assim que acontecia, Ro provavelmente já tinha uma lista de bajuladores para escolher.

Não que o Olho parecesse se importar com o fato de que sua preciosa base estivesse pegando fogo. A *Olhar Elétrico* pairava no ar diante deles, com as armas silenciosas. Por que Ro não estava revidando? A *Olhar* possuía armamento capaz de mirar em uma formiga a partir da órbita. Um punhado de Vectors não deveria ser um problema, e ainda assim Ro estava se contendo. Era outro teste, para ver quem sobreviveria? Talvez ela tivesse apostado no babaca errado. Talvez devesse ter ficado ao lado de Pan. Bom, ela só poderia supor. Pan estava morto, mas ela estava muito viva e pretendia continuar daquele jeito.

– Bruxa traiçoeira.

Por um momento, Lourna pensou que estava errada, que era Pan, de volta de Cyclor para se vingar. Mas não foi o Dowutino quem se lançou sobre ela surgindo de trás de um gerador de energia, mas a massa rastejante de Quin Amarant, que investiu contra Dee com tamanha velocidade que a fez escorregar, caindo sob ele.

– Eu *acreditei* em você!

Ela se retorceu, tentando jogá-lo para longe. O ferrão do Lamproide atingiu o chão ao lado dela. Aquilo passou muito perto. As pinças remanescentes de Amarant perfuraram sua armadura, afundando em sua carne. Lourna gritou de dor, segurando a cabeça pesada dele para trás com uma chave de braço.

Luzes brilharam à sua direita. Um caça Vector avançava na direção da *Olhar*, perto do chão, seus disparos de laser assobiando pelo solo na direção dos dois. Lourna rolou, levando Amarant com ela. O Lamproide gritou quando seu corpo foi despedaçado pelo fogo da nave Jedi, seu corpo grosso fornecendo proteção suficiente enquanto o caça passava zunindo. Lourna desferiu um chute, empurrando os restos mortais de Amarant para longe e se levantou, com um pensamento em sua mente: ela precisava entrar naquela nave.

Marchion Ro olhou ao redor, sobressaltado. A eclusa de ar estava um caos: cabos brilhantes pendurados no teto sobre sua cabeça, as anteparas retorcidas e enegrecidas. Ele tinha apenas uma vaga lembrança do caça Vector atirando nele enquanto Loden caía da escotilha aberta. O lampejo repentino do laser, seguido de um calor abrasador. Ele devia ter se jogado no convés no último instante, sua armadura salvando sua vida. Não que aquilo importasse. Tudo o que importava é que sobrevivera.

Olhou para cima, para ver o rosto arruinado de seu pai olhando de soslaio para ele. *Você se acha tão inteligente. Tão implacável. Marchion, o indomável. Marchion, o indestrutível. Você não faz ideia de como é fraco.*

Ro agarrou um dos cabos, içando-se. Fraco ou não, não tinha tempo para fantasmas.

Cambaleou adiante, agarrando a borda da escotilha para evitar tombar para a frente. Sua respiração dificultosa no interior do elmo. O calor do laser devia ter afetado seus pulmões. Mas não importava. O que ele viu era muito pior. O acampamento estava em ruínas, focos de chamas ardendo no chão. Dentro da fumaça, o maldito lampejo das lâminas de plasma. Uma delas em particular chamou sua atenção, empunhada por um Jedi de pele negra lá embaixo, pouco mais do que um menino. Ele estava envolvido em uma luta com dois simples Raios, rebatendo os disparos de blaster, enquanto ao lado dele estava...

Não.

Não, não era possível.

Loden Greatstorm lutava ao lado do jovem Jedi, com o sabre de luz de volta em suas mãos, o sabre de luz que por direito pertencia a Ro. Como o Twi'lek poderia estar vivo depois de tudo o que lhe haviam feito? Por que ele não estava derrotado?

*É por isso que você deve temê-los*, seu pai sussurrou em seus ouvidos. *Eles são indomáveis. São implacáveis.*

– Veremos – respondeu Ro, sua voz alta em seu elmo. Ele colocou a mão por baixo da capa, puxando os artefatos que reunira, o primeiro dos tesouros de seu pai, o segundo das ruínas de Kharvashark. Finalmente, era hora de colocar seu prêmio à prova. O Nivelador provara ser poderoso o suficiente enquanto estava envolto em gelo. Ro só conseguia imaginar quão glorioso ele seria agora que estava livre.

*Não*, disse Asgar, transbordando medo. *Não faça isso. Será seu fim.*

Ro deu risada.

– É por isso que você está morto, pai, e eu vivo. Este não é o fim. É apenas o começo.

Ele juntou as duas metades, torcendo-as até que se unissem, formando uma haste que não era vista há gerações. Seu pai gritou, mas Ro não estava mais escutando. Ele quase podia sentir o Nivelador uivando, bem no fundo da *Olhar*. Como estaria faminto, depois de todos aqueles anos sem conseguir se mover, congelado nas profundezas de Rystan. Agora, ele iria se alimentar.

Com as mãos tremendo de ansiedade, Ro apertou um botão em sua placa torácica. Bem abaixo dele, no âmago da nave, uma jaula se abriu com um estrondo retumbante. O artefato brilhava mais forte do que nunca, convocando o Nivelador, guiando seu caminho enquanto ele saltava para fora da gaiola, batendo suas garras nas placas do convés, com a respiração irregular e gutural.

Ro deu um passo na direção da escotilha, o vento soprando em sua capa. Observou os Jedi varrendo o acampamento, Loden e seu aprendiz, os caças Vector voando em círculos no céu.

– Olhem para todos vocês – ofegou ele. – Tão nobres. Tão corajosos. Não fazem ideia do que está por vir.

# CAPÍTULO SETENTA E CINCO

## GRIZAL

– É ela, Mestre. Aquela é a comandante Nihil.

Lourna Dee corria para uma nave auxiliar, seus lekku chacoalhando atrás de si.

Loden parecia confuso:

– Ela é a comandante Nihil? Mas eu achei...

Bell não lhe deu tempo para concluir, correndo para interceptar a mulher.

– Não podemos deixá-la escapar.

Bell sentiu vontade de rir, mesmo no meio daquele caos. Era daquele jeito que deveria ser, novamente junto de seu Mestre. Seu verdadeiro Mestre. Não queria desrespeitar Indeera Stokes. Ela o ensinara bem, mas agora Loden estava de volta. Os dois ficariam juntos, Bell apoiando Loden, ajudando-o a se recuperar. As cicatrizes sarariam, até mesmo seus lekku poderiam ser substituídos por próteses cibernéticas. Ele cuidaria de Loden com toda sua energia, assim como a Força planejara o tempo todo.

– Bell – ofegou Loden, enquanto corriam para o aglomerado de naves ancoradas. – Vá em frente. Eu... não consigo acompanhar.

Brasa choramingou quando Loden tropeçou, seu sabre de luz estalando. Bell girou, amparando-o antes que caísse.

– Não. Podemos fazer isso juntos. – Bell pressionou sua testa contra a de Loden. – Está me ouvindo? A Força é poderosa.

Loden lutava para respirar.

– A Força é poderosa. Sim. Você tem razão.

Motores foram acionados atrás deles. Bell ergueu os olhos, assistindo a uma nave deixar a plataforma.

– Dee está naquela nave. Eu sei.

– Então, devemos impedi-la.

Loden se ergueu, levantando a mão trêmula na direção dos propulsores da nave. Bell imitou o movimento, usando a Força.

– A Força é poderosa – repetiu ele.

Loden assentiu com a cabeça.

– E nós também.

Marchion Ro observou a nave de Lourna ser imobilizada no ar como se tivesse sido pega por um raio trator, seu motor sendo forçado. Conseguia imaginá-la atrás dos painéis, praguejando enquanto percebia que não tinha como escapar.

*Os Jedi a pegaram, Marchion. Veja o poder deles. Tema-os.*

– Lamente por eles – arquejou Ro.

Ele tocou a lateral de seu elmo, iniciando uma conexão de vídeo no visor interno.

*O que você está vendo?*

– O que você jamais poderia – disse Ro ao constructo de sua imaginação. – Uttersond enxertou uma câmera dorsal na criatura.

*Então, ele é um tolo. Você é um tolo.*

– Diga isso ao Nivelador.

Ro observou o vídeo em seu visor, vendo corredores que reconhecia, não muito distantes. Ele podia ouvir o rosnado, bestial. Insaciável.

Por um segundo, Ro viu a si mesmo no vídeo enquanto o Nivelador irrompia pela eclusa de ar, mas a criatura não o queria. Ele deu um passo para trás quando ela passou correndo e, uivando, saltou para fora da nave.

Elzar sentiu um abalo na Força e se voltou para cima. Uma nave pairava no ar em frente ao cruzador de batalha, seus motores queimando intensamente. Ele sorriu ao perceber o que a mantinha no lugar. Bell estava no chão, com Loden Greatstorm ao seu lado. Ambos estavam se esforçando, o ato de parar uma nave não era uma tarefa fácil, mas eles estavam juntos novamente.

O universo fora corrigido.

Algo chamou sua atenção na beirada do cruzador de batalha. Era a escotilha aberta que ele explodira, sem dúvida salvando a vida de Loden no processo. Era inacreditável, mas a figura de armadura ainda estava de pé. Por uma fração de segundo, Elzar pensou ter visto outra coisa, uma coisa agachada sobre quatro patas, atirando-se da nave.

A visão de Elzar lampejou. De repente, ele não estava mais em seu Vector, mas de volta ao Farol da Luz Estelar, contorcendo-se no chão enquanto visões do futuro rasgavam seu cérebro. Ele gritou em confusão, empurrando o manche para baixo de forma inconsciente. Por que a Força o punia daquele jeito? A previsão se tornara realidade, pelo menos parte dela. Os Nihil tinham praticamente arrasado Valo, matando milhares no processo. Tinha acabado. Era o fim.

Não era?

O caça Vector de Elzar mergulhou de nariz contra o chão abaixo.

A explosão, ou seja lá o que fosse, retumbou sob os pés de Bell. Poderia muito bem ter acontecido a um planeta de distância, ele não dava a mínima. Estava concentrado na nave, olhando para os propulsores em chamas, o brilho queimando profundamente em suas retinas. Conseguia sentir a frustração de Lourna Dee enquanto a nave dela sacudia e balançava no céu, mas não a deixaria fugir. Eles iriam impedi-la. Loden e Bell, junt...

O mundo girou.

O chão se foi, a nave também, o céu gritando em uma profusão de cores impossíveis. Bell estava caindo, mas não havia ninguém para segurá-lo. Ele pensou ter ouvido uma voz gritando seu nome em terror.

*Bell.*

*Bell. Ajude-me.*

As palavras dobraram-se sobre si mesmas, ecoando de um lado para o outro, perdendo qualquer sentido.

Ele bateu em algo, com força. A dor queimou em sua bochecha, mas ele não reconhecia a sensação. Não sabia de mais nada. Não sabia seu nome nem onde estava. Mal sabia *o que* era.

A névoa rodopiava ao seu redor, preenchendo seu peito, seu crânio, sua alma. Era mais espessa do que qualquer nuvem de guerra, mais densa do que qualquer neblina. E possuía dentro dela dentes, garras, olhos e morte. Tantos olhos. Tanta morte.

A coisa na névoa estava em todos os lugares ao mesmo tempo, correndo, rasgando, perseguindo-o, e não havia nada que ele pudesse fazer, nenhum lugar onde pudesse se esconder. Atravessou-o, consumindo tudo o que ele acreditava ser e tudo o que se tornaria. Era incontrolável, um horror além do nome ou da compreensão, e estava faminta. Muito, muito faminta.

Bell convocou a Força, mas ela se fora completamente. Ele estava sozinho e impotente. Tudo o que podia fazer era gritar, gritar e gritar.

# CAPÍTULO SETENTA E SEIS

## GRIZAL

Livre da contenção dos Jedi, a nave de Lourna Dee avançou para as nuvens. Ro não a percebeu partindo. Ele olhava para as imagens da câmera, incapaz de acreditar no que estava vendo. Incapaz de respirar.

Valera a pena. Tudo aquilo. As noites que passara debruçado sobre os textos de seu pai, os dias vasculhando as estrelas em busca de relíquias de um tempo esquecido.

Agora o verdadeiro trabalho começava.

Até seu pai fora finalmente silenciado. Ele sabia o que o filho conquistara. O que ele próprio não conseguira. O que tivera tanto medo de tentar.

Ro torceu o cilindro, chamando o Nivelador de volta para casa. Aquele não era o nome da criatura, é claro, apenas como Kufa a chamava, pobre velha iludida. Ela não fazia ideia do que guardara durante todos aqueles anos, do poder que desperdiçara.

Mas Ro sabia... e em breve o mesmo aconteceria com todos os outros.

Os Nihil haviam partido. O acampamento estava em silêncio. Nada de explosões, nada de gritos de guerra. Acima dele, quatro caças Vector perseguiam o cruzador de batalha, que girava em torno de seu eixo, elevando-se acima das nuvens. Stellan sabia que não iriam pegá-lo, mesmo quando ele avançou para o nada, realizando um salto impossível. Mas de uma coisa ele tinha certeza: os Nihil não conseguiriam fugir para sempre. Era apenas questão de tempo até que descobrissem o segredo dos Nihil, como eles distorciam o hiperespaço de maneira que a República era incapaz de compreender. Aquele dia estava chegando, mas por enquanto ele tinha outras preocupações.

Stellan pousou no instante em que vira o caça Vector de Elzar cair, sentindo uma onda de angústia emanando da cabine. Ele corria em direção à nave em chamas, seu coração acelerado, até que percebeu que Ty Yorrick puxava uma figura do meio dos destroços, uma figura que não estava se movendo.

– Elzar!

Ty ergueu os olhos ao ouvir o grito de Stellan.

– Ele está vivo – disse ela quando Stellan caiu de joelhos ao lado deles. – Está por um fio.

Stellan pressionou a mão direita contra o peito de Elzar. Não conseguiu sentir os batimentos cardíacos. Recuou o punho e o bateu acima do coração de Elzar, vez após outra.

– Vamos lá – gritou ele para seu mais antigo amigo. – Este não é o seu fim. Está me ouvindo? Não é o seu fim.

Elzar convulsionou, tossindo de forma dolorosa.

Stellan afundou, sentando-se sobre suas pernas.

– Graças à Força. Elzar? Consegue me ouvir? Elzar!

– Gritar com ele não vai ajudar – disse Ty.

– Ela está certa – ofegou Elzar. – Não vai ajudar.

Stellan quis puxar Elzar para perto de si, mas não tinha ideia da extensão dos ferimentos do amigo.

– Achei que tinha perdido você.

Os olhos de Elzar se abriram e ele esticou a mão agarrando o braço de Stellan, deixando uma mancha de sangue em sua manga.

– Achei que tinha acabado, Stel. Achei que tinha acabado, mas não acabou. Eles estão vindo, Stellan. Eles estão vindo e não podemos impedi-los.

O corpo de Elzar convulsionou quando foi acometido por outro acesso de tosse.

– Ele inalou muita fumaça. Estou surpresa de que ainda esteja conosco.

– Ele é teimoso. Não é, Elzar. Ei?

Elzar caiu nos braços de Ty, com os olhos revirando nas órbitas. Stellan tocou o pescoço dele. Havia uma pulsação, mesmo que fraca. Ele sobreviveria. Stellan se certificaria daquilo.

*– Mestre Gios. Responda, por favor.*

A voz de Indeera o assustou. Ele puxou seu braço da mão de Elzar, acionando seu comunicador.

– Stellan falando. O que foi, Indeera?

*– Você... precisa ver com seus próprios olhos.*

Indeera estava pálida como um fantasma quando ele a encontrou em meio a um grupo de naves abandonadas. Stellan conseguia sentir a ansiedade crescente emanando dela. Em nome da luz, o que poderia ter acontecido para abalar uma Jedi tão experiente quanto Indeera Stokes?

Ela ergueu os olhos antes que ele pudesse perguntar.

– É Bell.

– O que houve?

Ela indicou um espaço entre as naves com a cabeça.

– Veja por si mesmo.

Stellan espremeu-se entre as naves, pensando que nada poderia ser tão ruim quanto o que vira em Valo.

Mais uma vez, o universo provou que ele estava errado.

Bell Zettifar estava enrolado, encolhido em uma bola, soluçando baixinho, e Brasa estava de pé, em guarda. Os pelos da charhound se eriçaram quando Stellan se aproximou. Ela rosnou, chamas faiscando atrás de seus dentes.

Stellan ergueu a mão para afastar o animal.

– Está tudo bem, garota. Sou eu.

O rosnado de Brasa transformou-se em um latido.

– O que há de errado com ela?

Indeera estava agora atrás dele. Ela apontou para além do Padawan traumatizado para um fragmento de rocha que Stellan nem notara. O campo de batalha estava coberto de escombros. O que era mais uma pedra em meio a toda a devastação? Mas aquela era diferente, sua forma era estranhamente familiar.

Duas pernas.

Dois braços.

Uma cabeça, torcida para o lado. Feições congeladas em um grito.

As palavras de Elzar ecoaram em sua mente. *Eles estão vindo, Stellan. Eles estão vindo e não podemos impedi-los.*

Ele deu um passo incerto adiante.

– Acho que é Loden.

– Loden? Aqui?

– Ele estava naquela nave. Bell sentiu. Eu senti, mas então...

Stellan abaixou-se ao lado do corpo petrificado, observando o traço de uma sobrancelha nobre na rocha, as formas de vestes Jedi esfarrapadas. Estendeu um dedo trêmulo e tocou o que outrora fora a bochecha de Loden Greatstorm. O rosto desabou sobre si mesmo, a casca inteira se desfazendo em pó diante de seus olhos e, pela primeira vez desde que era criança, Stellan Gios ficou com medo.

# AGRADECIMENTOS

Trinta anos atrás, dois romances me surpreenderam. O primeiro foi *Império do Mal*, de Tom Veitch e Cam Kennedy, publicado pela Dark Horse Comics, enquanto o segundo foi *Herdeiro do Império*, de Timothy Zahn, então publicado pela Bantam Spectra. Lembro-me de vê-los nas livrarias e não acreditar nos meus olhos. Lá estavam novas histórias ambientadas na minha amada galáxia de *Star Wars*. Ambos me conduziram em uma jornada que me levou a escrever este livro. Por isso, antes de mais nada, quero agradecer a esses criadores pioneiros. Sem vocês criando tão maravilhosamente em cima da visão original de George Lucas, não estaríamos aqui trabalhando na Alta República três décadas depois.

O que me traz à *Ascensão da Tempestade*. Há tantas pessoas a quem agradecer, principalmente Michael Siglain, diretor de criação da Lucasfilm Publishing, e Nick Fury, do próprio Project Luminous. Obrigado por me convidarem para embarcar nesta aventura de uma vida e por guiar nossa nave enquanto navegávamos neste novo canto da galáxia. Agradeço aos meus colegas Lumineers – Claudia Gray, Justina Ireland, Daniel José Older e Charles Soule – e também aos criadores com quem tenho trabalhado em meus outros projetos da Alta República: Ario, Mark, Ariana, Annalisa, Mark P e Tom, na série Marvel, e Rachael e Guido em *Monster of Temple Peak*, todos os quais lidaram comigo enquanto eu fazia malabarismos com romance, histórias em quadrinhos e graphic novel, e que também acrescentaram suas próprias vozes neste período da história galáctica.

Então, há meus editores na Del Rey, principalmente Tom por ser um ótimo ouvinte e me ajudar a encontrar soluções para problemas complexos, além, é claro, de Elizabeth e Alex, que fizeram as perguntas certas nos momentos certos. Mal posso esperar até que estejamos todos reunidos novamente. Sinto falta de vocês, meus amigos.

Agradeço também a Kasim, meu editor na Del Rey UK (ei, eu precisava chamar atenção para o contingente britânico das publicações de *Star Wars*) e à nossa editora, Laura, por garantir que tudo estivesse alinhado e por me deixar bem na fita!

Claro, a *Alta República* tem sido realmente um esforço conjunto desde o início, e preciso estender meus sinceros agradecimentos e admiração ao pessoal maravilhosamente prestativo do Lucasfilm Story Group: a Pablo, Emily, Kelsey, Jason e Matt (viu Matt, eu *consigo* escrever *Star Wars* sem Ewoks ou coelhos verdes!), a James por seu entusiasmo constante e a Jen por me lembrar, em mais de uma ocasião, que eu não teria um artista para fornecer descrições dos personagens!

Mais perto de casa, agradeço a minha agente, Charlotte; meus primeiros leitores, Sarah Simpson-Weiss, George Mann e minha querida Clare; e a Chloe e Connie por me aguentarem enquanto eu me escondia no meu canto de escritor para dar forma às palavras.

E, por fim, muito obrigado a nossos leitores maravilhosos e inspiradores por abraçar a *Alta República* de todo o coração. Tem sido uma alegria apresentar-lhes esses novos personagens e ver quais estão ganhando os seus corações. Vocês fazem tudo isso valer a pena, e nunca poderemos agradecê-los o bastante.

Então, até a próxima, e que a Força esteja com vocês... pela luz e pela vida...